Jack London:
An der weißen Grenze
Roman

Deutsch von Erwin Magnus

Deutscher
Taschenbuch
Verlag

dtv

Von Jack London
sind im Deutschen Taschenbuch Verlag erschienen:
Lockruf des Goldes (871)
Der Sohn des Wolfs (897)
König Alkohol (899)
Die Insel Berande (907)
Südseegeschichten (923)
Abenteurer des Schienenstranges (948)
Alaska-Kid (956)
Die glücklichen Inseln (971)
In den Wäldern des Nordens (978)
Die Fahrt der Snark (985)
Jerry, der Insulaner (1006)
Michael, der Bruder Jerrys (1012)
Der Seewolf (1027)
Martin Eden (1074)
Liebe zum Leben (9032, zweisprachig)

Ungekürzte Ausgabe
1. Auflage Juli 1973
3. Auflage Oktober 1975: 26. bis 35. Tausend
Deutscher Taschenbuch Verlag GmbH & Co. KG,
München
Lizenzausgabe des Universitas Verlags, Berlin
Titel der Originalausgabe: ›A Daughter of the Snows‹
Umschlaggestaltung: Celestino Piatti
Gesamtherstellung: Graph. Werkstätten Kösel, Kempten
Printed in Germany · ISBN 3-423-00918-7

Alle Luken des Dampfers waren offen. Quietschende, kreischende und polternde Kräne tauchten mit spitzen Haken in seinen Bauch ein. Unablässig holten sie Kisten und Lasten der Goldgräber hervor und schwangen sie hinüber in offene Leichter, die zu beiden Seiten längs des Schiffes lagen. Tausend Menschen hasteten auf Deck umher und traten einander auf die Füße. Die Schauerleute waren im Streik, und die Passagiere mußten selbst ihre Ladung löschen. Es war keine Ordnung. Gruppenweise stritten sie sich um das Eigentumsrecht an bestimmten Lasten, die mit »Punkt 2« oder »Punkt 2 Strich« gezeichnet waren. Dann und wann kam es zu Schlägereien.

Der Erste Offizier ging gleichgültig durch das Tohuwabohu und machte ein heiteres Gesicht, als ginge ihn die ganze Sache nichts an.

»Goldgräber sind eine leicht verderbliche Fracht«, sagte er zu Frona Welse. »Sie zittern um jede Minute...«

»Und ich erst!« rief Frona. »Ich zittere auch um jede Minute. Da, schaun Sie da hinüber! Dort, wo der Fluß mündet, zwischen den Kiefern, sehen Sie das große Blockhaus? In dem bin ich geboren!«

»Dann allerdings, dann hätte ich auch Eile«, lachte er. »Also, dann wollen wir Ihnen mal ein bißchen unter die Arme greifen.«

Sie war das einzige junge Mädchen an Bord, unter mehr als tausend Männern. Er lotste sie galant an die Reling, wo verzweifelte Passagiere standen und mit Schriftstücken winkten. Sie brüllten ihre Frachtzeichen und fluchten wie die Heiden.

»Der Proviantmeister sagt, entweder ist er schon verrückt geworden, oder er wird es augenblicklich«, erzählte der Erste Offizier, während er Fräulein Welse über die Laufplanke half.

»Dabei geht es bei uns noch ganz friedlich her. Sehen Sie da drüben den ›Stern von Bethlehem‹?« Er zeigte auf einen Dampfer, der eine Meile entfernt vor Anker lag.

»Die Hälfte der Passagiere da drüben hat Packpferde bestellt. Die wollen nach Skaguay und dem Weißen Paß. Dort soll es neue Goldfunde geben. In einem Jahr will jeder von ihnen Millionär sein. Ihre Pferde stehen am Strand und grasen friedlich, und die

Leute kommen nicht von dem Schiff weg. Da ist eine Art Meuterei ausgebrochen.«

»He da, Sie!« rief er einem der Ruderboote zu, das sich vorsichtig am äußersten Rande des schwimmenden Wirrwarrs hielt.

Eine winzige Barkasse, die mit heroischem Mut an einer mächtigen Schute zerrte, versuchte, dem Ruderer den Weg abzuschneiden, aber der Mann legte sich einfach vor ihren Bug. Er bekam einen Stoß und fiel der Länge nach in sein Boot. Das Boot drehte sich und stoppte jetzt den ganzen Verkehr. Ein paar lange Kanus, vollgeladen mit Waren, Goldgräbern und Indianern, drängten an ihm vorbei zum Strand und verhedderten sich ineinander. Als der Ruderer wieder auf die Füße kam, ließ er einen Hagel von Flüchen auf alle Kanuleute und Leichterschiffer niederfahren. Ein Mann auf dem Leichter beugte sich zu ihm hinüber und schwor, daß er nie einen armseligeren Sohn einer Hündin gesehen hätte, während die Weißen und Indianer in den Kanus in ein brüllendes Hohngelächter ausbrachen.

»Scher dich zum Satan!« rief einer aus dem Kanu. »Hättest du lieber rudern gelernt!«

Die Faust des Ruderers krachte gegen das Kinn des anderen, der betäubt auf einen Warenstapel fiel. Er war damit aber noch nicht zufrieden. Weiß vor Wut, wollte er sich in das Kanu hinüberschwingen und weiter auf den Mann eindreschen, der behauptet hatte, er könne nicht rudern. Ein Goldgräber im selben Kanu, der in all dem nur Zeitvergeudung sah, nestelte an seiner Revolvertasche, und man konnte große Dinge erwarten. Aber dann wurde dem Ruderer aus dem Kanu heraus ein Riemen über den Schädel geschlagen, so daß er für den Augenblick kampfunfähig war; das Kanu bekam seinen Weg wieder frei, und gerade als Mord und Totschlag unvermeidlich schienen, war die kleine Meinungsverschiedenheit plötzlich zu Ende.

Der Schiffsoffizier warf einen verstohlenen Blick auf das Mädchen ... vielleicht wurde sie ohnmächtig, und er mußte sie auffangen? Aber ihr Gesicht war voll vergnügter Spannung. Sie war noch hübscher geworden.

»Es ist mir ja lieb, daß der Revolver nicht geknallt hat«, sagte sie, »aber so etwas macht doch Spaß, finden Sie nicht auch?«

Inzwischen war der Ruderer wieder auf die Beine gekommen und legte sein Boot an die Schiffswand.

»Eine Dame an Land!« schrie der Offizier. »Wieviel?«

»Zwanzig Dollar.«

»Der Kerl ist ein Räuber«, sagte der Offizier zu Frona. »Zwanzig Dollar für die paar hundert Meter! Für einen Mann würde er wahrscheinlich fünfundzwanzig fordern. Richtige Seeräuberei! Eines schönen Tages wird er da drüben hängen an einer von den Kiefern.«

»Halten Sie's...«, rief der von unten.

»Sie haben verdammt gute Ohren!«

»Mit den Flossen bin ich auch nicht langsam, wenn Sie's darauf ankommen lassen.«

»Und ganz besonders schnell mit dem Maul!«

»Muß ich auch, bei meinem Geschäft, sonst käm' ich nicht weit unter all den Haifischen. Ich soll ein Räuber sein? Was seid ihr denn dann? Tausende Passagiere aufeinandergepackt wie die Ölsardinen .. und für nichts gesorgt! Bezahlen laßt ihr euch zweimal soviel wie in der ersten Klasse, und füttern tut ihr sie mit Zwischendeckfraß! Möchte wissen, wer von uns eigentlich Seeräuber ist!«

»Also, mein verehrtes Fräulein...«, sagte der Offizier zu Frona. »Alles Gute! Ich hätte Sie gern an Land begleitet. Aber Sie sehen ja selbst: ein bißchen muß ich doch hier noch zusehen. Die Leute haben das gern. Jedenfalls können Sie sich darauf verlassen, daß ich für Ihr Gepäck sorgen werde.«

Sie drückte ihm die Hand und kletterte in das Boot. Es schwankte stark, im Augenblick waren die Bodenbretter überspült, und ihre Füße standen im Wasser. Sie blieb ganz ruhig, setzte sich auf die Steuerducht und zog die Beine hoch.

»Das geht ja nicht!« rief der Offizier von oben. »Kommen Sie zurück, Fräulein Welse! Sobald es möglich ist, lasse ich Sie mit einem von unseren Booten an Land bringen.«

Er kletterte die Strickleiter hinunter und wollte das viel zu leichte Boot mit Gewalt zurückhalten, aber der Ruderer hatte für so viel Ritterlichkeit kein Verständnis und schlug ihm über die Knöchel.

»Willst mir meinen Passagier ausspannen? Hast wohl Sehnsucht nach dem Himmel?«

»Ein feierlicher Abschied!« rief Frona Welse strahlend. »Tausend Dank, Sie sind ein Ritter!«

»Das ist ein Weib!« sagte der Ritter vor sich hin und rieb seine getroffenen Fingerknöchel. Er hatte plötzlich Sehnsucht, immer in diese grauen Mädchenaugen zu sehen, hatte Lust, seinen Beruf über Bord zu werfen und mit ihr nach Klondike zu ziehen.

Ein falscher Riemengriff ... Platsch! hatte Frona eine dicke Handvoll Wasser mitten im Gesicht.

»Nur nichts übelnehmen!« entschuldigte sich der Bootsmann. »Man tut, was man kann, aber es kommt nicht immer viel dabei heraus.«

»Scheint mir doch so«, lachte sie gutmütig.

»Ich mach' mir gar nichts aus der See«, sagte der Mann bitter, »aber man muß sehen, wie man's wieder zu ein paar Dollars bringt. Wäre schon längst in Klondike, hab' aber verfluchtes Pech gehabt. Auf dem ›Windigen Arm‹ hab' ich meine ganze Ausrüstung verloren ... beinahe hatte ich den Kram schon über den Paß hinübergeschafft.«

Abermals: Schwupp, Platsch! Sie schüttelte sich das Wasser aus den Augen und fröstelte, als eine nasse Ladung ihr den warmen Rücken herunterrann.

»Sie werden's schaffen!« sagte der Mann. »Sie sind aus dem richtigen Holz für dieses Land geschnitzt. Wollen Sie ganz hierbleiben?«

Sie nickte freundlich.

»Sie werden's schaffen! Also, wie gesagt, meine Ausrüstung ist da oben zum Teufel gegangen, und jetzt muß ich all das Zeugs neu zusammenbringen. Kann man da billiger rudern als für zwanzig Dollar die Fahrt? Wissen Sie, Fräulein, schlimmer als die andern bin ich auch nicht. Was meinen Sie, für diese alte Badewanne haben sie mir hundert Dollar aus den Zähnen gerissen. Drüben in den Staaten ist sie keine zehn wert. So ist es hier mit allem. Auf dem Weg nach Skaguay zahlt man Ihnen für einen alten Hufnagel einen Vierteldollar. Ein Mann geht in die Kneipe und trinkt einen Whisky, schmeißt zwei Hufnägel auf die Theke, und es ist o. k. Hufnägel sind da oben Scheidemünze.«

»Sie müssen ein tüchtiger Kerl sein, daß Sie gleich noch einmal angefangen haben! Wie heißen Sie eigentlich? Vielleicht begegnen wir einander wieder einmal.«

»Ich? Wie ich heiße? Also Del Bishop, Goldgräber. Wenn wir einander wieder begegnen, müssen Sie von vornherein wissen ...mein letztes Hemd geb' ich für Sie her, Fräulein! Entschuldigen Sie, ich meine natürlich, den letzten Bissen Brot geb' ich für Sie.«

»Danke«, sagte sie. »Das kam von Herzen. Das hört man.« Er hielt einen Augenblick mit dem Rudern inne und fischte aus dem Wasser zu seinen Füßen eine alte Konservendose hervor.

»Schöpfen Sie lieber!« befahl er und warf ihr die Dose zu. »Leck war die Kiste schon vorher, aber vorhin hat sie noch eins abbekommen.«

Frona machte sich gehorsam an die Arbeit. Sooft sie sich bückte, hoben und senkten sich die Berge mit ihren Gletschern am Horizont. Hin und wieder ruhte sie aus und sah nach dem von Menschen wimmelnden Strand, auf den sie zusteuerten, und dann wieder auf die Bucht, in der an zwei Dutzend große Dampfer ankerten. Von jedem dieser Schiffe ging ein Strom von Leichtern, Kähnen, Kanus hin und her zum Lande. Sie dachte an die Hörsäle, in denen sie vor ein paar Wochen noch zu Füßen ihrer Lehrer gesessen hatte. Diese Welt hier war ihr lieber ... vor der hatte sie Respekt.

»Aber Sie haben mir Ihren Namen noch nicht gesagt«, mahnte Bishop höflich.

»Ich heiße Welse«, antwortete sie. »Frona Welse.«

Sein Mund stand offen, er starrte sie an: »Dann ist ja... Jacob Welse ... Ihr alter Herr?«

»Jawohl, wenn Sie nichts dagegen haben.«

Er spitzte die Lippen, stieß einen Pfiff aus und ließ die Riemen gleiten. »Klettern Sie in den Stern und ziehen Sie die Beine hoch!« befahl er. »Geben Sie mir die Dose.«

»Arbeite ich denn nicht ordentlich?«

»Doch, sehr gut sogar. Aber Sie sind ... Sie...«

»Genau dasselbe, was ich vorher war. Rudern Sie weiter... das ist Ihre Arbeit, und meine besorge ich.«

»Alle Achtung, Sie werden's schaffen«, murmelte Bishop und beugte sich wieder über die Riemen. »Jacob Welse ist Ihr alter Herr! Das hätte man wissen sollen!«

Auf der sandigen Landzunge, im Gewimmel geschäftiger Menschen, die wie die Ameisen hin und her ihre Lasten trugen, schüttelte sie dem Fährmann die Hand.

Er war sehr stolz. »Nicht vergessen, Fräulein, mein letzter Bissen Brot gehört Ihnen.«

»Und Ihr letztes Hemd auch! Vergessen Sie das nicht!«

»Ganz bestimmt!«

Als sie davongegangen war, sah er ganz entrückt seine Hand an, die sie gedrückt hatte.

»Das ist ein Mädel ... Donnerwetter!«

Das Trippeln auf städtischem Pflaster hatte ihre Füße nicht verdorben. Im Augenblick fand sie hier auf heimischem Strand die leichten, langen Wanderschritte wieder, die andere mit viel Mühe lernen müssen. Mehr als ein Goldgräber sah mit derselben Bewunderung wie Bishop auf ihre langen, elastischen Beine, aber die meisten blickten ihr ins Gesicht und freuten sich über den offenen, kameradschaftlichen Blick ihrer Augen. Wenn einer sie anlächelte, lächelte sie zurück, ermunternd, heiter, mitfühlend, je nachdem, aber immer kameradschaftlich.

Für sie schien die Zeit rückwärts gerollt, auf einmal war sie wieder in jenes Mittelalter zurückversetzt, in dem sie herangewachsen, in dem es keine Bahnen und Automobile, nur Karren und breite Rücken als Verkehrsmittel gab. Männer, denen man ansah, daß sie bisher nur mit der Aktenmappe unterm Arm spaziert waren, beugten sich unter schweren Lasten. Ihre Beine bewegten sich schwer und stolpernd, sie waren diese Anstrengung nicht gewöhnt, und ihre Gesichter perlten von Schweiß. Andere luden ihr Gepäck mit stillem Triumph auf vierrädrige Karren und schoben los, aber sie blieben stecken, wo der erste große Stein ihnen den Weg versperrte. Nach etlichem Kampf fügten sie sich dann den für Reisen in Alaska geltenden Grundsätzen, ließen den Karren stehen oder zogen ihn an den Strand zurück, um ihn zu einem fabelhaften Preis an die Chechaquos zu verkaufen, die noch später als sie gelandet waren. Neulinge wanderten mit zehnpfündigen Coltrevolvern, Patronengürteln und Jagdmessern drauflos, aber bald merkten sie, wie unnütz diese Mordgepäckstücke waren, die nun ihre Spur garnierten.

Hier, an diesem Strand, den damals noch kein Strom goldgieriger Männer durchflutet hatte, war Frona Kind gewesen. Hier hatte sie im Grase gespielt und erschauernd gehört, wie das Echo ihre Stimme von Gletscher zu Gletscher trug und widerhallte. Über dieses Gras stapften jetzt zehntausend Männer ratlos hin und her. Zehntausend andere waren unterwegs über den Chilcoot. Abermals tausend hatten die Pässe schon überwunden und marschierten zu dieser Stunde die Goldfelder an.

Die Dyea stürzte sich, wie in alten Tagen, rauschend und tosend ins Meer, aber an ihren Ufern quälten sich Männer in wogenden Reihen an Tauen und Riemen, schleppten schwerbeladene Boote heran und löschten die Fracht.

Die Tür zu dem Laden, in dem einst Biberfänger oder Pelzhändler ihre bescheidenen Einkäufe gemacht hatten, war jetzt von einer lärmenden Schar von Kunden versperrt. Wo einst ein einsamer Brief Monate und Jahre darauf gewartet hatte, abgeholt zu werden, sah Frona jetzt die Post in Haufen liegen. Aufgeregte Leute schrien nach ihrer Korrespondenz. Auch die Waage vor der Theke war umlagert. Ein Indianer warf seinen Packen auf das Wiegebrett, ein weißer Beamter kritzelte das Gewicht in sein Notizbuch, ein neuer Packen flog heran, verschnürt und bereit, auf dem Rücken eines Mannes über den Chilcoot zu reisen.

Zu Fronas Zeiten war hin und wieder einmal das Gepäck eines Goldgräbers oder Händlers für sechs Cent das Kilo über den Chilcoot transportiert worden. Der Chechaquo, dessen Gepäck gerade abgewogen wurde, sah traurig in seine Brieftasche.

»Acht Cent«, bot er dem Indianer.

Großes Hohnlachen.

»Vierzig Cent«, verlangte die Rothaut.

Der Mann sah sich ängstlich um, mit tieftraurigem Gesicht. Er las das Mitgefühl in Fronas Augen und starrte sie an.

»Stellen Sie sich vor, Fräulein, drei Tonnen Gepäck hab' ich, und soll vierzig Dollar für hundert Pfund bezahlen! Das sind 2400 Dollar für dreißig Meilen!« schrie er ganz verzweifelt. »Was soll ich tun?«

Frona riet ihm: »Bezahlen Sie die vierzig Cent, sonst schmeißen sie Ihnen noch den ganzen Kram vor die Füße.«

Der Mann sagte: »Danke, Fräulein«, befolgte aber ihren Rat nicht, sondern fing wieder an zu handeln. Der erste Indianer trat vor und streifte sich, ohne ein Wort zu sagen, die Tragriemen ab. Als der Goldsucher sich eben entschlossen hatte nachzugeben, erhöhten die Lastträger ihren Preis auf 45 Cent. Er lächelte trüb und nahm auch diese Forderung an, aber in diesem Augenblick trat ein anderer Indianer zu der Gruppe, flüsterte ein paar Worte, und gleich darauf ertönte ein Hurra.

Im Handumdrehen hatten alle Indianer ihre Lasten abgeworfen und liefen davon, um die Nachricht zu verbreiten, von dieser Stunde an koste die Fracht nach dem Lindermannsee fünfzig Cent!

Über den Platz vor dem Hause gingen drei Männer, nach denen alle Gesichter sich drehten und alle Hälse sich reckten. Sie waren schlecht gekleidet, eigentlich zerlumpt. In einem zivilisierten Gemeinwesen hätte der Dorfpolizist ihre Papiere sehr genau angeschaut, denn er hätte sie für Vagabunden gehalten.

»Der Franzosen-Louis!« flüsterte ein Chechaquo seinem Kumpan zu. »Besitzt drei Eldorado-Claims in einem Block! Seine zehn Millionen ist der schwer!«

Der Franzosen-Louis hatte irgendwo unterwegs seinen Hut verloren und durch ein ausgefranstes seidenes Tuch ersetzt. Trotz seiner zehn Millionen trug er das Gepäck selbst.

»Der mit dem Bart ist der Stromschnellen-Bill, auch einer von den Eldorado-Königen.«

»Woher wissen Sie das?« fragte Frona mißtrauisch.

»Woher ich das weiß? Ich weiß es eben, verstehen Sie, Fräulein! Wenn einer sein Bild alle fünf Minuten in sämtlichen Zeitungen hat, dann weiß man eben, wie er aussieht.«

»Wer ist der Dritte?« fragte sie. Ihr Berichterstatter stellte sich auf die Zehenspitzen.

»Den kenn' ich nicht«, gestand er betrübt. Dann fragte er seinen Nebenmann.

»Du, der Magere, mit dem ausrasierten Vollbart, der mit dem Lappen ums Knie, wer ist das?«

In diesem Augenblick aber stieß Frona einen Freudenschrei aus und stürzte auf den Mann mit dem Vollbart zu. »Matt! Mein lieber, alter Matt!«

Der Mann schüttelte ihr die Hand, aber sein Gesicht schien mißtrauisch. Er hatte keine Ahnung, mit wem er sprach.

»Du kennst mich nicht mehr, Matt? Untersteh dich, mir zu sagen, daß du mich nicht mehr kennst! Wenn nicht so viele fremde Leute hier wären, bekämst du jetzt auf der Stelle einen Kuß, daß du's nur weißt, alter Bär!«

»Natürlich, ich kenne Sie natürlich ... aber wenn Sie mich totschlagen, im Augenblick komme ich nicht darauf...«

Sie zeigte auf das Haus, in dem sie geboren worden war.

»Jetzt hab' ich's!« rief er. Als er sie dann aber von oben bis unten gemustert hatte, war er wieder enttäuscht. »Kann nicht sein. Muß mich irren. In dem Stall da haben Sie nie gewohnt.«

Frona nickte heftig mit dem Kopf.

»Dann bist du's also doch? Die kleine, blonde Hexe, immer barfuß und mit bloßen Beinen? Die ich immer hab' kämmen müssen?«

»Ja, ja!«

»Der kleine Satan, der mit dem Hundegespann durchgebrannt ist und mitten im Winter über den Paß wollte, weil ihr der alte Matt erzählt hatte, dort drüben höre die Welt auf?«

»Matt, lieber alter Matt! Und weißt du auch noch, wie ich mit den Mädchen aus dem Indianerlager schwimmen gegangen bin?«

»Und ich dich gerade noch an den Wuscheln gekriegt hab', wie du schon am Ersaufen warst!«

»Und wie du dabei einen von deinen neuen Gummihandschuhen verloren hast?«

»Na, ob ich das noch weiß! Gerade erst bei deinem Vater gekauft, da im Laden, für zehn Dollar!«

»Und dann bist du fortgezogen ... über den Paß ins Land hinein ... und hast nichts mehr von dir hören lassen. Alle Welt hat geglaubt, du wärst tot.«

»Was du alles noch weißt! Und warst doch so ein winziges Frauenzimmer.«

»Acht Jahre alt war ich.«

»Laß mich mal nachrechnen, Mädel. Zwölf Jahre war ich drinnen im Land, heut zum erstenmal wieder an der Küste. Dann hast du jetzt also deine zwanzig auf dem Buckel?«

»Und bin fast ebenso groß wie du, alter Matt!«

»Ein ausgewachsenes, großes Mädel und gar nicht so übel. So 'n bißchen mehr Fleisch könntest du gern auf den Knochen haben.«

»Mit zwanzig braucht man kein Fett. Fühle lieber hier!«

Sie streckte ihm den Arm hin und zeigte ihre Muskeln.

»Donnerwetter!« Er griff tüchtig zu. »Als ob du fürs tägliche Brot geschafft hättest.«

»Das nicht, aber Keulenschwingen, Boxen, Fechten! Außerdem Schwimmen, zwanzig Klimmzüge hintereinander! Und dann kann ich noch auf den Händen gehen!«

»Dann hast du deine Zeit nicht schlecht angewendet Hier haben diese Kaffern erzählt, du wärst fortgereist, um da drüben zu büffeln.«

»Das ist heute nicht mehr ganz so, Matt. Sie pfropfen einem den Kopf nicht mehr so voll, daß die Beine zu dünn werden, um ihn zu tragen. Aber du, was machst du, Matt? Was hast du in diesen zwölf Jahren alles getrieben?«

»Also schau mich an, Mädel! Wie ich vor dir stehe, bin ich Herr Matthew McCarthy, König Matt der Erste aus der Eldorado-Dynastie. Mein Besitz ist unbegrenzt, und ich hab' mehr Goldstaub gemacht, als ich je geträumt hätte. Jetzt hab' ich genug, jetzt möcht' ich wieder mal einen anständigen Whisky haben. Einen von der richtigen Sorte, ehe ich sterbe. Dazu fahre ich 'rüber in die Staaten, denn hierheraus kommt immer nur das gepanschte Zeug. Außerdem will ich mich nach meinen Vorfahren umsehen. Ich glaube bestimmt, daß ich welche habe. Wenn du im übrigen ein paar Pfund Goldstaub nötig hast, kannst du's mir ja sagen.«

»Den hol' ich mir selbst, wenn ich welchen brauche.«

Der Irländer Matt bahnte sich jetzt seinen Weg durch die Menge der Chechaquos, die ehrfürchtig vor ihm zur Seite wichen, und in seinem Fahrwasser segelte die leichte, kleine Frona. In den Augen all dieser Leute waren sie beide eine Art Götter des Nordens.

»Der Eldorado-König Matt McCarthy und eine richtige Welse, wirklich und wahrhaftig, eine Tochter von Jacob Welse!«

Sie trat aus dem glitzernden Birkenwald heraus und flog leicht über die betaute Wiese dahin, während die ersten Sonnenstrahlen auf ihrem flatternden Haar flammten. Die Erde strotzte von Feuchtigkeit und quoll unter ihren Füßen, und die nassen Pflanzen schlugen ihr gegen die Knie, daß flüssige Diamanten leuchtend sprühten. Die Morgenröte färbte ihre Wangen und funkelte in ihren Augen, und sie glühte von Jugend und Liebe, denn da sie keine Mutter gehabt, war sie am Busen der Natur aufgewachsen, und sie liebte die alten Bäume und Schlingpflanzen leidenschaftlich. Das undeutliche Gemurmel erfreute ihr Ohr, und der feuchte Brodem der Erde stieg ihr süß in die Nase.

Dort, wo der obere Teil der Wiese in einem dunklen, engen Waldweg verschwand, fand sie zwischen langstengeligem Löwenzahn und leuchtenden Butterblumen ein Büschel Alaskaveilchen. Sie warf sich der Länge nach zu Boden, begrub ihr Antlitz in der duftenden Kühle und preßte die purpurne Pracht an sich. Sie schämte sich nicht. Sie war zu den komplizierten Lebensbedingungen der großen Welt, zu ihrem Schmutz und zu ihrer verderblichen Hitze gewandert und war einfach, rein und gesund wiedergekehrt. Und sie freute sich dessen, wie sie jetzt dalag und zurückglitt zu den alten Tagen, als die Welt mit dem Horizont begonnen und geendet hatte, und sie über den Paß gereist war, um den Abgrund zu schauen.

Fronas Kindheit war unter sehr harten Bedingungen verlaufen. Es hatte nur wenige, aber strenge Bindungen für sie gegeben, die sie später den »Brot- und Bettglauben« nannte. Das war, soviel ihr bekannt war, auch der Glaube ihres Vaters gewesen, von dem sie im übrigen wußte, daß sein Name unter den Männern einen guten Klang hatte. Es war der Glaube, mit dem starke, reine Männer jeder Gefahr trotzten oder in den Tod gingen, der Glaube Jacob Welses und Matt McCarthys, der Indianerjungen, mit denen sie gespielt hatte, der Indianermädchen, deren Feldherrin sie im Amazonenkrieg gewesen, der Wolfshunde sogar, die sich in den Strängen mühten und Schlitten über den Schnee zogen. Das war ein gesunder Glaube! Ein Rotkehlchen zirpte aus dem Birkenwald, ein Rebhuhn schwirrte im Wald auf, ein Eichhörnchen schoß über ihrem Kopf mit sicherem Sprung von einem Baum zum anderen. Der Tag begann. Vom Fluß her, den sie nicht sah, tönten die Rufe der Glücksjäger, die sehr früh das Lager verlassen hatten und anfingen, sich ihren schweren Weg nach Norden zu erkämpfen.

Als Frona Gras und Blumen lange genug umarmt hatte, stand sie auf und schlug den alten Weg nach dem Lager des Dyea-Stammes ein. Sie begegnete einem Knaben, der bis auf die geflickten Hosen ein nackter Bronzegott war. Er suchte Holz und sah sie bös an. Sie sagte ihm in der Dyea-Sprache guten Morgen, aber er lachte frech, und als sie weiterging, streckte er ihr die Zunge heraus. So war es früher nicht gewesen. Als sie dann einem großen, finster blickenden Sitka-Indianer begegnete, grüßte sie nicht. Am Rande des Waldes sah sie das Lager vor sich liegen, aber nicht das alte Lager mit seinen zwanzig oder dreißig Hütten, die unordentlich über das Gelände verstreut waren. An seiner Stelle befand sich da ein mächtiges Dorf. Es reichte bis zum Flußufer hinab, wo die langen Kanus, je zehn oder zwölf in einer Gruppe, lagen. Von weit her waren die Stämme hier zusammengekommen. Sie sah lauter fremde Indianer mit ihren Weibern und Hunden, ihrem Hab und Gut. Frona erkannte Männer aus Juneau und Wrangel, Styx mit brennenden Augen von jenseits des Passes, kriegerische Chilcoots und Eingeborene der Königin-Charlotte-Insel. Die meisten musterten sie finster, fast zornig; ein paar freche Halunken riefen ihr unanständige Worte zu.

Sie kränkte sich nicht, aber sie stellte mit Trauer fest, daß die Zeiten unter dem patriarchalischen Zepter ihres Vaters vorbei waren. Wie ein scheußlicher Brand war die Zivilisation über dieses Volk hinweggegangen. Durch eine offene Zelttür sah sie ausgezehrte Gestalten im Kreis auf dem Fußboden hocken. Vor dem Zelt lag ein Haufen zerbrochener Flaschen... Zu ihres Vaters Zeiten hatten die Indianer kein Feuerwasser und keine Flaschen gekannt. Auf einer Decke, die als Spieltisch diente, verteilte ein weißer Mann mit gemeinen Zügen Spielkarten, Gold- und Silbermünzen kullerten auf der Decke umher. Ein paar Schritte davon schnurrte ein Glücksrad. Indianer, Männer und Frauen, setzten ihre mühsam verdienten Groschen, um prunkvolle Gewinne zu ergattern, die ihnen nichts nützen konnten. Aus Wigwams und Hütten kamen die brüchigen Töne billiger Spieldosen.

Vor der offenen Tür ihres Wigwams hockte eine alte Squaw im Sonnenschein und schälte Weidenzweige. Als Frona vorbeiging, hob sie den Kopf und stieß einen schrillen Schrei aus. Dann murmelte sie mit zahnlosem Mund: »Hi – hi! Tenas Hihi!«

Es durchrieselte Frona bei diesem Wort. »Tenas Hi-hi!« Das war ihr Name gewesen ... es bedeutete »das kleine Lachen« ... damals, als sie hier unter den Indianern gelebt hatte. Sie drehte sich um und kauerte neben der Alten nieder.

»Sag rasch, Mutter, sag mir rasch deinen Namen!«

»So schnell hast du uns vergessen, Tenas Hi-hi? Und doch sind deine Augen jung und scharf. Nipuhsa hat müde alte Augen, aber ihr Herz vergißt nicht so rasch.«

»Du bist meine alte Nipuhsa!« rief Frona und streichelte die schmutzigen Runzelhände.

»Freilich bin ich Nipuhsa, die dich in den Armen gewiegt hat! Deinen Namen habe ich dir auch gegeben, kleines Lachen, und wenn die alte Nipuhsa nicht Kräuter für dich gesammelt hätte, für Medizintee, dann wärst du gar nicht hier, denn einmal hat der Tod dich haben wollen. Dein Schatten ist auf mich gefallen, kleines Lachen, da hab' ich gleich gewußt, daß du es bist. Du hast noch dasselbe Haar, wie brauner Tang, und denselben Mund und dieselben Augen. Nipuhsa war oft streng mit dir, wenn dein Mund Worte sprechen wollte, die Lüge waren. Aber du hast immer gewußt, daß Nipuhsa dich lieb hat. Ai, ai! Ganz anders sind die weißen Frauen, die jetzt ins Land kommen!«

»Hat eine weiße Frau keine Ehre mehr unter euch?« fragte Frona. »Eure Männer werfen böse Dinge in mein Ohr, und sogar die Knaben lachen ein häßliches Lachen, wenn sie mich sehen. So war es nicht, als ich hier ein Kind war.«

»Ai, ai! Es ist, wie du sagst, kleines Lachen. Aber du mußt kein zorniges Wort auf ihre Häupter werfen. Die weißen Frauen sind schuld daran, die jetzt zu uns kommen. Sie sehen alle Männer mit frechen Augen an; ihre Herzen sind unrein, und sie haben keinen Mann, auf den sie weisen können und sagen: ›Dies ist mein Herr.‹ Deshalb sind deine Frauen unter uns ohne Ehre.«

Jetzt wurde ein Zeltzipfel gehoben, ein alter Mann trat hervor, grunzte etwas und kauerte sich zu den beiden.

»So ist Tenas Hi-hi wiedergekommen in diesen schlimmen Tagen«, sagte er mit dünner, zitternder Stimme.

»Warum sind die Tage schlimm, Muskim?« fragte Frona. »Sind eure Bäuche nicht voll vom Mehl und Fleisch und von dem Proviant des weißen Mannes? Verdienen eure jungen Männer nicht Reichtümer mit Lastentragen und Paddeln? Und bringen sie dir nicht, wie in alter Zeit, ihr Opfer dar, Fleisch, Fische und Decken? Haben eure Weiber nicht Tücher mit hellen, gleißenden Farben? Warum sind die Tage schlimm?«

Der alte Medizinmann war erregt.

»Unsere Frauen tragen Tücher in hellen, gleißenden Farben! Aber sie schauen nur nach den Augen der weißen Männer, und die jungen Männer ihres Blutes sehen sie nicht. Deshalb vermehren unsere Stämme sich nicht; die kleinen Kinder hindern unsere Schritte nicht mehr. Die Bäuche sind voll Mehl und Fleisch und vom Proviant des weißen Mannes, aber sie sind noch voller vom Fusel des weißen Mannes. Wohl verdienen unsere jungen Männer Reichtümer mit Lastentragen und Paddeln. Aber sie sitzen nachts beim Kartenspiel und lassen die Dollars wieder dahinrollen, in die Tasche des weißen Mannes, aus der sie gekommen sind. Sie sprechen böse Worte zueinander, heben oft die Fäuste im Zorn, und ihr Blut ist böse geworden. Nur wenige bringen dem alten Medizinmann Opfergaben, Fleisch und Fische und Decken. Die jungen Frauen gehen nicht mehr die alten Wege, die jungen Männer ehren nicht mehr die alten Totems und die alten Götter. Deshalb sind es schlimme Tage, Tenas Hi-hi, und mit Kummer muß der alte Muskim ins Grab!«

»Ai! Ai! So ist es!« klagte Nipuhsa.

»Dein Volk ist toll und hat mein Volk toll gemacht«, fuhr Muskim fort. »Es kam ein böser Wind über das salzige Wasser, dein Volk, und es geht – ach – wer weiß, wohin!«

»Ai, wer weiß, wohin?« jammerte Nipuhsa und schaukelte leise hin und her.

»Immer gehen sie Frost und Kälte entgegen. Und immer zahlreicher kommen sie, Woge um Woge!«

»Ai! Ai! Frost und Kälte entgegen! Es ist ein weiter Weg, dunkel und kalt!« Nipuhsa schauerte und legte ihre Hand auf Fronas Arm. »Und du gehst auch dorthin, Frost und Kälte entgegen?«

Frona nickte nur. »Das kleine Lachen geht auch! Ai! Ai!«

Plötzlich stand der alte Matt vor Frona.

»Seit einer halben Stunde wartet das Frühstück auf dich, und Andy, die alte Hexe, jammert und tobt... Guten Morgen, Nipuhsa, guten Morgen, Muskim«, sagte er zu den Indianern. »Eure Augen haben mein altes Gesicht wohl vergessen?«

Die beiden grunzten einen Gruß, dann saßen sie schweigend und unbeweglich da.

»Jetzt aber schnell, Frona! Mein Dampfer geht um Mittag, und ich möchte noch ein bißchen von dir haben!«

Fronas Ausrüstung war auf den Rücken von einem Dutzend Indianern unter Aufsicht Bishops schon vor mehreren Stunden abgegangen. Sie selbst trug einen kleinen Reiseranzen und ihren Photoapparat, als Bergstock einen Weidenstab, den Nipuhsa ihr zurechtgeschnitzt hatte. Mit Del Bishop war sie sehr rasch handelseinig geworden. Als sie von dem Frühstück mit Matt McCarthy zurückgekehrt war, hatte der Ruderer sie im Laden erwartet.

»Sie wollen ins Land hinein. Das will ich auch. Sie brauchen einen Mann zur Begleitung. Wenn Sie noch keinen besseren gefunden haben, bin ich gerade der richtige. Ich war schon mal drin im Land, ich weiß Bescheid. Fürchten tu ich mich vor dem Teufel nicht, und wenn Ihnen einer was tun will, dann muß er erst mit Del Bishop fertig werden. Das ist nicht leicht. Wenn wir glücklich bei Jacob Welse angekommen sind, legen Sie ein gutes Wort für mich ein, und er gibt mir die Ausrüstung für ein Jahr. Einverstanden? Damit Schluß. Über den Proviant hinaus laß ich mir nichts bezahlen.«

Ehe Frona noch ihre Zustimmung gegeben hatte, war er schon bei der Arbeit und suchte die besten Packträger aus. Sie merkte sofort, daß er wirklich etwas von der Sache verstand. Frona marschierte mit ihrem Ränzel besser als die meisten Goldgräber, die sich schwer beladen hatten und alle hundert Schritte haltmachen mußten. Trotzdem fiel es ihr schwer, mit sechs jungen Schweden Schritt zu halten, in deren Spur sie ging. Das waren gewaltige Gesellen, blonde Riesen, und jeder trug seine hundert Pfund auf den Schultern. Außerdem schoben und zogen sie einen schweren Karren, der mit weiteren sechshundert Pfund beladen war. Ihre Gesichter waren lachende Sonnen, sie strahlten vor Lebenslust. Das Marschieren, Schleppen und Schieben war ihnen ein Kinderspiel. Sie sangen laut und warfen den Vorbeikommenden in ihrer Sprache lustige Grüße zu. Wenn sie lachten, dröhnte jede Brust wie ein Cello.

Sie überholten alles; die Menschen traten beiseite, um sie vorüberzulassen, und sahen ihnen neidisch nach. Wenn es bergauf ging, setzten sie sich aus lustigem Trotz in Trab; bergab ließen sie die eisenbeschlagenen Räder ihres Wagens über das Gestein rasseln, daß Funken sprühten. Singend und lachend bahnten sie sich den Weg durch eine dunkle Waldstrecke, bis sie zu der Furt im Flusse kamen. Am Ufer lag ein Ertrunkener und starrte unbeweglich in die Sonne. Ein Mann stand neben ihm und fragte aufgeregt: »Wo ist sein Kamerad? Hat er keinen Kameraden gehabt?« Zwei andere hatten ihre Lasten abgeworfen und nahmen Inventar vom Besitz des Toten auf. Der eine rief laut die verschiedenen Gegenstände aus, der andere notierte sie auf ein Stück schmutzigen Packpapiers. Über den Sand waren Briefe und aufgeweichte Schriftstücke zerstreut. Auf einem ausgebreiteten Taschentuch lag der Barbestand des Toten ein paar Goldmünzen und viel Kupfer. Viele Männer, die in Kanus und Booten über den Fluß fuhren, nahmen gar keine Notiz von der Sache. Die Schweden aber wurden für einen Augenblick ernst.

»Wo ist sein Kamerad? Hat er keinen Kameraden gehabt?« fragte auch sie der aufgeregte Mann. Sie schüttelten die Köpfe. Sie verstanden kein Englisch. Dann wateten sie in das Wasser hinein.

Vom andern Ufer herüber rief jemand eine Warnung Sie blieben stehen und berieten sich. Dann gingen sie weiter. Die beiden Männer, die das Verzeichnis vom Eigentum des Toten aufnahmen, unterbrachen ihre Arbeit und sahen den Schweden nach. Sie standen jetzt bis zum Gürtel in der reißenden Strömung, mit Riesenkräften an den Karren geklammert, der den Wellen eine gewaltige Fläche bot. Sie kämpften furchtbar, dann schien das schlimmste Stück überstanden. Als das Wasser den beiden vordersten Riesen nur noch bis zu den Knien reichte, riß dem dritten plötzlich ein Tragriemen durch. Seine Last warf sich mit einem Ruck auf die linke Schulter; er wollte sich dagegenstemmen und verlor das Gleichgewicht. Im selben Augenblick stolperte der zweite, griff hilfesuchend um sich, und einer zog den andern in die Flut. Die beiden folgenden Männer verloren den Halt, denn jetzt war der Karren umgestürzt und wurde tief ins Wasser gerissen.

Ein paarmal tauchten die Männer wieder auf und warfen sich

rückwärts in die Tragriemen. Aber sie wurden ihre Lasten nicht los, sie kämpften wie Helden, aber es überstieg menschliche Kräfte. Zoll um Zoll sanken sie wieder unter. Ihre Rucksäcke, die sich voll Wasser gesogen hatten, hingen wie steinerner Ballast an ihnen. Nur der eine Mann, dessen Tragriemen gerissen war, wurde seiner Last ledig, aber er versuchte nicht, das Ufer zu gewinnen, sondern blieb bei seinen Kameraden. Fünfzig Meter stromabwärts zerstäubte die Flut an einem zackigen Felsriff; hier kamen sie noch einmal zum Vorschein. Zuerst der halbzerschmetterte Karren, dann die Männer in einem gräßlichen Gewirr von Köpfen, Armen und Beinen. Das Wasser schmetterte sie gegen die Klippen und spülte sie über das Riff.

Ein Dutzend Kanus war den unglücklichen Schweden nachgefahren; auch Frona war unter denen, die retten wollten. Sie sah einen der jungen Riesen mit blutüberströmten Händen nach dem Felsen greifen, sah sein weißes Gesicht und seinen verzweifelten Kampf. Der einzige seiner Kameraden, der noch schwimmen konnte, stürzte sich mit mächtigen Bewegungen auf ihn zu. Seine Hand hatte ihn fast schon erreicht – da schleuderte auch diesen Mann eine Sturzwelle ins Gebrodel.

Den einen schwimmenden Mann nahm ein Kanu auf; alle andern erdrosselte die Flut. Eine Viertelstunde lang fuhren die Boote fruchtlos auf und ab, dann fanden sie die Toten im Schlamm stecken. Man nahm ein paar Pferde von einem Transportzug am Ufer, umschlang die Leichen mit einer Leine, und so wurde die schreckliche Last an Land gezogen. Frona sah die fünf jungen Riesen mit gebrochenen Gliedern schlaff und regungslos im Schlamm liegen. Sie waren immer noch vor den Karren gespannt: die armseligen triefenden Lasten hingen noch an ihren Rücken. Der sechste saß mit trockenen Augen betäubt in der Mitte.

Ein paar Schritte entfernt von ihnen floß der Strom des Lebens wie immer. Frona schloß sich ihm an und zog weiter.

Die dunklen, mit Rottannen bestandenen Berge stießen am Dyea-Paß zusammen. Die Füße der Menschen zerstampften die feuchte Erde, auf die nie ein Sonnenstrahl fiel, zu Schlamm und Morast. Viele Fußwege zogen durch die feuchte Wüste. Auf einem dieser Wege traf Frona einen Mann, der sich nachlässig in den Schmutz geworfen hatte. Er lag auf der Seite mit gespreizten Beinen, von einer schweren Last zu Boden gedrückt. Seine Wange ruhte in dem weichen Schlamm wie auf einem Kissen. Er sah müde und zufrieden aus. Als er Frona sah, wurde sein Gesicht noch heller; er grüßte sie mit den Augen.

»Höchste Zeit, daß Sie kamen«, begrüßte er sie. »Ich warte schon eine Stunde auf Sie.«

Frona beugte sich über ihn.

»Machen Sie mir nur den Riemen los, liebes Fräulein«, bat er, »ein verdammtes Ding! Die ganze Zeit habe ich ihn nicht zu fassen gekriegt.«

»Sind Sie verletzt?« fragte sie.

Er schlüpfte aus dem Riemen heraus und befühlte seinen verdrehten Arm.

»Nein, gesund wie ein Fisch! Auch der Arm, Gott sei Dank.«

Er streckte die schmutzige Hand nach einer niedrigen Tanne aus und wischte sie an den Zweigen ab.

»Also stellen Sie sich vor, ich stolpere über diese kleine Dreckwurzel da, und – bums! – liege ich wie eine Schildkröte mitten im Dreck und kann den Riemen nicht zu fassen kriegen. Eine ganze Stunde liege ich schon so da; die andern ziehen da unten vorbei, und keiner sieht mich. Immerhin, ich hab' mich ausgeruht.«

»Warum haben Sie niemand gerufen?«

»Daß einer zu mir heraufklettern soll? Die armen Teufel haben mit sich selbst genug zu tun! Wenn ich mir vorstelle, mich läßt einer da heraufkrabbeln, nur weil er ausgerutscht ist ... Aus dem Dreck herausziehen würd' ich ihn schon, aber dann ihm das Fell vertobaken und ihn zuletzt wieder hineinschmeißen. Außerdem konnte ich mir ja denken, daß schließlich auch hier mal jemand vorbeikommt.«

»Sie passen hierher! Sie sind der richtige Mann für dieses Land.«

»Bin ich auch!« sagte er, wuchtete seinen Packen auf die Schulter und trabte los. »Auf jeden Fall hab' ich mich ordentlich ausgeruht.«

Der Weg ging jetzt steil abwärts durch einen Morast zum Flußufer. Eine schlanke Kiefer lag als Brücke über dem tosenden Schaum. In der Mitte bog sich der Stamm so tief, daß er das Wasser berührte. Wellen schlugen dagegen und setzten ihn in zitternde Bewegung. Die Stiefel der Packträger hatten seine vom Wasser überspülte Oberfläche glattgeschliffen. Über zwanzig Meter maß diese schwankende, gefährliche Brücke. Frona betrat sie, fühlte, wie das Vibrieren unter ihrem Gewicht heftiger wurde, hörte das Rauschen des Wassers, sah das wilde Tosen – und schauderte zurück.

Sie hockte sich am Weg nieder und tat, als wäre sie mit ihrem Schuhwerk beschäftigt, denn Indianer traten aus dem Wald hervor. Vier kräftige Männer schritten voran, ihnen folgte eine Schar von schwerbelasteten Frauen mit Kindern, und den Schluß machte ein Dutzend Hunde, denen die Zunge zum Halse heraushing. Auch die Hunde und sogar die kleinsten Kinder waren bepackt.

Im Vorbeigehen machte einer der Männer eine Bemerkung über Frona. Sie verstand die Worte nicht, aber das helle Kichern, das durch den ganzen Zug lief, trieb ihr die Schamröte in die Wangen.

Der Führer trat beiseite; dann beschritt einer nach dem andern den gefährlichen Pfad. Keiner durfte antreten, ehe der letzte jenseits das Ufer erreicht hatte. In der Mitte, wo der Stamm sich bog, wurde er vom Gewicht des Menschen tief unter die Wasserfläche gedrückt. Es war schwer, den Halt zu wahren, wenn der kalte, reißende Strom die Knöchel überspülte. Aber selbst die Kleinen gingen ohne Zögern hinüber, nur die Hunde winselten und mußten getrieben werden. Als der Führer schon den Stamm betreten hatte, drehte er sich zu Frona um:

»Dort oben ist der Weg für Pferde«, sagte er und wies auf die Bergwand. »Du gehst besser den Weg für Pferde! Das hier ist nichts für dich.«

Frona schüttelte den Kopf und wartete, bis er am anderen Ufer stand. Dann setzte sie den Fuß auf den Baumstamm und schritt in den wirbelnden Schaum hinein, während die Augen des fremden Volkes auf ihr ruhten. Ihr Herz krümmte sich vor Angst, aber so viel war sie ihrem Stolz und ihrer Rasse schuldig.

Sie traf einen Mann, der weinend am Wegrand saß. Er hatte einen Schuh ausgezogen; sein Fuß war geschwollen und wundgelaufen. Rings um ihn lag sein schlechtverschnürtes Gepäck zerstreut.

»Kann ich Ihnen helfen?« fragte sie.

»Mir kann keiner mehr helfen. Der Rücken ist beinahe gebrochen, die Füße sind kaputt.« Er heulte laut: »Meine Kameraden haben mich im Stich gelassen und sind weitergezogen.

Aber ich komm' keinen Schritt mehr von der Stelle. Ach, meine Frau, meine Kinder! Ich hab' sie in den Staaten gelassen . . nie werde ich sie wiedersehen. Ich muß sterben, was soll ich sonst nur tun? Was soll ich sonst nur tun?«

»Warum haben Ihre Kameraden Sie verlassen?«

»Weil ich nicht so stark bin wie sie. Weil ich nicht so schleppen kann wie sie. Ausgelacht haben sie mich und sind weitergegangen.«

»Aber Sie sind stark und jung. Sie wiegen mindestens Ihre hundertfünfzig Pfund und haben kein Fett am Leib.«

»Hundertfünfundfünfzig.«

»Hat Ihnen je was gefehlt?«

»Nein.«

»Und Ihre Kameraden? – Sind das alte Goldgräber?«

»So wenig wie ich. Wir haben im selben Geschäft gearbeitet. Wir kennen uns seit Jahren. Und da gehen sie hin und lassen mich einfach im Dreck liegen, damit ich krepiere.«

»Mein lieber Mann«, sagte Frona streng, »Sie können genau dasselbe leisten, aber Sie sind weichlich, Sie haben Mitleid mit sich selbst. Sie können nicht, weil Sie nicht wollen. Das ist kein Land für Sie. Hier braucht man andere Männer! Die Knochen haben nichts zu sagen, auf das Herz kommt's an, und das haben Sie nicht. Verkaufen Sie Ihren Kram, und fahren Sie nach Hause zu Ihren Kindern! Hier können wir Sie nicht brauchen, hier gehen Sie ein, und was hat Ihre Familie dann? Machen Sie, daß Sie in drei Wochen wieder zu Hause sind, und schlagen Sie sich die Goldgräberei aus dem Kopf! Leben Sie wohl!«

Die Mittagssonne brannte auf das Felsgewirr nieder, das die »Steinerne Waage« heißt. Zu beiden Seiten erhoben sich vom Eis gefurchte Erdriffe nackt und in ihrer Nacktheit stark. An der Wand des sturmumbrausten Chilcootfelsens kroch eine Reihe von Männern empor, eine dünne, endlose Kette. Vom Rande des verkrüppelten Waldes unten zog sie sich wie ein schwarzer Strich über die blendende Eisfläche, bewegte sich im Schneckentempo die steile Böschung hinan und wurde immer schwächer und dünner, bis sie wie eine Kolonne Ameisen jenseits des Passes verschwand. Während Frona am Wege kauerte und ihr Frühstück verzehrte, hüllte sich der Chilcoot in wallende Nebel und wirbelnde Wolken. Dann brach ein Unwetter, von Hagel krachend, auf die mühselig vordrängenden Zwerge ein. Das Tageslicht erlosch, aber Frona wußte: immer weiter, immer weiter zog sich dort oben die lange Reihe von Ameisen hin, an den

Berg geklammert, unermüdlich, immer tiefer in die Wolken hinein. Der ewige Wille zum Sieg dieser Menschen durchbebte sie. Jetzt trat auch sie in die Reihe ein, die aus dem Sturm hinter ihr auftauchte und im Sturm vor ihr verschwand.

Auf der Höhe des Passes wurde sie gepackt: ein Wirbelwind aus dampfendem Nebel drückte sie zu Boden. Auf Fäusten und Knien kroch sie die mächtige Vulkanrinne des Chilcoottals vorwärts, stundenlang. Dann endlich erreichte sie die öden Ufer eines Kratersees. Die Flut war aufgewühlt und mit weißem Schaum bedeckt. Hundert kleine Haufen von Gepäck warteten am Ufer darauf, übergesetzt zu werden, aber es ging kein Boot über den See.

Ein elendes Skelett aus Holzrippen mit einem Segeltuchüberzug lag auf dem Felsen. Daneben hockte ein junger Bursche mit schwarzen Augen und hellem Gesicht. Ja, er sei der Fährmann, sagte er, aber für heute hätte er die Arbeit niedergelegt. Fünfundzwanzig Dollar nahm er sonst für die Überfahrt, aber heute fuhr er nicht mehr.

»Bei diesem Sauwetter, was denken Sie denn?«

»Aber mich setzen Sie doch noch über?«

»Dort drüben ist es noch schlimmer, als man von hier aus glaubt. Nicht einmal die großen Holzboote kommen durch, das letzte hat der Sturm an die Westküste geworfen. Eine ganze Ladung von Trägern ist an Bord, von hier aus hat man alles sehen können. Von da, wo sie jetzt liegen, kommen sie nicht weiter. Da müssen sie lagern, bis der Sturm vorüber ist. Das machen wir nicht, Fräulein.«

»Aber mein Lagergerät ist schon in Happy Camp, hier kann ich doch nicht bleiben«, sagte Frona mit verführerischem Lächeln. »Seien Sie ein Mann, und bringen Sie mich hinüber!«

»Nein.«

»Ich gebe Ihnen fünfzig.«

»Nein, sage ich.«

»Ich bin ein Mädel, aber ich habe keine Angst!«

Der Bursche fuhr auf und kehrte sich gegen sie mit zornfunkelnden Augen. Die Worte, die ihm auf der Zunge lagen, behielt er für sich, aber Frona konnte sie von seinem Munde lesen. Gegen den Sturm gebeugt, standen sie nebeneinander wie Seeleute auf schwankendem Deck und sahen einander trotzig in die Augen. Ihm klebte das Haar in nassen Locken um die Stirn; das ihre peitschte in triefenden Strähnen um ihr Gesicht.

»Also los!«

Der Bursche schob mit einem wütenden Ruck sein Boot ins Wasser und warf die Riemen hinein.

»Steigen Sie ein! Aber nicht für fünfzig Dollar. Sie bezahlen denselben Preis wie alle andern.«

Ein Windstoß packte die Nußschale. Die Breitseite voraus, flog sie sechs Meter weit über das Wasser. Frona nahm die Schöpfkelle zur Hand, schwere Spritzer klatschten den beiden in die Gesichter und brannten in ihre Haut.

»Hoffentlich treiben wir nicht an Land«, keuchte er und beugte sich über die ächzenden Riemen. »Wäre kein Vergnügen für Sie.«

Dabei sah er sie wütend an.

»Wir werden schon nicht«, sagte Frona und lächelte. Sie traten auf schlüpfrige Felsen, als das Boot sein Ziel erreicht hatte. Zu beiden Seiten erhoben sich triefende Steinwände, der Regen brauste immer noch nieder wie aus unerschöpflichen Quellen.

Frona wollte helfen, das Boot zu bergen.

»Machen Sie lieber, daß Sie vorwärts kommen«, brummte der Fährmann. »Von hier bis Happy Camp sind es noch zwei Meilen, aber ein Weg für Ziegen oder Affen. Kein Wald mehr. Sie werden noch Ihr Wunder erleben. Also vorwärts! Auf Wiedersehen!«

Frona drückte ihm die Hand und sagte: »Sie sind ein tapferer Kerl!« Dann marschierte sie drauflos. Und der tapfere Kerl sah ihr bewundernd nach.

Happy Camp bestand aus einem Dutzend Zelten, die sich am äußersten Rande der Baumgrenze mit spitzen Pfählen wie verzweifelt in den Boden krallten. Frona ging, ausgepumpt von den wilden Strapazen dieses Tages, von Zelt zu Zelt. Der Wind stieß sie vor sich her, ihr nasser Rock hing wie Blei an den Hüften. Einmal hörte sie durch die Leinenwände einen Mann ungeheuerlich fluchen und dachte beseligt: Das ist Bishop! Aber als sie hineinsah, hatte sie sich geirrt. Erst das letzte Zelt des Lagers schien ihr einladend. Sie lüftete die Zelttür, drinnen lag ein Mann auf den Knien und blies mit aller Kraft in die Glut eines rauchenden Öfchens.

Frona trat ein. Nasser Rauch schlug ihr in den Mund, sie mußte husten. Da erst bemerkte der Mann, daß er einen Gast bekommen hatte.

»Binden Sie die Klappe wieder zu, und machen Sie sich's bequem!« sagte er, ohne seine Beschäftigung zu unterbrechen.

Ein Haufen Zwergkiefernzweige lag, in passende Stücke zerhackt, aber naß, neben dem Ofen. Frona sah, daß er nicht genügend gefüllt war, hockte sich nieder und legte sachverständig die feuchten Scheite auf. Der Mann erhob sich, hustete den Rauch aus und sah Frona mit geröteten Augen an.

»Trocknen Sie Ihr Zeug!« sagte er. »Ich sorge für Abendbrot.«

Er goß Wasser aus einem Eimer in die Kaffeekanne und stellte sie auf den Ofen. Dann ging er mit einem Eimer hinaus, um ihn neu zu füllen. Als er verschwunden war, griff Frona nach ihrem Ranzen, und als er wiederkam, stand sie in einer trockenen Bluse da und wrang die nasse aus. Während er in der Proviantkiste nach Tellern und Bestecken kramte, spannte sie eine Leine zwischen den Zeltstangen aus und hängte ihre Wäsche zum Trocknen auf. Die Teller waren schmutzig. Während der Mann gebückt dastand und sie wusch, wechselte sie auch noch die Strümpfe und zog ein Paar feiner, weicher Mokassins an. Das Feuer brannte jetzt. Bisher hatten die beiden kaum ein Wort gesprochen. Der Mann benahm sich, als sei es das Natürlichste von der Welt, daß ein junges Mädchen in Nacht und Unwetter zu ihm hereingeschneit kam. Frona nahm ein- oder zweimal einen Anlauf, um etwas zu sagen, aber er schien ihre Anwesenheit vergessen zu haben, und so schwieg sie. Nachdem er mit der Axt eine Dose Pökelfleisch geöffnet hatte, warf er ein Dutzend Speckscheiben in die Pfanne. Dann kochte er Kaffee und holte aus der Proviantkiste einen kalten, schweren Pfannkuchen hervor. Diese Delikatesse prüfte er zweifelnd und sah dabei Frona an. Dann schmiß er das klitschige Ding zum Zelt hinaus und warf eine Handvoll Schiffszwieback auf ein Wachstuch, das auf dem Boden lag und als Eßtisch dienen sollte. Die Zwiebacke waren zerkrümelt, vom Regen aufgeweicht; sie bildeten einen schmutzigweißen Brei.

»Mehr habe ich nicht, das muß als Brot gelten.«

»Einen Augenblick!« Ehe er protestieren konnte, hatte Frona die Schiffszwiebacke auf das siedende Fett und den Speck in der Pfanne geworfen. Sie goß ein paar Tassen Wasser dazu und verrührte alles über dem Feuer. Als es einige Minuten lang aus der Pfanne geschluchzt und geseufzt hatte, schnitt sie das Pökelfleisch in Scheiben und tat es zu dem übrigen, salzte und pfefferte. Ein angenehmer Duft stieg aus der Pfanne auf. Als er nun seinen Teller auf den Knien balancierte und das Gericht kostete, sagte er: »Das schmeckt, Donnerwetter, wie das schmeckt! Wie nennen Sie das?«

»Goldgräbersalat«, sagte sie kurz, und dann aßen sie beide wie hungrige Wölfe.

Nach und nach hatten Fronas Augen sich an den Rauch und das Halbdunkel gewöhnt, schweigend studierte sie das Gesicht ihres Wirtes. Es lag Kraft und Ausdruck darin, aber seltsam, das war ein Gelehrtenkopf... Solche Augen kannte sie bei Männern, die viele Nächte lang über Büchern gesessen hatten. Die Augen waren braun, es waren schöne, sympathische Augen. Bei Tage mochten sie grau, beinahe graublau aussehen. Frona wußte Bescheid, ihre beste und einzige Freundin auf der Universität hatte genau solche Augen gehabt.

Sein Haar war tiefblond und schimmerte im Kerzenlicht, sein lohfarbener Schnurrbart war ein wenig gelockt. Unter seinen Backenknochen lagen schwache Höhlen, die Frona verdächtig schienen. Aber seine muskulöse, schlanke Figur mit den breiten Schultern beruhigte sie wieder. Er schien den Fünfundzwanzig näher zu sein als den Dreißig.

»Decken hab' ich nicht viel«, sagte er nach langem Schweigen. »Meine Indianer kommen erst morgen früh vom Lindermansee zurück. Sie haben alles mitgenommen, was ich entbehren kann. Aber es wird gehen; ich habe noch ein paar dicke Mäntel, die tun es auch.«

Er kehrte ihr den Rücken und öffnete einen Wachstuchballen. Dann nahm er aus der Kleiderkiste zwei Mäntel und warf sie auf die ausgebreiteten Decken.

»Sie sind vom Tingeltangel?« fragte er, scheinbar ganz gleichgültig, als wüßte er die Antwort im voraus. Frona erinnerte sich an Nipuhsas Fluch über die weißen Weiber, die ins Land gekommen waren, und plötzlich erkannte sie, in welchem Lichte sie stand.

Er fuhr fort: »Gestern abend waren zwei Tingeltangeldamen bei mir, vorgestern drei. Da hatte ich aber noch mehr Bettzeug. Merkwürdig, all diese Damen haben Pech, immer ist ihre Ausrüstung verloren. Daß die Sachen sich wiedergefunden hätten, habe ich nie gehört. Alle sind sie Stars, darunter tun sie's nie. Sie sind doch gewiß auch ein Star?«

Zu ihrem Ärger wurde Frona rot: »Ich bin nicht vom Tingeltangel!«

Er breitete ein paar Mehlsäcke neben dem Ofen aus und machte ein zweites Bett zurecht.

»Aber Artistin sind Sie doch?« beharrte er.

»Leider bin ich keine Artistin, absolut nicht.«

Zum erstenmal schien er sie anzusehen, aber diesmal aufmerksam, vom Kopf bis zu den Füßen. Er ließ sich Zeit zu seiner Musterung.

»Ich bitte Sie um Entschuldigung«, sagte er. »Dann muß ich Ihnen aber sagen, daß Sie eine große Närrin sind. In dies Land kommen nur zwei Sorten Frauen: die mit ihren Männern oder Vätern, das sind die anständigen, und dann die anderen, die man aus Höflichkeit Tingeltangelsterne oder Artistinnen nennt. Eine dritte Sorte hat hier keinen Platz. Wer nicht zur einen oder anderen gehört, kommt unter die Räder. Deshalb sage ich Ihnen: Sie sind ein sehr dummes Mädel und können nichts Besseres tun als umkehren, solange es möglich ist. Ich will Ihnen einen Indianer bis Dyea mitgeben und Geld für die Rückreise nach den Staaten. Sie werden von einem Fremden kein Geld nehmen wollen, aber es ist ja nur geliehen. Sie schicken mir den Kies zurück, wenn es Ihnen paßt.«

Frona hatte versucht, ihn zu unterbrechen, aber er schnitt ihre Worte mit einer Handbewegung ab.

»Ich danke Ihnen«, setzte sie an, aber er unterbrach:

»Sie sollen gehorchen und nicht danken.«

»Ich danke Ihnen trotzdem, aber das heißt: danke, nein«, beharrte sie. »Zufällig irren Sie sich so ziemlich in allem. Ich wollte meine Träger hier in Happy Camp treffen, sie sind mit Zelt und Bett und allem, was der Mensch braucht, ein paar Stunden vor mir abmarschiert. Ein Boot ist heute nachmittag vom Sturm an die Westküste des Kratersees verschlagen worden, darin müssen meine Leute gewesen sein. So kommt es, daß ich wie ein nackter Spatz bei Ihnen hereingeweht bin. Ihr Rat, ich soll umkehren, ist gewiß gut gemeint, aber mein Vater erwartet mich in Dawson. Wir haben uns drei Jahre lang nicht gesehen. Soweit sind Sie hoffentlich beruhigt, mein Herr Gastwirt? Dann erlauben Sie freundlichst, daß ich ein bißchen zu Bett gehe.«

»Das ist doch unmöglich!« rief er, dem plötzlich bewußt wurde, daß er es mit einer jungen Dame zu tun hatte.

»Ja, was denn? Sind etwa in den anderen Zelten noch andere Frauen?«

»Nur in einem Zelt, da sind zwei oder drei... Aber gerade das ist gar nichts für Sie.«

Er überlegte mit Anstrengung; das Segelleinen des Zeltes bauschte sich im Sturm, der draußen brüllte.

»Ein Mann, der heute im Freien übernachten muß, ist verloren«, sagte er. »Die anderen Zelte sind überfüllt. Was tut man da?...«

»Vielleicht kann ich heute abend noch nach dem Tiefensee kommen?« fragte Frona, halb mitleidig, halb ironisch.

»Sie können doch unmöglich im Dunkeln über den Fluß setzen!«

»Sie haben offenbar Angst vor mir?«

»Nicht für mich.«

»Also schön, denn geh' ich ins Bett.«

»Ich bleibe auf und sehe nach dem Feuer«, sagte er gedehnt.

Frona sprang auf und schrie: »Jetzt hab' ich den Unsinn aber satt! Sind wir in einem Bürgerdorf mit drei Gasthöfen, oder sind wir auf dem Weg zum Nordpol? Ich geh' zu Bett und Sie auch, und damit basta.«

»Gute Nacht«, sagte sie nach zwei Minuten, als sie ihre Glieder mit Wohlbehagen in der Wärme gestreckt hatte. Eine Viertelstunde später fragte sie:

»Sind Sie noch wach?«

»Ja, was gibt es?«

»Haben Sie Späne?«

»Was für Späne?«

»Zum Feuermachen morgen früh, natürlich. Wenn nicht, dann stehen Sie auf und machen welche.«

Er gehorchte, ohne zu widersprechen, aber sie hörte nichts mehr...

Als sie die Augen aufschlug, war die Luft voll vom Duft frisch gebratenen Specks. Die Sonne fiel durch den aufgeschlagenen Zeltvorhang herein. Draußen zogen truppweise Lastträger vorbei mit Pfeifen und Singen. Es tat gut, aus dem warmen Bett heraus dies eifrige Leben zu sehen, dann rekelte Frona sich auf die andere Seite und machte noch einmal die Augen zu. Als ihr Wirt Speck und Bratkartoffeln fertig hatte, sagte er freundlich:

»Guten Morgen, Fräulein. Ob Sie gut geschlafen haben, brauche ich nicht zu fragen. Das hab' ich gehört.«

Nach dem Frühstück ließen sie sich vor dem Zelt die warme Sonne auf den Pelz scheinen. Bald darauf bog eine Schar wohlbekannter Männer um den Gletscher beim Kratersee und marschierte auf Happy Camp zu. Sie klatschte in die Hände.

»Dort kommt mein Gepäck! Mein Transportführer wird

schön die Ohren hängenlassen, aber ich kann ihn trösten. Das ganze Abenteuer war wunderschön.«

Sie hängte sich das Ränzel und die Kamera über die Schultern und nahm Abschied.

»Auf Wiedersehen, lieber Gastwirt, und haben Sie tausend Dank für alles.«

»Da ist nichts zu danken. Ich täte dasselbe gern für jeden...«

»... Tingeltangelstern!«

Er sah sie vorwurfsvoll an und sagte: »Ich weiß Ihren Namen nicht und will ihn auch gar nicht wissen.«

»So ungerecht wollen wir nicht sein, denn Ihren Namen kenne ich, Herr Vance Corliss. Ich hab' ihn nämlich auf den Gepäckzetteln gelesen. Ich heiße Frona Welse. Auf Wiedersehen!«

Sie machte sich im Laufschritt auf die Beine.

»Ihr Vater ist doch nicht etwa...?« schrie er ihr nach.

Sie wandte den Kopf: »Natürlich. Und wenn Sie nach Dawson kommen, besuchen Sie uns!«

Eine Viertelstunde später stieß sie auf ihre Karawane. Del Bishop ließ durchaus nicht die Ohren hängen.

»Guten Morgen«, grüßte er. »Ich sehe Ihnen an, daß Sie eine famose Nacht gehabt haben, wenn es auch nicht mein Verdienst ist.«

»Sie haben sich doch nicht um mich gesorgt, Bishop?«

»Gesorgt? Um eine Welse? Nein, da hatte ich anderes zu tun, vor allem, dem Kratersee meine Meinung ins Gesicht zu spukken. Ich kann das Wasser nicht leiden. Immer spielt es mir solche Streiche. Aber Sie müssen nicht denken, daß ich Angst davor habe! Ich kann's nur nicht leiden.«

Jacob Welse war Großkaufmann in einem Lande, das sonst noch keinen Handel kannte, ein ausgereiftes Produkt des neunzehnten Jahrhunderts in einer Gesellschaft, die primitiv war wie die der alten Vandalen. Als Monopolist großen Stils herrschte er über die unabhängigsten Menschen, die je in einem Winkel der Welt zusammengekommen waren. Als ein Missionar der Wirtschaft predigte er das Evangelium der Zweckmäßigkeit und der Macht. In seinem Glauben an die natürlichen Rechte der Menschen beugte er, selbst Demokrat, alle unter seinen starken Willen. Die Herrschaft Jacob Welses – das war sein ungeschriebenes Evangelium. Mit seinen Händen, ganz allein, hatte er ein Reich aufgebaut; unter seinem Kommando verbreitete sich die Bevölkerung über ein Gebiet von hunderttausend Meilen Umfang und zog sich wieder zurück. Städte wuchsen und verschwanden auf sein Gebot. Dennoch war er ein Mann aus dem Volke geblieben. Hier in der Prärie hatte er seinen ersten Atemzug getan. Der blaue Himmel war das Dach über seiner Wiege gewesen, und diese Wiege hatte aus einem Bündel grünen Heus bestanden.

Als er zum erstenmal die Augen öffnete, standen rings um ihn gesattelte Pferde, die das Wunder eines neugeborenen Menschen schnuppernd betrachteten. Sein Vater war Trapper, er hatte seine Kameraden auf ein paar Stunden verlassen, damit seine Frau Ruhe bekäme, wenn die Wehen einsetzten. Zu zweit hatten sie sich niedergelassen – ein paar Stunden später saßen sie zu dritt wieder im Sattel und holten den Trupp ihrer Kameraden ein. Es war gar keine Zeit vergeudet worden. Am nächsten Morgen bereitete Frau Welse wie immer das Frühstück am Lagerfeuer. Danach ritten sie bis Sonnenuntergang, eine Strecke von fünfzig englischen Meilen.

Fronas Großvater stammte aus der zähen Waliser Rasse und war in den ersten Tagen Ohios aus dem geschäftigen Osten gekommen. Seine Mutter war aus altem Nomadengeschlecht, ein Kind irischer Auswanderer, die sich endlich in Ontario niedergelassen hatten.

Ehe Jacob Welse noch richtig auf den Beinen stehen konnte, hatte er schon tausend Meilen Wildnis zu Pferde durchstreift und einen Winter hoch im Norden, in einer Jagdhütte an der Quelle des Roten Flusses, bestanden. Seine erste Fußbekleidung waren Mokassins gewesen, sein erster Leckerbissen Elchtalg. Für ihn war die Welt eine große, schneebedeckte Ebene, in der Indianer und weiße Jäger wie sein Vater streiften. Ein Haufen von Zelten aus gegerbten Tierhäuten war für ihn der Begriff »Stadt«, und ein »Faktor«, der Leiter einer kleinen Handelsstation, war für ihn der Inbegriff aller Allmacht. Flüsse und Seen dienten den Menschen als Verkehrswege, die Berge waren Verkehrshindernisse. Manchmal starben Menschen, aber ihr Fleisch taugte nicht zum Essen, und ihre Haut war wertlos. Dagegen war Pelzwerk kostbar, für einige Packen davon konnte man die ganze Welt kaufen. Tiere existierten, damit die Menschen sie jagten und ihnen das Fell abzogen. Wozu die Menschen da waren, wußte er nicht, es sei denn, weil der Faktor sie brauchte.

Als er älter wurde, änderten sich diese Begriffe allmählich, aber jeder neue Eindruck verursachte ihm Furcht und Verwunderung. Erst als er erwachsen war und viele Städte der Vereinigten Staaten durchwandert hatte, schwand der Ausdruck kindlicher Verwunderung aus seinen Augen. Dann wurde sein Blick scharf und durchdringend.

Bei seiner ersten Berührung mit Städtern hatte der kleine Jacob Verachtung gelernt. Das waren weibische Menschen, die sich oft verirrten und keinen Kompaß im Schädel hatten. Sie erkälteten sich leicht und hatten im Dunkeln Angst. Deshalb schliefen sie unter Dächern und verschlossen nachts ihre Türen. Die Frauen waren hübsch, aber schwächlich. Bei einer ganzen Tagesreise auf Schneeschuhen kamen sie nicht weit. Alle redeten sie von morgens bis abends, sie redeten viel zuviel. Deshalb logen sie auch und schafften nichts mit ihren Händen.

Mit den Jahren merkte Jacob Welse, obwohl er meist in Wäldern und Steppen hauste, daß die Städte doch nicht ganz so übel waren. Jedenfalls konnte man in einer Stadt leben und trotzdem ein Mann sein. Er war an den Kampf mit der Natur gewöhnt, jetzt reizte ihn der wirtschaftliche Kampf im sozialen Leben. Die Herren der Märkte und Börsen erschreckten ihn, ohne daß ihr Glanz ihn blendete. Er studierte ihre Methoden und kam hinter das Geheimnis ihrer Macht. Endlich, als blühend junger Mannskerl, nahm er ein Stadtmädchen zur Frau.

Trotz aller Rücksicht auf die bürgerliche Welt rollte das Wanderblut weiter in seinen Adern, so daß er eines Tages am Strand von Dyea landete, wo er, am Rande des Waldes, das große Blockhaus erbaute und seine Faktorei errichtete. Hier fand er den richtigen Abstand zu den Dingen und erkannte, daß die Phänomene der Gesellschaft dieselben sind wie die der Natur. Hier wie dort kam alles auf Kampf an. Wettbewerb war das Geheimnis der Schöpfung, die Welt war für den Starken geschaffen. Nur der Starke konnte sie besitzen. Lesen und Schreiben hatte Jacob Welse bei seiner Mutter im Schein des Lagerfeuers gelernt. Dann hatte er Bücher jeglicher Art durchschmökert, ohne sich das Hirn zu überlasten. Was er von der ersten bis zur letzten Seite kannte, war einzig das Buch des Lebens. Er las es mit der Nüchternheit, die man in schwerer Arbeit gewinnt, und mit einer klaren Anschauung alles Irdischen.

Eines Tages hatte Jacob Welse den Chilcoot überschritten und war in unbekannte Weiten verschwunden. Ein Jahr darauf erschien er bei den russischen Missionen, die um die Mündung des Yukon herum am Beringmeer lagen. Dreitausend Meilen weit war er einen Strom hinabgereist, hatte viel gesehen und einen großen Traum geträumt. Er sprach nicht davon, er machte sich an die Arbeit, und eines schönen Tages konnte man einen gebrechlichen Raddampfer bei Fort Yukon sehen, der seinen Dampfpfiff in die Mitternachtssonne schrie. Das war sein Anfang gewesen. Dampfer um Dampfer, Unternehmen um Unternehmen kamen hinzu. Auf tausend Meilen rings errichtete er an den Strömen und ihren Nebenflüssen Speicher und Faktoreien. Er zwang dem Eingeborenen die Axt des weißen Mannes in die Hand, und bald erhoben sich in jedem Dorf und alle zwanzig Meilen zwischen den Dörfern lange Brennholzstapel für seine Dampfkessel. Später errichtete er auf einer Insel in der Mündung des Yukon, also fast schon im Beringmeer, seine größte Faktorei, und bald pflügten seine Ozeandampfer den nördlichen Pazifik.

In Dutzenden von Filialen, bis San Franzisko hinunter, saßen seine Angestellten und besorgten nach telegraphischen Orders seine großen Geschäfte.

Früher hatte Hunger immer wieder die Menschen vertrieben, die ins Land kamen, jetzt aber war Jacob Welse da mit seinen Proviantläden. So konnten sie auch den Winter über trotz aller Kälte bleiben und im gefrorenen Schlamm nach Gold suchen. Er ermutigte, versorgte sie, gab ihnen Kredit. Aus einem Speicher und einem Laden, die er irgendwo in die Wildnis gelegt hatte, wurde in wenigen Jahren eine Stadt. Unermüdlich, unbezwinglich, war er überall zugleich und tat alles, erschloß neue Flußläufe und mit den neuen Flußläufen neue Provinzen. Die großen Speditionsfirmen mußten ihm Frachtermäßigung gewähren; mit allen Mammutunternehmen der Welt stand er in Verbindung. Er verkaufte pfundweise Mehl und Tabak, einzelne Decken, einzelne Tabakspfeifen, zugleich erbaute er Industrieanlagen, ließ Bauplätze in Hunderten von Hektaren vermessen, eroberte Kupfer-, Eisen- und Kohlengruben.

Er trug das Land auf seinen Schultern, er allein leistete alle öffentliche Arbeit dieses Landes. Jede Unze Goldstaub ging durch seine Hände, jede Postkarte, jeder Kreditbrief. Er besorgte alle Bank- und Börsentransaktionen, den Postverkehr, die Postverteilung. Er jagte die Konkurrenz aus dem Lande, ein Schrecken der Raubbau treibenden Kapitalisten; er bluffte kampfbereite Trusts. Es war manchmal ein hartnäckiges Ringen, aber immer fand er den Bluff, der seine Gegner vernichtete. Bei alledem fand er Zeit, an seine mutterlose Tochter zu denken, sie zu lieben und für eine Erziehung zu sorgen, die seiner Stellung entsprach.

Jacob Welse half seinem Gast in den Pelz und sprach beim Abschiednehmen:

»Dann sind wir uns also einig, Hauptmann, daß wir den Ernst der Situation energisch übertreiben wollen! Sie ist ernst genug; wir zwei wollen verhindern, daß alles noch schlimmer wird. Sie und ich, wir sind beide schon mit Hungersnöten fertiggeworden; man muß der Gefahr nur rechtzeitig ins Auge sehen. Die Leute sollen Angst kriegen, jetzt schon, nicht erst, wenn es zu spät ist. Sorgen Sie dafür, daß fünftausend Mann Dawson verlassen, lassen Sie diese Fünftausend weit und breit von der drohenden Hungersnot erzählen, damit verhindern wir, daß andere Fünftausend über das Eis zu uns herüberkommen.«

»Sie können mit der Hilfe der Polizei rechnen, Herr Welse.« Der Hauptmann war ein untersetzter Mann mit ergrauenden Haaren und militärischer Haltung.

»Sie haben es ja schon so weit gebracht, daß die Chechaquos ihre Ausrüstung verkaufen und sich nach Hunden umsehen. Sobald das Eis trägt, haben wir eine richtige Auswanderung! Wer jetzt seinen Proviant verkauft und fortzieht, macht uns das Leben um einen leeren Magen leichter und füttert zugleich einen Mann, der hierbleibt. Wann geht die ›Laura‹ ab?«

»Heute morgen mit dreihundert Mann an Bord! Ich wollte, es wären dreitausend!«

»Gott erhöre Ihr Gebet! Im übrigen, wann kommt Ihre Tochter an?«

Bei diesem Thema wurden Jacob Welses Augen warm.

»Sie kann jede Stunde eintreffen. Wenn sie erst da ist, müssen Sie oft zum Essen zu uns kommen und ein paar nette Jungen aus den Baracken mitbringen. Ich kenne nicht all die Namen, aber sagen Sie jedem, den Sie einführen wollen, daß die Einladung von mir persönlich komme. Ich hatte ja nie viel Zeit für Gesellschaft, aber sorgen Sie ein bißchen dafür, daß das Mädel sich amüsiert. Sie kommt geradewegs aus den Staaten und aus London und soll sich hier nicht ganz vereinsamt fühlen.«

Die Tür ging auf.

»Herr Foster läßt fragen, ob er weiter Lieferscheine ausfüllen soll?«

»Jawohl, Herr Smith. Aber er soll alles auf die Hälfte herabsetzen. Wer einen Schein auf tausend Pfund hat, bekommt nur für fünfhundert Ware.«

»Jawohl, Herr Welse.«

Dann kam ein anderer Angestellter.

»Kapitän McGregor möchte mit Ihnen sprechen.«

»Herein mit ihm!«

Man sah es dem Schiffskapitän an, daß er von Kind an die rauhe Hand der Neuen Welt gespürt hatte. Sie hatte ihn hart geknetet, aber sein grimmiges Gesicht sprach von unbestechlicher Ehrlichkeit, und zugleich sah man ihm an, daß mit ihm nicht gut Kirschen essen war. Sein breit vorstehendes Boxerkinn, die gebrochene schiefe Nase und eine große Narbe, die quer über seine Stirn lief, bewiesen, wie oft er seinen Mann gestanden hatte.

»In einer Stunde werfen wir los, Herr Welse. Bitte Ihre letzten Orders.«

»Schön, Kapitän. Ich habe diesen Winter eine andere Verwendung für Sie im Auge, aber leider müssen Sie jetzt doch mit der ›Laura‹ fahren. Können Sie raten, warum?«

»Es wird Krach geben«, sagte Kapitän McGregor, und um die Runzeln seiner Schläfen spielte so etwas wie ein Lächeln.

»Jedenfalls eine Aufgabe, für die es keinen besseren Mann gibt als Sie. Bally wird Ihnen noch genaue Instruktionen geben. Aber soviel kann ich Ihnen gleich sagen: Wir müssen den Leuten solche Angst machen, daß sie aus dem Lande verschwinden, sonst wird in Fort Yukon bald jedes Pfund Proviant mit Gold aufgewogen. Verstanden?«

»Jawohl!«

»Also keine Verschwendung dulden! Zunächst nehmen Sie dreihundert Mann mit flußabwärts, wahrscheinlich kommen doppelt so viele nach, sobald das Eis trägt. Sie werden den Winter über tausend Mäuler durchzufüttern haben. Setzen Sie alle auf Rationen und sorgen Sie dafür, daß gearbeitet wird. Brennholz sechs Dollar den Klafter. Lassen Sie es am Ufer aufstapeln, wo der Dampfer anlegen kann. Wer nicht arbeitet, bekommt nichts zu essen. Verstanden?«

»Jawohl!«

»Tausend Mann können unangenehm werden, wenn sie müßig gehen. Können sogar sehr unangenehm werden. Passen Sie auf, daß sie die Depots nicht stürmen! Geschieht etwas dergleichen, dann kennen Sie Ihre Pflicht.«

Der Kapitän nickte grimmig.

»Fünf Dampfer stecken im Eis. Sie haben dafür zu sorgen, daß sie in Ordnung sind, wenn der Frühling das Eis aufbricht. Aber zuerst schaffen Sie alle Ladungen in ein großes Depot! Das können Sie leichter verteidigen. Machen Sie das Depot wasserdicht! Suchen Sie sich die rechten Leute heraus, die mit einem Gewehr umgehen können! Vergessen Sie nicht: Wenn es hart auf hart geht, hat der gewonnen, der zuerst schießt!«

Als der Kapitän wegtrat, wurde Herr John Melton gemeldet, er folgte dem Kontoristen auf den Fersen, um nicht abgewiesen zu werden. Er schnaufte wie ein zorniges Nashorn und hielt dem Chef der Kompanie ein Papier vor die Nase.

»Lesen Sie das! Was soll das bedeuten, zum Henker?«

Jacob Welse warf einen Blick auf das Papier.

»Tausend Pfund Proviant.«

»Na also! Sagt mir der Kerl im Speicher, es gilt nur für fünfhundert!«

»Das stimmt.«

»Aber . . .«

»Es lautet auf tausend Pfund, aber wir können nur fünfhundert liefern.«

»Ist das Ihre Unterschrift hier? Ist das, schwarz auf weiß, Ihr Name?«

»Ja.«

»Also, was werden Sie tun?«

»Ihnen fünfhundert geben. Und was werden Sie tun?«

»Die Annahme verweigern.«

»Gut, dann brauchen wir nicht weiter zu reden.«

»Doch! Dann will ich Ihnen noch sagen, daß wir beide geschiedene Leute sind. Ich bin reich genug, um mein Gepäck selbst über die Pässe zu verfrachten, und das werde ich nächstes Jahr tun. Schluß mit Ihnen.«

»Dagegen kann ich nichts machen. Sie haben dreihunderttausend Dollar in Goldstaub bei mir stehen. Gehen Sie an die Kasse, und lassen Sie sich diese auszahlen.«

Melton ging in ohnmächtiger Wut auf und ab.

»Herrgott, Mann! Ich hab' doch das Ganze bezahlt. Wollen Sie mich etwa verhungern lassen?«

»Hören Sie zu, Melton!« Jacob Welse machte eine Pause. Dann fragte er langsam: »Worum handelt es sich in diesem Augenblick? Was verlangen Sie?«

»Meine tausend Pfund Proviant!«

»Für Ihren eigenen Magen?«

Der Minenkönig nickte.

»Sehen Sie, Melton, Sie arbeiten für Ihren eigenen Magen und verlieren die Nerven wie ein Chechaquo. Ich arbeite für zwanzigtausend Mägen!«

»Aber Timm Reddy haben Sie noch gestern ohne Zögern für tausend Pfund gegeben!«

»Die Rationierung ist erst heute in Kraft getreten.«

»Aber warum soll gerade ich darunter leiden?«

»Weil Sie erst heute gekommen sind und Timm gestern.« Jacob Welse sah in Meltons verständnisloses Gesicht und zuckte die Achseln.

»Es wird keiner vorgezogen. Ob Sie eine lumpige Aktie von den Bonanza-Minen oder ein dickes Paket Aktien haben, das gibt Ihnen kein Anrecht auf ein einziges Pfund mehr Futter, als der älteste, ärmste Arbeiter oder der kleinste Säugling bekommt. Hungern werden Sie nicht, solange ich die Zügel führe. Das verspreche ich Ihnen. Mehr verspreche ich Ihnen aber nicht. So, alter Freund, und jetzt geben Sie mir die Hand, und damit Schluß.«

Nach dem Bonanza-König kam ein schlotteriger Yankee hereingeschlurft, angelte mit dem in einem Mokassin steckenden Fuß einen Stuhl heran und setzte sich vertraulich nieder.

»Hallo, Dave, sind Sie es?«

»Natürlich bin ich's, Welse. Hören Sie, die Geschichte mit dem Proviant hat den Leuten einen Schrecken eingejagt, der ist nicht von schlechten Eltern. Es wird eine tüchtige Abwanderung werden, sobald der Fluß zufriert.«

»Das freut mich zu hören. Wollen Sie mitmachen?«

»Ich? Ich denke nicht dran! Hab' mein Zeugs gestern schon nach der Mine verfrachtet. War auch höchste Zeit. Aber stellen Sie sich vor, Welse, was mit meinem Zucker passiert ist! Hatte den ganzen Vorrat auf dem letzten Schlitten, und gerade der hat den Einfall, durchs Eis zu brechen! Wissen Sie, gerade da, wo der Weg von Klondike nach Bonanza abgabelt. So was ist mir noch nicht passiert, der allerletzte Schlitten und all mein Zucker! Deshalb bin ich jetzt hier. Hundert Pfund oder so müssen Sie mir geben. Weißen oder braunen – es kommt nicht drauf an.«

Jacob Welse schüttelte lächelnd den Kopf. Dave Harney rückte seinen Stuhl noch näher an ihn heran.

»Ihr Kommis draußen sagt, es hätte keinen Zweck, ihn zu plagen. Schön, sage ich, dann schau' ich selbst mal beim Chef herein. Sie können meinetwegen doppelte Preise nehmen . . .«

Als er die ablehnende Haltung Welses spürte, wurde er immer dringlicher.

»Erinnern Sie sich an die Bonbons, die ich Ihnen damals am

Preacher-Creek gemacht habe? Ja, das ist auch schon wieder sechs Jahre her. Herrgott, wie die Zeit läuft! Wenn nicht mehr, ich glaube sogar sieben! Also, Sie wissen doch: Eher kann ich auf Tabak und Schnaps verzichten als auf meinen Süßkram. Ich kann einfach nicht! Es ist ein schrecklicher Zustand. Heraus mit dem Zucker, Welse! Meine Hunde stehen draußen, Sie fahren gleich mit mir nach dem Speicher! Famose Idee, was?«

»Nein.«

»Ich will ja nicht happig sein, Welse. Wenn Sie knapp sind, will ich mich mit fünfundsiebzig begnügen. Welse, Welse ... geben Sie mir nur fünfzig! Ich verstehe Ihre Lage, ich bin ja nicht der Mann, der einen anderen Mann quält.«

»Nicht soviel Worte, Dave! Wir haben nicht ein einziges Pfund Zucker übrig!«

»Ich bin doch kein Gierschlund, geben Sie mir fünfundzwanzig!«

»Keine Unze!«

»Also dann vergessen Sie, daß ich Sie überhaupt um Zucker gebeten habe. Nur keinen Streit. Ich komme wieder, wenn Sie besserer Laune sind.«

Er überlegte, wie er diese bessere Laune herbeiführen könnte.

»Hören Sie das Pfeifen von der ›Laura‹? Sie geht gleich ab. Kommen Sie mit!«

Jacob Welse zog sich Pelz und Fausthandschuhe an, und sie gingen zusammen durch eine lange Reihe von Kontoren in den Laden. Wohl zweihundert Käufer standen vor den Theken, aber der Raum war so groß, daß sie kein Gedränge verursachten. Alle Gesichter waren ernst, viele sahen den Chef des Hauses wütend an. Alles wurde verkauft, nur keine Lebensmittel! Und gerade Lebensmittel brauchten sie.

»Preistreiberei, das Ganze! Wenn die Hungerpreise erst erreicht sind, wird die Ware schon auf den Markt kommen!« sagte laut ein rotbärtiger Goldgräber. Jacob Welse hörte es, aber er nahm keine Notiz davon. Das würde er noch oft und in viel gröberem Ton hören, ehe die Krise vorüber war.

Auf dem Bürgersteig blieb er stehen und las die Mitteilungen, die vor seinem Hause angeschlagen waren. Entlaufene Hunde, zugelaufene Hunde, verkäufliche Hunde, vor allem Verkaufsanzeigen für Ausrüstungen. Proviant von fünfhundert Pfund Gewicht wurde zu einem Dollar das Pfund angeboten – den Ängstlichen war der Schreck schon in die Glieder gefahren! Welse sah Melton im Gespräch mit einem besorgten Neuling.

Die zufriedene Miene des Bonanza-Königs bewies, daß es ihm schon geglückt war, sein Depot für den Winter zu ergänzen.

»Warum versuchen Sie nicht hier, Zucker aufzutreiben?«

»Glauben Sie vielleicht, ich hätte es nicht versucht? Von Klondike City bis zum Hospital haben meine Hunde sich fast die Beine abgelaufen. Es gibt nichts, nicht für Geld und nicht für gute Worte.«

Sie gingen die Straße entlang, an den Speichertüren und an wartenden Hundegespannen vorbei. Die Tiere hatten sich wie Wölfe im Schnee zusammengerollt. Auf diesen Schnee, den ersten des Jahres, hatten die Goldgräber am Fluß gewartet, ehe sie anfingen, Proviant einzukaufen.

»Ist das nicht lächerlich?« fing Dave an. »Da hab' ich also meine fünfhundert Fuß Goldland am Eldorado und noch was dazu und bin mindestens meine fünf Millionen schwer und kann nicht eine Handvoll Zucker für meinen Kaffee oder meine Grütze kriegen! Jetzt hab' ich's satt! Soll das ganze Land zum Teufel gehen! Ich verkaufe! Ich mache Schluß. Ich geh' nach den Staaten zurück!«

»Ich hab' Sie am Stuartfluß ein ganzes Jahr lang rohes Fleisch essen sehen, und am Tanana haben Sie Lachseingeweide gefressen; wenn ich mich recht erinnere, auch Hundefleisch. Sie sind damals nicht weggereist und werden auch diesmal nicht reisen. So gewiß, wie die ›Laura‹ jetzt den Anker aufholt, so gewiß werden Sie hier sterben, Dave. Eines schönen Tages werde ich Sie in einer meiner vorzüglichen Bleikisten verschiffen, und mein Kontor in San Franzisko wird Ihren Nachlaß regeln. Sie hängen hier fest, das wissen Sie so gut wie ich.«

Während er sprach, mußte er fortwährend Grüße der Vorübergehenden erwidern.

»Wetten, daß ich 1900 in Paris bin!« protestierte der Eldorado-König.

Mit hallenden Glocken grüßte Kapitän McGregor aus dem Steuerhäuschen seinen Reeder. Die »Laura« löste sich vom Ufer. Die Zurückgebliebenen winkten mit den Mützen und riefen Reisegrüße, aber die dreihundert Proviantlosen an Bord, die ihren Traum vom Gold den Rücken kehrten, antworteten nicht. Die »Laura« backte durch eine Rinne, die in den Eisrand geschnitten war, hinaus, schwang sich dann in die Strömung, stieß einen letzten schreienden Pfiff aus und fuhr mit Volldampf davon.

Nur ein Dutzend Leute blieb an der Brücke zurück, im Kreise um Jacob Welse. Man sprach von der Hungersnot, aber im Ton von Männern. Sogar Dave Harney hörte auf, sein besonders gräßliches Los zu verfluchen. Mitten in diesem Gespräch fiel Welses Blick auf einen schwarzen Punkt, der zwischen Treibeis den Fluß herabkam.

»Das ist ja ein Kanu!« rief einer. »Verflucht kitzlige Fahrt!« Sich drehend und wendend, bald gerudert, bald nur von der Strömung getrieben, kam das Kanu näher. Man erkannte zwei Männer, die es steuerten und beide Hände voll zu tun hatten, um sich die Schollen fernzuhalten. Sie gewannen glücklich das Randeis und ließen sich längs treiben, in der Hoffnung, eine Öffnung zu finden. Dicht vor dem Kanal, der für den Dampfer ins Eis gehauen war, stemmten sie ihre Paddel tief in die Flut und schossen in den toten Wasserarm.

Viele Hände streckten sich ihnen entgegen, man half ihnen ans Ufer und zog das Boot aufs Trockne. Zwei Postsäcke lagen darin, ein paar Decken, ein schlaffer Proviantsack. Die Männer waren so durchgefroren, daß sie kaum auf den Füßen stehen konnten.

»Vorwärts, einen heißen Whiskygrog!« schlug Dave Harney vor und wollte gleich mit ihnen losziehen. Aber einer der Männer nahm sich noch Zeit, Jacob Welses Hand zwischen seine froststeifen Tatzen zu nehmen.

»Sie kommt!« sagte er. »Vor einer Stunde haben wir ihr Boot überholt. Sie kann jede Minute um die Ecke kommen. Die Post bringe ich Ihnen später. Erst muß ich was in den Leib kriegen.«

Im Abmarschieren drehte er sich noch einmal um und wies auf den Strom.

»Da ist sie schon! Gerade beim Vorgebirge.«

Von Klondike trieb jetzt eine schwere Eismasse in den Hauptstrom hinaus und jagte das Boot aus seiner Fahrt. Man konnte deutlich beobachten, wie die Ruderer mit verzweifelter Anstrengung durch die Schollen stakten, vier Leute standen aufrecht und kämpften um ihr Leben. Dann erkannte man eine dünne Säule blauen Rauches, die aus einem Bord-Öfchen emporstieg, und als das Boot näherkam, sah man, daß das lange Steuerruder von einer Frau geführt wurde. Jacob Welses Augen leuchteten auf: das war seine Tochter! Auf allen Schulen und Hochschulen drüben in der Zivilisation war sie eine Welse geblieben, die Lust an der Gefahr hatte und mit den Eisschollen kämpfte. Von Reif bedeckt, vielfach beschädigt, stieß das Boot an den Rand des Ufereises. Ein weißer Mann sprang heraus, die Fangleine in der Hand, um das Fahrzeug in die Rinne zu bugsieren. Aber das

Ufereis war noch zu dünn, er brach ein. Der Bug des Bootes scherte unter dem Druck einer schweren Eisscholle aus, der Mann tauchte unter dem Stern wieder auf. Die Frau warf sich halben Leibes über die Reling und griff ihn am Kragen.

»Zurück das Boot!« befahl sie mit klarer Stimme den rudernden Indianern. Während sie den Kopf des Mannes über Wasser hielt, warf sie sich mit aller Kraft gegen das Steuerruder und zwang das Boot in die Rinne. Noch ein paar Ruderschläge, dann stieß es gegen den Uferrand. Dave Harney zog den zähneklappernden Mann aus der eisigen Flut und schickte ihn dem Postboten nach, dorthin, wo es Wärme und heißen Whiskygrog gab.

»Hallo, Vater?«

»Hallo, Frona?«

Welse wußte nicht, ob er das junge Mädchen in die Arme nehmen, oder ob er ihr nur die Hand reichen sollte, um ihr an Land zu helfen.

Aber sie war schon herübergesprungen, und während die Männer sich wie auf Befehl nach einer anderen Seite kehrten, fiel sie ihm einfach um den Hals: »Du lieber Daddy!« Dann stellte Jacob Welse vor: »Meine Tochter!«

Frona grüßte wie ein alter Goldsucher, der zufällig ein junges Mädchen ist, und jeder einzelne hatte das Gefühl, daß ihre Augen gerade in die seinen geblickt hatten.

Vance Corliss hatte dummerweise keinen Photographenapparat mit ins Land geschleppt, sonst hätte er sich jetzt die Zeit damit vertreiben können, Aufnahmen von Frona zu entwickeln und ihre Bilder an die Wand seines Zeltes zu hängen. Aber trotzdem sah er sie immer vor sich, so wie sie ausgesehen hatte, als sie ihm zum Abschied winkte: im flammenden Sonnenlicht vor einer dunklen Felswand, eine strahlende, junge Gestalt, lächelnd wie der Morgen und in einem Rahmen von funkelndem Gold. Es wich nicht von ihm, dies Bild, aber immer leidenschaftlicher wurde sein Wunsch, das junge Mädchen in Wirklichkeit wiederzusehen, mit dem er seine Decken geteilt hatte. Sie war neu in seinem Leben, sie glich keiner Frau, der er je begegnet war.

Hinter ihm lag eine wohlbehütete Jugend. Immer hatte er in warmen und gut gelüfteten Zimmern gehaust, immer hatte er in Sonnenschein gebadet, wenn das Wetter schön war, und unter trockenem Dach gesessen, wenn es regnete. Als er alt genug geworden war, einen Beruf zu wählen, hatte er sich brav an die Arbeit gemacht und war auf dem geraden Weg geblieben. Das Ergebnis: ein wohlerzogener, netter junger Mann, über dessen Erscheinen sich die Mütter aller jungen Mädchen freuen, ein kräftiger und gesunder junger Mann, der seine Nervenkraft nicht vergeudet hatte; ein sehr gelehrter junger Mann, der sein Examen als Mineningenieur in Deutschland und ein zweites Examen an der Yale-Universität glänzend bestanden hatte; vor allem ein sehr selbstbewußter junger Mann.

Trotz alledem war Corliss in seiner Lebensform nicht erstarrt. Eines Tages erwachte auch in ihm, der in jungen Jahren schon ein gesättigter Bürger schien, die Unrast seiner Väter, die einst von Europa her als Abenteurer in die Neue Welt gezogen waren. Bei aller Gelehrtheit, aller Beständigkeit, war diese Unrast vielleicht Vances bester Besitz. Sie hatte ihn jetzt nach Alaska geführt, und als Fronas Bild lange genug durch die Winkel seines Zeltes gespukt hatte, in den Sonnenstäubchen bei Tag und im Flackern des Öfchens bei Nacht, hatte sie ihn abermals auf die Beine gebracht.

Den Sack voll Geld, hatte er sich aufgemacht, um Frona einzuholen, über den Paß und dann weiter zu den Seen und Flüssen hinab. Aber so leicht sein Geld die meisten Hindernisse überwand ... Frona reiste unter dem Namen Welse, und der galt mehr als Reichtümer. So kam es, daß sie trotz allem vierzehn Tage früher als er in Dawson eintraf. Nach seiner Ankunft ließ er ein paar Wochen darüber verstreichen, sich ein Haus zu kaufen, sich niederzulassen und seine Empfehlungsbriefe zu präsentieren. Er wollte Frona nicht wie ein Abenteurer entgegentreten. Als der Fluß zugefroren war, machte er seinen ersten Besuch in Jacob Welses Haus. Frau Sheffield, die Gattin des Goldkommissars und eine der großen Damen von Klondike, gab sich die Ehre, ihn einzuführen.

Vance zupfte an der Nase ... das gab es also in Klondike! Ein Haus mit Dampfheizung, schweren Portieren zwischen Vorraum und Empfangszimmer ... und ein Empfangszimmer, das jedem Haus in der Fünften Avenue Ehre gemacht hätte! Seine elchledernen Mokassins glitten über tiefe, weiche Teppiche. Mächtige Tannenscheite prasselten in zwei holländischen Kaminen. Auch ein Flügel war da, und jemand sang.

Frona sprang vom Klaviersessel auf und streckte ihm beide Hände entgegen. Ihr Bild im Sonnenschein war vollkommen gewesen, aber jetzt im flackernden Schein des Feuers wirkte sie noch stärker. Als er ihre Hände in den seinen hielt, stieg ihm das Blut unerklärlich heftig zu Kopfe, und er bekam einen Schwindelanfall.

»Sie kennen sich schon?!« rief Frau Sheffield erstaunt.

»Wir haben uns auf dem Wege von Dyea getroffen«, antwortete Frona. »Wenn man sich auf diesem Wege begegnet ist, vergißt man einander nie.«

»Nein, wie romantisch!« strahlte Frau Sheffield. »Hat er Ihnen das Leben gerettet oder so etwas? Es sieht doch ganz danach aus! Und Sie haben mir kein Wort davon gesagt, Herr Corliss! Erzählt doch endlich, ich sterbe vor Neugier.«

Frona antwortete: »Er hat mir Gastfreundschaft erwiesen, das ist genug. Seine Bratkartoffeln sind erste Klasse, und sein Kaffee ist fabelhaft ... wenn man sehr hungrig ist.«

Dann wurde Vance einem gutgewachsenen Leutnant der berittenen Polizei vorgestellt, der am Kamin stand und mit einem lebhaften kleinen Mann das ewige Verpflegungsproblem erörterte.

Es war eine richtige Gesellschaft, ein Fünfuhrtee mit Musik. Der Tee wurde aus chinesischem Porzellan getrunken, lauter wohlgekleidete Leute in weißen Hemden und mit steifen Kragen standen in Gruppen beisammen. Vance fand sich sofort in die gewohnte Atmosphäre und bewegte sich sicher von Gespräch zu Gespräch, sehr zum Neid von Del Bishop, der stocksteif in dem ersten Stuhl klebte, auf den er gestoßen war, und der sich sehr unglücklich fühlte. Er hatte sich nur auf eine Minute hereingewagt, um »Hallo, Miß Frona!« zu sagen, und saß jetzt wie eine Ratte in der Falle. Wie kam man aus einer so vornehmen Gesellschaft wieder heraus? Wieviel Schritte brauchte man, um zur Tür zu kommen? Wie verabschiedete man sich? Gab man reihum die Hand oder verbeugte man sich nur vor Miß Frona? Er war entschlossen, sich nicht vom Platze zu rühren, bis einer der Herren ihm den Abschied vormachte.

Vance hatte den Goldgräber sofort wiedererkannt, obwohl er ihn nur eine Sekunde lang durch seine Zeltöffnung in Happy Camp gesehen hatte. Das war der Mann, dem er es verdankte, daß Fräulein Frona für jene eine Nacht ohne Unterkunft war ... Ein braver Mann, der im richtigen Augenblick selbst den Weg verloren hatte.

Bald zog Dave Harney Vance ins Gespräch. Er fühlte sich verpflichtet, hier so aufzutreten, wie es seinen Millionen entsprach, und obwohl er sein ganzes Leben lang nur die Gastfreundschaft des offenen Zeltes gekannt hatte, bei Fleischtöpfen, in die jeder hineingriff, machte es ihm Freude, einmal im Leben den Salonhelden zu spielen. Wie ein richtiger König hielt er Cercle, indem er an jeden, der ihm in die Quere kam, ein paar huldvolle Worte richtete, meist törichte Fragen, auf die es keine Antwort gab. Dabei sah er verliebt in einen Spiegel, denn so, in der Verkleidung eines Stadtherrn, hatte er sich selten gesehen. Frona hatte in diesen wenigen Wochen merkwürdige Verheerungen in Dawson angerichtet.

Den Höhepunkt des Nachmittags schuf Harney, als er Frona bat, das rührende Lied »Für dich hab' ich mein Haus verlassen...« zu singen. Sie kannte es nicht; er ließ sich herbei, ihr die ersten Takte vorzusummen, so daß sie ihn nur zu begleiten brauchte. Dann riß eine Erinnerung an die Jugend ihn hin, er stimmte seinen gewaltigen Baß, der keineswegs wohlklingend war, und tremolierte die rührendsten Stellen, daß es eine Katze erbarmt hätte. Del Bishop, der sich dieser Seele verwandt fühlte, brummte den Refrain mit. Es war ein erhebender Vortrag. Bishop fand endlich den Mut, sich von seinem Stuhl zu erheben und allen Leuten auf die Schulter zu schlagen.

Er kam spät nach Hause und weckte seinen Zeltgenossen: »Großartig war das bei Welses! Das nächstemal nehme ich dich mit, alter Junge! Also, so gut habe ich mich im Leben noch nicht amüsiert.«

Als Vance sich verabschiedete, flüsterte Frona ihm zu: »Es ist zu dumm, keine drei Worte haben wir miteinander gesprochen...«

Nicht ohne Kampf hatte Vance Corliss sich von der Kultur getrennt, in der er aufgewachsen war, als ein ehrenvoller und glänzend bezahlter Posten im wilden Alaska ihn abrief. Jetzt fand er bei Frona etwas von dem Verlorenen wieder. Sie war eine Frau, die in seinen Kreisen und mit seinen geistigen Interessen gelebt hatte. Zugleich aber spürte er aus ihrem Wesen einen reinen, scharfen Duft wie von frischer Erde. Sie hatte studiert, aber sie war kein Blaustrumpf geworden, sondern noch tief verwachsen mit dem Boden, dem sie entsprossen war. Keine Frau auf Erden hätte wie sie die Brücke sein können, die Corliss mit dieser Fremde verband; keine andere hätte es vermocht, ihm die

Tage in dieser Verbannung voll und schön zu machen. Wie in ihrer persönlichen Atmosphäre, so fand er auch in ihrem Haus alles, wonach er sich in seiner kahlen Zelle sehnte. Er reiste gern – denn er war jung und abenteuerfroh – mit dem Hundegespann und dem braven Burschen Bishop, den er in seinen Dienst genommen hatte, tief in das Land hinein, kampierte, wie nur irgendein Goldgräber, im Zelt, am Lagerfeuer, aß seinen gebratenen Speck dreimal am Tag und schützte sich die Haut mit Fischtran gegen Gletscherbrand. Aber es war herrlich, in solchen Nächten, wenn die groben, oft zotigen Goldgräberwitze, immer dieselben, erzählt wurden, wenn man seinen Whiskytee aus Blechschalen trank und tage- oder wochenlang keinen Tropfen Wasser an den Körper bekam, still von einem Zimmer zu träumen wie Fronas Empfangsraum. Von den weichen Teppichen, den herrlichen Bildern, dem Flügel und einer jungen Dame, deren kultivierte Persönlichkeit den Raum durchdrang.

Fronas einziger Fehler war in Vances Augen ihr burschikoses Wesen. Aber wenn sie dann lachte und sich an seiner Beschämung weidete, empfand er, daß dies alles eine Art Verkleidung war, die sie gewählt hatte, um zu fühlen, wie sehr er sie verehrte. Prüde war sie nicht, aber was er weibliches Schamgefühl nannte und nicht missen konnte, besaß sie, wie seine Mutter es besessen hatte, und würde es wahrscheinlich auch in der steten Umgebung der rauhesten Männer nie verlieren.

Er liebte das Flammen ihres Haares in der Sonne, sein goldenes Funkeln am Kaminfeuer. Er liebte ihren Mund und ihre Wangen. Er liebte ihre zierliche Gestalt mit den federnden Muskeln und war glücklich, wenn er neben ihr gehen durfte, wenn sie ihre Schritte den seinen anpaßte. Alles an ihr liebte er.

In der Bar, wo es hoch herging, saß Vance Corliss mit Oberst Trethaway zusammen, und mitten im Tohuwabohu trinkender, spielender, singender Männer führten sie ein ernstes Gespräch über wichtige Fragen ihres Berufs. Der Oberst sah mit sechzig Jahren und schlohweißem Haar noch wie ein junger Mann aus. Seine Augen strahlten im klarsten Blau, seine Bewegungen waren voll von jugendlichem Temperament, und sein Geist arbeitete exakt, stets bedient von einem unfehlbaren Gedächtnis. Trethaway war ein alter Mineningenieur und vertrat in Alaska ebenso große amerikanische Interessen wie Corliss englische. Die beiden Männer waren einander in Freundschaft zugetan, und das kam auch ihren Geschäften zugute.

Die Männer ringsum, es waren wohl hundert, trugen Pelze

und Wollzeug. Sie bliesen so viel schweren Tabak in die Luft, daß der Schein von Petroleumlampen und Talglichtern die Wolken kaum durchdrang. Aus mächtigen Öfen prasselte rote und weiße Glut; es war ein richtiges Goldgräber-Eldorado.

Was es an Weiblichkeit in diesem Eldorado gab, Tingeltangelsterne und Artistinnen, wie Vance sie nannte, war stark gefragt. Rasten durfte keines von den armen Mädchen; aus einem Arm in den andern gerissen, tanzten sie viele, viele Stunden lang auf dem hölzernen Podium, und der Klavierspieler trommelte sich fast den Atem aus den Lungen. Beim Tanz flatterten den Männern Ohrenklappen mit bunten Quasten von den Wolfs- und Biberfellmützen um die Köpfe. Sie gingen in weichen Mokassins, aber die Mädchen trugen dünne Ballschuhe aus Atlas oder Seide, und manche hatten Abendkleider an, wie man sie auch in jedem Ballsaal der zivilisierten Welt zeigen konnte.

Im Hauptraum der Bar wurde nur Whisky und Bier getrunken, aber aus einem Nachbarzimmer hörte man das Knallen von Sektpfropfen und das Klirren zarter Kelche, zugleich das Gerassel von beinernen Spielmarken, das Schnurren der Roulette. An manchen Abenden wurden viele Zehntausende Dollars in Goldstaub dort umgesetzt, denn ein Mann, der viele harte Monate im verkrusteten Schlamm gewühlt und einen guten Fund gemacht hat, tobt sich gern bei Spiel, Champagner und Mädels aus.

Als Oberst Trethaway und Vance an den Bartisch traten, um sich die Gläser wieder füllen zu lassen, trafen sie dort auf ein neues Gesicht, das nicht zu übersehen war. Es war ein ungewöhnlich stattlicher und intelligent aussehender Bursche mit einer Wolfsfellmütze. Frauen hätten ihn mindestens hübsch genannt. Auf seinen Wangen glühte eine sympathische Wärme, und aus seinen Augen strahlte eine schöne, sanfte Glut. Der Mann war so aufgeräumt, wie man zur guten Stunde bei guten, starken Getränken nur werden kann. Er führte das Wort; seine Stimme war ein wenig laut, aber sie klang angenehm.

Als er sein Glas hob, passierte es, daß sein Nachbar ihn stieß. Er tat es unabsichtlich, aber so kräftig, daß dem Fremden das Glas entfiel und in Scherben ging. Während er sich den Wein vom Hemd wischte, brummte er ein grobes Wort, das gewiß so wenig böse gemeint war wie zuvor der Stoß, der es hervorgerufen hatte. Aber die Gemüter waren einmal erhitzt, ein »Chechaquo!« fiel nach dem andern, und als das Schimpfen keinen Spaß mehr machte, bekam der Fremde einen Schlag ans Kinn. Er taumelte gegen Vance; der Angreifer stellte sich mit geballten Fäusten vor ihn, um den Raufhandel fortzusetzen, und im Augenblick stand jedem der Männer ein Sekundant zur Seite.

Die Mädchen zogen sich zurück; die Goldgräber hatten im Handumdrehen einen weiten Kreis geschlossen. Oberst Trethaway ernannte sich mit dem Anspruch seiner weißen Haare selbst zum Schiedsrichter, und nun sollte nach allen Gesetzen der edlen Kunst ein Boxkampf vor sich gehen, mehr Sport als Feindschaft.

»Los, gib ihm ein blaues Auge!« wurden die Kämpfer ermutigt, aber der hübsche Bursche in der Wolfsfellmütze und mit den tapferen blauen Augen bot plötzlich ein Bild, das Mitleid erregen konnte. Statt zu kämpfen – und auch ein schlechter Kampf mit fairen Mitteln wäre ihm nicht übelgenommen worden –, duckte er sich, deckte das Gesicht mit beiden Händen, und es war unverkennbar, daß seine Knie bebten.

»So gehen Sie doch in Stellung!« brüllte der Oberst ihn an, aber ebensogut hätte er einen Schneemann zum Boxer gemacht.

Der Gegner hatte vielleicht Mitleid mit dieser armen Seele, aber er durfte sich, nachdem der Ring einmal abgesteckt war, nicht mit einem Scheinkampf begnügen. »Feiglinge! Schlappschwänze!« tönte es schon ringsum, und so landete er einen saftigen Schlag. Corliss wollte sofort eingreifen; er konnte nicht mit ansehen, wie ein völlig wehrloser Mann mißhandelt wurde. Aber der Oberst wies ihn empört aus dem Ring.

»Was denken Sie! Hier habe ich das Kommando!«

Die ganze Angelegenheit sah nur deshalb so brutal aus, weil der Bursche, der mit der Zunge so tapfer gewesen war, sich auch dann nicht zur Wehr setzte, als das Blut ihm schon aus der Nase floß und eines seiner Augen dick verschwollen war. Doch jetzt konnte Corliss sich nicht länger beherrschen. Er warf sich dazwischen und nahm einfach den Angreifer auf sich. Sein Vorstoß kam so unerwartet, daß der Mann sofort zu Boden ging. Im Augenblick zerfiel die ganze Besucherschaft der Kneipe in zwei Parteien. So offenkundig es gewesen, daß ein braver Mann gegen einen Feigling stand, waren doch viele der Meinung Vances, man dürfe einen Schwächling nicht zuschanden schlagen, ein Boxkampf müsse zwischen Gleichwertigen geführt werden. Die anderen aber waren der Meinung, im Ring habe kein Dritter etwas zu suchen. Nun kam eine Schlacht in Gang, in der jeder auf jeden losschlug und keiner nach Regeln fragte. Vance bekam eine steinharte Faust in die Zähne gefeuert und mußte zu Boden, direkt neben den Mann, den er selbst eben zur Strecke gebracht hatte, aber dann machte sich Bishop ans Geschäft und mähte mit unwiderstehlichen Fäusten rings um ihn die Luft frei. Del Bishop stand seit kurzem in Vances Diensten, aber wie es im Norden unter weißen Männern ist, war er mehr sein Kamerad als sein Angestellter. Er war vielleicht der beste Mann im Saal, wenn es ans Raufen ging; das kam selten vor, aber wenn er zugriff, tat er es mit Schwung.

Oberst Trethaway vergaß seine sechzig Jahre und sein weißes Haar; er vergaß auch, daß er sich das Amt des Schiedsrichters angemaßt hatte. Statt Ordnung zu schaffen, griff er nach einem Schemel und stürzte sich ins dichteste Gewühl. Zwei dienstfreie Sergeanten von der berittenen Polizei schlossen sich ihm an. Der halb ohnmächtige Mann mit der Wolfsfellmütze, der den ganzen Skandal entfacht hatte, wurde in eine geschützte Ecke gezerrt; und jetzt waren lauter Männer unter sich, die einander mit echter Liebe zur Sache Kinnhaken und Rippengerade wuchteten, die ein zerschmettertes Nasenbein hinnahmen, ohne zu mucksen, und für jeden Schlag, den sie einsteckten, frisch befeuert zwei bessere zurückgaben.

Am anderen Ende der Bar wurde immer noch Whisky ausgezapft. Im Nebenraum spielte man wieder zum Tanz auf, und die Roulettspieler ließen sich nicht stören.

Corliss war längst wieder auf die Beine gekommen und drosch Seite an Seite mit Bishop auf fremde Schädel und fremde Gesichter ein, kämpfte aus purer Freude am Kampf mit Leuten, die er nicht kannte und die ihm nie etwas zuleide getan hatten. Plötzlich geriet er mit einem sehnigen Hundetreiber in den Clinch. Aus dem Schlagwechsel wurde ein Ringkampf; die beiden fielen eng umschlungen zwischen all die stampfenden Füße. Corliss spürte den wütenden Atem seines Gegners im Gesicht, dann zuckte ein scharfer Schmerz durch seine Nerven. Der Mann hatte ihm, in diesem Augenblick mehr Wolf als Mensch, die Zähne in die Ohrmuschel gegraben – er ließ nicht los, noch eine Sekunde, dann hatte Vance kein Ohr mehr ... Wie in einer Vision sah er sich plötzlich als ein Gebrandmarkter durchs Leben gehen, ein Herr der Gesellschaft, der Wissenschaft, der bei einer Rauferei sein Ohr verloren hatte – unter den Zähnen eines besseren Hundetreibers. Das war kein Männerkampf, das war tierische Roheit, gegen die jedes Mittel galt. Aufbrüllend stieß er zwei Finger in die Augen des Wolfsmenschen, bis der Mann vor Schmerz heulte, und seine Zähne das Ohr freigaben. Dann lagen sie nebeneinander, fast unbeweglich. Der Kampf tobte über sie weiter, sie wurden mit Füßen getreten, aber das war alles sehr dunkel und fern...

Eine halbe Stunde später herrschte wieder tiefer Friede im Goldgräber-Eldorado. Vance lag, von Oberst Trethaway gepflegt und von Del Bishop notdürftig verbunden, in einem ledernen Klubsessel und spülte das geronnene Blut in seinem Mund mit eiskaltem Whisky hinunter. Er war vom Kopf bis zu den Füßen zertrampelt und verdroschen, aber es tat ihm nichts weh, wenigstens jetzt noch nicht; er fühlte sich so gehoben, so zufrieden mit sich selbst wie vielleicht noch nie in seinem Leben. Spiel ohne Einsatz ist ein fades Vergnügen, aber er hatte um sein Ohr, um sein gutes Aussehen, um einen Teil seines wertvollen, gesunden, stattlichen Körpers gekämpft, und deshalb war es ein guter Kampf gewesen. Zum erstenmal in seinem Leben hatte er die Kraft seiner im Sport gestählten Glieder gebraucht, zum erstenmal empfunden, wie Muskel gegen Muskel prallt und das Blut heißer durch die Adern jagt. Er hatte – alle Phasen der Rauferei gingen ihm jetzt erst durch den Sinn – mit einem einzigen Hieb einen Mann zu Boden geschmettert, der gerade einen Steinkrug auf den Schädel des alten Obersten schleudern wollte, und bei dieser Erinnerung durchbebte ihn ungeheure Freude. Ein Hieb, ein einziger Hieb, und der starke Kerl hatte bewegungslos zu seinen Füßen gelegen.

Zu viert brachen sie später auf, Corliss, der Oberst, der Mann mit der Wolfsfellmütze und Del Bishop. Schneeklar war die Nacht; vor ihnen lag eine stille, friedliche Straße, und die Luft klirrte vor Frost.

»Das war ein Abend! Blut und Schweiß, und nicht zu wenig!« frohlockte Oberst Trethaway. »Wissen Sie, Corliss, ich bin heute abend wieder um zwanzig Jahre jünger geworden! Geben Sie mir Ihre Hand. Ich gratuliere Ihnen. Von ganzem Herzen! Die Wahrheit in Ehren, Corliss, das hätte ich Ihnen nicht zugetraut. Es war eine Überraschung für mich, direkt eine Überraschung!«

»Für mich selbst war es auch eine Überraschung«, gestand Vance. Jetzt trat bei ihm der Rückschlag ein. Er fühlte sich plötzlich krank und erbärmlich schwach. »Ich bin mir selbst eine Überraschung gewesen, und vor allem Sie, alter Oberst! Wie Sie mit dem Stuhl losgegangen sind...«

»Ich glaube selbst, das hat nicht schlecht ausgesehen. Haben Sie gesehen, so, von oben...« Er focht in die Luft, in die kalte, stille, schöne Luft, und das sah so komisch aus, daß alle vier in ein befreiendes Lachen ausbrachen.

»Wem habe ich zu danken, meine Herren?« fragte der Mann mit der Wolfsfellmütze, den Corliss gerettet hatte.

»Mein Name ist St. Vincent, Doktor Gregory St. Vincent.« Dabei streckte er den anderen seine Hand zum Abschiednehmen hin.

»Gregory St. Vincent?« fragte Del Bishop mit plötzlich erwachtem Interesse.

»Jawohl, und der Ihre?«

»Das geht Sie einen Dreck an!«

Dabei schoß Bishops Faust vor, und Gregory St. Vincent stürzte schwer in den Schnee.

»Sind Sie verrückt, Mann?« brüllte Corliss.

»Das Stinktier! Ich hätt's ihm noch besser geben sollen! So ein verfluchter Hundeknochen! ... Ist schon gut. Lassen Sie mich los! Ich rühr' ihn nicht mehr an. Lassen Sie mich! Ich gehe nach Haus. Gute Nacht.«

Als sie Gregory St. Vincent auf die Beine halfen, mußte der Oberst noch einmal lachen. Er schämte sich eigentlich darüber, aber später erklärte er: »Eine Viecherei war es. Aber eben doch so komisch und plötzlich.«

Zunächst machte er sein Lachen wieder gut, indem er es übernahm, Herrn Gregory nach Hause zu schleppen und ins Bett zu legen.

»Hat Sie der Teufel geritten?« fragte Corliss später seinen Mann. »Es war doch alles vorbei; ich glaubte, Sie wären verrückt geworden.«

»Habe nichts zu bedauern«, bockte der Goldgräber.

»Herr Harney? Dave Harney, wenn ich nicht irre?«

Der Bonanza-König nickte, und Herr Gregory St. Vincent wandte sich an Frona.

»Die Welt ist wirklich nicht groß, Fräulein Welse. Denken Sie, Herr Harney und ich sind alte Bekannte.«

Jetzt ging dem Goldkönig ein Licht auf.

»Warten Sie, junger Mann, ich komme schon drauf. Damals waren Sie glatt rasiert. Warten Sie – das war im Jahre sechsundachtzig, dann – Herbst siebenundachtzig, Sommer achtundachtzig – jawohl, damals war es! Im Sommer achtundachtzig kam ich auf meinem Floß den Strom herunter. Ich hatte Elchhäute geladen und hatte es eilig. Aufs Haar wäre mir damals die ganze

Ladung verdorben. Ja, und da kamen Sie in einem Ruderboot vom Lindermansee an. Ich behauptete, es wäre Mittwoch, mein Kamerad sagte Freitag, und Sie behaupteten Sonntag. Jawohl Sonntag! Stimmt absolut. Vor neun Jahren! Dann haben wir getauscht, Elchbraten gegen Mehl, Backpulver und Zucker! Sakrament, war das eine Freude! Das ist schön, daß wir uns wiedersehen!«

Sie schüttelten einander die Hände, der Alte schlug dem Jungen auf die Schultern.

»Ich habe eine nette kleine Bude oben auf dem Hügel und dann noch eine am Eldorado. Der Schlüssel hängt immer draußen vor der Tür, Sie kommen, wann Sie Lust haben, und bleiben, solange es Ihnen paßt. Meine einzige Bedingung ist: bald! Es tut mir leid, heute muß ich gehen, ich wäre gern noch geblieben.«

»Vor neun Jahren waren Sie schon hier, Herr St. Vincent?« fragte Frona erstaunt. »Erzählen Sie doch, damals war das Land ja noch eine vollkommene Wildnis. Was haben Sie da alles erlebt?«

St. Vincent zuckte die Achseln: »Erlebt? Einen elenden Mißerfolg, das ist alles, was ich erlebt habe. Nichts, worauf man stolz sein könnte.«

»Einen Mißerfolg? Dann müssen Sie doch etwas versucht haben? Was hatten Sie damals für Pläne?«

St. Vincent bemerkte mit Genugtuung, daß Frona sich für ihn interessierte.

»Ich hatte damals die verrückte Idee, möglichst genau auf dem Polarkreis rings um die Welt zu reisen. Im Interesse der Wissenschaft...wissen Sie, ich bin Geograph. Es sollte durch Alaska gehen, auf dem Eis über die Beringstraße, dann durch Nordsibirien nach Europa zurück. Eigentlich war es ein prachtvolles Unternehmen, zum größten Teil führte der Weg über damals noch jungfräuliches Land. Aber die Sache ging schief. Über die Beringstraße kam ich gut hinüber, aber in Ostsibirien hatte ich Pech...alles wegen Tamerlan, wegen dieses mausetoten Tamerlan, das muß ich zu meiner Entschuldigung sagen.«

»Der reinste Odysseus!« rief Frau Sheffield und klatschte in die Hände. »Ein moderner Odysseus, ach, wie romantisch!«

»Aber geizig mit seinen Abenteuern, das war Odysseus nicht«, widersprach Frona. »Auf einmal stocken Sie, Herr St. Vincent, gerade im spannendsten Moment. Wieso hat Tamerlan Ihre Reise gestört?«

Er lachte und hatte offensichtlich keine Lust, von dieser Expedition zu erzählen. Aber er ließ sich von den neugierigen Frauen bewegen, ein Opfer zu bringen.

»Als Tamerlan mit Feuer und Schwert durch Ostasien zog«, berichtete er, »wurden Länder verwüstet, Städte zerstört und Völker wie Staub in die Winde zerstreut. Ein großes Volk wurde aus dem Lande gejagt; die Schwärme von Menschen suchten auf ihrer Flucht vor der sinnlosen Mordlust des Siegers Zuflucht in Sibirien. Sie bogen nach Norden und Osten ab und bildeten einen Saum von mongolischen Stämmen um das Land am Polarmeer. – Aber jetzt merken Sie, wie langweilig die Geschichte ist, meine Damen?«

»Nein! Nein!« rief Frau Sheffield. »Das ist ja so himmlisch spannend. Und Sie erzählen so lebendig! Er erinnert mich direkt an...«

»Also, dann will ich weitererzählen. Also, ohne diese Mongolenstämme hätte ich meine Reise durchgeführt. Zweifellos! Statt dessen bin ich gezwungen worden, eine fette Prinzessin zu heiraten und in Stammesfehden, beim Renstehlen und anderen Eingeborenensports eine Rolle zu spielen.«

»Sie sind ein Held! Ist das nicht himmlisch, Frona? Erzählen Sie mehr vom Renstehlen und von der fetten Prinzessin!«

»Die Bevölkerung der Küste bestand aus Eskimos, aus heiteren und gutartigen Menschen. Sie nennen sich selber Ukilions... das heißt: Meeresleute. Ich kaufte ihnen Hunde und Proviant ab, wir kamen gut miteinander aus. Aber die Ukilions waren einem Binnenlandstamm untertan, den Tschautschuins ... das heißt in unserer Sprache: Hirschmenschen. Die Tschautschuins sind ein wildes, unbezwingbares Volks, ungezähmt und boshaft. Kaum hatte ich die Küste hinter mir, da überfielen sie mich, nahmen mein Hab und Gut und machten mich zum Sklaven.«

»Waren denn keine Russen da? Soldaten? Polizei?«

»Russen? Unter den Tschautschuins?« Er lachte. »Geographisch gehörten sie allerdings zum Reiche des Zaren, aber ich bezweifle, daß er je von diesen Untertanen gehört hatte. Vergessen Sie nicht: Das Innere von Nordsibirien liegt in der Polarnacht, ein unerforschtes Land. Wenige Europäer sind je dort hingekommen, kaum je einer ist zurückgekehrt.«

»Aber Sie...«

»Ich bin zufällig die Ausnahme, mit der sich die Regel bestätigt. Warum ich verschont wurde, weiß ich nicht. Aber es ist eine Tatsache, sonst könnte ich Ihnen nicht davon erzählen.

Anfangs wurde ich schrecklich behandelt, von Frauen und Kindern geschlagen, in räudige Felle voller Ungeziefer gekleidet, mit Abfall ernährt. Sie hatten überhaupt kein Herz. Wie ich das überstand, ist mir heute noch ein Rätsel, ich hätte tausendmal Selbstmord begangen, aber es fand sich kein Weg dazu. Dann war ich, infolge von soviel Leiden und Mißhandlungen, ganz vertiert und viel zu schlaff, um mir das Leben zu nehmen. Halbtot vor Hunger und Kälte, verprügelt, daß ich manchmal kaum noch denken konnte ... nein, damals war ich kein Mensch mehr, und nur der Mensch begeht Selbstmord! Heute scheint mir diese Zeit wie ein gräßlicher Traum. Vieles ist meinem Gedächtnis ganz entfallen. Ich weiß noch dunkel, daß ich, auf einen Schlitten gebunden, von Lager zu Lager geschleppt wurde, eine Art Ausstellungsgegenstand, ein Stückchen zoologischer Garten auf Reisen. Wie weit ich in die Öde vorgedrungen bin, weiß ich nicht, aber es müssen Tausende von Meilen gewesen sein. Als ich wieder zu mir kam, und all das hinter mir lag, befand ich mich jedenfalls reichlich zweitausend Kilometer westlich der Stelle, wo sie mich gefangen hatten. Es war Frühling, und mir war, als knüpfte ich plötzlich an die Vergangenheit wieder an, auf einmal hatte ich wieder offene Augen.

Ich fand mich mit einem Riemen ans hintere Ende eines Schlittens festgebunden, wie der Affe eines Leierkastenmannes. Ich hielt den Riemen mit beiden Händen, denn er hatte mir schon tiefe Wunden ins Fleisch geschnitten. ›Was ist das?‹ fragten die Hirschmenschen und hielten mir ein Spiel Karten unter die Augen. Das mußte auf merkwürdigen Wegen von weißen Leuten über die Meermenschen zu den Hirschmenschen gekommen sein, wahrscheinlich von Walfischfängern. Nun hatte ich als Schuljunge zum Vergnügen meiner Kameraden Kartenkunststücke und ein bißchen Zaubern gelernt. Die alten Kunstfertigkeiten fielen mir plötzlich wieder ein, und ich kann sagen, daß kein Zauberkünstler auf Erden je ein dankbareres Publikum gefunden hat. Im Augenblick wurde ich von einem Ausstellungsgegenstand, der so wenig galt, daß man ihn verhungern und verkommen ließ, ein Mann von unermeßlicher Bedeutung. Greise und Frauen kamen zu mir, um sich in ihren Nöten Rat zu holen, dann auch die Männer und zuletzt sogar die Häuptlinge. Es kam mir zustatten, daß ich von Medizin und Chirurgie eine Ahnung hatte, und so wurde ich Wundermann. Vor wenigen Wochen noch Sklave, saß ich jetzt unter den Häuptlingen im höchsten Rat, ich wurde das unwidersprechbare Orakel im

Kriege wie im Frieden. Dort oben waren Rene das einzige Vermögen, ein Tauschmittel wie bei uns das Gold. Mein Stamm beschäftigte sich hauptsächlich damit, Raubzüge gegen die Nachbarstämme zu unternehmen und ihnen die Renherden zu stehlen. Ich brachte meinen Leuten neue Kampfmethoden bei, lehrte sie Kriegskunde und Taktik und verhalf ihren Operationen zu einer Stoßkraft, der die Nachbarstämme nicht widerstehen konnten. So war ich zwar ein Herr, fast ein Halbgott geworden, aber meine Freiheit gewann ich dadurch nicht wieder. Es klingt lächerlich: Ich war zu erfolgreich, ich hatte mich unentbehrlich gemacht. Die Hirschmenschen waren jetzt meine Untertanen, aber sie bewachten mich eifersüchtig. Jeder meiner Befehle wurde befolgt, ich konnte kommen und gehen, wie ich wollte. Aber wenn die Handelskarawanen von der Küste kamen, mit denen wir Waren tauschten, durfte ich nicht dabeisein. Unter meinen Häuptlingen war ein einziger, Pi-Une, der sich weigerte, mir die mir zustehenden Ehren zu erweisen. Er rüttelte damit an meiner Allmacht, ich fühlte den Thron unter mir wackeln, denn tatsächlich besaß ich nur so weit Macht, wie man mir Glauben schenkte. Ich war, verstehen Sie das, meine Damen, der Aberglaube des Volkes. Wenn einer an mir zweifelte, und der Blitz ihn nicht strafte, konnte ich plötzlich die ganze Macht wieder verlieren und da sein, wo ich angefangen hatte. Um Pi-Une zu besänftigen, blieb mir nichts übrig, als seine Tochter Ilswunga zu heiraten. Darauf bestand er. Ich bot ihm an, er solle als gleichberechtigter Mitkaiser neben mir herrschen. Aber davon wollte er nichts hören. Und...«

»Und? Rascher, rascher ... so gespannt bin ich in meinem ganzen Leben nicht gewesen!« stieß Frau Sheffield hervor.

»Und so heiratete ich Ilswunga – in der Sprache der Tschautschuins heißt das ›die Hindin‹. Arme Ilswunga! Als ich das letztemal von ihr hörte, war sie in der Mission von Irkutsk, legte Patiencen mit einem Kartenspiel, das mich zum Kaiser gemacht hatte, und wehrte sich tapfer dagegen, je in ihrem Leben ein Bad zu nehmen.«

»Es ist wirklich schon zehn Uhr!« klagte Frau Sheffield, die von ihrem Mann den zehnten leisen Rippenstoß bekommen hatte. »Wie entsetzlich traurig, daß ich nicht weiter zuhören kann, Herr Gregory. Was dann alles noch kam, und wie Sie entronnen sind. Aber Sie müssen mich besuchen. Ich muß das unbedingt zu Ende hören!«

»Und gerade Sie habe ich für einen Chechaquo gehalten«,

sagte Frona, als Gregory sich den Kragen hochschlug und die Ohrenklappen festband. »Morgen abend müssen Sie wieder zu uns kommen! Wir bereiten eine Theatervorstellung für Weihnachten vor. Kein Mensch kann uns da so wundervoll helfen wie Sie. Alle jungen Leute machen mit, Beamte, Polizeioffiziere, Mineningenieure, und wir haben sogar ein paar hübsche Damen.«

Als er gegangen war, schloß sie die Augen und dachte an ihn: »Was ist das für ein mutiger Mann! Was ist das für ein prachtvoller Mensch!«

Gregory St. Vincent wurde rasch ein wichtiger Faktor im gesellschaftlichen Leben der Stadt Dawson. Er war tatsächlich ein großer Entdeckungsreisender. Eigentlich hatte er überall auf der Erdoberfläche Leben und Kampf beobachtet. Dabei, wenn auf seine Erlebnisse und Kämpfe die Rede kam – wie zurückhaltend und bescheiden!

Überall traf er alte Bekannte, Jacob Welse war ihm im Herbst 1888 in St. Michael begegnet, bevor Gregory den Marsch über das Eis der Beringstraße antrat. Einen Monat später hatte ihn Pater Barnum einige hundert Meilen nördlich von St. Michael getroffen, wo der Missionar die Leitung des ersten Hospitals übernahm. Polizeihauptmann Alexander kannte Gregory von einem Abend der Britischen Gesandtschaft in Peking her.

Besonders bei den Frauen wurde er beliebt. Niemand verstand es wie er, das Programm für einen vergnügten Abend zu entwerfen; es gab keine Gesellschaft ohne ihn. Im Theater hatte er ganz selbstverständlich die Leitung übernommen, er wurde Regisseur und Hauptdarsteller, so daß er Fronas Partner werden mußte.

Corliss kam einmal zu einer Probe; er war müde von einer Schlittenreise und blieb nicht lange. Vielleicht ärgerte es ihn auch, zu sehen, wie ihre Rollen die beiden zwangen, sich immer wieder zu umarmen. Die betreffende Szene war so schwierig, daß Gregory sie ein halbes dutzendmal wiederholen ließ.

Corliss hatte sehr viel Arbeit. Wenn er Geselligkeit suchte, tat er sich jetzt mit Jacob Welse und Oberst Trethaway zusammen. Er lernte ununterbrochen, auf seinem Schlitten reisend und im Gespräch mit den bewährten Pionieren, denn er hatte herausgefunden, daß sein ganzes Wissen bisher Theorie gewesen war. Seine große Gründung, an der Jacob Welse sich auch mit einigen Millionen beteiligte, bedingte praktische Grundlagen. Corliss wunderte sich selbst, daß es in London Leute gab, die ihm eine so verantwortliche Aufgabe und große Kapitalien anvertraut hatten, ehe er noch eine Ahnung gehabt, um was es sich eigentlich handelte.

»Sie haben Protektion, mein Junge!« lachte Trethaway. »Protektion ist ganz gut für den Anfang. Aber jetzt sollen die Kerls auch merken, daß Sie wirklich was leisten.«

Del Bishops Aufgabe bestand darin, nach den Anordnungen seines Chefs die verschiedenen Flüsse zu bereisen, wozu ihm die beste Ausrüstung und ein prachtvolles Hundegespann zur Verfügung standen. Er war ein hervorragender Kundschafter, aber vor allem vergaß er über den Interessen der Gesellschaft nicht, für sich privat Ausschau nach neuen Fundstellen zu halten. Sein Wissen sollte ihm zustatten kommen, wenn er im Sommer wieder auf eigene Faust auf die Goldsuche ging.

Frona hörte über Corliss nur das Beste. Daß er ein tüchtiger Arbeitgeber, ein unermüdliches Vorbild für seine Leute war, daß man in seinem Dienst entweder kräftiger und männlicher wurde oder ihn schimpfend verließ. Sie freute sich darüber, aber ihre ganze Zeit nahm Gregory St. Vincent allmählich in Anspruch. Anfangs hatte sie manchmal an seiner Wahrheitsliebe gezweifelt, aber jeder, der selbst von der Welt etwas gesehen hatte, mußte zugeben, daß seine wunderbaren Berichte den Tatsachen entsprachen. Es gab Leute, die sich deutlich erinnerten, mit welch ungeheurem Aufsehen die zivilisierte Welt Gregory begrüßt hatte, als er der Gefangenschaft der Hirschmenschen entflohen war.

Daß Corliss Fronas neuen Freund ablehnte, war offensichtlich. Es gab noch ein paar andere Herren, die nichts von ihm wissen wollten. Aber von der Massenprügelei im Wirtshaus, bei der sie Mißtrauen gegen den Welterforscher gefaßt hatten, wurde nie gesprochen, und so erfuhr Frona nicht, was man gegen Gregory hatte. Einmal aber, als Corliss mit anhören mußte, wie Gegory als ein zweiter Achill gepriesen wurde, wurde er so gereizt, daß ihm ein Wort über den Boxabend entfuhr. Es tat ihm sofort leid, sein Temperament war mit ihm durchgegangen, aber Frona schien gar nicht überrascht.

»Ich weiß«, sagte sie, »Herr Dr. St. Vincent hat mir davon erzählt. Sie und Oberst Trethaway, Sie sind ihm sehr tapfer zur Seite gestanden. Ich kann sagen, daß er Ihnen dankbar ist.«

Corliss machte eine abwehrende Bewegung.

»Nein, nein, Vance, nach dem, was er sagte, müssen Sie sich fabelhaft benommen haben. Ich bin stolz auf Sie. Schade, daß ich kein Mann bin, da wäre ich gern dabeigewesen!«

Fronas Augen funkelten. »Und er selbst, Vincent? Hat er sich gut geschlagen?«

»Ach, ich glaube, sehr ehrenvoll... Eigentlich hatte ich zuviel mit mir zu tun, um auf die anderen zu achten.«

»Er ist so bescheiden, er erzählt nie von der Rolle, die er selbst gespielt hat. Aber man kann sich das ja alles vorstellen«, schloß Frona das Gespräch.

»Stellen Sie sich jetzt einmal so ein dickes, blutiges, ganz scharf gebratenes Beefsteak vor, natürlich in Butter gebraten, mit Zwiebeln und ganz fein geschnittenen Kartoffeln, Herr Corliss«, träumte Bishop im Zelt, das nach Petroleum und Speck stank. »Dazu – na, sagen wir, eine Flasche Porter und eine Flasche Ale, in einem Humpen zusammengemischt. Im Hintergrund – natürlich müssen Sie sich dann auch einen Speisesaal mit roten Plüschmöbeln denken –, im Hintergrund eine richtige Musik mit Schlagzeug und Blechinstrumenten. Und dann so was Weiches, Duftiges in Ihrer Nähe, so, was man ein richtiges Weib nennt... mit dicken Beinen, aber nicht zu dick – also stellen Sie sich das vor! – Der Busen etwa so...

Und jetzt denken Sie, daß ich gar nicht weit von alledem bin. Nächsten Herbst spätestens will ich mir das in San Franzisko zu Gemüte führen, aber nicht einmal, sondern vier Wochen lang jeden Abend, meinetwegen auch in New York. Dann gehen wir zusammen ins Theater, und was dann kommt, das können Sie sich ruhig auch vorstellen! Und was es kostet, danach frag' ich den Teufel.«

»Dann wird das Geld bald zu Ende sein, und Sie können wieder Gold suchen.«

»Das werden Sie nicht erleben!« grunzte Bishop. »Vorher hab' ich mir natürlich meine Obstfarm in Südkalifornien gekauft und damit das Kapital in Sicherheit gebracht. Eine Prachtfarm habe ich schon lange im Auge. So an 40000 Dollar werde ich wohl 'reinstecken müssen. Mit diesen beiden Händchen wird hienieden keine Arbeit mehr angefaßt, das kann ich Ihnen schwören. Dazu hab' ich meinen Verwalter und meine zwei

Dutzend Knechte…, ich bin der Herr Chef, und wenn's einmal nicht ordentlich geht, dann können die Lümmels was erleben. Im Stall hab' ich ein paar Gäule stehen, aber was für Gäule! Aus Stahl, und die Haut so zart wie Kinderpopos. Wenn mich die Unruhe packt, das Goldfieber soll ja nie ganz aufhören in einem Menschen, der einmal gegraben hat, dann werfe ich ihnen Sattel und Gepäck auf, und heidi, geht's los!«

»Und wie denken Sie sich das Zuhause?«

»Das Gutshaus steht schon auf meiner Farm. Wicken und Kresse an den Mauern und davor ein Gemüsegärtchen, man kann schon sagen ein Gemüsepark. Da habe ich vorhin was vergessen, wie wir vom Beefsteak sprachen, na, das können wir ja nachholen. Also, denken Sie sich auch noch Spinat, Tomaten, Spargel, Karotten, Gurken, wissen Sie, auch alles in Butter und mit so ganz hellen Farben, das Rot, das Gelb, das Grün … das kommt gleich nach dem Gebratenen. Wie schmeckt der Speck, Herr Corliss? Das Gewisse, das Weiche und Runde, wissen Sie – das in San Franzisko –, das hab' ich natürlich dort gelassen. In meinem Haus ist auch so was, nicht ganz so parfümiert und überhaupt mehr solid. Bei mir zu Hause muß es ordentlich zugehn, die Frau muß auch zugreifen, wissen Sie. Aber nachts ist es dann doch ganz schön mit ihr. Das muß der Mensch für die Dauer haben – und außerdem was zum Vergnügen.« Während sie ihr Blechgeschirr mit Schneewasser reinigten und das Zelt mit Pfeifenrauch füllten, wurde Del Bishop wieder sachlicher.

»Das ist doch merkwürdig, Herr Corliss, Sie haben soviel mit Minen zu tun, aber das Goldfieber existiert gar nicht für Sie. Passen Sie nur auf, daß es Sie nicht eines Tages auch packt. Das ist schlimmer als Whisky, Pferde und Karten. Sogar die Weiber sind gar nichts dagegen. Am besten schützt man sich, wenn man vorher heiratet. Wenn man eine Frau hat, kann die Phantasie nicht mehr so draufloswuchern. Weiber machen dabei nicht mit, sie haben den richtigen Schwung nicht, und dann bleibt man auch selbst eher in seinen Grenzen. Ich hätte vor Jahren heiraten sollen, dann wäre vielleicht etwas aus mir geworden. Nehmen Sie mich zum warnenden Beispiel, Corliss!«

Corliss lachte traurig.

»Es ist mein heiliger Ernst! Ich bin zwar Ihr Angestellter, aber ich bin viel älter als Sie und weiß, was ich rede. Da ist so ein gewisses Fräulein in Dawson, mit der möchte ich Sie gerne zusammen sehen. Könnte eine ganz gute Mischung geben.«

Auf Schlittenreisen, wenn man immer in einem Raum haust

und dieselben Decken benutzt, werden Männer entweder Feinde oder Brüder. Corliss dachte gar nicht daran, Bishops Anspielung als eine Unverschämtheit zu betrachten. Er wurde nachdenklich.

»Warum gehen Sie nicht drauflos und kapern sich das Mädel? Wollen Sie mir erzählen, daß Sie nicht verliebt in sie sind? Das hat mir mein kleiner Finger zugejuckt, wie ich Sie zum erstenmal in meinem Leben gesehen hab'! Damals, in Happy Camp. Da sind Sie aus Ihrer Hütte herausgetreten und haben ausgesehen wie einer, der aus den Wolken fällt. Aber jetzt ist der Augenblick da, und der kommt nicht wieder. Stellen Sie sich vor, da war einmal eine gewisse Annie. Das war ein Mädel, was Besseres kann ich mir nicht vorstellen, für mich nämlich. Alle zehn Finger leck' ich mir heute noch ab, wenn ich an sie denke. Von früh bis spät auf den Beinen, blitzsauber. Aber ich hab' die Zeit verstreichen lassen, immer mit dem verfluchten Gold vor den Augen. Kommt da eines Tages so ein großer schwarzer Kanadier an, ein Holzhändler, macht Männchen über Männchen und verdreht ihr ein bißchen den Kopf. Macht nichts, denke ich mir, noch einmal geh' ich auf die Goldsuche, und dann komme ich als Millionär zurück. Schnecken, Herr Pfarrer! Ich bin ohne die Million zurückgekommen ... und sie war schon längst seine Frau. Da ist jetzt das Stinktier bei Ihrem Mädel, der Kerl, dem ich damals einen Nasenstüber gegeben habe. Schwänzelt um sie herum und verdreht seine Glubschaugen. Was tun Sie? Laufen durch die Welt und halten sich nicht an die Sache. Mein lieber Corliss, an einem schönen Frosttag werden wir zusammen in Dawson einhinken, und da werden Sie ein wunderschönes Pärchen vorfinden, Ihr Fräulein Braut und das Stinktier als Ehegemahl. Und was haben Sie dann? Einen Dreck und eine Photographie.«

Corliss drehte sich um und sagte: »Wunderschön wäre es, wenn Sie jetzt endgültig das Maul hielten, Bishop.«

»Wer? Ich?«

»Nein, Sie!«

Bishop war gekränkt, aber dann hörte er Corliss lachen und dachte gar nicht mehr daran zu schweigen.

»Ich will Ihnen in aller Freundschaft sagen, was Sie zu tun haben: sobald wir zurück sind, waschen Sie sich die Hände, binden sich einen sauberen Kragen um, gehen zu Ihrem Mädel, machen für jede Stunde und für jeden Tag etwas anderes mit ihr aus und legen so viel Beschlag auf ihre Zeit, daß das Stinktier einfach in einer Versenkung verschwindet. Wenn Sie die Sache dann so weit getrieben haben, daß man Sie anlächelt, wenn Sie kommen, und ein Maul zieht, wenn Sie gehen, dann greifen Sie gefälligst mit Ihren beiden Vorderflossen zu, nehmen die Kleine mit einem Arm oben rum und mit einem Arm so um die Mitte und ziehen die ganze Geschichte so fest an sich, daß keine Briefmarke mehr dazwischen Platz hat. Dann wird Ihnen noch allerlei von selber einfallen, was dazugehört, und dann sagen Sie: morgen spreche ich mit deinem Vater. Wie es dann weiter ausgeht, das kann ich Ihnen allerdings auch nicht sagen. Manchmal wird so was mit der Zeit immer schöner, man hat auch von Fällen gehört, die weniger erfreulich verliefen. Aber heiraten müssen Sie auf jeden Fall. Das soll eine Geschichte zum Totlachen sein, die muß jeder einmal versucht haben. Am besten, ehe einer zu alt dazu ist und schließlich nichts leistet, wenn es drauf ankommt.«

Er trank, dampfte und dachte nach. Dann schloß er: »Dem Stinktier, falls es sich mausig machen sollte, kleben Sie eine in den Bauch oder an die Stelle, wo ich damals aus Versehen hingekommen bin mit meinem Händchen. Dann merkt er gleich, daß er Ihnen nicht sehr sympathisch ist, denn für dergleichen hat er ein ungeheuer zartes Empfinden, und zieht sich zurück. Sie haben's ganz bestimmt nicht erst nötig, ihm den Schädel einzuschlagen.«

Damit stand Bishop auf, kratzte sich, wo es ihn juckte, das heißt überall, und ging nach geraumer Zeit hinaus, um die Hunde zu füttern.

Wieder einmal war Fronas Empfangszimmer voll von Menschen gewesen, darunter ein Franzose, Baron Courbertin, den St. Vincent eingeführt hatte. Die beiden standen auf Neckfuß miteinander. Sie kannten sich aus langvergangenen Tagen, hatten in Yokohama das Kirschblütenfest gefeiert, wußten viel von Geishas und dem Fudschijama zu berichten. Eine Zeitlang hatte Courbertin das Wort geführt, aber dann spürte er Gregorys Mißbehagen, und als ein ritterlicher Freund zog er ihn auf, wie man eine Spieluhr aufzieht.

»Jetz abbe Sie sick lang in Reserve geallten! Vincent, ick kennen Sie nickt wieder! Wo ist die Elan? Die alte Elan? Ick sprecken und sprecken – Sie macke silence, allons donc, sprecke Sie!«

Es war nicht schwer, den Geographen zum Reden zu bringen. Er ließ eine Kanugeschichte vom Stapel, bei der sich allen Zuhörern die Haare sträubten. Er war mit einem feigen Kameraden den Kanonstrom hinuntergereist. Vor den Weißroßschnellen war der Bursche ausgestiegen und hatte es ihm allein überlassen, sich durch die Strudel zu kämpfen. Seine Nußschale von Boot war über die Schnellen getanzt, schwere Brecher waren über die Reling geschlagen und hatten das Boot fast zum Kentern gebracht. Auf Haaresbreite war er an tödlichen Riffen vorbeigeschifft, um endlich nach einer Todesfahrt von nur wenigen Minuten, die für ihn eine Ewigkeit voll von Schrecknissen bedeutete, ans sichere Ufer zu treten. Dann hatte er viele Stunden warten müssen, bis sein Kamerad ihn zu Fuß einholte.

»Eine feige Bestie!« rief einer aus der Gesellschaft.

»Sagen Sie das nicht«, belehrte ihn St. Vincent. »Persönlicher Mut ist nichts anderes als Nervensache. Man hat ihn, oder man hat ihn nicht, manche Menschen versagen in der Lebensgefahr und finden danach den Mut, sich beispielsweise selbst umzubringen. Ist es nicht merkwürdig, daß jemand um sein Leben zittert und doch stark genug ist, es von sich zu werfen?«

»Aber Sie! Aber Sie!« rief Frau Sheffield. »Wieviel tausendmal haben Sie dem Tod ins Auge gesehen, und man hört es aus jedem Ihrer Worte, daß Sie nicht mit der Wimper gezuckt haben!«

Frau Sheffield lud St. Vincent und den Baron zum Abendessen ein; der Zufall brachte es mit sich, daß Frona und Corliss zusammen den Heimweg antraten. In schweigender Übereinkunft bogen sie zu einem großen Rundweg um Dawson aus, überkreuzten zahllose Fußwege und Schlittenpfade und kamen in die tiefe, schweigende Einsamkeit eines Winterabends in Alaska. Die Sonne hatte an diesem Tag kaum eine Stunde lang ein erbärmliches, blasses Licht gespendet, schon um drei Uhr nachmittags war der Himmel voll von Sternen gewesen, und jetzt zeigten sich am Horizont die phantastischen Feuer des Nordlichts, ein zitterndes, flammendes, funkelndes Licht, erregend und dennoch kalt wie der Weltraum selbst.

Sie schritten in dieser magischen Beleuchtung hin, der Schnee knirschte unter ihren warmen Mokassins, ihr Atem kräuselte sich in weißen Dunstwolken. Zu ihren Füßen lag unter der großen Himmelswölbung ein dunkler Fleck inmitten der grenzenlosen weißen Einsamkeit: die Goldstadt Dawson, wie ein schwacher menschlicher Protest gegen die Unendlichkeit. Keiner von ihnen mochte sprechen, so wundervoll war alles, so unbeschreiblich gut tat es, die Lungen mit jedem Atemzug dieser eisgekühlten, würzigen Luft neu zu beglücken.

Männerstimmen und Rufe durchbrachen die Stille ganz in ihrer Nähe, dann kam heiseres Bellen, Peitschen knallten, ein beladener Hundeschlitten schwankte heran. Den reifbedeckten Wolfshunden hingen die warmen Zungen rot aus den heiß dunstenden Mäulern. Die beiden wußten nicht, welche Fracht man zu dieser Stunde hier um die Stadt herumführte, und blieben stehen. Auf dem Schlitten stand eine lange schmale Kiste aus ungehobelten Kiefernbrettern. Darauf lag ein Kruzifix. Es war ein Leichenbegängnis. Zwei peitschenschwingende Hundetreiber liefen rechts und links des Schlittens. Dahinter schwankte eine fast blindgeweinte Frau, ein Geistlicher im schwarzen Ornat gab dem Sarg das Geleit.

»Ein toter Pionier«, brach Frona das Schweigen, als unter Winseln, Rufen und Knallen der Sarg in der Ferne verschwunden war, einer Art von Totenkammer entgegen, die man irgendwo vor der Stadt in das Eis gehauen hatte.

Corliss' Gedanken hingen in der gleichen Richtung wie ihre.

»Goldsucher«, sagte er, »aber Pioniere, da haben Sie recht. Sie kämpfen wie Soldaten im Krieg gegen Kälte und Hunger, ihre Waffen sind Zähigkeit und Kraft, zu leiden. Ich kann verstehen, daß alle siegreichen Rassen aus dem Norden gekommen sind, um zu herrschen. Stark im Wagen, stark im Dulden, mit unendlichem Glauben und unendlichem Mut ausgerüstet, mußten sie sich die Welt unterwerfen.« Ein altes nordisches Lied fiel ihm ein: »Wir schwangen unsere Schwerter im Kampf«, sang er. »Da lohte mein Herz, als läge meine weiße Braut bei mir auf dem Ruhebett. Ich schritt den Gefährten voran mit dem blutigen Stahl; uns folgten die Raben. Feuer fraß die Häuser und Menschen!«

»Fühlen Sie das wirklich?« fragte sie, die Hand in seinem Arm.

»Früher war mir all das nur Schulweisheit, unsere ganze Wiking-Vergangenheit hat mir nie etwas gesagt, Frona! Ich war Student, ich hatte Formeln und Logarithmentafeln im Kopf, und von wem ich abstammte, danach habe ich kaum gefragt. Das heißt, wissen Sie, mein Blut hat nicht danach gefragt, nicht einmal ein Traum hat mir davon erzählt.«

»Und jetzt?«

»Hier oben im Norden ist mir das alles plötzlich bewußt geworden.«

Er sah Frona mit bewundernden Augen an, ihre Silhouette zeichnete sich scharf von der flammenden Luft ab. Der Reif in ihren Brauen und Wimpern schimmerte wie Juwelen. Ihr Gesicht stand ganz in diesen Strahlen. Wie ein Genius der nordischen Rasse erschien sie ihm; bei ihrem Anblick standen längst vergangene Generationen in seiner Seele auf. Er empfand, wie seine Väter in Sturmgetöse und Wogenprall kampftüchtige Schiffe mit scharfem Bug aus diesen Breiten hinunter in den Mittag gesteuert hatten, ringsherum um Europa. Wikinger hatte man sie geheißen, die mit eisernen Muskeln und gewaltigen Brustkästen aus dem Element selbst entstanden waren, um plündernd wie Herrgottsgeißeln über die warmen Südlande hinzufahren. Leidenschaftlich griff er nach Fronas Hand.

»Die weiße Braut auf meinem Ruhebett! Frona! Hier unter den Sternen, im Nordlicht...«

Er brach ab; der Schwung seines Herzens wollte sich ihm nicht zu Worten gestalten. Das Nordlicht zerflackerte mit einem letzten, unsicheren, blaßgelben Schein. Jetzt glitzerten nur noch die Sterne, und jetzt erst war wirklich Nacht. Ganz von fern hörte man die Hunde des Leichenschlittens klagend heulen.

Eine Minute lang wurde kein Wort gesprochen. Eine Minute lang beobachtete Corliss, wie von Fronas Gesicht das Siegesgewisse verschwand, ihre Gestalt klein wurde und zusammensank. Er las auf ihrem Gesicht die bittere Notwendigkeit, ein Wort sprechen zu müssen, das ihm weh tat.

»Ich war ein Narr ... sagen Sie nichts ... ich weiß meine Antwort...«

Frona bat: »Lassen Sie uns gehen!«

Erst als sie den Berg hinter sich gelassen, die Ebene durchschritten hatten und bei der Sägemühle am Fluß ankamen, als geschäftige Menschen rings um sie waren, konnten sie ein Gespräch wieder aufnehmen.

»Es tut mir so leid«, stammelte sie. Und dann, unbewußt sich selbst verteidigend, »und es war alles so schön vorher ... so schön... Aber das hatte ich nicht erwartet...«

»Sonst hätten Sie meine Frage verhindert?«

»Ja, ich glaube. Ich wollte Ihnen ja nicht wehe tun.«

»So haben Sie es also erwartet?«

»Vielleicht gefürchtet. Aber zugleich hatte ich gehofft...

Sehen Sie, Vance, ich bin nicht nach Klondike gekommen, um mich zu verlieben. Und erst recht nicht, um zu heiraten. Gefallen haben Sie mir vom ersten Augenblick an, eigentlich gefallen Sie mir immer besser. Und nie haben Sie mir besser gefallen als gerade heute. Aber...«

»Aber meine Frau zu werden, daran haben Sie nie gedacht. Das wollten Sie doch sagen?«

Er sah sie von der Seite an, scharf und forschend, und in diesem Augenblick machte ihn der Gedanke, sie zu verlieren, rasend.

»Ich habe sogar daran gedacht«, antwortete sie. »Ich habe daran gedacht, aber der Gedanke hat keine Gewalt bekommen. Sie haben so viele große Eigenschaften, Vance, so vieles, Herzlichkeit und Güte und Kraft...«

Er versuchte mit einer Handbewegung sie zum Schweigen zu bringen, aber jetzt wollte sie sprechen.

»Ein wundervoller Kamerad sind Sie. Das größte, was ein Mensch dem anderen geben kann, ist eine Freundschaft, wie Sie sie zu geben haben. Wenn das gekommen wäre, was Sie glauben, ach, ich wäre sehr glücklich gewesen. Ist es meine Schuld, daß es nicht kam?«

Er versuchte es mit einem Scherz, so bitter, daß er ihm selbst weh tat.

»Sie hätten gern den unwillkommenen Gast willkommen geheißen?«

»Warum machen Sie mir alles noch schwerer, als es ist, Vance? Warum helfen Sie mir nicht lieber? ›Nein‹ hören müssen ist furchtbar hart, aber ›nein‹ sagen müssen ist noch viel schrecklicher. Ich habe einen lieben, lieben Freund, den will ich nicht verlieren.«

»Ein Freund geht verloren, wenn er ein Liebender wird, Frona. Ich hätte nie den Mund auftun dürfen. Jetzt ist alles so klar und so furchtbar hoffnungslos. Aber wenn ich geschwiegen hätte, es wäre doch dasselbe gewesen.«

In diesem Augenblick wurde ihm bewußt, daß er wohl vor ganz wenigen Wochen noch auf seine Schicksalsfrage eine ganz andere Antwort bekommen hätte. Das machte bitter.

»Sie sind ein Mädchen wie die meisten. Jeder Tag verwischt den vergangenen. Da erscheinen neue Gedanken und Gesichter, Männer mit wunderbaren Abenteuern, neben denen ein nüchterner kleiner Bergwerksingenieur nichts bedeutet.«

Jetzt war sein ganzes Herz voll Wut. Er wollte sie in Worten ausschütten und fühlte, wie diese Worte sich zu Unflat in ihm ballten. Die ganze Wahrheit über diesen Burschen St. Vincent sollte sie hören, der ihm mit Lüge und Schaumschlägerei sein herrliches Mädchen gestohlen hatte.

Aber sie unterbrach ihn.

»Sprechen Sie nicht, Vance! Was Sie jetzt sagen wollen, will ich nicht hören. Ich verstehe, was Sie fühlen, streiten will ich nicht mit Ihnen, deshalb ist es besser, Sie schweigen.«

»Wenn Sie mich für streitsüchtig halten, will ich Sie lieber verlassen.«

Er blieb plötzlich stehen, und sie stand neben ihm. »Dort kommt Dave Harney«, sagte er. »Er kann Sie nach Hause begleiten. Es sind ja nur ein paar Schritte.«

»Sie benehmen sich schlecht gegen mich und abscheulich gegen sich selbst.« Sie sprach weiter mit Entschiedenheit, aber aus ihrer Stimme klang es wie ein ganz leises, unterdrücktes Weinen. »Ich lehne es ab, Vance, dies als ein Ende zu betrachten. Wir haben noch keinen Abstand dazu. In diesem Augenblick verstehen wir uns selbst nicht. Aber wenn wir beide ruhig geworden sind, müssen Sie wieder zu mir kommen.«

Als er den Kopf schüttelte, fuhr sie auf: »So lasse ich mich nicht behandeln! Das ist kindisch von Ihnen, das habe ich nicht verdient! Sie sollen mein Freund bleiben! So, wie es bisher war, soll alles bleiben.«

Dave Harney kam herangeschlendert; er rief »Hallo!« und griff an seine Mütze.

»Hab' ich auf Sie eingeredet wie auf einen lahmen Schimmel, Corliss, daß Sie Hunde kaufen sollen, oder nicht? Die Lippen habe ich mir fusselig geschwatzt, aber Sie haben nicht gehört. Gestern sind die Hunde um einen Dollar das Pfund gestiegen, und ich wette meinen Kopf gegen einen alten Hut, daß sie noch weiter in die Höhe gehen bis ins Aschgraue, sage ich Ihnen! Guten Tag, Fräulein Frona, wollen wir alle drei zusammen weitergehen?«

»Ich habe eine Verabredung, mich müssen Sie schon entschuldigen«, log Corliss und griff an seine Mütze.

»Am Mittwoch! Am Mittwoch nachmittag, Vance!« rief Frona ihm nach, die Stimme voll Angst.

»Ich fürchte, daß ich keine Zeit dazu finde. Leben Sie wohl! Auf Wiedersehen, Herr Harney!«

»Das ist ein Arbeitstier!« bemerkte, ihm nachschauend, Dave. »Mit Kleinigkeiten gibt er sich nicht ab. Und dabei denkt er nur an seine Gesellschaft; der Kerl hat überhaupt keinen Selbsterhaltungstrieb. Kann ein gesunder Mensch so ein Narr sein, bei dieser Konjunktur keine Hunde zu kaufen?«

Corliss stürzte sich aufs neue in seine Arbeit, um alles zu vergessen, was er »Privatleben« nannte. Er verhetzte seine Tage auf Schlittenfahrten, marschierte sich müde, daß er abends steif und besinnungslos ins Bett fiel, vermaß und zeichnete, als sollte er das Programm eines Jahres in Wochen erfüllen. Aber nur wenn er wachte, blieb er Herr über seine Gedanken. Wehrlos war er, wenn er schlief. Del Bishop, der fast immer mit ihm zusammen war, sah diese Ratlosigkeit, sah, daß sein Chef wenig aß und unruhig schlief, und härmte sich mit ihm zusammen ab. Der Goldsucher hatte aus verschiedenen Anzeichen, die den meisten völlig entgangen waren, einen absolut richtigen Schluß gezogen. Wie ein Jagdhund den Schweiß des Wildes, hatte er die Witterung von großen Goldfunden in die Nase bekommen; zum erstenmal in seiner Praxis glaubte er sich mit Sicherheit dem Ziel ganz nahe. Dazu brauchte er einen tüchtigen und tatkräftigen Corliss, der mit ihm am gleichen Strange zog. Er dachte nicht daran, allein reich zu werden. Seine Mannestreue war zu einer Art sentimentaler Liebe geworden. Er wollte, daß auch sein Chef das große Glück von Alaska machte. Wenn »das Stinktier« dabei im Wege war – denn es war ja kein Zweifel, woran Corliss litt, daß ihm das Fleisch von den armen Rippen fiel –, dann mußte er den Kerl aus dem Wege schaffen, und er würde sich nicht lange überlegen, auf welche Art. Vorerst aber durfte selbst seine Rachgier die große Chance nicht vereiteln. Es kam ja nicht darauf an, zu wissen, wo Gold lag, sondern man mußte der erste sein, der seine Rechte in die Listen eintragen ließ. Goldsuchen ist eine Art Wettrennen, bei dem es meist nur einen Sieger gibt.

An einer Flußgabel, da, wo der Bonanza vom Eldorado abzweigt, verlangte er eines Tages in vollem Marsch, daß sie haltmachen sollten.

»Hab' ich Sie je um etwas gebeten, Corliss? Nein! Heute bitte ich Sie, da können Sie nicht nein sagen. Wissen Sie, daß hier, keine fünf Minuten von dieser Stelle, meine Obstfarm vergraben liegt? Wenn Sie eine Nase hätten, wie ich sie habe, könnten Sie die reifen Apfelsinen schon riechen.«

»Dann bleiben Sie eben hier, Bishop, und ich fahre weiter. Sie kommen mir nach, wenn Ihre Privatarbeit fertig ist.«

»Ich will Sie aber auch dabeihaben. Das könnten Sie doch eigentlich begreifen? Schließlich spreche ich ja nicht indianisch, sondern eine Sprache, die Sie so ziemlich verstehen sollten. Wenn es sich um Chemie und um solches Zeug handelt, was man aus den Büchern lernt, wenn man die Geduld hat, sich die Hosen durchzurutschen, dann sind Sie ein ganzer Kerl. Nein, Sie sind auch sonst ein ganzer Kerl, sonst würde ich nicht so mit Ihnen sprechen. Aber wenn es darauf ankommt, mit den Fingerspitzen zu lesen und mit der Nase zu messen, dann braucht man so einen Kerl, wie ich bin, und schließlich sollte man Gott danken, wenn man ihn hat. Diesmal hören Sie zu, für heute bin ich der beliebte Erzähler.«

Corliss lachte, und Bishop wurde wütend.

»Da gibt's gar nichts zu grinsen! Was ich behaupte, das baut sich auf Ihrer eigenen Lieblingstheorie auf, das mit den Überschwemmungen und veränderten Flußbetten und all diesem Kram. Aber ich habe auch so nicht umsonst zwei Jahre lang bei den Mexikanern Gold gesucht. Aus Gesundheitsrücksichten allein bin ich nicht nach Alaska gegangen. Ich kann euch verdammt klugen Mineningenieuren in einer Minute mehr vom Eldorado erzählen, als ihr mit all euren Brillen in einem ganzen Monat herausrechnen könnt. Ich würde Sie zum Teufel jagen, wenn ich nicht Ihr ergebenster Diener und Ihr Freund wäre. Aber weil ich das bin, befehle ich Ihnen einfach, hierzubleiben. Heut nacht schlafen Sie hier, und nächstes Jahr können Sie sich eine Obstfarm neben meiner kaufen, und dann sind wir Nachbarn, wenn auch von Ihrem Haus zu meinem zwanzig Meilen Reitweg ist. Der geht aber nur über eigenes Land, Ihres und meines!«

»In Gottes Namen. Dann bleiben wir hier. Ich mache meine Aufzeichnungen, und Sie können herumschnüffeln.«

»Ich will Sie aber dabeihaben!«

»Ich bleibe ja. Was wollen Sie noch mehr?«

»Mit der Nase will ich Sie auf den Goldschatz stoßen, das will ich. Sie sollen mit mir zusammen Entdecker sein.«

Jetzt riß Corliss die Geduld.

»Lassen Sie mich mit Ihrer gottverfluchten Obstfarm in Ruh, Sie alter Esel! Ich bin saumüde und verflucht schlechter Laune. Wenn Sie wirklich eine Nase hätten, hätten Sie das längst gemerkt. Treiben Sie Ihren Mumpitz, bis Ihnen der Zinken abfriert, ich bleibe im Lager. Verstanden?«

»Sie undankbarer Hund, der Sie sind, Corliss! Nacht um Nacht liege ich wach und quäle mir das Hirn auseinander mit meinen Theorien und rechne, daß meine zehn Finger kaum ausreichen, und will Sie beteiligen, und was tun Sie? Schnarchen tun Sie und ›Frona! Frona!‹ wimmern.«

»Wollen Sie Ihre gottverfluchte Schnauze halten?«

»Den Teufel will ich halten. Wenn ich bei den Goldminen so dreifach vernagelt wäre wie Sie bei den Weibern...«

Jetzt fuhr Corliss mit geballten Fäusten auf Del Bishop los, jetzt gab es nichts mehr als die Fäuste. Aber gerade das hatte Bishop bezweckt. Er bückte sich blitzschnell, wich rechts und links aus, und immer stießen Corliss' Fäuste ins Leere.

»Einen Augenblick, junger Herr!« lachte er bei Corliss' drittem wütendem Angriff. »Nur eine Sekunde, um einen Pakt zu schließen. Wenn Sie mich verdreschen, können Sie mich herausschmeißen. Nehmen Sie das an?«

»Ja.«

»Und wenn ich Ihnen das Leder gerbe, wollen Sie dann mit auf den Berg kommen?«

»Ja.«

»Also los!«

Bishop wußte, daß Corliss nicht die geringste Aussicht hatte, zu siegen. Er tanzte um den hilflosen Gegner herum, blockte und fintierte, ließ sich zum Schein treffen, bis Corliss der Atem ausging. Der fühlte, daß seine Muskeln nicht mehr gehorchten; sein Hirn sandte Befehle aus, die sie nicht ausführen wollten; er dampfte vor Schweiß in den eisigen Tag hinein ... dann auf einmal wußte er gar nichts mehr.

Eine Minute später bemerkte Corliss, daß er ausgestreckt im Schnee lag, daß Bishop ihn mit Eiswasser abrieb und ihm dazwischen zärtlich die Backen klopfte. Sein Kopf lag auf Dels Knien. Während langsam das Bewußtsein zurückkehrte, fühlte er sich unbeschreiblich wohl.

»Wie haben Sie das nur gemacht?« stotterte er.

»Oh, Sie werden noch einmal ganz gut«, lachte Del Bishop und half ihm auf die Beine. »Sie haben noch keinen Punch, aber den bringe ich Ihnen schon noch bei. Neulich in der Schenke, mit einem ordentlichen Whisky auf der Lampe, haben Sie sich eigentlich besser geschlagen. Aber die Anlage ist nicht schlecht, und wenn wir Zeit haben, bringe ich Ihnen noch so einiges bei, was auch nicht in den Büchern steht. Jetzt wird's aber Zeit, daß wir ein Lager aufschlagen, und dann gehen Sie mit mir in die Berge.«

Als er das Feuer im eisernen Öfchen in Gang gebracht hatte, kicherte er:

»Boxen ist doch ein ganz nützliches Gewerbe, was? Eigentlich haben Sie nie so recht gewußt, wo der ergebenst Unterzeichnete eigentlich war. Wenn Sie mit Ihrem geballten Händchen ankamen, dann war die versoffene Fresse von Del Bishop immer ganz woanders, hihi. Aber denken Sie, wenn Sie erst was gelernt haben, und Sie landen dann einmal so richtig in meine Backenzähne hinein? Da wird Ihnen das Herzchen lachen!«

Dann kommandierte er streng: »Jetzt nehmen Sie eine Axt und kommen mit!«

Sie bewaffneten sich mit Hacke, Schaufel und der Goldgräberpfanne; Bishop marschierte voraus und bahnte den Weg über die Terrassen. Corliss, dem alle Knochen weh taten, marschierte hinterdrein. Er mußte über sich selbst und die ganze Situation lachen. Del Bishop freute sich über den Gehorsam des Mannes, in dessen Brot er stand. Ab und zu wandte er sich um und grinste seinen Chef an:

»Nur Mut, junger Mann! Aus Ihnen mache ich noch was; Sie haben das Zeug dazu!«

Dann kamen sie an die Stelle, die Del Bishop ausforschen wollte. Er warf das Gerät nieder und untersuchte sorgfältig den schneebedeckten Boden.

»Nehmen Sie die Axt, gehen Sie da hinauf, und bringen Sie mir gutes, trockenes Brennholz!«

Als Corliss mit dem Arm voll Brennholz zurückkam, hatte Bishop schon Schnee und Moos fortgekratzt und etwas in den Boden gezeichnet, das wie ein großes Kreuz aussah.

»Ich will nach beiden Richtungen hineinkratzen«, erklärte er; »entweder liegt die Goldtasche hier oder dort drüben. Aber wenn ich recht habe, dann muß es genau hier sein, wo die beiden Linien sich schneiden. Der Grundfelsen ist oben eingebuchtet. Dort ist es tief und vermutlich reicher als hier, aber das macht soviel Mühe. Hier ist der Terrassenrand. Es kann nur ein paar Fuß sein. Wir brauchen nichts zu tun, als die Stelle zu bezeichnen, dann können wir von der Seite anbohren.«

Bei diesen Worten zündete er hier und da auf dem kahlen Flecken kleine Feuer an.

»Jetzt spitzen Sie die Ohren, Corliss. Glauben Sie nicht, daß dies schon etwas ist – nein, das ist noch ganz gewöhnliche Lehrlingsarbeit. Aber« – er richtete sich auf und sprach plötzlich mit tiefem, ehrfürchtigem Ernst: »Goldsuchen ist die höchste Wissenschaft und die größte Kunst auf Erden. Es ist eine so feine Arbeit, daß man nicht um ein Haarbreit fehlgreifen darf; Hände und Augen müssen so zuverlässig sein wie Stahlwerkzeuge. Wenn man sich das Gesicht zweimal täglich blauschwarz anbrennen läßt und eine ganze Schaufel voll Kies ausgewaschen hat, ehe man auch nur ein einziges Körnchen reines Gold findet, dann erst hat man gewaschen. Daß Sie es wissen. Heute zum Beispiel wird noch lange nichts gegessen, und wenn Ihnen der Magen noch so sehr knurrt. Einstweilen wird gesucht.«

Er trat eines von den Feuern aus. Dann nahm er die Hacke, der Stahl drang in die Erde ein, und dabei gab es einen Klang, als wäre er auf eine Zementschicht gestoßen.

»Noch keine zwei Zoll tief aufgetaut«, murmelte Bishop, indem er sich bückte und mit den Fingern durch den nassen Schlamm wühlte. Die Grashalme waren abgebrannt, aber er bekam eine Handvoll Wurzeln zu fassen. Er setzte sich breit und bequem in den Schnee und starrte wie verzaubert diese armselige Handvoll schlammiger Graswurzeln an.

»Zum Satan, zum Satan!«

»Was ist los?«

»O heiliger Satan!«

Bishop wiederholte immer wieder »Heiliger Satan« und schlug sich mit den schmutzigen Wurzeln vor die Stirn. Corliss trat zu ihm und beugte sich über die Pfanne.

»Machen Sie die Augen auf!« rief Bishop, nahm einen Klumpen schmutzige, fette Erde zwischen die Finger, rieb sie lange und andächtig. Dann schimmerte es gelb.

»Es fängt bei den Wurzeln an und geht ganz hinunter.«

Mit geschlossenen Augen und zitternden Nasenflügeln stand er endlich auf, atmete tief, schnüffelte in die Luft und sah aus, als hätte er eine Vision.

»Können Sie die Apfelsinen noch immer nicht riechen?«

Corliss und Bishop hatten den Boden untersucht, ehe sie ihre Claims absteckten, dann weihten sie ein paar gute Freunde in das Geheimnis ein. Welse, Harney, Trethaway und ein paar alte Kameraden von Del Bishop, mit denen er viel Hunger und

Strapazen geteilt hatte, durften sich ein Stück des neuen Goldlandes sichern, solange der ganze Fund noch Geheimnis war.

Es war üblich, daß man als so Bevorzugter dem Entdecker die halben Gewinne abgab. Aber Corliss wollte nichts davon hören. Es widersprach seinem Empfinden, aus der Arbeit anderer Menschen Gewinne zu ziehen, und Bishop lehnte aus anderen Gründen die Beteiligung ab.

»Jetzt kann ich mir eine Obstfarm kaufen, doppelt so groß, wie ich berechnet hatte. Da weiß ich doch, wo mein Geld bleibt. Wenn's noch mehr wird, ist es einfach zuviel. Dann komme ich zu sehr ins Saufen, und zuletzt verludere ich das Ganze. Also behaltet ihr eure paar Kröten für euch selbst und damit basta.«

Es erschien Corliss jetzt selbstverständlich, daß er sich einen anderen Gehilfen suchte. Aber als er eines Tages einen Kalifornier mit scharfem, durchdringendem Blick ins Lager brachte, fing Bishop an, wütend zu fluchen.

»Heiliger Satan! Nie in meinem Leben habe ich so was von Gemeinheit gehört!«

»Aber Sie sind doch jetzt reich!« gab Corliss zur Antwort.

»Zum Teufel mit meinem Reichsein – was geht Sie das an? Kontrakt ist Kontrakt! Ich bleibe in meiner Stellung, solange Sie keinen Grund haben, mich 'rauszuschmeißen. Verstanden?«

Anfang der Weihnachtswoche ging der Sturm auf »Vances Hügel«, wie Bishop das neue Land getauft hatte, los. Die ersten Claims waren kaum eingetragen, als die Neuigkeit schon über das Land flog, und binnen einer Viertelstunde waren die ersten Wettläufer unterwegs. Eine halbe Stunde später machte sich in der ganzen Stadt auf die Beine, was laufen und kriechen konnte. Auch Corliss und Bishop durften keine Zeit ungenützt verstreichen lassen. Jetzt handelte es sich darum, ihre ehrlich erworbenen Rechte zu verteidigen. Verrücken von Pfählen, Abreißen von Plakaten, Übergriffe in fremde Claims ... das gehörte zu den ältesten Kniffen der Goldgräber, und wenn das Unheil einmal geschehen war, war es trotz aller Beglaubigungen und Stempel furchtbar mühselig, die Eindringlinge wieder aus dem Nest zu werfen.

In einem dichten Strom von Menschen wanderten die beiden zur Stadt hinaus, als Del Bishop zufällig Gregory St. Vincent erspähte, der, das übliche Goldgräbergerät auf dem Rücken, in höchster Eile voranmarschierte.

»Klabastern Sie drauflos wie der Satan!« kommandierte Bishop. »Fragen Sie nicht viel, es handelt sich wieder um etwas mit der Nase.«

Die Leute kannten Corliss und Bishop. Sie wußten, daß diese beiden nicht im Wettrennen waren, sondern ihre Claims längst abgesteckt hatten. So ließen sie sich kampflos überholen. Über die ganze Strecke hätte ja doch kein Mensch ein so mörderisches Tempo ausgehalten.

Sie erreichten eine scharfe Biegung des Weges; vor ihnen war kein Mensch zu sehen; an ihren Fersen, mit einem Abstand von kaum hundert Schritten, ging nur der unglückliche St. Vincent.

»So, jetzt sprechen Sie kein Wort mit mir!« flüsterte Bishop und schlug seinen Kragen hoch, daß sein Gesicht nicht mehr zu erkennen war. »Tun Sie jetzt, als ob Sie mich nicht kennen! Da drüben ist ein Wasserloch. Dort gehen Sie hin, werfen sich auf den Bauch, als ob Sie vor Durst nicht weiter könnten. Dann tippeln Sie, in einer Viertelstunde ungefähr, allein weiter nach den Claims. Ich habe andere Geschäfte zu besorgen. Auf keinen Fall sprechen Sie ein Wort zu dem Stinktier, das darf Ihr Gesicht nicht sehen!«

Corliss war jetzt schon an Gehorsam gewöhnt. Er trat von der gebahnten Straße ab in den Schnee, legte sich nieder und tauchte eine leere Blechdose ins Wasser.

Bishop ließ sich auf ein Knie fallen und machte sich an seinen Mokassins zu schaffen. Er hatte gerade den Knoten gebunden, als St. Vincent ihn erreichte. In diesem Augenblick sprang Bishop auf und marschierte mit fieberhafter Eile weiter, wie ein Mann, der mit aller Gewalt die verlorene Zeit wieder einholen will.

»He, Sie, Mann, warten Sie eine Minute!« rief der Geograph ihm nach.

Del Bishop warf einen hastigen Blick zurück und spurtete noch schärfer.

St. Vincent setzte sich in Laufschritt, bis er Seite an Seite mit ihm kam. »Ist das der Weg...?«

»Nach den Terrassen von Vances Hügel?« knurrte Bishop gereizt. »Darauf können Sie Gift nehmen, das ist nämlich mein Weg. Auf Wiedersehen!«

Er tobte immer schärfer drauflos, der Geograph konnte nur im Laufschritt die Geschwindigkeit einhalten; an Überholen war nicht zu denken. Corliss verstand noch immer nichts von der ganzen Geschichte. Er setzte seinen Feldstecher an und folgte den beiden mit den Blicken. Da sah er, wie der Goldgräber plötzlich im rechten Winkel von seiner Straße abbog und den

Weg nach dem Adamstümpel einschlug. Jetzt ging ihm ein Licht auf…

Spät abends erreichte Bishop das gemeinsame Lager, erschöpft, aber in glückseliger Laune.

»Nicht ein Härchen habe ich ihm gekrümmt!« rief er, ehe er noch im Zelt war. »Geben Sie mir was zu essen!«

Er griff nach der Teekanne und goß sich das heiße Getränk in den Leib. »Heut freß' ich Rattenfett, Schmieröl, geröstete Mokassins, Kerzenstümpfe mit Mayonnaise, was Sie haben!«

Dann warf er sich auf die Decke und begann, mit tiefem Lachen seine Beinmuskeln zu massieren, während Corliss Speck briet und Bohnen auf die Pfanne schüttete.

»Das war ein Spaß!« erzählte Bishop. »Der kommt nicht so bald zu Vances Hügel. Da können Sie Gift nehmen.«

Er ahmte mit Talent St. Vincents Ton nach, der anfangs herablassend klang, aber bei ewiger Wiederholung derselben Worte immer zahmer und schwächlicher wurde.

»Wie weit ist es, alter Freund?«

»Wie weit ist es jetzt, alter Freund?«

Zuletzt klang die Stimme ganz verheult und greisenhaft zittrig: »Wie weit…? Ich flehe Sie an, wie weit…?«

Der Goldgräber schlug sich auf die Knie vor Entzücken und lachte, daß eine halbe Tasse Tee, die er noch nicht ganz hinuntergeschluckt hatte, im Sprühregen aus seiner Nase wieder herauskam.

»An der Wasserscheide vom Indianerstrom hab' ich ihn schließlich liegen gelassen. Er war so ausgepumpt, daß er keinen Schritt mehr gehen konnte, vollkommen erledigt. Vielleicht hatte er noch Kraft genug, sich ins nächste Lager zu schleppen. So, jetzt geh' ich aber schlafen. Keine Angst, Sie brauchen mich nicht erst einzusingen. Sechzig Meilen hab' ich heut' gemacht, nur um das arme Stinktierchen ein bißchen zu ärgern. Gute Nacht. Bitte, wecken Sie mich übermorgen früh wieder auf.«

Im Einschlafen murmelte er in seinem feinsten Diskant: »Wie weit ist es, Freundchen? Sagen Sie mir, wie weit es ist!«

Peter Whipple, einer der ältesten weißen Männer im Land, besaß einen Claim, nicht weit von Vances Hügel, und lebte dort mit einer dunklen, nicht besonders hübschen Mischlingsfrau, einer Tochter des Landes. Ihre Mutter war Indianerin gewesen, der Vater ein russischer Pelzhändler. Sie redete eine furchtbare Mischsprache, die für Weiße wie für Indianer gleich unerträglich war. Aber Whipple war ein alter Kumpan von Bishop, und da er nicht viel mehr zu tun hatte, als morgens und abends die Abgrenzungen seines Claims zu kontrollieren, ging er manchmal zu Peter Whipple, um ein langatmiges Garn mit ihm zu spinnen.

An einem Sonntagmorgen traf er die Frau allein zu Hause. Da die Unterhaltung kein Vergnügen werden konnte, beschloß er, nur aus Höflichkeit eine Pfeife bei ihr zu rauchen und sich so früh wie möglich wieder davonzumachen. Aber es geschah, daß er viele Pfeifen lang blieb, denn was die Kreolin erzählte, als ihre Zunge einmal in Schwung kam, war so interessant, daß er sie immer wieder anfeuerte, wenn der Strom ihres Kauderwelsches schwächer rann. Während er lauschte, kicherte und fluchte er leise vor sich hin. Es war die spannendste Erzählung, die er in seinem Leben gehört hatte.

Mitten darin holte die Frau ein altes Buch in abgegriffenem Ledereinband aus einer gebrechlichen Kiste und legte es auf den Tisch. Sie öffnete es nicht, aber mit Fingern und Blicken führte ihre Erzählung immer wieder auf dies geheimnisvolle Buch, und in Bishops Augen trat ein begehrliches Funkeln.

Als sie sich schon ein halb dutzendmal wiederholt und gar nichts Neues mehr zu sagen hatte, zog er seinen Beutel aus der Brusttasche. Die Frau stellte eine Goldwaage auf und tat Gewichte in die Schale, in die andere Schale schüttelte Bishop Goldstaub im Werte von 100 Dollar. Dann griff er nach dem ledergebundenen Werk, preßte es fest an sich und sagte Lebewohl.

Corliss saß im Zelt auf seinem Bett und flickte an seinen Mokassins herum.

»Jetzt hab' ich ihn bald!« sagte Bishop und warf ihm das Buch zu.

»Wen denn?«

»Das Stinktier.«

Corliss schlug erstaunt das Buch auf, das Papier war vergilbt, von Wind und Wetter mitgenommen, der Text war russisch.

»Ich kann kein Wort davon lesen. Ich wußte gar nicht, daß Sie Russisch können, Del?!«

»Traurig genug, daß ich es nicht kann. Whipples Frau versteht auch nichts davon. Aber ihr Vater war Russe, und das war sein einziges Buch, seine Bibliothek sozusagen. Er hat ihr oft daraus vorgelesen, Sie weiß, was ihr Vater wußte, und jetzt weiß auch ich, was sie weiß, und was da drin steht.«

»Und was wißt ihr denn alle drei?«

»Na, es lohnt sich schon! Ein bißchen Geduld müssen Sie vielleicht noch haben, aber eines Tages werden Sie auch Ihren Spaß daran finden.«

Über Weihnachten kam der alte McCarthy über das Eis nach Dawson marschiert. Er hatte keine Geschäfte mehr, eigentlich wollte er ja längst in den Staaten sein und hatte sich nur von der zweiten Heimat nicht trennen können. Jetzt saß er bei Dave Harney herum, ein Goldkönig beim anderen, und ließ sich allen Klatsch von Dawson erzählen. Die großen Funde interessierten ihn nicht mehr so sehr. Er hörte gern von Liebesgeschichten und Saufereien, auch dem Bericht von Faustkämpfen lauschte er stets mit freundlichen Augen. Frona und Gregory St. Vincent – das war ein Rauch, der ihm in die Nase stieg! Über Frona war alle Welt sich einig: eine echte Welse und ein so famoses Mädel, wie kein anderer Kontinent es hervorgebracht hätte. Aber dieser St. Vincent, da konnte man nur den Kopf schütteln. Alle Weiber waren hinter dem Kerl her. Er hielt es mit Frona, aber ganz besonders auch noch mit einer Sängerin namens Lucille, und ein halbes Dutzend anderer Damen wurde ihm so nebenbei nachgesagt. Es war klar, die Männer konnten ihn nicht leiden, weil er soviel Glück bei den Weibern hatte. Junge und Alte nahmen ihm das gleich übel. Aber wenn man den Sachen auf den Grund ging, war nicht viel daran.

Eines Nachmittags traf McCarthy den Mann selbst im Hause von Dave Harney. Er schien beträchtlich besser als sein Ruf, schließlich hatte der alte Goldkönig in seinem Leben manchem Mann unter den Hutrand geschaut, und er verstand sich darauf, was echt und unecht war. Der hier war der übelste nicht. Und trotzdem hatte die Abneigung der anderen ihn schon angesteckt. Matt mußte sich zwingen, mit diesem natürlichen, heiteren Burschen freundlich zu sein.

»Die Hunde sollen über mein Grab laufen«, sagte er bei sich, während er seine Spielkarten sortierte. »Bin ich zu alt oder zu jung, um gerecht zu sein? Nehme ich es ihm auch übel, daß er die Weiber zu nehmen weiß? Der Kerl hat in seinem Leben

eben etwas geleistet, und das imponiert den Mädeln. Immerhin, wenn's um Frona geht, kann man nicht vorsichtig genug sein.«

Als die Gesellschaft auseinanderging, schien es selbstverständlich, daß St. Vincent Frona nach Hause brachte. Aber Matt fuhr dazwischen.

»Heute abend nicht, mein Junge! Heute ist der alte Pflegevater an der Reihe.«

Er wanderte, Frona an seinem Arm, auf Welses Haus zu und fragte ohne Umschweif:

»Was ist das, was ich von dir und dem Burschen höre?«

Sie schaute mit offenem Blick in seine scharfen grauen Augen.

»Ich kann doch nicht wissen, was du gehört hast.«

»Wenn die Leute über ein hübsches junges Mädel und einen unverheirateten jungen Mann überhaupt reden, dann ist es wirklich nicht schwer zu erraten, um was es sich handelt.«

»So, was denn?«

»Liebe, natürlich. Die Leute sagen, daß es bei euch danach aussieht.«

»Beweist das auch, daß es so ist?«

»Genügt mir, wenn es so aussieht.«

»Also erstens, Onkel Matt, bist du alt genug, um zu wissen, daß die Leute sich um jeden Preis etwas zurechtdichten müssen, wenn sonst nichts passiert. Zweitens sind Herr St. Vincent und ich gute Freunde, das ist alles. Und drittens, wenn es so wäre, wie du sagst, was dann...?«

Matt wollte etwas sagen, räusperte sich, fand jedes Wort dumm, das ihm einfiel, und brabbelte vor sich hin. Dann platzte er in seiner Verlegenheit heraus:

»Weiß Gott, Frona, ich hätte Lust, dich tüchtig durchzuwichsen.«

Sie lachte: »Du meinst es sicher gut mit mir, alter Goldonkel. Leider kommst du ein bißchen spät damit, du hast die richtige Zeit damals in Dyea versäumt.«

Er bettelte: »Du wirst doch nicht böse auf deinen alten Matt sein!«

»Ich denke nicht daran.«

»Aber du bist es doch.«

»So!« Sie beugte sich hastig vor und küßte ihn auf die Nase. »Glaubst du, ich könnte von Dyea sprechen und böse mit dir sein?«

Sie waren vor Welses Tür stehengeblieben.

»Ich bin wirklich nicht böse, Matt. Aber außer meinem Vater

bist du der einzige Mensch, der sich erlauben darf, über diese Sache mit mir zu reden. Und wenn du es noch einmal tust, werde ich trotz allem nicht mehr an Dyea denken. Das ist etwas, was mich ganz allein angeht, du hast kein Recht...«

»Kein Recht, zu verhindern, daß du mit verbundenen Augen in dein Unglück rennst?«

»Wenn du es so nennst, nein!«

Er brummte etwas vor sich hin.

»Was sagst du da?«

»Das Maul kannst du mir verbieten, aber den Arm kannst du mir nicht festbinden.«

»Das darfst du nicht, Matt! Lieber Matt, du darfst nicht!« Sie war sehr erregt und klammerte sich an den Arm des Alten. »Ich lasse dich nicht weg, ehe du mir versprochen hast, daß du nicht in mein Leben eingreifst. Weder mit Worten noch mit Taten.«

»Ich verspreche dir gar nichts. Jetzt mach, daß du ins Haus kommst, Frona! Und gute Nacht. Es wird verdammt kalt hier draußen auf der Treppe.«

Er schob sie hinein und ging. Ein paar Schritte weiter blieb er stehen, betrachtete seinen eigenen Schatten auf dem Schnee und fluchte wie ein junger Hundetreiber, wenn die Hunde nicht ziehen wollen.

»Matt McCarthy, du bist der größte Esel, von dem du je gehört hast! Bildest du alter Schwachkopf dir wirklich ein, daß eine Welse ihren Kopf nicht durchsetzt?«

Fluchend und knurrend ging er weiter. Sein alter Wolfshund, der ihm auf den Fersen folgte, fletschte die Zähne.

Der Weihnachtsabend mit all seiner Aufregung und Freude war vorbei. Zwei Dutzend Kinder hatten sich, glücklich und reich beschenkt, durch den Schnee nach Hause getrollt. Dann nahm auch der letzte Gast Abschied.

»Bist du müde, mein Kind?«

Frona vergalt ihrem Vater mit strahlenden Augen all seine Zärtlichkeit, dann setzten sie sich in die großen bequemen Sessel rechts und links vom Kamin, in dem das letzte Tannenholzscheit rotglühend zerfiel.

»Was wird nächstes Jahr um diese Zeit sein?« fragte Jacob Welse.

Er fragte es gewissermaßen in den Kamin hinein, als ob die Funken ihm Antwort geben könnten.

»Diese beiden Monate, seit du bei mir bist, sind ein einziges Wunder gewesen, vom Anfang bis zum Ende. Mir ist, als lebte ich jetzt die glücklichste Zeit meines Lebens. Wir hatten uns ja kaum gekannt, Frona. Seit du ein ganz kleines Kind warst, haben wir uns immer nur für Wochen gesehen, und von einem Wiedersehen zum anderen warst du immer schon ein ganz anderer Mensch geworden. Manchmal ist es mir ganz komisch, wenn ich dich ansehe und mir sage, daß du wirklich mein Fleisch und Blut bist... Daß du kein Junge geworden bist!« unterbrach er sich plötzlich. »Frona, du wärst ein großartiger Junge geworden! Ich glaube, das wäre mir lieber. Weißt du auch, warum? Eigentlich hat man als Vater ja tausendmal mehr von einer Tochter. Ein Mädchen kann lieb und zärtlich sein, und einem Mädel kann man schmeicheln. Wenn du ein Bursche von zwanzig Jahren wärst ... glaubst du, ich hätte dir einen Weihnachtskuß gegeben, so wie heute abend? In einer Tochter erlebt man die Frau noch einmal, die man am liebsten auf der Welt gehabt hat... Aber es ist komisch, Frona, lieber wär' mir's doch, wenn du ein Bursche wärst. Wie lange dauert es noch, dann bist du eine Frau und gehst mit irgendeinem Kerl weg, der mich nichts angeht, und der mich nicht leiden kann, oder den ich nicht mag, und ich kann nicht einmal ein Wort dagegen sagen. Du bist zur Freude für ihn geschaffen, du wirst mich verlassen und mußt mich verlassen ... morgen, übermorgen, vielleicht erst nächstes Jahr ... wer weiß das?«

Sie kam zu ihm, setzte sich auf die breite Armlehne des Sessels und streichelte sein gesundes, rauhes Gesicht.

»Laß das, Daddy, heute abend wenigstens! Ich bin auch so glücklich, daß ich bei dir sein kann, und vielleicht möchte ich am liebsten immer in diesem warmen Nest bleiben. Aber erzähl mir was, du hast mir noch so selten erzählt, von deiner Jugend, von unseren Vorfahren, erzähl mir vor allem von Mama!... Und dann muß ich auch einmal etwas hören von deinem Vater, der den großen einsamen Kampf bei Treasure City gekämpft hat, wo sie zehn gegen einen waren, und wo er gefallen ist. Ich bin so stolz, daß all meine Ahnen tapfere Männer waren, und ich höre so gern von Männerkämpfen!«

»Von deiner Mutter möchte ich dir viel erzählen, Frona. Eigentlich ist es das erstemal, daß wir so allein beisammen sind und daß ich dir mein Herz ausschütten kann. Aber, was kann ich dir sein? Jetzt kommt die Zeit, wo ein Mädel seine Mutter am nötigsten braucht, und du hast deine Mutter nie gekannt!«

Sie schwiegen beide. Es war etwas wie elektrische Spannung in die Luft getreten; Frona wußte genau, was jetzt kommen würde.

»Dieser Mann, dieser Dr. Gregory St. Vincent ... wie steht es mit euch beiden?« fragte Welse mit abgewandtem Gesicht und stoßweisem Atem, als müßte er sich Wort um Wort aus der Kehle quälen.

»Ich ... das weiß ich selbst nicht so recht, Daddy.«

»Du bist ein freier Mensch, Frona. Du darfst wählen, wen du willst. Das ist das erste und letzte Wort, das ich dir zu sagen habe. Aber ich möchte dich doch so gern verstehen. Wenn du mir alles sagtest, weißt du, alles ... vielleicht könnte ich alter Knurrhahn dir doch einmal raten. Mehr will ich gar nicht. Nur ein bißchen raten...«

»Wir sind gute Freunde, wir sind sogar sehr gute Freunde, Vater. Aber sonst ist nichts zwischen uns, ich glaube wenigstens, daß sonst nichts zwischen uns ist. Herr St. Vincent hat nie ein Wort darüber hinaus gesagt.«

»Aber ich weiß doch, daß ihr euch gern habt. Es ist nur die Frage, ob du ihn so gern hast, wie eine Frau einen Mann haben muß, für den sie sich selbst aufgeben darf.«

»Nein. Oder vielleicht doch, wie soll ich das selbst wissen? Ich denke mir, das ist auf einmal da, was du meinst, so wie ein großes weißes Licht in einem dunklen Zimmer. Auf einmal ist alles ganz offenbar. Aber das weiß ich, gekommen ist dieses Licht noch nicht.«

Jacob Welse nickte nachdenklich und sah aus wie ein Riese, der mit winzigem Kinderspielzeug spielen möchte und sich fürchtet, daran zu rühren.

»Schließlich bin ich doch auch mit anderen jungen Männern befreundet, Vater, genauso wie mit Gregory.«

»Aber gerade dieser St. Vincent...«

»Was ist gerade mit dem?«

»Ich kann den Kerl nicht leiden.«

»So geht es ihm bei vielen Männern, leider«, gab Frona zu. »Aber gerade deshalb...«

»Meine Meinung soll dir nicht mehr gelten als die der anderen. Weil ich dein Vater bin, habe ich dir in solchen Dingen keine Vorschriften zu machen, gerade deshalb nicht. Aber, daß viele Männer dasselbe Urteil haben wie ich, da muß etwas daran sein.«

»Aber du hast nichts gegen ihn als dieses unbestimmte Gefühl?«

»Doch, vielleicht etwas mehr als den bloßen Instinkt. Ich will versuchen, dir das zu erklären. Nimm's nicht als Prahlerei, es ist eine bloße Tatsache: Wir Welses haben nie einen Feigling unter uns gehabt. Feigheit ist für mich etwas Unnatürliches, etwas Ekelhaftes, und neben Feigheit kann nichts Gutes gedeihen.«

»Gregory St. Vincent ist weiß Gott der letzte Mann auf Erden, Vater, den man einen Feigling nennen könnte! Sein ganzes Leben als Forscher war eine einzige tapfere Tat.«

Frona war bei dieser Antwort heiß und feurig geworden, aber dann schien sie ihm so traurig, daß der Anblick ihres Gesichts ihm ins Herz schnitt.

»Ich will dir nicht weh tun, Kind. Und wenn ich es doch tun muß, dann verzeih mir! Ich weiß nichts von diesem St. Vincent, ich habe keinen Anhaltspunkt für das, was ich jetzt sage, nur das unsichere Gefühl. Aber ich kann mir nicht helfen, der Mann scheint mir nicht das, wofür er sich ausgibt. Dann habe ich allerdings etwas über ihn gehört, eine kleine Tatsache, an sich ganz geringfügig. Ein Auftritt unten in der Bar, bei dem er nicht ganz sauber war.«

»Weil er mit einer Varietédame getanzt hat? ... Nicht wahr, darüber zerbrechen die Männer sich ihre Zungen? Vielleicht hat er auch sonst schön mit ihr getan und meinetwegen sogar... Jedenfalls geht das die anderen nicht das geringste an, und mir ist er keine Treue schuldig. Wenn mir das weh tun soll, dann hab' ich es jedenfalls mit mir allein auszumachen, aber ich kann nicht einmal sagen, daß es mir weh tut.«

»Du verstehst mich falsch. An seine Weibergeschichten habe ich gar nicht gedacht, sondern an etwas ganz anderes. Es hat da einmal eine Prügelei gegeben, eine große, gewaltige Prügelei, wie sich's ab und zu in einer Goldgräberbar gehört. Er wollte nicht mitmachen. Rundheraus gesagt, er war zu feig, daß es einen Hund erbarmen konnte. Einfach zum Kotzen war's, wie er sich benommen hat.«

»Erstens ist das doch alles nur Gerücht... Und außerdem kann es gar nicht wahr sein. Er hat mir selbst bald darauf von der Geschichte erzählt. Ausgesehen hat er keineswegs wie ein Feigling, sondern wie ein Mann, der beim Boxen gehörig eingesteckt hat. Jedenfalls hätte er nicht davon gesprochen, wenn es so gewesen wäre, wie du sagst.«

»Soll keine Anklage sein«, unterbrach Jacob Welse sich hastig, als fürchtete er, zuviel gesagt zu haben. »Manchmal ist man nicht disponiert, ich habe gute Männer kneifen gesehen, die bei einer anderen Gelegenheit wie der Teufel losgegangen sind. Hören wir auf davon! Ich habe das Gefühl, daß ich dich auf festes Land führen wollte und selbst in den Sumpf geraten bin. Ich wollte dir vielleicht einen Rat geben, aber unsereins ist alt und plump, man soll besser die Hände von so zerbrechlichen Sachen lassen.«

»Ich weiß, wie gut du es gemeint hast, Daddy.«

Sie ließ sich auf die Knie fallen und lag so zärtlich an seiner Brust, wie er es sein Leben lang nicht gefühlt hatte.

»Du guter Daddy, machst dir soviel unnütze Sorgen um mich.«

Dies war der letzte Augenblick, in dem er ihr das sagen konnte, was ihm eigentlich auf der Zunge lag:

»Was geht es uns an, Frona, uns beide, was die Welt sagt? Du bist eine Welse und hast deinen Kompaß in der Brust, du brauchst nach Himmel und Hölle nicht zu fragen, wenn du etwas tust. Und wenn du es dir einfallen läßt, ganz ohne Kirche und Standesamt ein Kind zu bekommen, nur weil du eben ein Kind haben willst, dann wird es trotz allem ein Welse sein, und wir beide fragen den Henker danach, von wem es ist.«

Als die letzte Glut im Kamin zerfiel und die Wärme das Zimmer verließ, lag sie immer noch an seiner Brust. Er erzählte ihr, was sie eigentlich hören wollte, von ihrer Mutter, die ihr so heroisch das Leben gegeben hatte, von all den mutigen Welses, die vor ihm gelebt hatten, und von dem großen einsamen Kampf bei Treasure City, in dem sein Vater den Tod gefunden.

Die lange vorbereitete Theatervorstellung fand statt und wurde ein so riesiger Erfolg, wie Dawson ihn höchstens einmal in jedem Jahre erlebte. St. Vincents Regiekunst war außer Zweifel. Er hatte aus all den ungefügen Menschen eine Art richtiger Schauspieler gemacht und schien selbst auf der Bühne ein Fachmann zu sein, kein Dilettant. Sie hatten »Nora« von Ibsen gespielt, nichts zum Lachen, sondern ein Stück, das die Menschen quälte und zugleich erhob. Unter seinem Einfluß, von seinem Talent mitgerissen, war Frona, die die Nora gab, weit über ihre Grenzen hinausgewachsen. Sie hatte Töne des Leides und der Leidenschaft gefunden, die jeden ergriffen.

Unter endlosem Beifall war der Vorhang gefallen. Dann sammelte Frau Sheffield die Honoratioren der Gesellschaft um sich und hielt die Kritik in so flammend begeisterten Ausdrükken, daß Jacob Welse sich ärgerte. Auch Dave Harney knurrte in das allgemeine Lob hinein, erstens sei das Stück wie vom Teufel gespielt worden, und zweitens sei es wirklich ein verdammt gutes Stück, und drittens hätte er schon, wer weiß wie lange, keinen so schönen Abend gehabt. Aber dann flüsterte er dem Polizeioffizier zu:

»So 'n bißchen Schleiertanz hätte man schließlich auch gern gesehen. Und mehr Mädel, vor allem mehr Mädel! Und warum hat der Ibsen, oder wie der Bursche heißen mag, denn gar keine Schlager hineingedichtet?«

»Das hätte verdammt schlecht gepaßt«, belehrte ihn Onkel Matt, der nicht hören konnte, daß man an irgendeiner Leistung Fronas Kritik übte. »Die Frona hat das so großartig gespielt«, sagte er, »so verdammt großartig, daß andere Mädel nur gestört hätten. Das gebe ich Ihnen schwarz auf weiß, wenn Sie es wollen.«

»Haben Sie Gummi gekauft?«

»Gummi?«

»Aber natürlich, was hab' ich Ihnen denn geraten? Wenn das Tauwetter kommt, steigen die Gummistiefel ins Aschgraue, habe ich Ihnen gesagt. Dies Jahr kommen sie auf drei Unzen Gold das Paar, sonst fress' ich alle alten Besen in Dawson City. Heute können Sie sie noch für eine Unze das Paar kaufen.«

»Der Teufel soll Sie und Ihre Gummischuhe holen!«

Aber damit war die Kunst für diesen Abend erledigt, und man sprach wieder von realeren Dingen.

Gregory St. Vincent brachte Frona nach Hause. Als sie allein in der eiskalten Winterluft standen, schüttelte er sich, als müßte er alles abwerfen, was ihn da drin umgeben hatte, und sagte mit einem tiefen Seufzer: »Endlich!«

»Was endlich?«

»Endlich kann ich Ihnen sagen, wie wundervoll Sie die Nora gespielt haben! Vielleicht haben Sie Perlen vor die Säue geworfen, aber ich wenigstens war so ergriffen, daß ich selbst kaum weiterspielen konnte. Bei der großen Szene, in der Sie für immer aus meinem Dasein verschwinden...«

»... was war da?«

»Ja, da waren Sie nicht Nora, und ich war nicht Thorwald, sondern wir waren Frona und Gregory. Wie Sie da auf einmal in Hut und Mantel vor mich treten und mit der Reisetasche in der Hand abgehen, da hat mir das Herz geblutet.«

Frona antwortete nicht. Eine Weile gingen sie schweigend nebeneinander. Der Zauber dieses Abends lag noch über ihnen; von der Begeisterung, mit der sie der Kunst gedient hatten, war noch etwas in ihrem Blut. Es war ein klarer Abend, nicht übermäßig kalt für zwei junge Menschen in dicken Wolfspelzen, die beide auf die Umwelt nicht achteten. Das Land lag ringsum in Licht gebadet, ein weiches Licht, dessen Quelle weder Stern noch Mond war. Am Horizont spannte sich von Südost nach Nordwest ein blaßgrünes, leuchtendes Band, von ihm ging der matte Strahlenglanz aus. Plötzlich zeichnete sich, wie das Licht eines Scheinwerfers, ein Bündel weißer Strahlen auf dem nachtschwarzen Himmel ab. Für einen Augenblick war gespenstischer Tag; dann senkte sich noch tiefer die schwarze Nacht auf die Erde herab. Nur im Osten gärte es aus einem grünlichen, leuchtenden Nebelschleier, lichte Dämpfe brodelten empor, fielen wieder, als versuchten mächtige, körperlose Hände, den Äther an sich zu reißen. Einmal schoß eine zyklopische Rakete in feuriger Bahn vom Horizont bis zum Zenit empor und fiel wie in zitternder Flucht wieder auf die Erde herab.

Im Augenblick dieses flammenden Triumphes brach die Stille auf der Erde. Zehntausend Wolfshunde heulten zugleich all ihre Sehnsucht und ihren Hunger in die Luft. Frona schauerte zusammen. St. Vincent legte den Arm um sie. Jetzt jammerten die Wolfshunde nur noch leise, ihr Winseln war noch fürchterlicher als das einstimmige Klagegeheul. Es war, als ginge durch diese ganze Welt eine große unbezwingbare Furcht.

Frona legte sich fester in St. Vincents Arm und schloß die Augen. Da spürte sie die Furcht der Kreatur nicht mehr. Es zitterte in ihren Nerven von einem ganz neuen, fremden Gefühl, und das war Wonne.

»Muß ich noch Worte zu dir sprechen?« fragte er mit seiner tiefen Stimme, die eben erst alle Zuhörer im Theater entzückt hatte und die jetzt so gedämpft, so ganz allein für sie klang.

»Nein, Gregory!«

»Ich kann dir so wenig bieten, Geliebte!« sagte der Mann, als er Frona bis zur Tür ihres Vaterhauses gebracht hatte.

»Das unsichere Los eines immer wandernden Zigeuners...«

Sie nahm seine Hand, preßte sie an ihr Herz und sprach die Worte, die eine große Frau vor ihr gesprochen hatte: »Ein Zelt und eine Brotkruste, die ich mit dir teile! Damit werde ich immer glücklich sein!«

»Herein!«

Matt McCarthy drückte die Klinke herunter und öffnete die Tür und schloß sie sorgfältig wieder hinter sich.

»Ach, Sie sind's!« St. Vincent betrachtete seinen Gast mit einem düsteren, zerstreuten Blick, dann aber nahm er sich zusammen und reichte ihm die Hand.

»Hallo, Matt, Alter! Meine Gedanken waren tausend Meilen weit von hier, als Sie kamen. Nehmen Sie sich einen Stuhl, und machen Sie es sich bequem! Dort neben Ihnen steht Tabak. Versuchen Sie ihn und lassen Sie uns hören, was Sie wollen!«

»Ja, da hat er schon recht, daß seine Gedanken tausend Meilen weit von hier sind«, sagte Matt bei sich. Aber laut sagte er: »Nun ja, Sie waren wohl in süße Träume versunken. Und das ist ja auch kein Wunder.«

»Wieso?« fragte der Geograph heiter.

»Sie sind ein verfluchter Kerl, Vincent, und haben ein mächtiges Glück bei den Mädchen – darüber ist nicht zu streiten. Sie haben manchen Kuß im Vorbeigehen geschnappt und manches Herz gebrochen. Aber, Vincent, mein Junge, haben Sie je das Richtige gekannt?«

»Wie meinen Sie das?«

»Das Richtige, das Richtige, das heißt – nun ja, sind Sie je Vater gewesen?«

St. Vincent schüttelte den Kopf.

»Ich glaube nicht. Aber haben Sie je väterliche Liebe gefühlt?«

»Das weiß ich nicht recht. Ich glaube nicht.«

»Da haben wir's ja. Und das ist das Richtige, sag' ich Ihnen. Wenn ein Mann je ein Kind gesäugt hat, dann habe ich's getan, oder doch jedenfalls so was Ähnliches. Es war ein Mädel, und jetzt ist sie ausgewachsen, und wenn möglich liebe ich sie noch mehr als ihr leiblicher Vater. Außer ihr habe ich leider nur eine einzige Frau getroffen, die ich hätte lieben können, und die war schon mit einem anderen verheiratet, als ich sie traf. Ich habe keinem Menschen je ein Wort davon gesagt, o nein, nicht einmal ihr selbst. Aber sie ist tot. Gott sei ihrer Seele gnädig.«

Das Kinn sank ihm auf die Brust, und seine Gedanken gingen zurück zu der blonden Frau, die sich einst wie ein Sonnenstrahl in die Hütte am Dyea-River verirrt hatte. Er blickte plötzlich auf und sah St. Vincent mit leeren Blicken vor sich hinstarren, als dächte er an ganz etwas anderes.

»Aber lassen Sie es jetzt genug sein mit den Dummheiten, Vincent!«

Der Geograph nahm sich zusammen, und er merkte, daß die kleinen blauen Augen des Iren sich in die seinen bohrten.

»Sind Sie ein tapferer Mann, Vincent?«

Eine Sekunde lang sahen sie sich an, als wollte einer die Seele des anderen erforschen. Und in dieser Sekunde hätte Matt schwören können, daß er es ganz leise in den Augen des andern flackern sah. Triumphierend schlug er mit der Faust auf den Tisch, daß es klatschte. »Weiß Gott, das sind Sie nicht.«

Der Geograph zog die Tabaksdose zu sich heran und drehte sich eine Zigarette. Er drehte sie sich mit großer Sorgfalt, und das feine Reispapier knisterte in seiner geübten Hand; dabei stieg ihm Zornesröte unter dem Hemdkragen empor und verbreitete sich, stärker an den Höhlungen und wieder schwächer an den Backenknochen, immer mehr über seine Wangen, bis sein Gesicht flammte.

»Nun gut. Vielleicht erübrigt es sich, daß ich meine Finger mit einer ekelhaften Arbeit beschmutze. Vincent, das Mädel, das jetzt ausgewachsen ist, schläft diese Nacht in Dawson. Gott helfe uns, Ihnen und mir, aber wir werden nie unsern Kopf so rein und unbeschmutzt wie sie auf die Kissen legen können. Vincent, ich will Ihnen einen vernünftigen Rat geben, strecken Sie nie die Hand nach ihr aus, weder mit noch ohne Segen der Kirche! Sie sind mir unsympathisch. Meine Gründe behalte ich für mich, die sind ja auch einerlei. Aber hören Sie jetzt, was ich sage: Wenn Sie je so töricht sein sollten, sie zu Ihrer Frau zu machen, so werden Sie nie das Ende des verfluchten Tages sehen oder sich über den Anblick Ihres Brautbettes freuen. Mensch, ich könnte Sie mit meinen bloßen Fäusten erschlagen, wenn es nötig wäre. Aber ich hoffe, daß ich es ein wenig eleganter tue. Seien Sie ganz ruhig – das verspreche ich Ihnen.«

»Du irisches Schwein!« Ganz plötzlich war in St. Vincent der Teufel wach geworden.

McCarthy sah plötzlich in den Lauf eines Revolvers hinein. »Ist er geladen?« fragte er ruhig.

»Gewiß«, sagte St. Vincent zornig.

»Ich glaube Ihnen. Aber worauf warten Sie? Drücken Sie ab, hören Sie!«

Der Finger, der abdrücken sollte, bewegte sich, und ein verdächtiges Klicken ertönte.

»So ziehen Sie durch. Ziehen Sie durch! Als ob Sie das könnten, beim Flackern in Ihren Augen.«

St. Vincent versuchte, den Kopf abzuwenden.

»Sehen Sie mich an, Mann!« kommandierte McCarthy.

»Sehen Sie mir in die Augen, wenn Sie es tun.« Wider Willen mußte der Geograph den Kopf wieder drehen, so daß seine Augen denen des Irländers begegneten.

»Jetzt!«

Zähneknirschend drückte St. Vincent ab – wenigstens glaubte er es zu tun. Sein Wille war bereit und gab den Befehl, aber die Angst in seiner Seele hielt ihn zurück.

»Wohl gelähmt, der arme, kleine, zitternde Finger, was?« grinste Matt dem gepeinigten Mann ins Gesicht. »Dann dreh ihn jetzt nach der anderen Seite, so, und leg ihn weg, vorsichtig... vorsichtig... vorsichtig.« Seine Stimme wurde zu einem knurrenden, beruhigenden Flüstern.

St. Vincent ließ den Drücker los, der Revolver glitt ihm aus der Hand, und mit einem kaum hörbaren Seufzer sank er kraftlos auf seinen Stuhl. Er versuchte sich aufzurichten, fiel aber statt dessen mit dem Oberkörper auf den Tisch und vergrub das Gesicht mit den zitternden Händen. Matt zog sich die Fäustlinge an, warf ihm einen mitleidigen Blick zu, ging dann und schloß vorsichtig die Tür hinter sich.

Im Frühjahr setzte die große Abwanderung aus Dawson ein. Manche zogen fort, weil sie sich ein Vermögen gemacht hatten, viele, weil sie nichts mehr zusetzen konnten. Alle aber kauften Hunde, soviel sie nur kriegen konnten. Dann reisten sie über das dünne Frühlingseis nach Dyea. Dave Harney hatte so viel Hunde aufgekauft, daß er die Preise diktieren konnte, und er diktierte nicht sanft! Er ging mit strahlendem Gesicht umher.

»Wollen Sie auch fort?« fragte ihn Welse eines Tages, als die blasse Mittagssonne zum erstenmal wärmte.

»Denke nicht daran! Erst muß ich mein Lager an Mokassins losschlagen, von den Stiefeln gar nicht zu reden. Wissen Sie, Welse, mit dem Zucker haben Sie mich tüchtig hineingelegt, meine Puddings haben mich diesen Winter ein paar tausend Dollar gekostet. Aber ich hab's wieder hereingeholt. Übrigens, haben Sie noch Gummistiefel?«

»Nein, mein Lager war schon Anfang des Winters geleert.«

Dave Harney lachte glückselig vor sich hin.

»Ja, wer mag die wohl fortgezaubert haben? Sehen Sie, das war wieder der pfiffige, kleine Dave.«

»Aber ich hatte doch meinen Leuten verboten, in Partien zu verkaufen!«

»Hat ja auch kein Mensch getan. Ein Mann pro Paar, ein Paar pro Mann, auf Ihre Jungens können Sie sich verlassen. Aber hundert mal eins gibt eben auch hundert, und jedesmal war es eben mein Goldstaub, der in die Waagschale gefallen ist. Ob wir jetzt einen zusammen heben, Welse? Mir ist so komisch, ich glaube, ein doppelter Schnaps käme jetzt gerade in die richtige Ecke!«

Mitte April wurde am Hendersonfluß Gold gefunden; die Sache sah vielversprechend aus. Jacob Welse bereiste den Distrikt, und Frona begleitete ihn, denn es war eher eine Vergnügungs- als eine Geschäftsreise. Bald nach ihnen zog Gregory St. Vincent denselben Weg. Corliss und Bishop waren zunächst den linken Arm des Henderson hinaufgewandert. In einer Woche wollten sie auch bei den neuen Funden sein. Dann kam der Mai; jetzt war der Frühling so vorgeschritten, daß es gefährlich wurde, auf den Flüssen zu reisen. Über halbaufgetautes Eis zogen die Goldsucher und dankten Gott, wenn sie lebendig ihr Ziel erreichten. Es standen schon ein paar Hütten in der Nähe der neuen Funde, und ihre gastlichen Besitzer nahmen viele der Neuangekommenen auf. Welse und seine Tochter kampierten im Zelt, ihr Lager auf einem Höhenzug am oberen Ende von »Split-up-Island« im Yukon beherrschte wie ein Königssitz die ganze Gegend.

Die zunächst gelegene Insel hieß Freitagsinsel. Die beiden waren nur durch einen schmalen Kanal voneinander getrennt. Hier trafen Corliss und Bishop ein, als das Eis schon so schwach war, daß die Hunde beinahe ebensoviel schwimmen wie laufen mußten. Sie waren die letzten, die sich in diesem Winter über das Eis gewagt hatten. Nahe davon, auf Roubeauinsel, hauste John Borg, ein mürrischer, alternder Bursche, der ungern sprach und sich am liebsten von der ganzen übrigen Menschheit abgesondert hätte. Zu seinem Unglück fand Gregory St. Vincent in seiner Hütte Quartier.

»Es ist nur wegen der Lausedollars«, sagte der Mann. »Gern nehm' ich Sie nicht etwa auf. Werfen Sie Ihre Decken in die Ecke. Bella kann die eine Koje ausräumen. Wir brauchen sie sowieso nicht.«

Er öffnete den Mund erst wieder am Abend, um zu sagen: »Ihr Essen kochen Sie selber. Wenn das Mädel am Ofen fertig ist, können Sie anfangen.«

Das Mädel Bella war die schönste Indianerin, die Gregory je gesehen hatte. Sie hatte nicht die fettig dunkle Haut ihrer Rasse, sondern einen klaren, bronzefarbenen Teint, und ihre Züge waren weicher, edler, als man es in der Regel bei Indianerinnen findet.

Nach dem Abendbrot legte Borg beide Ellenbogen auf den Tisch, stützte sein Kinn in die mächtigen Fäuste, rauchte stinkenden Indianertabak und starrte vor sich hin.

»Wohl schon lange im Lande, alter Freund?« fragte St. Vincent, um eine Unterhaltung in Gang zu bringen.

Borg wandte ihm seinen düsteren Blick zu. Es war, als sähe er in ihn hinein, durch ihn hindurch und doch an ihm vorbei. Während er St. Vincent betrachtete, schien er ganz zu vergessen, daß dieser Mann überhaupt existierte.

Worüber er wohl grübeln mag? dachte der Geograph, indem er sich eine Zigarette drehte. Diese erste Zigarette war schon in duftenden Rauchringen aufgegangen. Eine zweite kam an die Reihe, als Borg endlich den Mund auftat. »Fünfzehn Jahre«, sagte er, sonst kein Wort.

Eine halbe Stunde lang studierte Gregory wie fasziniert dies unergründliche Gesicht. Der Kopf war riesengroß, aber nicht zu groß für den mächtigen Stierhals, der ihn trug. Jede Einzelheit an diesem Kopf schien gewaltig entworfen, aber nicht ganz fertig geworden. Es war der unfertige Kopf eines alternden Riesen. Sein Haar verfilzte sich hier und da zu seltsamen, grauen Flecken und ringelte sich dann wieder in schwarzen Locken, so dick wie gekrümmte Finger. Der Backenbart fiel wie in dicken Grasbüscheln, halb schwarz, halb grau, auf die Brust herab, aber er war nur tupfenweise in dem Gesicht angesetzt und konnte weder die großen, hohlen Backen noch die dünnen und grausamen Lippen verbergen. Die Stirn war es, die das eigentlich Widerspruchsvolle in John Borgs Gesicht brachte. Es war eine hochgewölbte, breite und fast edle Stirn. Wer sie allein sah, hätte gedacht, sie sei das Bollwerk einer allumfassenden Intelligenz.

Beim Geschirraufwaschen ließ Bella eine schwere Blechtasse fallen. In die völlige Stille hinein wirkte das Dröhnen wie eine ungeheure Sensation. Borg fuhr mit einem unartikulierten Gebrüll empor, daß sein Stuhl schmetternd umfiel! Er stand aufrecht da mit flammenden Augen und wutverzerrtem Gesicht. Bella gab ein tierisches Wimmern von sich und lag sofort zu seinen Füßen gekrümmt, wie ein Hund, der die Peitsche erwartet.

Auf St. Vincents Kopf sträubten sich die Haare. Es lief ihm eiskalt den Rücken herunter. Was würde jetzt geschehen? Aber Borg hob den Stuhl auf und fiel in seine alte Stellung zurück, das Kinn in die Fäuste gestützt. Bella arbeitete vorsichtig mit den Tellern weiter, es fiel kein Wort, und während St. Vincent mit zitternden Händen seine nächste Zigarette drehte, fragte er sich, ob all das ein Traum gewesen sei.

Jacob Welse lachte, als Gregory ihm am anderen Tag die Geschichte erzählte.

»So ist dies knurrige alte Biest; genauso verrückt, wie es aussieht. Er ist mehr Jahre im Lande, als er Menschen kennengelernt hat. Ich glaube, daß er in ganz Alaska keinen einzigen Freund hat, nicht einmal unter den Indianern, mit denen er viel zusammen ist. Sie nennen ihn: ›Jonny Halbverdreht‹, aber ebensogut könnten sie ihn ›Jonny Schlagzu‹ nennen. Er ist jähzornig und hat eine schwere Tatze. Stellen Sie sich vor, wozu der Kerl imstande ist. Einmal hatte er eine Meinungsverschiedenheit mit meinem Faktor in Arctic City. Er hatte absolut recht, aber bei dem Faktor war es nur ein Irrtum, kein böser Wille. Was tut der Rübezahl? Erklärt meiner ganzen Unternehmung seinen Boykott und lebt ein volles Jahr lang ausschließlich von Fleisch. Dann traf ich ihn zufällig und erklärte ihm die ganze Sache, und dann hat er wieder bei uns gekauft.«

»Und das Mädel?«

»Das hat er sich irgendwo aus dem höchsten Norden heruntergeholt. Ich beneide sie nicht. Dem sein Bettschatz zu sein, das ist kaum ein Vergnügen.«

Gregory St. Vincent kümmerte sich nicht viel um seine Wirte. Die meiste Zeit verbrachte er auf »Split-up-Island« mit Frona und ihrem Vater. Aber eines Abends kam es doch zu einem Zusammenstoß. Als St. Vincent nach Hause kam, saß der Alte im letzten dünnen Licht der Sonne vor seiner Hütte, und nahe bei ihm stand Bella an einer Waschwanne. Es war ein klobiges, selbstgezimmertes Ding und, wenn sie halb voll Wasser war, viel zu schwer, als daß eine Frau sie heben konnte. Als Bella das Wasser wechseln wollte, sprang St. Vincent herbei, um zu helfen. Sie nahmen die Wanne zwischen sich und gingen ein paar Schritte weit zu einem Abflußrohr. Zuerst rutschte St. Vincent im halbaufgetauten Schnee aus, und das Seifenwasser übersprudelte ihn. Dann glitt Bella aus, und ein paar Schritte weiter fielen sie beide um. Es tat nicht weh, sie fanden es lustig; Bella kicherte laut, und St. Vincent lachte mit. In der Luft und in ihrem Blut war Frühling. An diesem Tag war alles zum Lachen. Aber sie hatten nicht bemerkt, daß Borg die Ohren spitzte. Als sie die Wanne zurücktrugen, passierte es abermals, daß Bella mit beiden Füßen zugleich ausglitt und sich mit einem hörbaren Plumps auf den Boden setzte. Jetzt klang ihr Lachen schon wie Jubeln, Gregory reichte ihr beide Hände zum Aufstehen, aber da war mit einem Satz und wildem Gebrüll Borg über ihnen. Er riß die vier Hände auseinander und schleuderte St. Vincent auf die Seite, daß er ein halbes Dutzend Meter weit taumelte. Dann wiederholte sich der seinerzeitige Auftritt. Bella warf sich winselnd vor ihrem Herrn zur Erde, in den Schmutz, aber es geschah ihr nichts. »Hör zu, Bursche«, sagte Borg mit tiefem Schnauben zu St. Vincent. »Du schläfst in meiner Hütte und kochst deinen Fraß auf meinem Ofen! Das genügt! Mein Weib läßt du in Ruh!«

Der Frühling war gekommen wie ein Wunder, streichelte die Welt mit sanften Händen und wiegte sie in Träume ein, ehe der Sommer mit seiner Blumenpracht kam. Schnee lag nur noch auf den eisschründigen Zinnen, aus Schluchten und Tälern war er verschwunden; die Gletscher begannen zu schmelzen, und jeder Fluß war ein brüllender Strom. Jeder Tag wurde länger als der vergangene; jetzt begann die kühle Morgendämmerung schon um drei Uhr, und es wurde neun Uhr, ehe der Abend kam. Bald sollte sich ein goldener Kreis rings um den Himmel ziehen und die Mitternachtsstunde strahlend sein wie der Mittag. Weide und Esche hatten schon Kätzchen getragen. Jetzt schmückten sie sich mit Laub, und die Kiefern standen hoch im Saft.

Mutter Natur war mit einem Seufzer erwacht und hatte sich an ihre kurze Sommerarbeit gemacht. Die Grillen sangen nachts um stille Hütten, im Mondschein krochen Moskitos aus hohlen Baumstämmen, es waren große, lärmende, unschädliche Geschöpfe, die den ganzen Winter hindurch wie Eisstücke gelegen hatten und jetzt vergnügt einem neuen Tod entgegensummten. Alles kriechende, krabbelnde und flatternde Leben kam aus der warmen Erde hervor, um zu reifen, zu zeugen und zu sterben. Uferschwalben gruben ihre Niststollen in die weichen Lehmgänge, Rotkehlchen sangen von den Kiefern. Über ihnen pochte unaufhörlich der Specht, in der Tiefe des Waldes schwirrten jählings Rebhuhnweibchen auf, während die Hähne in der Pracht ihres Männerkleides auf und ab stolzierten.

Nur der Yukon kümmerte sich nicht um dies große Erwachen. Viele Meilen weit lag er noch immer kalt da, unbeweglich und tot. Wildgänse, die, vom Süden kommend, in keilförmigen Zügen den Wind spalteten, machten halt, spähten nach offenem Wasser aus und flogen enttäuscht weiter nach Norden. Hier und da brach das Wasser durch und überschwemmte das unerbittliche Eis, aber in der nächsten kalten Nacht gefror es wieder zu einer einzigen festen Masse. Man erzählte sich, daß das Eis auf diesem Strom einmal drei lange Sommer hindurch nicht gewichen war. Für diesen Sommer hoffte man auf besondere Wärme. Noch war der Fluß nicht willens, seinen Griff zu lockern, noch wollten die Eismassen nicht hinab ins Beringmeer schwimmen, aber jede Stunde konnte Erlösung bringen.

Im Lager auf »Split-up-Island« war alles bereit, um die Eisschmelze auszunützen. Wasserstraßen sind in jedem wilden Land die ersten Landstraßen gewesen. Hier war der Yukon die einzige Straße. Die Leute, die darauf warteten, sie benutzen zu können, pichten ihre Boote aus und beschlugen ihre Bootsstangen mit frischem Eisen. Mit großen Messern schnitzten sie sich neue Steuerriemen zurecht.

Jacob Welse genoß das Nichtstun, das er sich im Leben so selten gegönnt hatte, und Frona sah, wie gut es ihm tat. Eines Nachmittags saß man zusammen vor dem Zelt; St. Vincent und sein Freund, der Baron Courbertin, waren zu Gast, und man berechnete, wie lange diese erzwungene Ruhe noch dauern könnte, als Jacob Welse witternd den Kopf hob.

»Da drüben, südlich von der Klippe! Könnt ihr etwas erkennen? Da bewegt sich was.«

»Ein Hund!«

»Für einen Hund bewegt es sich zu langsam. Frona, sei so gut, meinen Feldstecher.«

Die beiden jungen Männer liefen um die Wette. St. Vincent wußte, wo der Feldstecher lag, und kam wie ein Sieger damit zurück. Jacob Welse hielt das Glas lange an die Augen und suchte die Klippe ab. Es war eine ganze Meile von der Insel bis zum anderen Ufer; das Sonnenlicht lag blendend auf dem Eis, und es war schwer, etwas auszumachen.

»Es ist ein Mensch«, sagte er endlich und reichte dem Baron seinen Feldstecher. »Etwas ist da drüben nicht geheuer.«

»Er kriecht!« rief der Baron. »Ein Mann, der auf Händen und Knien kriecht. Sehen Sie nur, sehen Sie!«

Zitternd reichte er Frona das Glas. Als Fronas Augen sich an das leuchtende Weiß gewöhnt hatten, erkannte sie ein winziges dunkles Etwas, das sich kaum von einem ebenso dunklen Hintergrund aus Erde und Buschwerk abzeichnete. Es war ein Mann. Jetzt erkannte sie jede seiner Bewegungen! Er kroch mühselig an eine vom Winde gefällte Kiefer heran und versuchte, dies große Hindernis zu überwinden. Zweimal war es ihm schon mißglückt. Beim dritten Versuch, der unsägliche Mühe zu kosten schien, gelang es ihm, hinüberzukommen. Hilflos taumelte er weiter, dann fiel er, das Gesicht nach unten, in wirres Gebüsch.

»Ich glaube, er hat keine Kraft mehr«, sagte sie und reichte Gregory das Glas.

Der alte Welse sprang erregt auf und holte sein Gewehr aus dem Zelt: »Wir müssen ihm ein Zeichen geben. Paßt auf, ob er reagiert!« Sechs Schüsse knallten in kurzen Abständen in die Luft hinaus.

»Er bewegt sich!«

Alle verfolgten in entsetzlicher Spannung, was der Unglückliche unternahm.

»Er kriecht ans Ufer. Ah! Nein ... Er liegt auf der Erde und hebt seinen Hut oder so etwas Ähnliches auf einen Stock! Jetzt winkt er!«

Jacob Welse steckte einen neuen Rahmen in sein Gewehr und gab noch einmal sechs Schüsse ab.

»Er winkt wieder! Mein Gott, jetzt hat er den Stock fallen lassen. Jetzt liegt er ganz still da!«

Alle drei sahen Jacob Welse an, als müßte er genau wissen, wie es um den Menschen stand. Der zuckte die Achseln.

»Ein Weißer oder ein Indianer? Wahrscheinlich Hunger. Vielleicht hat er auch einen Knochenbruch.«

»Aber vielleicht stirbt er!« sagte Frona, und ihre Stimme bettelte, als könnte ihr Vater dies Schicksal wenden.

Der Baron rang die Hände: »Insuppertable! Oh, das sein terrible, das! Entsetzlik! Direkt vor unsere Augen, und wir könne nicht elfen!« Dann rief er plötzlich: »Nein! Das darf nicht passiere! Ich gehe ibber die Eis!«

Er wollte den Abhang hinunterspringen, aber Welse hielt ihn am Arm fest.

»Nicht zu hitzig, Baron! Helfen müssen wir, aber was braucht der Mann? Nahrung, Medizin, was sonst? Überlegen wir einen Augenblick, dann wollen wir einen Versuch machen.«

»Auf mich können Sie zählen«, erklärte St. Vincent schnell, und Fronas Augen leuchteten stolz.

Sie ging ins Zelt und packte Proviant zusammen. Die Männer besorgten ein zwanzig Meter langes Seil. Jacob Welse und St. Vincent wanden sich die Enden um den Leib, der Baron kam in die Mitte. Er wollte den Proviant tragen und schnallte sich den Rucksack auf. Frona sah vom Ufer aus, wie die Kolonne abmarschierte. Aber sonst schien niemand im Lager darauf zu achten.

Die ersten fünfzig Schritte ging alles gut, dann spürten die Männer, daß das feste Küsteneis sich veränderte. Welse führte sicher und ruhig; er tastete vor jedem Schritt ringsum das Eis ab und wechselte beständig die Richtung. St. Vincent brach zuerst ein, aber im Sturz hielt er seinen Stock quer, so daß er auf das Eis zu liegen kam. Sein Kopf kam nicht unter Wasser, aber die Strömung saugte an seinem Körper, und die beiden Männer mußten gewaltig ziehen, um ihn herauszuholen. Frona sah, daß sie einen Augenblick ratlos stehenblieben. Der Baron zeigte und gestikulierte eifrig, dann löste St. Vincent sich von den beiden anderen und kam ans Ufer zurück.

»Es ist unmöglich.«

»Aber warum kommen dann die anderen nicht zurück?«

»Dieser Courbertin ist ein schrecklicher Draufgänger. Sie wollen noch einen letzten Versuch wagen.«

»Und mein Vater ist auch ein schrecklicher Draufgänger«, sagte Frona mit einem bitteren Lächeln.

Dann fragte sie: »Willst du nicht ins Zelt gehen und warme Sachen von meinem Vater anziehen?«

Er warf sich neben sie auf den Boden: »Laß nur, die Sonne trocknet.«

Eine Stunde lang saßen sie da; Frona ließ das Glas nicht von den Augen. Die beiden Männer hatten jetzt die Mitte des Flusses erreicht; sie waren nur noch zwei schwarze Punkte in dem weißen Feld. Manchmal verschwanden sie völlig hinter Eismauern.

»Es ist nicht recht von ihnen«, beklagte sich St. Vincent. »Sie haben gesagt, sie wollen's nur noch einmal versuchen, sonst wäre ich doch nicht umgekehrt! Aber sie müßten längst wissen, daß es unmöglich ist.«

»Doch ... Nein ... Ja! Sie kehren um!« rief Frona. »Aber hör? Was ist das?«

Ein dumpfes Poltern kam wie ferner Donner vom Eise her. Frona sprang auf.

»Vincent! Vincent! Der Fluß bricht auf!«

»Nein, nein! Gewiß nicht! Es ist schon vorbei.«

Das Dröhnen hatte sich flußabwärts verzogen.

»Aber dort! Dort!«

Ein neues Poltern, noch dumpfer und unheilvoller als zuvor, machte die Schwalben und Rotkehlchen schweigen. Es lief über den Fluß, auf die Inseln zu, und zuletzt klang es wie das Poltern eines Eisenbahnzuges auf einer fernen Brücke.

Dann war eine Minute Stille.

Dann dröhte es zum drittenmal aus dem Eis, noch fürchterlicher und länger andauernd als zuvor.

»Warum machen sie nicht schnell?«

Die beiden Punkte waren stehengeblieben; es schien, daß die Männer sich berieten. Frona suchte durch ihr Glas den Fluß hinauf und hinab. Es zeigte sich keine Bewegung im Eise. Aber jetzt begannen die Rotkehlchen wieder zu singen, und die kleinen Eichhörnchen spielten.

St. Vincent legte seinen Arm um das Mädchen: »Hab' keine Angst, Frona! Wenn Gefahr wäre, wüßten sie es besser als wir. Aber sie lassen sich Zeit.«

Das Getöse kam und ging mit bald kürzeren, bald längeren Pausen, aber sonst verriet nichts, daß das Eis im Aufbrechen war, und allmählich kamen die Männer der Küste wieder näher. Sie troffen von Wasser und zitterten vor Kälte, als sie den Hang erreichten. Frona griff nach den Händen ihres Vaters, die halb erstarrt waren, rieb und küßte sie.

»Ich hab' geglaubt, du kommst nicht wieder.«

»War ja ganz ungefährlich, Mädel. Lauf jetzt hinein und schau, daß wir etwas zu essen kriegen.«

»Was war denn nur?«

»Der Stuart ist aufgebrochen. Sein Eis schiebt sich unter die Yukon-Eisdecke. Wir haben es deutlich scheuern hören.«

»Es war skreckerlick!« gestand der Baron. »Aber skreckerlikker noch, daß wir nicht könne retten diese unglücklike Mensch! Le misérable!«

»Sobald wir etwas gegessen haben, versuchen wir es mit den Hunden«, erklärte Welse. »Mach schnell, Frona!«

Aber die Hunde versagten. Sie wählten die Leithunde als die klügsten aus, bepackten sie mit Proviant und schickten sie auf den Fluß hinaus. Jedesmal, wenn sie umzukehren versuchten, wurden sie mit Erdklumpen und Flüchen wieder aufs Eis getrieben. Aber sie verstanden gar nicht, was man von ihnen verlangte. Sobald sie außer Reichweite waren, blieben sie stehen, hoben die nassen, kalten Pfoten und heulten kläglich. Zuletzt fingen sie an, einer des anderen Proviantlast aufzureißen und leer zu fressen. Da gab man den Versuch auf.

Von Stunde zu Stunde wuchs das Getöse. Während der Nacht wurde es ein ununterbrochenes Donnern; gegen Morgen ließ es nach. Der Fluß war um zwei Meter gestiegen. An vielen Stellen stand das Wasser auf dem Eise. Es knurrte und krachte unaufhörlich; in allen Richtungen bildeten sich Risse. Als es heller wurde, hielten sie nach dem Mann am anderen Ufer Ausschau. Er regte sich nicht. Aber als sie ihre Gewehre abschossen, winkte er schwach.

»Es ist nichts zu machen, ehe das Eis aufbricht«, erklärte Welse. »Dann müssen wir es mit dem Boot versuchen. St. Vincent, holen Sie sich Ihre Decken und schlafen Sie heute nacht hier! Wir müssen zu dreien paddeln, Sie und ich ... ich denke, daß wir den alten Phillips noch dazukriegen können.«

»Steht auf, die Vöglein zwitschern schon! Die Sonne scheint! Wacht auf!«

Es war erst drei Uhr morgens und noch tiefdunkle Nacht, als Del Bishop mit gurgelndem Baß diesen Ruf ausstieß. Frona fuhr aus dem Schlafsack, streckte ihre bloßen Füße in die Mokassins und warf sich einen Rock über. Im selben Augenblick hatte auch schon ihr Vater, der auf der anderen Seite eines Vorhanges schlief, die Zeltzipfel zurückgeschlagen und war hinausgetaumelt.

Der Strom war aufgebrochen! Seine Flut scheuerte gegen den höchsten Rand des Ufers. Er war mächtig im Steigen, und von Minute zu Minute konnte er die Insel überfluten. Manchmal schleuderte er gewaltige Eisschollen ins Land hinein. Als das erste Tageslicht matt erwachte, sah man auf hundertfünfzig Schritt Abstand das weiße Feld des Stromes mit dem grauen Himmel verschmelzen, das Plätschern seiner Wellen mischte sich mit dem Scheuern der gesprengten Eismassen. Del Bishop war weitergelaufen, um die Leute auf »Split-up-Island« zu wecken.

»Holen Sie den Phillips!« befahl Jacob Welse. »Er soll sich bereithalten, in spätestens einer Stunde brechen wir auf!« Dann wandte er sich an Frona: »Es wäre Zeit, daß St. Vincent über den Kanal kommt. Wir nehmen das Kanu vom Baron. Es ist das beste.«

Der Baron, barfüßig und vor Kälte zitternd, sagte: »Sie wollen mit meine Bott fahren? Warum mik nikt mitnemme? Man braukt dann keine Vincent!«

»Weil Sie nicht paddeln können!« antwortete Welse. »Zum Üben ist das heute kein Tag.«

»Jedenfalls hätten Sie Zeit, sich die Mokassins anzuziehen«, ergänzte Frona. »Sonst retten wir den Burschen da drüben vorm Verhungern, und inzwischen gehen Sie uns am Schnupfen ein.«

»Serr schade, daß mik nikt nemmen! Das bisken Rudern ik ätte schonn gelernt.« Damit sprang er auf eine große Eisscholle, die geräuschlos vorbeiglitt.

»Zum Teufel! Sind Sie wahnsinnig geworden?« rief Welse und streckte die Hand nach ihm aus, aber er war schon abgetrieben.

Die Bewegung im Eise wurde immer stärker, das scheuernde Geräusch immer lauter und drohender. Gewandt wie ein Zirkusreiter und kaltblütig wie ein Hurone ließ sich der Franzose am Ufer entlangwirbeln. Seine Eisscholle bockte und bäumte sich wie ein störrisches Pferd. Er trieb etwa dreißig Meter weit, dann kam er mit einem eleganten Sprung wieder ans Ufer. Lachend kehrte er zurück, aber sein Reiterstück trug ihm nur ein paar auserwählte Namen aus dem allermännlichsten Teil von Jacob Welses Wortschatz ein.

»Warum Sie nenne mik ein zehnmal vernageltes Nass-Orn?« fragte er beleidigt.

»Darum!« antwortete Welse und wies zornig auf den schimmernd dahingleitenden Strom. Dort hatte gerade eine große Scholle sich mit dem vorderen Ende in das Flußbett hineingejagt, und nun richtete sie sich senkrecht empor. Rings um sie kräuselte sich treibendes Eis wie Papier, dann kippte die festgeratene Scholle plötzlich hoch, bohrte sich mit dem Schwanzstück in den Grund und reckte die schmutzige Schnauze in die Luft. Weiter abwärts prallte sie auf die treibende Masse, zerschellte zu tausend Trümmern, und losgerissene Eisstücke flogen wie aus einer Explosion bis zu den Füßen der Menschengruppe.

»Sie abbe rekt!« Tiefe Andacht vor diesem ungeheuren Schauspiel lag in der Stimme des Barons.

Die ganze Fläche des ungeheuren Stromes bog und bäumte sich jetzt, als seien riesige Minen auf seinem Grunde zur Entladung gekommen. Es war wie ein Kampf zwischen den Eisbergen und Eisklötzen, ein Kampf, in dem jedes Partikel Natur gegen das andere wütete, und jedes organische Wesen, das in dieses Gewühl geriet, mußte verloren sein.

Je höher der Tag stieg, um so majestätischer wurde das Bild. Frona war hingerissen:

»Ich hätte nie geahnt, daß es auf Erden so etwas Herrliches gibt!«

St. Vincent war noch immer nicht eingetroffen.

»Jetzt fällt der Fluß!« verkündete Welse eine gute Stunde später.

Die Eisschicht war gefallen, sie lag nunmehr zwei Meter tief unter dem Hang, und Baron Courbertin zeichnete die Stelle mit seinem Stock an. Nun war es auch hell genug, um wieder mit dem Feldstecher das ferne Dickicht abzusuchen. Dort lag der Verwundete, der sicher verloren war, wenn nicht heute noch Rettung kam.

»Er liegt noch da, aber er bewegt sich nicht mehr.«

Zwei Stunden später war unter der Gewalt eines Sonnenlichtes, wie diese Breiten es nur selten kannten, das Eis in Massen geschmolzen, und nun lag die Oberfläche des Flusses schon sechs Meter tiefer als beim Erwachen. Aber aus dem Stuart stießen immer noch Eisbarren vor, drängten in die Kanäle zwischen dem Split-up-Island und fuhren mit Krachen ineinander Del Bishop erschien zum zweitenmal an diesem Tage, in fliegender Eile und schweißüberströmt, aber immer noch die gute Laune selbst. Er hörte, wie Frona und Courbertin sich auf französisch von Dingen unterhielten, die weitab von diesem Schauplatz lagen, vom Theater in Paris, dem letzten Roman von Anatole France.

»Würden die hochgebildeten Herrschaften nicht in dieses romantische Tal zurückkehren?« fragte er. »Kommen Sie mit mir! Es liegen ein paar Schwerkranke in der Hütte dort unten.«

Im Laufschritt verschwand er zwischen den Bäumen, und alle folgten ihm, so rasch sie konnten. Im Rennen stießen sie auf drei typische »Chechaquos«, die in einem Talkessel überwintert hatten. Ihr Lagerplatz war überschwemmt, hilflos standen sie vor ihrem Zelt, um ein Boot herum, das sie noch nicht flottkriegen konnten. Der Eisstoß war jetzt kaum fünf Meter von ihnen entfernt, er konnte plötzlich über die Insel hereinbrechen und alles zerstampfen.

»Schert euch hier weg, ihr Dummköpfe!« brüllte Jacob Welse und rannte weiter.

Sie verstanden ihn nicht. Sie hörten kaum. Einer sah sie mit ganz verständnislosen, verschreckten Augen an. Ein anderer lag unbeweglich bäuchlings quer über dem Steuersitz des Bootes, seine Kräfte schienen völlig erschöpft. Ein dritter, der wie ein Büroschreiber aussah, schwankte hin und her und jammerte eintönig: »Mein Gott! Mein Gott!« Der Baron blieb eine Sekunde stehen, um ihn zu schütteln. Frona rief: »Lassen Sie Gott aus dem Spiel, und machen Sie sich auf Ihre Beine! Weg vom Ufer! Lauft in den Wald, zwischen die Bäume! Irgendwohin, nur weg!«

Man versuchte, ihn mitzuziehen, aber der Mann schlug um sich und wollte nicht folgen. Sie eilten weiter und kamen an einen gerodeten, aber ganz überschwemmten Platz, auf dem eine Hütte stand. Auf dem flachen Rasendach lagen zwei in Decken gewickelte Männer. Jacob Welse, Courbertin und Bishop stürzten sich in die Hütte, in der die Flut wogte, um herauszufischen, was von der Habe dieser Männer noch brauchbar war.

»Passen Sie auf, zum Teufel, daß mein Tabak nicht naß wird«, bat einer der kranken Männer mit schwacher Stimme vom Dache.

»Was an dem Drecktabak schon liegt!« flüsterte sein Kamerad. »Aber mein Mehl und mein Zucker, das ist wichtig!«

»Weil der Bursche Nichtraucher ist, Fräulein«, erklärte der erste Mann. »Aber die anderen Burschen sollen doch auf meinen Tabak achtgeben.«

»Da hast du ihn, und damit Maul gehalten!« rief Del und

warf dem Kranken, der danach griff, seinen Tabaksbeutel hin, als wäre es ein Beutel mit Goldstaub.

»Was kann ich für euch tun?« fragte Frona. »Wir haben so einige Medizinen mit uns, vielleicht haben wir das Richtige.«

»Uns kann nichts helfen, Fräulein, als das Land Gottes und rohe Kartoffeln. Wir haben Skorbut.«

»Also, was wollt ihr eigentlich hier? Marsch, aufs Trockene!«

In diesem Augenblick wurde mit Stöhnen und ungeheurem Krachen eine Eisscholle gegen die Hütte geschleudert. Die vorspringenden Eckpfähle zersplitterten, die Hütte schwankte. Courbertin und Jacob Welse waren darin. Dem Dröhnen folgte eine Sekunde tiefster Stille. Dann hörte man aus dem Innern die Stimme des Barons:

»Nach Ihnen, wenn ich bitten darf, Monsieur!«

Welse erschien mit vergnügtem Lachen; ihm folgte der höfliche Franzose, als sie sich zwischen der Eisscholle und den Pfählen ins Freie zwängten.

»Noch ein solches Osterei, und wir zwei sind erledigt, Billi!« sagte der Mann mit dem Tabak zu seinem Kameraden.

»Lange kann's nicht dauern«, antwortete Bill. »Nicht weit von hier, bei Nulatto, hab' ich mal gesehen, wie eine Insel reingefegt worden ist, ratzekahl, wie der Küchenfußboden bei meiner alten Mutter.«

»Retten müssen wir die Leute.«

Jacob Welse kletterte auf das Hüttendach und blickte auf die große weiße Barre hinab.

»Wo ist Phillips?«

»Der sitzt seit einer Stunde wie versteinert im Zelt.«

Welse sah von seinem Dach wie von einem Aussichtsturm auf die Fläche des Stroms. Der Stuart hatte neue Eismassen als eine Reservearmee ins Gefecht geworfen, der Yukon stieg wieder, und rings an der Küste warfen sich Schollen gegen den Wald. Mit Krachen und Knirschen wurden die Bäume zermalmt oder samt der Wurzel ausgerissen.

Frona und Bishop packten Bill an Schultern und Beinen und schleppten ihn ab, in der Richtung von Phillips' Hütte. Jacob Welse und der Baron wollten gerade seinen Kameraden über die Dachtreppe heben, als ein zweiter Eisstoß die Hütte von vorn berannte. Ihre Balken stürzten wie ein Kartenhaus zusammen. – Frona wandte sich um, und bei dem Anblick erstarrte ihr Blut. Während Courbertin und der Kranke von dem Hüttendach heruntergeschleudert wurden, war ihr Vater plötzlich verschwunden, zwischen den zerborstenen Balken vergraben. Sie sprang zurück, Bill blieb im eisigen Wasser liegen. Sie suchte, ohne einen Laut von sich zu geben, die Trümmerstätte ab, fand ihren Vater, der eingeklemmt lag, den Kopf unter Wasser. Sie zerrte an ihm, um wenigstens seinen Mund über Wasser zu bekommen, aber es glückte nicht. Sie ließ den geliebten Kopf los, warf sich selbst in die eiskalte Flut, fühlte rings und fand die Stelle, an der sein rechter Arm zwischen die Balken geklemmt war. Die Balken konnte sie nicht heben, aber sie fand eine handliche Dachlatte – alles dauerte nur Sekunden –, preßte sie zwischen die Balken und setzte mit der Kraft eines Mannes den Hebel an. Der erste Versuch mißglückte, die kostbare Latte bog sich und knirschte drohend. Sie fand eine andere Lücke, in der sie den Hebel ansetzen konnte, beugte sich darunter, stemmte und drückte mit aller Kraft ihres Körpers. Der Arm ihres Vaters wurde frei! Mit Schmutz und Erde bedeckt, kam sein Gesicht zum Vorschein.

Jacob Welse schöpfte mühsam Atem, minutenlang brach und spuckte er das Wasser aus. Dann rieb er seine Augen und erkannte, daß sein Leben gerettet war.

»Das war nicht schlecht für ein kleines Mädel!«

Mit seinem Mund voll Schmutz und Erde küßte er Frona, dann spien sie beide lachend die Erde aus.

Courbertin kam um die Ecke.

»Das sein eine Bursche!« rief er begeistert. »Eine ganz rabiate Bursche! Hat sik bei die Fall seine Schädel eingeslagen, und sein Tabak ist weg. Jetzt er lamentieren nur um die Tabak!«

»Wir müssen warten, bis die anderen wiederkommen. Ich kann leider nicht mehr tragen helfen«, sagte Jacob Welse und wies auf seinen rechten Arm, der schlaff herunterhing. »Nur ein bißchen verstaucht. Nichts gebrochen. Aber für heute taugt er nichts mehr.«

Der Fluß schob seine Eisfülle ruhig weiter. Er war wieder im Fallen, aber an der Küste war eine drei Meter hohe Mauer von Eisschollen zurückgeblieben. Die großen Blöcke hatten sich zwischen gestürzten und noch aufrechten Bäumen, über die schlammbedeckten Wiesen hin, in das Land gewälzt, als wären sie der Auswurf eines titanischen Ungeheuers.

Die Sonne schien, daß die Eisberge dampften, sie flammten

wie ein Berg von Diamanten, manchmal, hier und dort, kalbten sie, dann stürzten Türme und Minaretts, die in allen Farben des Regenbogens leuchteten, mit Brausen in die Flut zurück.

An einer offenen Stelle lag Courbertins Kanu, dort hatten sich alle Bewohner des »Split-up-Island« mit Ausnahme der Chechaquos und der beiden Kranken versammelt. Man hatte endlich wieder Zeit, an die Rettung des Verunglückten zu denken.

»Zwei Mann sind mehr als genug«, erklärte der Schotte Phillips. »Wenn drei im Kanu sind, kann man den Mann nicht mehr laden!«

»Wir müssen drei Mann sein, das wissen Sie so gut wie ich«, erwiderte Corliss.

»Nein, zwei sind mehr als genug, sage ich!«

»Ich fürchte auch, daß wir es zu zweit schaffen müssen«, erklärte Del Bishop.

Der Schotte machte ein zufriedenes Gesicht. »Absolut richtig. Und ich hab' keine Angst, daß ihr es nicht ausgezeichnet schaffen werdet, mein Junge!«

»Einer von den beiden werden Sie sein, Phillips«, fuhr Corliss ihn an.

»Denke nicht dran! Es sind genug andere da!«

»Das stimmt leider nicht. Courbertin hat keine Ahnung vom Paddeln. St. Vincent kann offenbar nicht über das dünne Eis kommen. Herr Welse kann nicht mit, weil er den Arm nicht gebrauchen kann. Also machen wir zwei es, Sie und ich!«

»So, und der Riesenbengel da, der Bishop? Der kann anders paddeln als ich.«

Aber Frona wußte es besser.

»Bishop ist ein tapferer Kerl!« erklärte sie. »Vielleicht hat er mehr Mut im kleinen Finger als Sie in Ihrem ganzen Leichnam. Ich bin mit ihm gereist. Aber ich weiß, daß er vom Rudern nichts versteht und vom Paddeln erst recht nichts, und auf dem Wasser ist er überhaupt nicht viel wert.«

Der Schotte wurde blaß: »Ich will nicht leugnen, daß ich leidlich paddeln kann, und aushalten tu ich schließlich auch, was ein anderer aushält. In Gottes Namen, dann wollen wir ein bißchen warten, bis der Fluß eisfrei ist.«

»Maul halten, du Feigling!«

Del war mit einer ledernen Zunge und einer Kehle aus Messing zur Welt gekommen. Als ihn jetzt die Wut packte, wurde der Schotte ängstlich und widersprach nicht mehr.

»Ich sehe offenes Wasser! Ich komme mit!« rief Frona. Im Augenblick riß Corliss sein dickes Flanellhemd herunter, um sich besser regen zu können. Frona warf Rock und Jacke ab und sah jetzt in ihren ledernen Reithosen wie ein junger, tüchtiger Bursche aus.

»Sie werden's schaffen«, erklärte Del.

Jacob Welse trat besorgt an das Boot, um die Paddel zu untersuchen.

»Willst du wirklich...?«

Frona nickte.

»Ihr Mädel hat Mut!« fiel Phillips ihr ins Wort. »An mir sollte es auch nicht fehlen, aber ich hab' ein Weib und drei Kinder zu Hause.«

Gleich darauf wurde das Boot von einer flachen Eisscholle aus zu Wasser gelassen.

»In den Bug mit dir, Phillips!« kommandierte Del Bishop. Der Schotte stöhnte, aber er hörte Del Bishops schweren Atem in seinem Genick und wußte seinem Schädel die eisernen Fäuste zu nahe. Er gehorchte.

Frona setzte sich in den Stern und ergriff ihr Ruder: »Steuern kann ich!«

»Sie? Frona...?« fragte Corliss, der jetzt erst bemerkte, daß sie mitkommen wollte. Er sah Jacob Welse zweifelnd an, aber der Alte verzog keine Miene.

»Los jetzt!« rief Del ungeduldig.

Der dunkle Strom, der jetzt mit reißender Schnelligkeit zwischen kristallenen Eismauern dahinschoß, bot ein erhabenes Bild. Im Hintergrund reckten sich grüne Wälder in den leichtbewölkten Sommerhimmel, und über allem lag die Sonne, deren Hauch heiß war, wie aus einem Schmelzofen. Bei diesem Anblick erinnerte sich Corliss an ein Bild im Wohnzimmer seiner Mutter. Er sah sie plötzlich in einer ihrer häufigen Teegesellschaften zwischen all den weißhaarigen Damen und Herren, hatte die bunten Teppiche vor Augen, die zierlichen Dienstmädchen, hörte die Kanarienvögel...

In seinem Rücken fühlte er eine Frau...die Frau, um die seine Gedanken kreisten...und nun zogen alle Frauen, denen er im Leben begegnet war, im Geiste an ihm vorüber. Sie schienen ihm blasse, schwach leuchtende Gespenster, alle, im Vergleich mit dieser zarten, schlanken Frona, die hinter ihm den Riemen führte, um das Boot durch Not und Tod zu steuern, einem Wildfremden zur Rettung.

An einer Eisscholle vorbei, die sich überstürzte, im Augenblick, als das Boot um einen Meter aus der Gefahr war, durch einen Kanal hindurch, so eng, daß man zu beiden Seiten die Eisstücke streifte, schoß das Kanu ins offene Wasser hinaus.

»Gut gemacht, Frona!« jubelte Corliss.

»Verrücktes Mädel!« knurrte der Schotte. »Hätten wir nicht noch ein bißchen warten können?«

Frona lachte leise und herausfordernd. Vance warf ihr über die Schulter einen Blick zu; über ihrem Gesicht lag ein frohlockendes Strahlen.

»Am liebsten möchte ich singen!« rief sie. »Aber ich darf die Puste nicht verschwenden.«

»So möchte ich immer mit Ihnen fahren«, unterbrach Vance.

Sie überhörte, was er sagte, und fuhr fort: »Vance, ich bin ja so froh, daß wir wieder Freunde sind.«

»Es ist nicht meine Schuld, daß wir nicht mehr sind als das.«

»Sie kommen aus dem Takt, mein Lieber!«

Die beiden Männer handhabten die Paddel, daß der Schweiß in Strömen floß. Durch Wirbel und Stromschnellen, an zackigen Eisblöcken hin, steuerte Frona mit nachtwandlerischer Sicherheit. Ihr Paddel stieß wie ein Schwert in die Flut, immer in der letzten Sekunde am Verderben vorbei, und haarscharf fand sie den Weg, wie nur der kaltblütigste Mann ihn gefunden hätte. Das Boot schoß wie ein Pfeil vorwärts und wollte sich an einem Eisberg vorbeidrängen, der plötzlich kalbend mit Gedröhn in sich zusammenstürzte. Das Wasser schäumte in einem Riesenschwall hinter ihnen empor, sie entgingen den Blöcken, aber im Augenblick war ihr Kanu bis zum Rande gefüllt.

»Hab' ich es euch nicht gesagt, ihr Dummköpfe!« schrie der Schotte.

Corliss kommandierte:

»Sitzen Sie still und schöpfen Sie Wasser!« Dann drohte er warnend:

»Sonst hatten Sie zum letztenmal im Leben mit Dummköpfen zu tun!«

Im Schatten überhängender Blöcke gelangte das Boot lautlos in den letzten Wirbel hinein. Jetzt näherte es sich dem Gestade, aber dort herrschte eine wütende Brandung.

»Zeigt, was ihr könnt!« war der letzte Befehl, den Corliss

geben konnte, denn in dem Getöse, in das sie jetzt stürzen mußten, wäre eine Männerstimme nur wie das Zirpen einer Grille im Gebrüll eines Erdbebens gewesen. Auf und nieder, auf und nieder gingen die Paddel, das zerbrechliche Kanu zitterte und bebte unter der furchtbaren Anstrengung. Nach rechts und links wollte es der fauchenden Brandung entgleiten, aber Frona hielt es fest in der Hand. So kamen die letzten fünf Minuten, deren jede wie eine Ewigkeit war…jetzt waren es nur noch Meter, die Zoll um Zoll mit wütender Anstrengung bezwungen werden mußten. Dann waren sie am Ziel! In diesem Augenblick versagten die Nerven des Schotten. Wie eine Vision sah er das Verderben: sah die Nußschale in wirren Schaummassen untergehen, sich selbst mit im Winde flatterndem Haar und Händen, die ins Leere griffen, fühlte, wie die geifernde Flut ihn verschlang. Einen Augenblick lang, mit weitaufgerissenem Mund, starrte er vor sich hin, rührte das Paddel nicht – da waren sie schon wieder um viele Meter zurückgeworfen, trieben abermals in dem Wirbel, dem sie eben entronnen waren.

Frona lag ins Boot zurückgeschleudert und schluchzte. Die Sonne brannte ihr prall ins Gesicht. Corliss lag in der Mitte des Schiffes, er stöhnte laut, und vorn saß der Schotte, nach Luft ringend, das Gesicht in den Händen begraben.

Die Betäubung dauerte nur Minuten, dann ermannte sich Corliss: »Wir müssen 'raus!«

Über ihm hing regenbogenfarbig eine Eismauer, ein Märchenschloß! Silbernes Geäder rieselte durch die Wände, in den klaren Tiefen schienen alle Geheimnisse von Leben und Tod zu schlafen.

»Vorwärts! Noch einmal! Los!«

Der Schotte hob den Kopf und sah sich um: »Geben wir lieber auf!«

»Los!« wiederholte Corliss.

Sie landeten an einem steilen Ufer, brachten mit letzter Kraft sich selbst und das Boot wieder aufs Trockene. Als sie endlich festen Boden unter den Füßen hatten, nach Todesängsten ohne Maß ihr Leben wieder gleichsam in Händen hielten, und auf die Hölle zurücksahen, durch die sie geschifft waren, sprach Frona:

»Ach, Vance!«

»Frona! Ja, Frona!«

»Hätte ich dumme Gans doch mehr gegessen heut morgen! Einen Wolfshunger hab' ich.«

Sie ließen sich in der Sonne nieder, reckten die Glieder und schlugen ihre Zähne wie wilde Tiere in schwammig gewordenes Brot, in zähes Dörrfleisch; sie hätten sie in Lederriemen geschlagen, wäre kein Proviant dagewesen.

»Langsamer!« rief mit plötzlichem Schrecken Corliss. »Wir fressen ja dem Unglücklichen das Futter weg.«

Jetzt hatte die Wirklichkeit sie wieder. Sie sahen einander an und lachten selig. In dieser Stunde vergaßen sie schon, wieviel Verzweiflung hinter ihnen lag.

»Weiter«, sagte Frona und versuchte aufzustehen.

»Erst muß ich Sie verbinden, Frona.«

Corliss wies auf ihre Füße. Beim Klettern über den rissigen Hang hatte sie sich die Sohlen der Mokassins zerfetzt, das Eis hatte tiefe Risse in ihre Füße geschnitten. Die Sohlen und alle Zehen bluteten.

»Die zarten Füßchen«, spottete Phillips. »Man sollte nicht glauben, daß so ein süßes Mädel zwei starke Männer geradewegs in die Hölle jagen kann.«

»Vielleicht sind Sie schon auf dem Weg zur Hölle!« antwortete Corliss zornig.

»Jawohl, mein Junge! Mit vierzig Meilen Geschwindigkeit in der Stunde!« antwortete der Schotte, der um jeden Preis das letzte Wort haben wollte.

»Geben Sie mir eins Ihrer Hemden!« verlangte Corliss.

»Ich hab' ja nur eins an. Es macht auch nichts, wir müssen weiter.«

»Keinen Schritt, ehe ich sie verbunden habe!«

Im Augenblick hatte Vance Corliss sein Hemd über den Kopf gezogen und fing an, es in breite Streifen zu zerreißen.

Frona lachte: »Was Sie für ein Kerl geworden sind! Wie Sie dastehen, mit zerzaustem Haar, eine Mordwaffe zur Seite und nackt bis zum Gürtel! Wie ein Seeräuber, ein Berserker, der in den Kampf zieht. Ich wollte, ich hätte meinen Photoapparat bei mir; dann könnte ich später sagen: So sah Vance Corliss, der große arktische Forscher, am Ende seiner berühmten Reise aus.«

Er kniete vor ihr nieder, um ihre Füße zu verbinden. Plötzlich fragte er: »Was ist aus Ihren Hosen geworden?«

Sie sah an sich herab, das Leder war zerfetzt. Aber immerhin war es noch eine Hose, und sie rief: »Schämen Sie sich!«

»Ich bedauere nur, daß ich keinen Apparat bei mir habe. Ich könnte sonst später sagen: Diese junge Dame hier, der der Wind durch die Hosen pfeift, ist...«

Zehn Minuten später erkletterten sie den Hang, auf dem immer noch das Notsignal flatterte. Dort lag, auf die Erde hingestreckt, ein regloser Mann.

»Tot ... Wir kommen zu spät...«, flüsterte Frona mit Entsetzen.

Aber da bewegte sich der Kopf, und der Fremde stöhnte ganz leise. Seine derben Kleider waren zerfetzt, aus den zerschlissenen Mokassins sah zerschundenes Fleisch heraus. Eigentlich war er kein Mensch mehr, nur noch ein Gerippe. Seine Knochen schienen die gestraffte Haut zu sprengen.

Corliss legte die Hand auf seine Stirn. Da schlug er die glasigen Augen auf und versuchte zu sprechen.

»Das ist scheußlich«, murmelte Phillips und ließ seine Hand über den skelettierten Arm gleiten. Das Gerippe nahm ein wenig kondensierte Milch und heißen Tee auf. Dann schleppten sie zu dritt den elenden Rest eines Menschen über die Hänge hinab ins Boot. Eine Spur von Bewußtsein erwachte in dem Fremden. Er flüsterte heiser: »Jacob Welse ... Wichtige Botschaft...«

Seine Finger tasteten kraftlos an dem offenen Hemd nach dem Lederriemen, an den eine Brieftasche angeschnallt war. Das Kanu kam gut vom Ufer ab. Sie brauchten jetzt nur noch der Strömung zu folgen und hatten nicht mehr viel Anstrengung nötig. Corliss' nackter Rücken färbte sich schnell, die Sonne brannte ihn tiefrot, und Frona griff ins Wasser, spritzte ihm Kühlung über den Rücken:

»Heute abend werden Sie mit Cold Cream behandelt, wie ein neugeborenes Baby! Darauf freue ich mich!«

»Wir haben heute eine gute Tat getan«, bemerkte der Schotte. »Das ist Gott wohlgefällig, einem Bruder in der Not zu helfen.«

»Besonders, wenn's einem schwerfällt«, antwortete Corliss.

Sie landeten – auch die Heimfahrt hatte noch schwere Kämpfe gekostet, und öfter als einmal waren sie nur durch Wunder dem Tod entgangen – auf einer der »Split-up-Islands«, nicht auf der, wo Welses Lager war. Jetzt lagen sie unter alten Bäumen. Die Sonne schien spärlich durch die grünen Kiefernnadeln zu ihnen herein, Rotkehlchen sangen, und ein Riesenvolk von Grillen zirpte den Frühling an. Dort schliefen sie tief, viele Stunden lang, bis die tödliche Erschöpfung überwunden war. Am liebsten hätten sie für Tage und Nächte die Augen nicht wieder aufgetan. Aber der gerettete Indianer mußte Pflege haben. Noch eine Anstrengung, dann war das Werk getan. Frona und Corliss drangen auf zitternden Beinen in das Innere der Insel ein. Sie stießen bald auf ein großes Blockhaus, aber kein Mensch war zu sehen.

»Gehen Sie zu unserem Patienten zurück, Vance! Ich bin noch lange nicht so müde wie Sie. Schließlich ist Steuern nicht dasselbe wie Rudern.«

Auf der anderen Seite der Hütte pochte Frona an die Tür. Als keine Antwort kam, öffnete sie und trat ein. Sie hatte nicht erwartet, einen Menschen anzutreffen, und nun war der ganze Raum voll von Männern, alle so völlig in Anspruch genommen, daß keiner auf sie achtete. Sie saßen in zwei Reihen auf langen Schlafpritschen, dazwischen war ein schmaler Gang, an dessen Ende ein breiter Tisch stand. Auf diesen Tisch schien sich alle Aufmerksamkeit zu konzentrieren.

Frona kam aus dem blendenden Sonnenlicht und tastete anfangs wie durch Nacht, so daß sie das ganze Bild nur wie Schatten aufnahm und beinahe für einen Spuk hielt. Dann aber, als sie sich an das Halbdunkel gewöhnt hatte, erkannte sie, daß an dem Tisch ein bärtiger Amerikaner saß, der von Zeit zu Zeit mit einem leichten Hammer auf das Holz schlug. Ihm gegenüber kauerte auf einer Bank Gregory St. Vincent. Er sah erschöpft und so verzweifelt aus, als hätte er viele Stunden lang geweint. Sein hübsches Gesicht war vor Angst ganz verstört.

Der Mann mit dem Hammer hob die rechte Hand und sprach vor: »Schwören Sie, daß alles, was Sie hier vor Gericht erklären werden...« Er hielt plötzlich an und sah zornig auf einen Mann, der an der anderen Seite des Tisches stand.

»Nehmen Sie den Hut ab!« sagte er heiser und drohend.

Als der Mann gehorchte, lief ein breites Lachen durch die versammelte Menge. Dann begann der mit dem Hammer zum zweitenmal:

»Schwören Sie, daß alles, was Sie hier vor Gericht erklären werden, die Wahrheit, die reine Wahrheit und nichts als die reine Wahrheit ist! So wahr Ihnen Gott helfen möge!«

Der Zeuge, der wie ein Schwede aussah, hob den Arm, um den Eid nachzusprechen.

»Halt! Einen Augenblick, meine Herren!« rief Frona und drängte durch den schmalen Gang nach vorn. St. Vincent hörte den Klang ihrer hellen Stimme, sprang auf und streckte ihr die bebenden Arme entgegen.

»Frona!« rief er, und in seinem Ton lag etwas wie Glück. »Frona! Du mußt mir glauben, daß ich unschuldig bin!«

Einen Augenblick war alles, was Frona in dem schwachen Licht wahrnahm, eine Masse weißer Gesichter mit vielen brennenden Augen, die wie eine gespenstische Drohung St. Vincent umgaben.

Unschuldig? Welcher Tat sollte er schuldig sein? Was wollten diese Menschen von ihm? Weswegen hatten sie ihn angeklagt? Gestern abend noch hatte er harmlos und hilfsbereit in ihrem Kreise gesessen, war nur auf eine kurze Rast, und um sich für die Rettungsexpedition zu rüsten, nach Hause gegangen... was konnte er während dieser wenigen Stunden verbrochen haben?

»Eine Freundin des Angeklagten«, sagte der Richter mit dem Hammer. »Will einer von euch einen Stuhl für sie holen?«

»Einen Augenblick...«

Sie schwankte auf den Tisch zu und legte die Hand darauf. »Ich habe einen Antrag zu stellen...«

Ihr Blick glitt an der eigenen Gestalt nieder, sie sah, daß ihre Füße in schmutzige Lumpen gewickelt waren, daß sie eine zerfetzte Hose trug, daß ihr Arm aus einem Riß im Ärmel hervorsah und daß das Haar ihr um die Ohren wehte. Ihre Wangen und die eine Seite ihres Halses waren von einem merkwürdig klebrigen Stoff überzogen. Sie kratzte mit der Hand daran, Brocken getrockneten Schlammes fielen zu Boden.

»Was geht hier vor...? Ich verstehe das alles nicht«, stotterte sie.

»Setzen Sie sich jetzt, Fräulein!« sagte der Vorsitzende freundlich. »Wir sind alle in derselben Lage wie Sie. Wir verstehen es auch nicht. Aber Sie können mir glauben, wenn ich Ihnen sage: Wir sind hier, um die Wahrheit zu finden. Und die werden wir finden. Setzen Sie sich!«

Sie hob die Hand: »Einen Augenblick...«

»Setzen Sie sich!« sagte der Mann mit dem Hammer streng. »Das Gericht darf nicht gestört werden.«

Mißbilligende Worte, ein drohendes Gemurmel kamen aus

der Versammlung, der Mann schlug mit dem Hammer auf den Tisch, um Schweigen zu gebieten. Aber Frona blieb stehen.

»Herr Vorsitzender, wenn das hier ein Gericht ist…«

Der Mann nickte.

»…dann habe ich ebensoviel Recht, gehört zu werden wie jeder andere. Ich habe eine wichtige Mitteilung zu machen.«

»Aber Sie dürfen nicht unterbrechen, Fräulein – Fräulein …«

»…Welse!« ergänzte ein Chorus tiefer, gedämpfter Stimmen.

»Fräulein Welse!« fuhr der Richter fort. Seine Haltung wurde sogleich ehrerbietiger. »Es tut mir leid, aber ich kann nicht dulden, daß Sie das Verhör unterbrechen. Nehmen Sie Platz.«

»Ich appelliere an die Versammlung! Die Verhandlung muß unterbrochen werden! Zehn Schritte von hier, gleich hinter dieser Hütte, liegt ein Mann, der am Verschmachten ist. Wir haben ihn vom anderen Ufer des Yukon herübergeholt. Der Mann braucht Hilfe, sofort, ohne jeden Verzug.«

»Vier Mann sofort hinaus! Die der Tür am nächsten sitzen«, befahl der Richter. »Und Sie gehen mit, Doktor! Ich danke Ihnen, Fräulein Welse. Sie hatten recht.«

»Ich bitte…Verhandlung…unterbrechen«, flüsterte St. Vincent.

»Darum bitte ich auch, Herr Vorsitzender«, schloß Frona sich an. »Vertagen Sie das Verhör, bis für den Mann draußen gesorgt ist.«

»Weiterverhandeln! Keine Unterbrechung!« kam es aus dem Auditorium.

Frona verbeugte sich vor dem Richtertisch und nahm auf dem Stuhl neben Gregory Platz.

»Was geht hier vor? Was will man von dir?«

Er nahm ihre Hand und preßte sie mit schweißnassen Fingern.

»Glaub ihnen nicht, Frona! Sie wollen…sie wollen mich …«, er würgte, als säße die Faust des Todes schon an seiner Kehle, »sie wollen mich umbringen.«

Frona zog ihren Stuhl ganz nahe an den seinen heran und legte beide Hände auf seinen schlotternden Arm.

»Du mußt ganz ruhig sein, Vincent! Ganz ruhig. Es gibt solche Stunden, in denen darf ein Mann seine Nerven nicht verlieren, und dann ist auf einmal alles ganz anders, und alle Gefahr ist vorbei. Du kannst nichts Böses getan haben. Nichts, was gegen die anderen ist. Denn das sind ja alles unsere Kameraden, und du bist ein guter Kamerad. Und jetzt bin ich bei dir, und ich gehe mit dir durch Himmel und Hölle. Und jetzt, mein lieber Vincent, erzählst du mir alles.«

Er hatte sich, während sie zu ihm sprach, die Hand über die Augen gedeckt. Zwischen seinen Fingern rollten dicke Tränen herunter.

»Gestern abend«, begann er. Aber dann unterbrach er sich und horchte in verzweifelter Spannung auf die Aussage des Skandinaviers, der vor einem Augenblick seinen Eid abgelegt hatte und jetzt langsam auszusagen begann.

»Ich liege in meiner Hütte«, erzählte der Mann. »Ich schlafe und träume was, und auf einmal wache ich auf und weiß nicht, wovon, und dann bin ich gleich ganz wach. Das ist so bei mir, ich schlafe ganz fest, aber dann bin ich mit einemmal bei allem dabei, sozusagen mit einem Sprung. Da ist doch was los, sage ich mir, und 'raus aus der Koje und an die Tür. Und richtig, da höre ich doch einen Schuß.«

Ein Mann mit rotem Gesicht unterbrach ihn.

»Wer, glauben Sie, hat da geschossen?«

»Was wollen Sie wissen?« fragte der Zeuge verständnislos. »Wer da geschossen hat, wollen Sie wissen?«

Der Richter nahm das Wort: »Was war Ihr erster Gedanke, als Sie in die Tür traten?«

»Ja, das war so mit meinem ersten Gedanken«, seufzte der Mann. »Ich hab' doch nämlich keine Mokassins. Und wie ich so in Strümpfen hinaustrete, gerade aus der warmen Koje hinaus in die kalte Luft, da war mein erster Gedanke natürlich: Pfui Teufel, das ist ja eine Hundekälte!«

Dann wurde sein gespanntes Gesicht plötzlich sehr zufrieden, die reinste Sonne lag über seinem Mund, als er fortfuhr: »Na, jetzt hab' ich aber wieder Mokassins, und nun ist das ja alles nicht mehr so schlimm.«

Ein großes Gelächter beendete seine Erklärung, aber er ließ sich nicht stören, sondern fuhr gelassen fort:

»Dann höre ich noch einen Schuß, und da bin ich dann gelaufen, immer den Weg hinunter, da, wo der Schuß hergekommen ist.«

In diesem Augenblick drängte Corliss sich durch die Menge bis zu Frona durch, und sie hörte nicht, was der Schwede weiter aussagte.

»Was gibt es?« fragte Corliss hastig. »Kann ich Ihnen helfen? Ich bin nur dazu auf der Welt, um Ihnen zu helfen, wenn Sie in Not sind!«

Sie ergriff seine Hand und drückte sie dankbar.

»Sofort, Corliss! Sofort, machen Sie sich auf den Weg, irgendwie müssen Sie über den Kanal kommen und zu meinem Vater! Versäumen Sie keine Minute! Bringen Sie ihn her! Sagen Sie ihm, man hat Gregory St. Vincent angeklagt, wegen ...«

Plötzlich fiel ihr ein, daß sie noch immer nicht wußte, worum es ging.

»Weswegen bist du hier, Gregory? Weswegen bist du angeklagt?«

Ganz langsam kam zwischen seinen todblassen Lippen das entsetzliche Wort heraus, so langsam, als bedeutete es schon Verurteilung, wenn er es aussprach: »Mord.«

»Mord...?« fragte Corliss.

»Sagen Sie meinem Vater, daß er wegen Mordes angeklagt ist. Aber es muß alles ein Irrtum sein, und ich bin hier, und ich verteidige ihn. Aber ich weiß ja nicht, was es hier für Gesetze gibt, bei so einem Goldgräber-Gerichtshof, und ich bin ja auch so schwach gegen all diese Männer. Sie wollen gerecht sein, das weiß ich, aber mein Vater muß dabeisein, seine Klugheit, seine Ruhe, damit wirklich Recht gesprochen wird. Und sagen Sie ihm«, dabei fiel ihr Blick wieder auf die zerfetzte Hose, in der sie vor diesem hohen Gerichtshof erschienen war, »er soll mir etwas zum Anziehen mitbringen! Und seien Sie nicht zu tapfer, wenn Sie über den Kanal setzen! Es ist furchtbar wichtig, Vance, aber Sie müssen Ihr Leben schonen, Sie dürfen nicht leichtsinnig sein! Aber versuchen müssen Sie es! Es wäre schrecklich, wenn mein Vater nicht käme.«

»Verlassen Sie sich auf mich!«

Corliss warf zuversichtlich den Kopf zurück und drängte sich durch die Menge.

»Wer ist dein Verteidiger?« fragte Frona.

Gregory schüttelte den Kopf.

»Du hast keinen?«

»Sie wollen mir einen geben. Einen früheren Rechtsanwalt aus den Staaten, Bill Brown heißt er, aber den habe ich abgelehnt. Ich weiß zuviel von ihm. Und vielleicht weiß er auch viel von mir, was ihn nichts angeht. Jetzt macht er den Staatsanwalt. Ich hätte ihn doch nicht ablehnen sollen. Es ist ein Lynchgericht, weißt du, und sie sind alle parteiisch. Auf mich haben sie es abgesehen, ich bin verloren.«

»Wenn ich nur Zeit hätte, wenn du mir nur einmal alles erzählen könntest.«

»Frona, ich bin doch unschuldig, ich habe doch nichts getan, ich hab' doch kein Blut vergossen.«

»Nimm dich zusammen! Ich beschwöre dich! Nimm dich zusammen!«

Sie legte die Hand wieder auf seinen Arm und preßte die Hand in seine Finger.

»Gregory, du hast verloren bei all diesen Männern, wenn du kein Mann bist. Du weißt ja gar nicht, wie sie das hassen, wenn ein Mann in der Gefahr weint. Sie glauben ja alle, das sei schlechtes Gewissen. Oder sie glauben noch viel Schlimmeres – um Gottes willen, Vincent, wein' doch nicht! Sie glauben ja dann, daß du ein Feigling bist. Diese Leute wissen ja nichts von Nerven! Sie wissen ja nicht, daß du nur weinst, weil du empfindlichere Nerven hast als sie.«

Inzwischen war der Zeuge in seiner Aussage schon sehr weit gekommen.

»Der fremde Doktor schlägt also mit Händen und Füßen um sich«, erzählte er. »Aber nun gehen wir 'ran, ich und der Pierre, und packen ihn und ziehen ihn in die Hütte herein. Er schreit und schreit, wie ein angestochenes Schwein, und steht da und schreit.«

»Wer hat geschrien?« unterbrach ihn der Mann, der als Ankläger fungierte.

»Na, er natürlich! Der da.« Der Zeuge wies auf St. Vincent. »Und nun heißt's also Licht machen. Das ist jetzt zum Beispiel gar nicht so einfach, denn erstens war die Lampe umgeworfen, und dann weiß ich ja auch gar nicht so Bescheid in dem Haus. Jetzt zeigt sich's aber, wie gut das ist, wenn ein Mann immer eine Kerze in der Tasche hat. Und Streichhölzer natürlich auch. Ja, das kann manchmal sehr nützlich sein... Und dann hab' ich Licht gemacht. Da liegt also mein Borg auf dem Fußboden, so tot, wie ein Mann nur sein kann, in seinem Alter und bei seiner Gesundheit. Und die Squaw, nämlich was dem Borg seine Frau war, die sagt, daß er es getan hat, und dann legt sie sich hin und stirbt auch.«

»Daß er es getan hat, hat sie gesagt? Wer? Wen hat sie genannt?«

»Na, er natürlich. Er, der fremde Doktor da.« Dabei wies er mit dem dicken, schmutzigen Finger auf St. Vincents Gesicht. »Wer soll's denn auch sonst gewesen sein?«

»Hat sie das wirklich gesagt?« flüsterte Frona ihrem Geliebten zu.

»Ja«, keuchte er zurück. »Gesagt hat sie das. Sie muß verrückt gewesen sein. Der Wahnsinn über all das, was da geschehen war. Ich verstehe es nicht.«

Der zweite Zeuge, ein kleiner Mann mit rotem Gesicht, der schon vorher in die Verhandlung eingegriffen hatte, unterwarf den ersten Zeugen einem eingehenden Kreuzverhör. Es kam aber kein Widerspruch zutage, sosehr Frona auf jedes Wort lauerte.

»Wenn Sie jetzt Fragen an den Zeugen stellen wollen, bitte ...«, sagte der Vorsitzende zu Gregory. Gregory schüttelte völlig entmutigt den Kopf.

»Frag doch! Wehr dich!« drängte Frona.

»Wozu? Ich bin im voraus für schuldig erkannt. Mein Urteil war schon gefällt, als all das angefangen hat.«

»Einen Augenblick, bitte!« rief Frona mit heller fester Stimme. »Erlauben Sie, Herr Vorsitzender, erlaubt die Versammlung unserer ehrenwerten Kameraden, daß ich diesen Mann hier verteidige? Ich bin ein Mädchen, aber er hat keinen anderen Freund hier, und es gibt, glaube ich, kein Gesetz, das es verbietet.«

Es trat plötzlich eine Stille ein. Der Vorsitzende wartete auf irgendein Wort des Widerspruchs, aber da alles mit angehaltenem Atem dasaß und auf das tapfere Mädchen im Goldgräberanzug blickte, faßte er seinen Beschluß.

»Bitte, übernehmen Sie die Verteidigung, Fräulein Welse. Die Versammlung sowohl wie ich begrüßen es, daß der Angeklagte nicht mehr ohne Verteidiger ist.«

»Dann bleiben Sie noch einen Augenblick, Herr Zeuge! Wissen Sie nichts außer den letzten Worten der Indianerfrau, das zur Überführung des Mörders dienen könnte?«

Der Schwede stierte vor sich hin, als hoffte er, ihre Frage würde langsam in sein Begriffsvermögen eindringen. Er hatte sich seine ganze Aussage wohl zurechtgelegt, Schritt für Schritt und Punkt für Punkt. Aber auf Zwischenfragen, die eigenes Denken erforderten, war er nicht eingerichtet.

»Sie haben nicht mit eigenen Augen gesehen, wer es tat?« fragte sie wieder.

»Aber natürlich. Der fremde Doktor da.« Wieder hob er den anklagenden Finger. »Wenn sie doch gesagt hat, daß er es getan hat.«

Bei dieser Erklärung glitt ein Lächeln über alle Gesichter, und

Frona spürte, daß sie jetzt schon Boden gewann. Immerhin war der anklagende Zeuge als ein ziemlich dummes und deshalb wenig brauchbares Instrument der Gerechtigkeit entlarvt.

»Gesehen haben Sie also nichts?«

»Schießen hab' ich gehört.«

»Aber nicht gesehen, wer schoß?«

»Wenn ich Ihnen darauf jetzt antworten sollte, Fräulein, dann wüßte ich eigentlich nicht, was ich antworten soll. Wenn die Squaw nun einmal gesagt hat, was sie gesagt hat, dann ist doch für jeden die Sache klar?!«

»Ich danke Ihnen, das genügt«, sagte Frona freundlich, und der Mann zog sich zurück.

Der Vorsitzende sah in seine Aufzeichnungen: »Pierre La Flitche!« rief er.

Ein dunkelhäutiger Mann, schlank und geschmeidig, trat mit sicheren Schritten auf das Podium neben dem Tisch, das als Zeugenstand diente. Es war ein schöner Bursche, dessen schneller, beredter Blick furchtlos von einem Gesicht zum anderen wanderte. Einen Augenblick sah er in freimütiger Bewunderung Frona an. Er lächelte, und sie nickte leise, denn er gefiel ihr, und es kam ihr vor, als sei er ein alter Freund. Auf die ersten Fragen des Vorsitzenden erklärte Pierre La Flitche, er sei nach seinem Vater genannt, der von den alten Waldläufern Frankreichs stammte. Seine Mutter sei eine Mestizin, von einem weißen Vater und einer eingeborenen Mutter. Wo er geboren sei, wisse man nicht, irgendwo bei einer Jagd. Hier in Alaska sei er seit vielen Jahren, seit er denken könne.

»Erzählen Sie so kurz wie möglich, was Sie von der Mordsache wissen.«

Er bedachte sich einen Augenblick ... der Anfang war schwer zu finden.

»Im Frühling schläft sich's gut bei offener Tür«, sagte er. Seine Stimme war klar, es lag darin etwas von dem Vogellaut der indianischen Sprache, die ein Teil seiner Vorfahren gesprochen hatte. »So habe ich auch gestern bei offener Tür geschlafen. Ich bin mein Leben lang auf der Jagd gewesen, ich schlafe nicht sehr fest. Ich höre, wenn ein Blatt zu Boden fällt, ich höre, wenn ein Wind sich erhebt. Ich schlafe, aber meine Ohren flüstern mir zu, was draußen geschieht. Die ganze Nacht über flüstern meine Ohren. Da braucht nur der erste Schuß zu fallen, und schon bin ich draußen vor der Tür.«

St. Vincent flüsterte Frona zu: »Es war nicht der erste.«

Sie nickte, ohne den Blick von La Flitche abzuwenden, der seine Aussage höflich unterbrochen hatte.

»Ein Schuß, dann still ... dann noch zwei Schüsse schnell nacheinander«, fuhr er fort. »So: bum...bum. ›Borgs Hütte‹, sage ich mir und laufe den Weg hinab. Borg macht Bella tot, habe ich gedacht und war sehr traurig. Bella ist ein schönes Mädchen gewesen«, vertraute er den Zuhörern mit traurigem Lächeln an, »ich habe Bella gern gehabt. Vielleicht kann ich helfen, habe ich zu mir gesagt, und bin so rasch gelaufen, wie man kann. Da kommt auch John aus seiner Hütte heraus, ein bißchen besoffen, meine Herren Richter, und mit viel Lärm. ›Was gibt es?‹ sagt er, und ich sage: ›Das werden wir gleich sehen.‹ Und da kommt etwas – hurr – aus dem Dunkel heraus, so ›hurr‹ – und wirft John um und wirft mich beinahe auch um. Ich greife danach, und John, der auf dem Boden liegt, greift nach seinen Beinen, und dieser Mann da war es. Er ruft ›Oh! Oh! Oh!‹, genau so. Er ist nur halb angezogen – wir halten ihn fest, und dann kommt John auf die Beine, und dann sage ich: ›Komm mit zurück!‹«

»War es wirklich dieser Mann da auf der Anklagebank?« La Flitche sah sich noch einmal Gregory St. Vincent an, als gäbe es auch für ihn nicht den geringsten Zweifel: »Dieser Mann war es!«

»Er will nicht mit uns zurückgehen. Aber John und ich sagen: ›Du gehst...‹, und er geht.«

»Sagte er etwas?«

»Ich fragte ihn, was geschehen ist – ich habe ihm viele Fragen gesagt. Aber er ruft nur immer: ›Oh! Oh! Oh! Oh! Oh!‹ und weint.«

»Ist Ihnen noch etwas aufgefallen?«

»Ah, ja, Blut an seinen Händen.«

Durch die Reihen lief ein erregtes Gemurmel, aber der Zeuge fuhr fort zu erzählen. Seine Mienen und seine Gesten begleiteten die ganze Erzählung mit der Ausdruckskraft des Naturmenschen.

»John macht Licht mit der Kerze, die er in seiner Tasche hat, und da liegt Bella auf dem Boden! Bella stöhnt wie eine Robbe, wenn sie einen Schuß durch den Leib hat. Und in der Ecke liegt Borg. Ich sehe ihn an...er atmet gar nicht. Da schlägt Bella die Augen auf, und ich sehe hinein, und da weiß ich, daß sie mich erkennt. Sie hat gleich gewußt, daß ich der Pierre bin. ›Wer hat es getan, Bella?‹ frage ich. Da dreht sie den Kopf herum und flüstert, ach, so leise, so langsam: ›Ihn tot?‹ Ich weiß, daß sie Borg meint, und ich sage: ›Ja.‹ Da stützt sie sich auf einen Ellenbogen und sieht sich um. Wie sie den Mann da sieht, sucht sie nicht mehr weiter und rührt sich nicht mehr. Nur immer angesehen hat sie ihn, immer nur ihn. Und dann hat sie noch einmal die Hand hochgehoben und hat auf ihn gezeigt und hat gesagt: ›Ihn!‹«

La Flitche ahmte jede Bewegung der sterbenden Bella nach. Als sein Finger jetzt auf den Angeklagten wies, zitterte er, wie die Hand der Sterbenden gezittert hatte. »Sie sagt nur: ›Ihn! Ihn! Ihn!‹, und ich frage wieder: ›Bella, wer hat es getan?‹, und sie sagt wieder: ›Ihn! Ihn! Ihn!! St. Vincent ihn tun es getan.‹ Und dann...«

La Flitche ließ seinen Kopf kraftlos auf die Brust sinken und ahmte das Verröcheln Bellas nach, bis zum letzten matten Hauch. Dann richtete er sich plötzlich wieder auf, stand in seiner natürlichen, aufrechten Haltung da, und seine weißen Zähne blitzten, als er schloß: »Bella tot.«

Der Ankläger stellte die üblichen Fragen, die natürlich nur dazu dienen sollen, die Aussagen des Belastungszeugen zu erhärten.

»Was wissen Sie von dem Kampf, der vorausgegangen ist? Der schwere Tisch war doch zerschmettert, der Ofen umgeworfen?«

»Es sah schrecklich aus«, bekräftigte La Flitche. »Nie in meinem Leben hab' ich so etwas gesehen.«

Brown überließ mit einer Verbeugung Frona das Verhör, und sie dankte ihm mit ihrem liebenswürdigsten Lächeln. Es schien ihr gut, mit dem Gegner auf möglichst freundschaftlichem Fuß zu stehen, und sie wußte genau, was das Lächeln einer jungen Frau in dieser Versammlung bedeutete. Im Grunde wollte sie die Verhandlung nur hinziehen, bis ihr Vater kam. Ihr galt es bei jeder Frage nur, Zeit zu gewinnen. Zeit, Zeit, Zeit! Endlich mußte eine Vertagung eintreten, und dann konnte sie Gregory unter vier Augen sprechen. Er war so verängstigt, so bis in die letzten Nerven verstört, daß es jetzt unmöglich war, Einzelheiten aus ihm herauszuholen. So stellte sie an La Flitche eine unendliche Reihe von Fragen, aber nur bei zwei Antworten kam ein neues Moment an den Tag.

»Sie sprachen von einem ersten Schuß, Herr La Flitche. Aber die Wände einer Blockhütte sind sehr dick. Glauben Sie, Sie hätten bei geschlossener Tür einen Schuß gehört?«

Er schüttelte den Kopf. Seine dunklen Augen verrieten ihr, daß er schon wußte, wo sie ihn festzunageln trachtete.

»Also, Herr Zeuge, wenn Sie vom ersten Schuß sprechen, so meinen Sie nicht den ersten Schuß, der gefallen ist, sondern den ersten, den Sie gehört haben?«

Wieder nickte er. Sie hatte schon den Eindruck seiner Zuverlässigkeit um eine Spur geschwächt.

»Sie sagen, daß es sehr dunkel war?«

»Ah, ja, ganz dunkel!«

»Wie konnten Sie sofort wissen, daß es John war, den Sie zuerst trafen?«

»John macht viel Lärm, wenn er läuft. Ich kenne seinen Lärm genau.«

»Aber Ihre Augen haben Ihnen nicht gesagt, ob es John war oder ein anderer Mann, der beim Laufen Lärm macht.«

»O nein!«

»Dann frage ich Sie eins, Herr Zeuge, und ich bitte Sie, sich die Antwort sehr genau zu überlegen! Wie konnten Sie wissen, daß an den Händen von Herrn St. Vincent Blut war?«

Er zeigte mit einem Lächeln seine blendenden Zähne und dachte keine Sekunde über die Antwort nach.

»Wie? Ich fühle etwas Warmes an seinen Händen. Was kann das sein? Meine Nase sagt mir alles. Den Rauch vom Jagdlager weit fort... Das Loch, wo ein Kaninchen sich versteckt... Die Fährte, die ein Elch gezogen hat.« Er warf den Kopf zurück, mit einem gespannten Ausdruck, mit geschlossenen Augen und zitternden Nüstern zeigte er, wie alle anderen Sinne eines Jägers ruhen, der sich ganz auf die Wahrnehmungen seiner Nase verläßt. Dann öffnete er die Augen wieder und betrachtete Frona fast traurig.

»Ich rieche Blut an seinen Händen, warmes Blut, ich rieche das heiße Blut an seinen Händen.«

»Dafür kennen wir ihn! Die beste Nase von Klondike!« rief ein Mann aus der Versammlung.

Frona warf unwillkürlich einen Blick auf St. Vincents Hände und bemerkte mit Entsetzen rostbraune Flecken auf den Manschetten seines Flanellhemdes. Als der Zeuge abgetreten war, tat der Ankläger Bill Brown ein paar Schritte auf Frona zu und reichte ihr die Hand. »Ich freue mich, einen so sympathischen Verteidiger begrüßen zu dürfen.«

Sie zeigte ihm ihr liebenswürdigstes Lächeln, aber dann fragte sie rasch:

»Ist das vornehm, wie man uns behandelt? Sagen Sie selbst, als Gegner, muß man uns nicht Zeit lassen, die Verteidigung vorzubereiten? Ich weiß doch nichts von der Sache, als was Ihre beiden Zeugen vorgebracht haben. Als gerechter und vornehmer Gegner, Herr Brown, finden Sie nicht, man müßte die Verhandlung bis morgen aussetzen? Wollen Sie Ihr Plädoyer gegen einen Mann führen, der keine Gelegenheit hatte, sich so zu verteidigen, wie es jedes Gesetz verlangt?«

Er sah auf die Uhr und sagte nachdenklich: »Das ist keine schlechte Idee. Außerdem ist es schon fünf Uhr, wir müssen alle an unser Nachtessen denken.«

Wie sie ihm dankte! So kann, ohne ein Wort zu sprechen, nur eine Frau danken. Er sah ihr in die Augen und fühlte sich mehr belohnt als durch viele Worte. Dann trat er auf seinen Platz zurück und wandte sich an die Versammlung: »Nach Beratung zwischen Ankläger und Verteidiger, in Anbetracht der vorgerückten Zeit, angesichts der Tatsache, daß die Verhandlung heute zu keinem gerechten Abschluß mehr gebracht werden kann, beantrage ich die Vertagung auf morgen vormittag.«

»Dem Antrag wird stattgegeben«, erklärte der Vorsitzende, als kein Protest sich erhob. Dann stieg er von seinem Richterstuhl herab und machte sich eilig daran, das Feuer zu schüren und Kessel zuzusetzen. Er war ein Bewohner dieser Hütte und hatte an diesem Tag Küchendienst.

»Ich kann dir nichts erklären, Frona«, sagte Vincent, als sie jetzt unter vier Augen waren. »Ich fühle, daß mein Verstand stillsteht. Du mußt mir einfach glauben, daß ich unschuldig bin. Schwöre mir, Frona, daß du mir glaubst!« In ihrem Gesicht flammte das Blut auf.

»Du bist ein Mann und mußt dich wehren! Was nützt es dir, wenn ich an deine Unschuld glaube? Du mußt mir Waffen geben, um dich zu verteidigen! Vor allem mußt du dich selbst verteidigen! Nicht einen Schritt darfst du freigeben ohne Kampf!«

»Mit mir ist es aus, Frona!«

»Nichts ist aus, solange man kämpft! Erzähle mir alles!«

»Sie hat gelogen, Frona. Diese Unglückliche, diese Bella, sie hat gelogen! Vielleicht ist sie wahnsinnig gewesen. Aber wie konnte sie mich beschuldigen! Ich habe doch für sie und Borg gekämpft und wie ich gekämpft hab'! Nein, sie war wahnsinnig.«

»Fang beim Anfang an, Vincent! Ruf dir alles ins Gedächtnis zurück! Jeden Schritt muß ich wissen. Da ... ich hol' dir Wasser ...dreh dir eine Zigarette, komm, Lieber, das wird dir guttun. Daß deine Lippen nicht mehr so beben! Jetzt brauchst du alle Kraft. Nimm dich zusammen!«

Er setzte sich zurück und rauchte. Fronas machtvollem Zuspruch war es wirklich gelungen, seine Gedanken wieder in klarere Bahnen zu bringen.

»Es muß gegen ein Uhr nachts gewesen sein. Ich schlief. Auf einmal bin ich aufgewacht. Jemand hat die Lampe angezündet. Ich dachte, daß es Borg wäre. Das geht mich nichts an, dachte ich, und wollte wieder einschlafen. Auf einmal waren zwei fremde Männer in der Hütte. Beide trugen Masken. Sie hatten die Ohrenklappen heruntergezogen. Ich konnte nichts sehen als ihre Augen. Da ist eine Gefahr, dachte ich. Das war alles, was ich im ersten Augenblick dachte. Eine Sekunde lang blieb ich ganz still liegen und überlegte. Borg hatte sich meine Pistole geliehen, ich hatte keine Waffe. Mein Gewehr stand an der Tür. Ich muß zu meinem Gewehr, das war mir klar. Ganz leise setze ich den Fuß auf den Boden, aber da dreht der eine Mann sich zu mir um und knallt seinen Revolver ab. Das war der erste Schuß, weißt du, der, den La Flitche nicht gehört hat. Dann ging der Kampf los, dabei wurde die Tür aufgerissen, und so kam es, daß er die drei letzten Schüsse gehört hat. Der Mann stand mir ganz nah; ich bin so plötzlich aus der Koje herausgesprungen, so unerwartet, daß sein Schuß fehlging. Dann haben wir einander gepackt, dann wälzten wir uns auf der Erde. Plötzlich war Borg dabei, aber der andere Mann griff ihn und Bella an. Dieser andere Mann, der war es, der sie beide ermordet hat. Mein Gegner hatte mit mir genug zu tun, und ich... ich ... Himmel, war das ein Kampf! Du hast gehört, was der eine Zeuge gesagt hat, wie die Hütte zerstört war. Wir haben uns gewälzt und getobt, bis der Tisch und die Stühle und alles zerschlagen war. Ach, Frona, es war schrecklich. Dieser Borg hat sein Leben auch nicht billig verkauft, und Bella hat ihm tapfer geholfen. Sie war sogleich verwundet und hat laut gestöhnt. Aber ich konnte ihnen nicht beistehen. Der Kerl, mit dem ich zu tun hatte, war nicht so leicht unterzukriegen. Aber endlich war ich doch der Stärkere. Ich hatte ihn auf den Rükken gekriegt, mit meinen Knien lag ich fest auf seinen Armen und hatte die Hand an seiner Kehle, fest, fest genug! Aber da war der andere Mann mit seiner Arbeit fertig geworden, und jetzt fiel er auch über mich her. Was sollte ich tun? Einer gegen zwei! Und ich war doch ganz am Ende, keine Luft mehr in der Lunge, ganz am Ende... Sie schmetterten mich in eine Ecke, daß mir der Schädel dröhnte, und dann sind sie entkommen. Ein paar Minuten habe ich gebraucht, bis ich wieder zu mir kam. Ich war so von Sinnen, daß ich ihnen dann nachgerannt bin, ohne Waffe, wie ein Selbstmörder. Daß ich selbst in Verdacht kommen könnte, daran habe ich ja gar nicht gedacht. Aber ich wollte diese Verbrecher nicht entfliehen lassen. Sie sollten ihre Strafe finden. Dabei bin ich auf La Flitche und John gestoßen, und dann ... dann weißt du ja alles. Nur das...«, stieß er heraus, halb brüllend, halb schluchzend, und dabei schlug er sich mit der Faust vor die Stirn – »nur das begreife ich nicht, und das werde ich nie begreifen: warum Bella mich angeklagt hat! Mich! Mich!!«

Er sah sie flehend an, sie rang die Hände. Es war ihr, als tastete sie mit verbundenen Augen durch eine Wildnis.

»Denk nach, Gregory! Denk nach! Es muß dir noch etwas einfallen. Das sind ja alles keine Beweise. Ich glaube dir's, aber sie glauben dir nicht...«

»Frona, ich bin doch unschuldig! Ich bin kein Heiliger gewesen, mein Leben lang. Oft bin ich kein guter Mensch gewesen, das weiß ich. Ein Sünder! Ein Sünder! ... Aber schau dir diese Hände an: Glaubst du, daß diese Hände mit Blut befleckt sind? Frona, du kannst doch nicht denken, daß ich ein Mörder bin!«

»Das Blut auf deinem Ärmel spricht gegen dich.«

»Bedenk doch, die ganze Hütte hat von Blut gedampft! Ich sag' dir, von Blut gedampft! Ich habe um mein Leben gekämpft. Wir haben uns durch die ganze Hütte gewälzt, aus einer Ecke in die andere, aus einer Blutlache in die andere! Wenn du mir auf mein heiliges Ehrenwort nicht glauben kannst...«

»Gregory, wenn ich es wäre, die das Urteil über dich zu sprechen hätte, dann wärst du jetzt schon frei und rein von jedem Verdacht und könntest von dannen gehen. Aber diese Männer... Du hast keine Zeugen. Die Worte einer sterbenden Frau sind ihnen tausendmal heiliger als die eines lebenden Mannes und noch dazu eines Fremden, eines Mannes, der nicht zu ihnen gehört. Du mußt doch einen Grund dafür finden, daß die unglückselige Frau mit einer Lüge auf den Lippen gestorben ist.

Hat sie dich gehaßt? Hast du ihr oder ihrem Manne etwas zuleide getan?«

Der Mann sank mutlos in sich zusammen, mit eingefallener Brust und hängenden Schultern. Angstbebend klebte er wieder an seinem Stuhl.

»Dann bin ich verloren. Dann werden sie mir morgen den Strick um den Hals legen, Frona, ich bin verloren!!«

»Sie werden dich nicht hängen! Ich erlaub' es nicht!«

»Was kannst du tun? Was kannst du denn tun? Du kannst gar nichts tun. Sie haben das Gesetz an sich gerissen, mit Gewalt, sie haben die Macht.«

»Gregory, das Eis auf dem Fluß ist aufgebrochen. Man kann wieder fort. Man kann fliehen! Diese Insel ist kein Gefängnis mehr! Und dann, der Gouverneur oder der Bezirksrichter... sie können jeden Augenblick eintreffen, mit einer Abteilung Polizei! Sie werden einschreiten. Das ist ja alles kein richtiges Gericht. Das darf ja nicht sein. Aber auch wenn sie nicht kommen... Flucht! Flucht!«

»Es ist unmöglich. Es ist unmöglich! Wir sind zwei, und sie sind viele!«

»Aber mein Vater! Und der Baron Courbertin! Wir sind vier – vier tapfere Menschen, die zusammenhalten, die sind stärker als die ganze Welt, Vincent! Verlaß dich auf mich! Verlaß dich auf uns!«

Sie küßte ihn und weinte über sein Gesicht, ihre Tränen tropften in seinen offenen Mund. Sie flüsterte ihm all ihre Leidenschaft und ihre Liebe und ihre Kraft zu. Aber er war ein zerbrochener Mensch, und kein Strahl von Hoffnung regte sich in seinem Herzen.

»Verloren, Frona, verloren.«

Lange vor Eintritt der Dunkelheit kamen sie über den Kanal, alle, auf die Frona hoffte: ihr Vater, Corliss, der tapfere Baron und der tapfere Del. Sie war gerade in einer der kleinen Hütten, um sich zu erfrischen und ihre Kleider zu wechseln. Die ersten Minuten benutzte ihr Vater, um nach dem geretteten Indianer zu sehen. Der Mann hatte wichtige Nachrichten gebracht, so wichtig, daß Jacob Welses Gesicht düster und ganz verändert war, nachdem er die Depeschen zweimal nacheinander gelesen hatte. St. Vincent war in einer benachbarten Hütte eingesperrt, erhielt aber die Erlaubnis, seine Freunde zu sprechen. Jacob Welse verhandelte lange mit ihm. Beim Abschiednehmen sagte er: »Es steht schlecht um Sie, Gregory. Die Verhandlung wird schlecht ausgehen. Aber hier, meine Hand darauf, daß Sie nicht gehängt werden, selbst wenn das Urteil dahin ergeht! Ich weiß so gut, als wenn ich bei alldem dabeigewesen wäre, daß Sie Borg nicht getötet haben.«

»Das war ein langer Tag«, sagte Corliss zu Frona. »Soviel Gefahr, soviel Kampf, soviel Verzweiflung an einem Tag!«

»Das war ein herrlicher Tag!« antwortete Frona. »Aber morgen... Erst morgen werden wir unsere Kraft wirklich brauchen. Morgen früh beginnt der Schicksalstag.«

»Ich stehe zu euch«, versprach Corliss. »Ich wünsche diesem Burschen, der mir Ihr Herz gestohlen hat, nichts Gutes. Aber bis er von diesem Verdacht gereinigt ist, bis er frei ist, solange will ich alles vergessen. Und ich bin auch stark genug, wirklich alles zu vergessen. Wenn ich nicht Angst vor großen Worten hätte, würde ich sagen: Ich stehe zu euch bis zum Tod.«

»Wie Sie sind, Vance! Ich kann es Ihnen nie vergelten.«

»Vergelten? Liebe kann man nicht vergelten. Lieben heißt: dienen. So verstehe ich es.«

Bei diesen Worten schoß Frona alles durch den Kopf, was sie mit Vance erlebt, was sie von ihm erfahren, und jedes Wort, das sie von ihm gehört hatte.

»Wir müssen so echte, so gute Freunde sein und immer bleiben, Vance, daß nie wieder ein falscher Gedanke zwischen uns treten kann. Es gibt dumme Menschen, die nicht glauben wollen, daß es Freundschaft zwischen Mann und Frau gibt. Aber wie ich Sie liebe, wie ich Sie verehre, als Kameraden, als Mann, als Freund, davon wissen diese Menschen nichts!«

»Kameradschaft?« fragte er. »Jetzt sind Sie grausam, Frona. Denn Sie wissen doch, daß ich Sie – liebe?«

»Ja«, sagte sie leise.

Sie waren eigentlich zum Sterben müde, Frona und Corliss; sie hatten an einem Tag erlebt, was den Inhalt eines Jahres bilden konnte. Mit ihren Muskeln wie mit ihrem Hirn, mit ihren Armen wie mit ihrem Herzen hatte die junge Frona bis zur Verzweiflung gerungen und gekämpft, fast ohne Pause, mit wenig Schlaf, mit wenig Nahrung. Aber in tiefer Nacht rief sie noch die Vertrauten zusammen, entwarf ihren Kriegsplan für den nächsten Tag und wies jedem seine Rolle zu. Wenn der Gerichtshof ein gerechtes Urteil sprach, war alles gut. Fällte er einen Fehlspruch, dann galt Gewalt gegen Justizmord und Flucht gegen ungerechte Verfolgung.

»Es ist abenteuerlich, mein Kind, vielleicht ist es Wahnsinn«, urteilte Jacob Welse. »Aber für den Augenblick schaffen wir dem armen Burschen Luft. Ich glaube auch, daß es gelingen wird. Wir werden dafür sorgen, daß er dann vor ein wirkliches Gericht kommt, denn die Gerechtigkeit darf nicht betrogen werden. Die Leute hier im Wald sollen nicht glauben, daß sie außerhalb des Gesetzes stehen.«

»Eine 'errlicke Staatscoup«, frohlockte der Baron, »'errlick! 'errlick! 'ände 'ock! Ick werden rufen – Skreckerlick streng! Und fürkterlick.«

»Aber wenn sie die Hände nicht hoch heben –?« fragte Jacob Welse.

»Dann schießen Sie, Courbertin!« rief Frona, hundertprozentig entschlossen. »Man darf nicht bluffen, wenn man ein Leben zu retten hat.«

»Ick ssießen, Mademoiselle! Ick ssießen und treffen!«

»Und Sie stehen mit dem Boot bereit, Vance! Sie warten den ganzen Tag, wir werden Ihnen keine Botschaft geben können. Wenn Gregory angestürzt kommt, springt er zu Ihnen ins Boot, und dann fort mit ihm, nach Dawson!«

Dann sackte sie ab, sie fiel vom Stuhl und blieb, ohne Decken, ohne Kissen, steif auf dem Boden liegen. Die Müdigkeit hatte sie plötzlich überfallen wie ein feindlicher Riese.

Jacob Welse wurde von den Goldgräbern mit aller Hochachtung empfangen, an die er gewöhnt war, und als er das Wort ergriff, herrschte tiefes Schweigen im Saale. »Meine Herren«, verkündete er. »Die Versammlung ist wider das Gesetz, und was Sie beschließen wollen, kann niemals ein Richterspruch sein. Es hat Zeiten gegeben, in denen dies Land ohne Regierung war und ohne Gesetze, und damals hatten wir das Recht, ja sogar die Pflicht, Übeltäter aus unseren Reihen zu stoßen oder selbst Gericht über sie zu halten. Heute aber haben wir eine Regierung. Dieser Mann gehört vor die Richter, die das Gesetz ihm zuweist, und wenn Sie ihn verurteilen, wenn Sie ihn hinrichten, begehen Sie ein Verbrechen, das man als Mord bezeichnen wird. Ich – und mir werden Sie glauben, daß meine Worte kein leerer Klang sind –, ich selbst werde der erste sein, der jeden, der sich hier das Amt eines Richters anmaßt oder gar das Amt eines Scharfrichters anmaßen möchte, der Strafe zuführen wird, die er verdient. Der Angeschuldigte ist in Haft zu nehmen ... so weit reicht unsere Befugnis. Er ist in Haft zu halten, bis der Staat sich seiner bemächtigt. Ich habe gesprochen.«

»Ich beantrage Abstimmung über den Antrag des Herrn Jacob Welse«, sagte der Vorsitzende, ohne selbst Stellung zu nehmen.

»Das war kein Antrag, über den Sie abzustimmen haben!« unterbrach Welse mit furchtbarem Ernst. »Sie haben die Verhandlung aufzuheben und dieses rechtsbrecherische Verfahren zu schließen!«

»Sie haben gesprochen, Herr Welse. Jetzt sprechen wir!«

Damit hatte der Vorsitzende seine eigene Stellung gekennzeichnet, und im Augenblick wurde die Frage entschieden. Alle Hände flogen empor, als er die Versammlung fragte, ob sie sich befugt glaubte, ein Urteil zu fällen. Mit allen Stimmen war Welses Antrag abgelehnt.

»Du siehst, ich bin verloren«, flüsterte St. Vincent Frona zu. »Für mich gibt es keine Hoffnung...«

Aber Welse riß zum zweitenmal das Wort an sich und donnerte den Leuten zu, was er auf dem Herzen hatte: daß ein Lynchgericht mit dem Tode bestraft würde, daß ein ungeheurer Prozeß und maßlose Katastrophen über die Beteiligten hereinbrechen würden ... Schrecken über Schrecken, wie Klondike sie noch nicht erlebt hatte. Er fand einige Anhänger, aus der Verhandlung wurde ein Chaos wild diskutierender und drohender Menschen, und in diesem Tohuwabohu von Stimmen gelang es Frona, ihrem Schützling mitzuteilen, was sie sich am Abend zuvor zu seiner Rettung ausgedacht hatte.

»Sie werden alle ›Hände hoch‹ machen, wenn sie auf einmal in drei Revolvermündungen sehen! In diesem Augenblick kannst du fliehen. Das Boot liegt bereit ... kümmere dich nicht um uns, nicht um meinen Vater, nicht um mich, Vincent! Sie werden die Hand nicht an uns legen! Und selbst wenn! In dieser Stunde bist du dir selbst der Nächste...«

»Das ist Wahnsinn«, hauchte er, grau das Gesicht und mit gesträubtem Haar.

»Aber es ist doch keine andere Rettung für dich!«

»Ich kann nicht, Frona.«

»Kämpfen sollst du, für dein Leben kämpfen!«

»Laß mich, laß mich!«

Die nächsten Zeugen, zwei Schweden, hatten aus geringer Entfernung jenen Auftritt beobachtet, als Borg einen Wutanfall bekam, weil St. Vincent und Bella zusammen gelacht hatten. Es war ein lächerlich kleines Begebnis, das sie ausführlich schilderten, aber es ließ doch Schlüsse auf die ganze Situation in Borgs Hütte zu. Dann folgte ein halbes Dutzend Zeugen, die im Auftrag des Richters den Schauplatz des Verbrechens und die ganze Insel untersucht hatten. Von den beiden geheimnisvollen Männern, die nach der Angabe Gregorys den Mord begangen haben sollten, hatten sie nicht die geringste Spur gefunden.

Nach ihnen betrat zu Fronas Entsetzen Del Bishop den Zeugenstand. Sie wußte, daß er Vincent haßte, aber sie begriff nicht, was er zur Sache aussagen konnte. Immer hatte sie ihn für einen groben, aber ehrlichen Burschen gehalten. Einen niedrigen Racheakt traute sie ihm nicht zu. Was würde er sagen? Als er den Eid abgelegt hatte, fragte ihn der Richter nach seiner Beschäftigung.

»Ich suche ›Goldtaschen‹!« rief er herausfordernd.

Goldtaschensuchen ist eine besondere Art der Goldgräberei, an die nur wenige glauben.

»Dann wirst du lang herumwühlen müssen, mein Junge«, höhnte ein Mann im Auditorium. »Wenn du nicht vorher verhungerst.«

Del bekam einen roten Kopf: »Herr Vorsitzender«, sagte er, »ich weiß auch, was die Würde des Gerichts ist. Aber das möchte ich ganz bescheiden zu verstehen geben, wenn die Verhandlung vorbei ist, dann kriegt jeder, der sich hier gegen mich was herausnimmt, einen Nasenstüber, daß er bis ›zehn‹ zu Boden geht und vielleicht noch 'n bißchen länger liegenbleibt.«

»Sprechen Sie zur Sache!« befahl der Vorsitzende und schlug mit dem Hammer auf den Tisch. »Also Goldtaschensucher sind Sie?« Dabei lief über das Gesicht des sonst so sachlichen Mannes dasselbe breite Lachen, wie die meisten Gesichter im Saal es zeigten.

»Den ersten Nasenstüber, der auch aus Versehen in den werten Brotladen sitzen könnte, Herr Vorsitzender, den verspreche ich Ihnen. Sie wollen nicht glauben, daß ich Goldtaschen finde? Na, warten Sie! Fünf Minuten, nachdem der Jüngling da drüben baumelt, können Sie Ihre kostbaren Knochen sortieren,

Herr Vorsitzender. Das nur nebenbei, damit Sie Bescheid wissen. Mein Name ist Bishop.«

»Das ist zuviel!«

Der Richter warf den Rock ab und krempelte die Ärmel hoch.

»Jetzt nur 'ran, du Lümmel!«

Bishop ging sofort in Positur, und Frona durfte einen Augenblick hoffen, daß das ganze Gerichtsverfahren sich in einer jener Massenkeilereien auflösen würde, bei der einmal zuschauen zu dürfen sie sich schon lange wünschte.

Vielleicht war es gerade das, was der brave Bishop erreichen wollte, um aus dem ganzen Lynchgericht eine Farce, aus der Tragödie eine Komödie zu machen? Mit flammenden Augen schaute Frona auf die beiden Männer, die in prachtvoller Boxhaltung einander gegenüberstanden. Aber schrecklich! Da warf Bill Brown sich dazwischen.

»Muß ich Sie bitten, die Würde des Gerichts wahrzunehmen, Herr Vorsitzender? Es ist ein Skandal, es ist unglaublich! Nehmen Sie die Verhandlung auf! Wir sind hier nicht in der Bar! Außerdem scheinen Sie beide zu vergessen, daß in diesem Saal eine Dame sich aufhält!«

Im Augenblick war die Ruhe wiederhergestellt, und Bishop sagte aus, als wenn nichts geschehen wäre:

»Jetzt will ich Ihnen mal so einiges über den Herrn darbieten, den Doktor, so, was man ein Charakterbild nennt. Das ist nämlich ein sauberer Patron, Sie werden sich wundern!«

Zum erstenmal packte St. Vincent die Wut und überwältigte fast seine Verzweiflung.

»Halten Sie den Mund!« brüllte er zitternd. »Herr Vorsitzender, das ist ein Verrückter! Soll dieser Kerl, den ich einmal in meinem Leben gesehen habe, über meinen Charakter aussagen?«

»Ach so, du kennst mich nicht, mein Junge?« fragte höhnisch der Goldtaschensucher. »Na, da werden wir einmal deinem Gedächtnis ein bißchen nachhelfen.«

»Ich bin dem Mann einmal im Leben begegnet, nur für ein paar Augenblicke, und das war in Dawson«, erklärte St. Vincent fest.

»Ist das so sicher, Herr Doktor Gregory St. Vincent? Denken Sie einmal nach – stellen Sie sich einmal vor, ich hätte hier so eine lange Klosettbürste ums Kinn herum und hieße nicht Bishop, sondern Joe Brown! Und dann denken Sie einmal an das gesegnete Jahr 1884 zurück. Hatten Sie da nicht so einen jungen Seemann namens Joe Brown, der von seinem Schiff desertiert war, in Lohn und Brot genommen? Ja, mein Junge, jetzt fällt dir ja wohl so manches ein?«

Das Wiedererkennen zeichnete sich auf Gregorys Gesicht so deutlich ab, daß ringsum höhnisches Lachen ertönte. Man sah, daß in diesem Augenblick Gregorys ganzes Lebensgerüst zerfiel. So wie er konnte nur ein ertappter Spitzbube aussehen.

»Ja, sehr gut sind wir ja wohl nicht miteinander gefahren, Sie und der arme Junge, den Sie da in Dienst hatten und der heute Bishop heißt. Sie mit Ihren Weibern, immer hinter den Weibern her, und überall Krach und Stunk, und immer soll der gute Joe Brown Sie aus allem Salat wieder herausziehen! Ja, so war das ja wohl?«

»Ich protestiere!« rief Frona. »Ob Herr Dr. St. Vincent Liebesgeschichten gehabt hat oder nicht, das hat mit dieser Sache gar nichts zu tun.«

Bill Brown erhob sich: »Herr Vorsitzender, Bishop ist unser Hauptzeuge, und seine Aussage ist wichtig. Da wir keine Tatzeugen haben, kommt alles auf Indizien an, und der Charakter des Angeklagten muß bis in die letzte Falte geprüft werden. Ich beabsichtige, zu beweisen, daß der Angeklagte ein Lügner und jedes Verbrechens fähig ist. Ich will Faden zu Faden flechten, bis wir einen Strick in der Hand haben, lang und stark genug, um ihn daran aufzuknüpfen. Ich bitte, den Zeugen fortfahren zu lassen.«

Und Del fuhr fort: »Einmal mußten wir da die Stromschnellen hinunter, meine Herren, das war gerade keine Heldentat, aber ein Vergnügen kann man das auch nicht nennen. St. Vincent versteht was vom Rudern, aber ich lern's in meinem Leben nicht, ich bin überhaupt nicht fürs Wasser geboren. Obwohl ich immer wieder mit dem Wasser zu tun hab', davon abgesehen... das ist nun einmal so Schicksalstücke. Läßt der Kerl mich nicht allein im Boot? Läßt mich die ganze gottverfluchte Höllenfahrt machen und geht selbst am Ufer spazieren, warm, gesund und trocken? Ja, und wie dann mein Boot glücklich kentert und die halbe Ausrüstung verlorengeht und mein ganzer Tabak und ich gerade noch mit knapper Not das nackte Leben rette, zwei Knochen kaputt und die Nase ein einziger Brei, schimpft er mich einen ›Chechaquo‹ und einen ›Taugenichts‹ und zieht mir zehn Dollar vom Lohn ab! Ja, so ist der feine Herr da drüben! Und jetzt kommen wir an die Geschichte mit den Schwarzfußindianern. Ja, da hat auch nicht viel gefehlt, und ich hätte für den gottverfluchten Lümmel mein süßes, junges Leben hergeben müssen.«

»Wie war das? Erzählen Sie das genauer!« verlangte der Ankläger.

»Na, wegen so einer Squaw war das eben. Was soll's denn sonst sein? Da hab' ich ihn mit genauer Not aus der Bredouille herausgebracht und mich schließlich auch. Dann hat er mir versprochen, daß er sich bessern will. Aber vier Wochen später hat er schon wieder die Pfoten an den Indianerweibern, und ich hab' für ihn die Prügel bezogen. Wie ich ihm danach väterlich zusprechen will, ist er wieder frech geworden, und da ist mir dann nichts übriggeblieben, als einmal ein bißchen an den Fluß hinunterzugehen! Und dann hab' ich meinem Herrn Chef eine Portion gegeben. Aber nicht zu knapp! Können Sie sich jetzt vielleicht erinnern, Herr Chef? Solche Hiebe haben Sie seitdem nur noch einmal bekommen wie damals in der idyllischen Mondscheinlandschaft am ›Windigen Arm‹! Mit den Weibern versteht er ja wohl umzugehen, das muß ich allerdings zugeben. Er pfeift nur so, und dann kommen sie angewackelt und machen Kusch, und dann kann er machen, was er will. Also, da war noch eine verdammt hübsche Squaw, fast so hübsch wie die Bella. Da pfiff er ja wohl auch, weil er nun einmal die Schwäche hat...«

»Es genügt, Herr Zeuge«, unterbrach ihn der Vorsitzende. »Wir haben genug von den Squaws gehört.«

»Diesmal bitte ich, den Zeugen nicht zu stören!« protestierte Frona und sah dabei ganz sorglos aus. »Jetzt scheint mir das Thema wichtig zu sein.«

»Immer das Unterbrechen!« knurrte Bishop. »So einen Vorsitzenden habe ich in meinem ganzen Leben noch nicht gesehen. Und Sie können mir schon glauben, daß ich in ein paar Weltteilen mit dem Gericht so die eine oder andere kleine Bekanntschaft gemacht hab'. Ich könnte schon lange fertig sein, aber immer fährt mir da irgend so ein Grünschnabel dazwischen. Ich bitte auch um Verzeihung, Herr Vorsitzender, natürlich will ich Ihrer Würde nicht zu nahe treten. Also da hatte mein Gregory ja wohl eine Wut auf mich, wegen der väterlichen Züchtigung, wenn ich so sagen darf. Und außerdem hat er vielleicht gedacht, eine hübsche Squaw im Boot ist besser als ein borstiger Junge mit dem Fußsack am Kinn. Auf einmal krieg' ich da von hinten eines mit dem Gewehrkolben über das Köpfchen, 'rein die Squaw ins Kanu, mich liegengelassen und los... Wie das

Yukonland damals war, das wißt ihr ja, Leute! Stellt euch da einmal einen vor, ohne Ausrüstung, mutterseelenallein, tausend Meilen tief in der Wildnis. Ist das ein Wunder, daß ich nicht gut auf den werten Herrn zu sprechen bin? Gerettet habe ich mich ja, sonst könnte ich euch das alles nicht erzählen. Aber eine Vergnügungsreise war es nicht, und daß ich nicht verhungert und erfroren bin, das begreife ich selbst noch nicht ganz. Und nun hab' ich hier auch so ein Buch in der Hand, das hat mir die Frau von Peter Whipple verkauft, und das ist ein sehr interessantes Buch, wenn's auch auf russisch geschrieben ist, und wenn ich auch kein Russisch lesen kann. Aber wenn hier einer Russisch lesen könnte, dann wär' das schön. Denn da steht auch so einiges drin, was den feinen Herrn ins richtige Licht setzt.«

»Courbertin! Der kann Russisch!« tönte eine Stimme aus der Menge. Man machte dem Franzosen Platz. Trotz seines Zögerns wurde er in die vorderste Reihe geschoben.

»Sie können die Sprache?«

»Sehr sleckt! Ick 'abe vergessen!«

»Nur los! Wir kritisieren nicht.«

Del gab dem Baron das Buch und schlug das vergilbte Titelblatt auf.

»Großartig, daß wir Sie haben, Herr Baron. Also los!«

Courbertin begann zögernd: »Dieses Buch, geschrieben von Pater Jakonsk, ist ein kurzer Bericht über sein Leben im Benediktinerkloster zu Obidorski und eine ausführliche Beschreibung seiner wunderbaren Abenteuer unter den Hirschmännern in Ostsibirien.«

»Sagen Sie uns, wann das hübsche kleine Buch gedruckt worden ist, Herr Baron?« verlangte Del.

»Warschau, 1807.«

Der Goldtaschengräber triumphierte: »Aufpassen, Leute! Nasen gespitzt! 1807!«

Der Baron las die Einleitung: »Es war alles Tamerlans Schuld«, begann er. Bei diesen Worten wurde Frona leichenblaß, sie kroch förmlich in sich zusammen. Einmal sandte sie ihrem Vater einen verstohlenen Blick zu, als bäte sie um Verzeihung. St. Vincent starrte sie an, sie fühlte es, aber sie gab ihm keinen Blick zurück.

Alles, was er sah, war ein weißes, völlig ausdrucksloses Gesicht.

»Als Tamerlan mit Feuer und Schwert durch Ostasien zog«, ging die Vorlesung weiter, »wurden Staaten vernichtet, Städte zerstört und Stämme wie Staub in alle Winde zerstreut. Ein ungeheures Volk wurde zum Lande hinausgejagt...«

»Überspringen Sie ein paar Seiten«, verlangte Bill Brown, »wir können nicht die ganze Nacht hier sitzen bleiben.«

»Die Bevölkerung der Küste bestand aus Eskimos, das sind heitere und gutartige Menschen«, buchstabierte Courbertin. Plötzlich wurde sein Vortrag flüssiger:

»...sie nennen sik selber Ukilions, das 'eißt Meeresleute. Ich kaufte ihnen Hunde und Proviant ab, wir kamen gut miteinander aus. Aber die Ukilions waren einem Binnenlandstamm untertan, den Tschautschuins, das 'eißt in unserer Sprache ›Hirschmenschen‹. Die Tschautschuins sind ein wildes, unbezwingbares Volk, grausam und bos'aft, wie nur Mongolen werden können. Kaum 'atte ich die Küste 'inter mir, da überfielen sie mik...«

Ein paar Seiten später erklärte Bill Brown: »Danke, das genügt. Wollen Sie uns noch einmal sagen, wann das Buch erschienen ist?«

»Warschau, 1807.«

In der Versammlung war kaum ein Mann, der den ganzen Bericht von St. Vincents Sklavenzeit, von seinem Aufstieg unter den Hirschmännern und seiner Flucht nicht schon oft gehört hatte oder mindestens vom Hörensagen kannte. Aus dem Flüstern und Kopfschütteln, mit dem der Anfang von Courbertins Vorlesungen aufgenommen worden war, wurde langsam heiteres Lachen, und zuletzt konnte man glauben, in einem Theater zu sein, auf dessen Bühne die lustigste Posse vorgeführt wurde. Die Männer schlugen sich auf die Schenkel, stießen einander in die Seiten, und zuletzt wurde ihr Lachen ein Gebrüll fassungsloser Heiterkeit.

»Willst du lieber nichts mehr mit der Geschichte zu tun haben?« fragte Welse leise seine Tochter. Ihr Gesicht hing voll von Tränen, aber sie schüttelte den Kopf.

»Ich muß ihn trotz allem verteidigen, Vater. Es ist meine Pflicht.«

St. Vincent war erstaunlich tapfer, als er endlich das Wort bekam, um sich zu verteidigen. Vielleicht hatte er nach diesem ungeheuren Ausbruch von Lachen das Gefühl, ganz ernst sei die Verhandlung nicht mehr. Jedenfalls sprach er klar und männlich und faßte sich kurz. Sein Bericht widersprach in keinem Punkt dem, was La Flitche und John vorgebracht hatten. Auch die Geschichte mit dem Waschzuber stellte er genauso dar, wie die schwedischen Zeugen es getan hatten. Er gab zu, daß Bella mit seiner Waffe getötet worden war, und behauptete, er habe sie Borg schon einige Tage zuvor geliehen. Die Anklage Bellas sei unbegreiflich, ganz sicher war die arme Frau verwirrt. Sicher sei sie nicht mit einer bewußten Lüge auf den Lippen gestorben. Er wolle der Toten keinen Stein ins Grab nachwerfen. Über die Aussage Del Bishops wolle er sich gar nicht äußern. Das sei kindisch, boshaftes Geschwätz eines Burschen, den man als Großmaul und Raufbold kannte. Der Mann sei mit ihm nach Alaska gekommen, alles andere sei Erfindung, zu töricht, um vor ernsten Männern darauf zu antworten. Ein Zeuge, der den Vorsitzenden zum Boxen herausfordert und bedroht, sei kein Zeuge.

Jetzt erhob sich Bill Brown: »Sie wollen, Angeklagter, mit zwei geheimnisvollen Männern einen furchtbaren Kampf bestanden haben?«

»Jawohl.«

»Wie kommt es dann, daß Sie ohne jede Wunde, ja selbst ohne eine Schramme aus diesem Kampf hervorgegangen sind, während der Körper des ermordeten John Borg eine ganze Reihe furchtbarer Wunden trägt? Dieselben Mordbuben, die John Borg so schrecklich zugerichtet haben, haben mit Ihnen gekämpft, ohne Sie auch nur zu verletzen?«

»Das weiß ich nicht, das kann ich auch nicht erklären. Jedenfalls beweist es nicht, daß ich John Borg oder seine Frau getötet habe.«

Damit schloß das Verhör.

Dann griff Frona ein. Sie wußte, daß die beste Parade der Hieb ist, und packte den Stier bei den Hörnern:

»Ihre Fragen beweisen doch absolut, was der Angeklagte zu seiner Verteidigung sagt. John Borg war – dies mindestens hat die Verhandlung klar ergeben – ein eifersüchtiger Wüterich – immer im Angriff – bewaffnet – zehn Zentimeter größer, zwanzig Kilogramm schwerer als der Angeklagte! Wie denken Sie sich die Nacht, wenn Gregory der Mörder oder besser gesagt der Totschläger war? Ein Schuß von hinten, ein meuchlerischer Stoß mit dem Dolch gegen den Besitzer einer Sklavin, nach der ihm der Sinn stand, das wäre möglich. Aber – meine Herren – eine Reihe furchtbarer Verletzungen, von denen keine tödlich war ... wie soll er sie dem riesenstarken Borg zugefügt haben, ohne selbst verwundet zu werden? Und Bella? Bella sollte zugesehen haben, wie die beiden Männer miteinander kämpften, wie ihr Herr von dem Fremden zuschanden geschlagen wurde, ohne einzugreifen, ohne die Tür aufzureißen und gellend um Hilfe zu schreien? Die Tatsachen, Herr Staatsanwalt, auf die Sie Ihre Anklage stützen, schlagen Ihnen ja selbst ins Gesicht! Nie hätte ich gedacht, daß ein Mann, ein Jurist, an strenges logisches Denken gewöhnt, so erstaunliche Schlüsse ziehen könnte! Natürlich müssen Dritte auf dem Kampfplatz gewesen sein, ob es ein Mann oder zwei Männer, wie der Angeklagte sagt, ob es vielleicht eine ganze Schar von Mordbuben war, darauf kommt es nicht an! Es kommt nur darauf an, daß die Schlacht sich nicht zwischen dem Mörder und seinem Opfer allein abgespielt haben kann. Mag St. Vincent gesündigt haben, mag er ein Lügner und Renommist sein, ein Weiberjäger ... der Mörder John Borgs und Bellas kann er nicht sein! Und das Blut an seinen Händen? Man hat so lächerlich viel Aufhebens von diesem Blut gemacht und dabei übersehen, daß La Flitches eigene Mokassins mit Blut befleckt sind! Haben wir daraus den Schluß gezogen, Herr La Flitche müsse in den Handel verwickelt sein? Haben wir behauptet, er sei der Mörder, weil seine Füße durch Blut gewatet sind? Diese Behauptung haben wir nicht erhoben, weil sie wahnsinnig wäre, weil trotz aller Blutspuren auf Herrn La Flitche auch nicht ein Schatten von Verdacht liegt.«

»Sehr richtig!«

»Gut gesprochen!«

»Ich danke Ihnen, meine Herren! Und ebenso richtig, ebenso unleugbar ist es, daß auf Herrn Gregory kein Schatten von Verdacht liegt. Er hat das Unglück gehabt, in eine Angelegenheit voll geheimnisvoller Vorgänge verwickelt zu werden. Er hat das Unglück gehabt, in einer Hütte zu schlafen, in der Entsetzliches geschah, in der es von Blut dampfte und grauenhafte Wunden geschlagen wurden, an denen er aber kein Teil hatte. Das ist alles. Das Leben jedes Menschen ist heilig, hier in der Einöde von Alaska so gut wie in New York oder in Stockholm, meine Herren! Sie werden die eigenen Hände nicht mit dem Blut eines Menschen beschmutzen, gegen den kein Schuldbeweis zu erbringen ist. Sie werden Ihr Gewissen rein halten, meine Herren Geschworenen!«

Frona hatte unerhört plädiert, mit Wucht und Feuer, aber der Beifall, der sich nun erhob, war so rasend, daß sie selbst spürte: Er galt der tapferen Frau, der hübschen Frau, nicht ihren Argumenten. Zornig wandte sie sich noch einmal an die Versammlung:

»Ich habe nicht um Ihren Beifall gebuhlt, meine Herren. Klatschen Sie nicht in die Hände, als ob ich eine Schauspielerin wäre, sondern gehen Sie in sich und bereuen Sie, daß Sie einem Menschen, der nichts verbrochen hat, die qualvollsten Stunden bereitet haben!«

Bill Brown gab seine Sache nicht verloren. Das Pathos, das manchmal aus seinen Worten gesprochen hatte, ließ er zunächst freilich fallen, sein Plädoyer begann mit spitzfindiger Bosheit und überlegenem Hohn.

»Fremde Männer, die keine Spur zurückgelassen haben, von deren Kommen und Gehen niemand etwas gehört hat, sind in Borgs Hütte eingedrungen, Angeklagter? Ihr Hausherr und seine Frau sind in Ihrer Gegenwart ermordet worden, in langem Kampf, wie die Verteidigung bewiesen hat, und an Ihrem Körper ist keine Schramme zu sehen? Von der armen Indianerin hat man erwartet, daß sie eingriff, daß sie mindestens die Tür aufriß und mit gellendem Geschrei Hilfe herbeiholte?

Aber Sie!

Ein Mann, der sich so vieler Heldentaten rühmt, Sie haben nicht gekämpft, Sie haben nicht einmal gewagt, um Hilfe zu rufen? Es mag vieles dunkel sein, was in dieser dunklen Hütte in der verhängnisvollen Nacht geschehen ist, aber Ihr Verhalten ist nicht dunkel! Ob Sie gemordet oder stillschweigend zugesehen haben, wie gemordet wurde, das geht uns wirklich nichts an! Auf jeden Fall liegt Ihre Schuld klar zutage, Sie haben mindestens das scheußlichste Verbrechen begangen, das man in diesem Lande kennt: das Verbrechen nichtswürdiger Feigheit! Und deshalb hat die sterbende Bella ihren letzten Atem verströmt, um Sie anzuklagen. ›Mörder! Mörder!‹ hat sie Ihnen zugerufen, und die zitternde Stimme dieser Frau soll jetzt in unserem Mund noch einmal tönen, mit solcher Wucht und mit solcher Kraft, daß sie Ihnen bis zur letzten Minute Ihres Lebens in den Ohren dröhnt: ›Mörder! Dreimal feiger Mordbube!‹«

St. Vincent fiel in sich zusammen und lag in seinem Stuhl wie ein Haufen leerer Kleider.

»Ich ... bin unschuldig ... ich ... habe es nicht getan ...«

»Abstimmen, meine Herren!« rief der Vorsitzende und rührte den Hammer. »Offene Abstimmung – wir sind Männer, von denen jeder seinen Spruch vertritt. Ich frage Sie: Ist der Angeklagte Dr. Gregory St. Vincent, den Sie hier vor sich sehen, schuldig, den Mord an dem Goldgräber, unserem Kameraden John Borg, durch eigene Handlung oder stillschweigendes Gewährenlassen verschuldet zu haben oder nicht? Wer ihn für schuldig hält, der hebe...«

»Hände hoch!« dröhnte in diesem Augenblick Jacob Welses Stimme aus einer Ecke des Saales, und von dem anderen Ende des Saales hörte man Baron Courbertins helles, scharfes Organ:

»'ände ock!! Oder ick ssiessen!«

Jeder der beiden Männer hielt zwei sechsschüssige Revolver auf die Geschworenen gerichtet, Feuerschlünde starrten den Männern entgegen, und es gab keinen, der nicht wußte, daß mindestens Jacob Welse Ernst machen würde. Alle Hände flogen zugleich in die Höhe, nichts rührte sich. Der Vorsitzende hatte nicht einmal Zeit gefunden, den Hammer beiseite zu legen. Er hielt ihn in der hochgestreckten Hand. In diesem Saal wurde nicht mehr gesprochen, in diesem Saal galt nur noch die Gewalt. Aber es war die Gewalt, wie Jacob Welse sie verstand, im Dienste des Rechtes und des Friedens.

»Jetzt los! Am Südkanal liegt das Boot! Rasch!! Fort! Du bist gerettet!« keuchte Frona. »Hier ist Geld. Das nimm mit auf den Weg! Und fort! Fort! Laß dich nie wieder hier sehen!«

Sie drückte St. Vincent einen geladenen Revolver in die Hand. »Du bist frei! Worauf wartest du? Fort! Fort!«

Er ächzte: »Das ist – Wahnsinn.« Wie ein Gelähmter hing er auf seinem Stuhl. Sie preßte ihm die Waffe in die Hand, aber seine Finger gaben nach, mit schwerem Poltern fiel der Revolver vor ihm auf den Boden. Sie zog und zerrte an ihm, wie man einen Mann aus schwerem Schlaf erweckt, aber in sein leichenblasses Gesicht kam keine Bewegung; er rührte sich nicht. In dem ganzen Saal war kein Laut als das schwere Atmen der vielen Männer. Plötzlich war La Flitche an den Stuhl des Angeklagten getreten und hatte seinen Fuß auf den Revolver gesetzt. Frona bückte sich hastig, sie stieß gegen den Mann und wollte sich des Revolvers wieder bemächtigen. La Flitche stand mit erhobenen Händen und sah scheinbar teilnahmslos Jacob Welse an. Aber sein Fuß regte sich nicht. Es entstand zwischen diesem eisenharten, unbeweglichen Männerbein und Fronas wütenden Händen eine Art stillen Ringens, und Jacob Welse, der nicht begriff, warum Gregory noch immer dort saß, verlor auf eine Sekunde die Aufmerksamkeit. Einen Blick wandte er von der Menge ab, die er schon minutenlang wie ein Tierbändiger im Zaum hielt, nur einen Atemzug lang war sein Revolver nicht mehr im Anschlag, und dieser Augenblick entschied alles. Aus hochgehobener Hand sauste der Hammer des Vorsitzenden gegen Welses Schädel, mit sicherstem Schwung geworfen. Der alte Welse reckte sich, Frona stieß einen gellenden Schrei aus, Jacob Welse brach zusammen und lag jetzt zu Füßen der Masse, die er gezähmt hatte. Im Fall ging sein Revolver los, der Schwede John stieß ein Gebrüll aus: »Mein Bein! Mein Knie!«, und in diesem Augenblick versagten auch Courbertins Nerven. Im Handumdrehen war er übermannt. Es waren Del Bishops Tatzen, die ihn gepackt hatten, und aus denen gab es kein Entrinnen. La Flitche griff nach Frona, sein Griff war nicht hart, aber unwiderstehlich. Er nahm sie in seine Indianerarme wie ein Liebender, in diese geschmeidigen, sehnigen Arme, und damit war ihr letzter Mut gebrochen.

Der Vorsitzende donnerte mit der Faust auf den Tisch und beendete den unterbrochenen Satz: »Wer ihn für schuldig hält, der hebe die rechte Hand!« Gleich darauf verkündete er: »Schuldig mit allen Stimmen!«

Am nächsten Morgen sollte das Urteil vollstreckt werden. In dieser Nacht war das letzte Eis getaut. Jetzt lag die Fläche des Yukon sonnenüberspült da, wie die ebene Fläche eines großen, friedlichen Sees, die kleinen Kanälchen zwischen den »Split-up-Islands« blinkten grün und plätscherten mit ihren Wellen gegen die von Blumen übersäten Gestade. Nahe dem Strand war ein Baum zum Galgen hergerichtet; an einem zwei Meter hohen Ast baumelte die Schlinge, und darunter stand ein leeres Faß. Mehr war nicht nötig, um einen Mann, der sich gegen die Landesgesetze der Kameradschaft vergangen hatte, vom Leben zum Tode zu befördern.

Ein Goldgräber, der vor langen Jahren als Indianermissionar ins Land gekommen war und nebenamtlich als Seelsorger diente, wenn eine Hochzeit oder eine Taufe zu vollziehen war, hatte die Nacht mit St. Vincent verbracht. Frona hatte nur die eine Hoffnung, Gregory würde tapferer sterben, als er gelebt hatte. Dann wollte sie verzeihen, daß er sie so tief enttäuscht hatte, wie ein Geliebter das Herz einer Liebenden nur enttäuschen kann. Dann, glaubte sie, würden die Male seiner Küsse nicht mehr wie Schandmale auf ihren Lippen brennen, und sie würde sich einst nicht schämen, wenn man sie nach der einen, großen, brennenden Liebe ihrer Jugend fragte.

Vincent enttäuschte sie auch diesmal.

Wie er die Nacht verbracht hatte, danach zu fragen, wagte sie nicht. Aber was da auf der Richtstätte erschien, nicht am Arm des Missionars schreitend, sondern von vier handfesten Männern gezerrt und geschleppt, war nicht der Mann, dem sie vor wenigen Tagen noch durch Himmel und Hölle gefolgt wäre. Es war ein schlotterndes, knochenloses Etwas, wimmernd und willenlos.

Um den Galgen hatte sich in weitem Kreise die ganze Goldgräbergemeinschaft versammelt, alle vierzig Männer, die gestern als Geschworene amtiert hatten, der Richter, der Ankläger, Jacob Welse, dessen verbundenes Haupt tiefer als tags zuvor ergraut schien.

»Ehe wir dir die Schlinge um den Hals legen und dich an diesem Baume hängen lassen, bis das Leben aus dir gewichen ist, darfst du noch einmal zu uns sprechen, Gregory St. Vincent!« verkündete der Richter.

»Sag nichts! Bettle nicht um dein Leben!« flüsterte Frona dem Delinquenten zu. Er lag unter dem Galgen wie leblos, auf ihren Knien lag sie neben ihm. »Sei tapfer! Das Leben ist nichts, nur Mut gilt!«

Aber bei dem Gedanken, noch einmal sprechen, noch einen Versuch der Verteidigung machen zu dürfen, erkannte der im Innersten Zerbrochene plötzlich, daß das Leben immer noch lockte, daß er unter dieser lachenden Sonne und beim Zwitschern der Rotkehlchen, mitten in diesem Frühlingsgrün nicht sterben konnte. Durch alle Poren drang ihm die Ahnung, daß nichts vorbei war, solange man atmete, und wenn er je in seinem Leben tapfer gewesen, dann wurde er es in dieser Minute.

Er richtete sich auf. In sein schneeweißes Gesicht trat wieder eine Spur von Farbe. Jetzt kauerte er wie ein zu schwer beladenes Lasttier auf allen vieren, jetzt kam er auf die Knie und stützte sich mit beiden Armen auf das Faß, von dem er in den Tod befördert werden sollte.

Anfangs tat er nur den Mund auf, mit verzerrten Lippen, aber kein Ton wollte sich in seiner Kehle bilden. Dann wurde aus dem unartikulierten Keuchen und Heulen eine menschliche Stimme, er formte Worte, und plötzlich stand er aufrecht, nur noch auf die Schultern des Missionars gestützt, und sprach: Worte, richtige Sätze... So gewaltig war sein Wille zum Leben, daß er, die grausige Angst im Genick, dennoch imstande war, ein Bekenntnis zu formen und eine Rede zu halten.

»Ich will mich nicht schonen, ihr Männer«, sagte er. »Ich

will alles bekennen, die ganze Wahrheit. Ich bin ein Feigling gewesen, ich habe gelogen, aber auf Feigheit und Lüge steht auch nach euren Gesetzen nicht der Tod. Es sind nicht zwei Männer in John Borgs Hütte gekommen in jener Nacht, es war nur ein Mann.

Borg hatte ihn immer erwartet.

Jede Nacht band er an seine Tür einen Blecheimer. Den nannte er die Mörderfalle. Wenn ein Fremder von außen in die Hütte eintreten wollte, mußte er den Alarm auslösen. Borg schlief immer mit dem Revolver im Gürtel. Aber in seiner letzten Nacht hatte er zuviel Whisky getrunken, denn in seiner steten Angst vor Verfolgern mußte er manchmal Betäubung suchen. Ich wachte auf von leisen Schritten, die um die Hütte schlichen, aber er schnarchte tief. Die Lampe war tief herabgeschraubt. Ich sah Bella an der Tür hantieren; sie hatte den Blecheimer geräuschlos heruntergeholt und beiseite gestellt. Ganz leise ging die Tür auf, und ein Mensch schlich herein. Er kam der Lampe nahe, ich sah sein Gesicht. Es war ein Indianer, und ich werde sein Gesicht nie vergessen. Quer über seiner Stirn, in der Höhe der Augenbrauen, trug er eine breite rote Narbe.

Und wenn ihr mir dreitausend Indianer vorführt, werde ich diesen Mann auf den ersten Blick erkennen!«

»Und was tatest du?«

»Ich tat nichts. Ich lag in meine Decken gewickelt und tat nichts.«

»War der Mann bewaffnet?«

»Er trug ein breites Messer in der Hand und schritt geräuschlos auf Borgs Lager zu. Bella stand da und wies ihm den Weg. Es war kein Zweifel, daß die beiden Mord planten.«

»Und du tatest nichts?«

»Seid doch nicht so sinnlos grausam in euren Fragen!« heulte Gregory. »Könnt ihr denn nicht begreifen, daß es Menschen gibt, die aus Fleisch und Blut sind, nicht aus Stahl und Eisen, wie man es in diesem Lande sein soll?! Natürlich tat ich nichts ...was sollte ich denn tun? Ich lag in meinem Schweiß, und mir war, als ob siedendes Öl über meinen Kopf rann. Ich habe mich so gefürchtet, daß ich das Ganze für einen gräßlichen Traum hielt. Ich habe mich so gefürchtet, daß ich dachte, meine Haare werden weiß. Ich habe mich so gefürchtet, daß ich nicht einmal heulen konnte vor Furcht. Ich bin beinahe gestorben vor Furcht. Was fällt euch denn ein? Was wollt ihr von mir? Könnt ihr von einem Menschen verlangen, daß er ein Held ist? Ich bin kein Held. Und das ist mein ganzes Verbrechen.

Dann begann der Kampf im Halbdunkel. Der Indianer stieß mit seinem Messer auf den schnarchenden Borg ein. Aber das Licht war zu schwach, er hatte nicht den Mut gehabt, ihm die Decken wegzureißen. Borg fuhr auf, er war gleich bei voller Besinnung und fuhr dem Indianer an die Gurgel. Er schnellte sich aus dem Bett und fiel mit seinem ganzen Gewicht auf den Mann. Sie rangen um das Messer, Borg hatte es schon fast an sich gerissen, da biß der Mörder ihm in die Faust. Er bekam die bewaffnete Hand frei und stieß immer wieder zu. Sie wälzten sich gegen Tische und Stühle, daß das Holz zusammenkrachte, und dann fiel der erste Schuß.«

»Und du?«

»Ich wollte mich aufraffen, wollte um Hilfe brüllen oder mit einem Stuhlbein den Mörder erschlagen, aber ich konnte nicht. Wie an Händen und Füßen gefesselt lag ich da, Gott helfe mir! Bella hatte den ersten Schuß abgefeuert, auf Borg, aber er lebte immer noch. Er lebte noch und kämpfte noch, als wenn er drei Leben hätte. Er schrie sogar nach mir ›Hilfe! Helft mir doch, St. Vincent!‹ Aber dann war plötzlich keine Hilfe mehr nötig. Er hatte mit seiner eisernen Faust den Indianer knockout geschlagen, und dann lag Bella plötzlich wieder vor ihm, wie ich es oft gesehen hatte, wie ein Hund, der die Peitsche erwartet. Borg riß ihr den Revolver aus der Hand und schoß zweimal auf den Indianer. Seine Augen waren von strömendem Blut geblendet, er traf ihn nicht. Die Kugeln pfiffen scharf an meinem Kopf vorbei in die Wand. Ihr könnt sie dort noch finden. Ich glaube, er wollte den Indianer und mich zugleich erschießen, aber er verfehlte uns beide. Den dritten Schuß gab er auf Bella ab, und der traf.

Alles andere war so, wie ihr es von den Zeugen hörtet.«

Es entstand eine lange Pause. Kein Mensch wagte zu sprechen, aber wie zum Hohn dieses Lynchgerichtes, wie zum Triumph des Lebens, das nach jedem Grauen und zu jedem Entsetzen dennoch das letzte Wort spricht, schmetterte ein Rotkehlchen aus der Krone des Baumes herab, der eben noch als Galgen dienen sollte.

»Hängt ihn auf! Hängt ihn, daß Schluß wird! So eine feige Bestie hat kein Recht mehr zu leben!« riefen aus der Masse ein paar grimmige Stimmen. Aber die meisten der Männer waren jetzt ganz stumm und beklommen. Gestern noch hätte es ihnen nichts ausgemacht, St. Vincent am Galgen zu sehen. Aber in diese Morgenpracht hinein schien das Bild gräßlich, und zudem war ihnen klar, daß auf ein Versagen der Nerven, selbst auf die erbärmlichste Feigheit, nach keinem menschlichen Gesetz der Tod steht.

In diesem Augenblick lenkte ein großes Floß, das an jedem Ende von einem Steuerruder geführt wurde, in geräuschloser Fahrt in den Kanal ein. Als es der Richtstätte gerade gegenüberlag, wandte das vordere Ende sich dem Ufer zu, eine Leine wurde ans Land geworfen, dann kam mit gewaltigem Satz ein weißer Mann an den Strand, der die Leine ein paarmal um den Galgenbaum schlang.

»Laßt euch nicht stören, Leute!« sagte der Mann, der mit einem Blick die ganze Situation erfaßt hatte. »Wird schon richtig sein, was ihr da macht! Nur haben wir da einen Burschen an Bord, der auch nicht mehr lange zu leben hat. Vielleicht haben ein paar von euch Zeit, sich auch um den zu kümmern?«

Als ob die Goldgräber glücklich gewesen wären, einen anderen Gegenstand für ihre Aufmerksamkeit zu finden, wandten aller Augen sich jetzt dem Floß zu. Auch Jacob Welse, dessen Kopf verbunden war, der aber jetzt frischer und tatkräftiger aussah als am Tage zuvor, folgte den unerwarteten Vorgängen.

»Was habt ihr da für eine Ladung?« fragte er und wies auf einen Haufen Tannenzweige, mit denen das Floß beladen war.

Der andere Floßschiffer trat an die Fracht heran und warf ein paar von den Zweigen beiseite.

»Frisches Elchfleisch, Leute!« rief er mit der Stimme eines Verkäufers auf dem Jahrmarkt. »Ausgezeichnete Ware! Frisches Fleisch, ihr Männer! Wenn wir bis Dawson fahren, reißen sie es uns aus den Händen, für 10 Unzen Goldstaub das Kilo! Aber weil ihr's seid, und weil man sich den Weg nach Dawson auch sparen möchte, sollt ihr es billiger haben!«

»Und das ist, wie gesagt, die Fracht Nummer zwei«, sprach der erste Mann und wies auf die Umrisse einer Männergestalt, die mit vielen Decken verhüllt war.

»Den haben wir erst heute morgen aufgelesen, so ungefähr 30 Meilen flußaufwärts.«

»Der braucht einen Doktor«, erzählte der zweite. »Muß eine Meinungsverschiedenheit mit einem Grizzlybären gehabt haben, und der Bär hat das letzte Wort behalten. Aber wir haben keine Zeit. Entweder kauft ihr gleich oder gar nicht!«

Frona und St. Vincent sahen zugleich, wie der Verwundete die Böschung hinauf und durch die Menge getragen wurde. Eine bronzefarbene Hand hing schlaff von der rohgezimmerten Bahre herab, ein bronzefarbenes Gesicht kam zwischen den Decken zum Vorschein. Die Männer, die ihn trugen, machten in der Nähe des improvisierten Galgens halt, um zu beschließen, wohin sie ihn tragen wollten. Plötzlich fühlte Frona einen rasenden Griff an ihrem Arm. St. Vincent bohrte seine Nägel in ihr Fleisch.

»Sieh doch!« St. Vincent bebte an allen Gliedern, sein Gesicht mit den lodernden Angstaugen war in diesem Augenblick noch weißer als zuvor.

»Schau hin! Die Narbe!«

Der Indianer schlug die Augen auf, sein leergeblutetes Gesicht verzerrte sich zu einer Grimasse des Erkennens.

»Das ist der Mann! Das ist der Mörder!« brüllte St. Vincent der Menge zu, mit einem ganz zerborstenen Organ. »Schaut ihn euch an, schaut die Narbe an! Das ist der Mann, der John Borg überfallen hat!«

Gleich darauf hätte man nicht mehr glauben können, daß so viele Menschen zusammengekommen waren, um über einen der Ihren hochnotpeinliches Gericht zu halten. Nur die Schlinge, die aus der Krone des Baumes herniederbaumelte, erinnerte noch an den Anlaß zu dieser Versammlung. Aber St. Vincent selbst lag jetzt am Fuß des Baumes. Er streckte sich in der Sonne, und wahrscheinlich schlief er. Die Angst war von ihm genommen, nach achtundvierzig Stunden des Zitterns und Zagens, nach einer Kette übermenschlicher Anstrengungen schlief er, wie jedes Wesen sich in den Schlaf flüchtet, um neue Kräfte zum Leben zu sammeln, auch unter dem Galgen.

Der verwundete Indianer war in eine Hütte getragen worden. Bei ihm saßen Jacob Welse, der Vorsitzende des Gerichtes und La Flitche. Sie versuchten in vielen Indianersprachen, ihn zum Sprechen zu bringen. Mit seinem letzten Atem sollte er die Wahrheit bekennen. Nach langem Suchen probierte La Flitche es mit einem Dialekt, den er in Kindertagen einmal gelernt und beinahe wieder vergessen hatte. Bei den ersten Lauten fuhr über das Gesicht des Sterbenden ein frohes Aufleuchten...

Am Ufer wurde wacker gehandelt, die Goldwaage war in

Tätigkeit, Mann um Mann brachte eine gewaltige Elchlende oder einen Schlegel, eingehandelt gegen eine Summe von Gold, mit der man in anderen Ländern zumindest ein paar Rinder kaufen konnte, in Sicherheit. Frona saß nicht weit von Corliss. Ihre verweinten, erstaunten Augen faßten dieses ganze Bild nicht. Sie bewachte den Schlaf des Unglücklichen. Durch ihr Herz tobten wilde Stürme. Haß und Liebe zu diesem schönen, verführerischen, elenden Menschen rangen in ihr. Noch wußte sie nicht, ob sie ihn tief genug verachten konnte, um ihn nicht mehr lieben zu müssen.

Ein paar Stunden später wurde die Verhandlung wieder aufgenommen. Bill Brown rief die Männer, die sich selbst zu Geschworenen ernannt hatten, im Kreise um den Galgen zusammen. Er sprach:

»Kameraden! Männer von Klondike und Alaska! Ihr werdet sogleich aus dem Munde von La Flitche hören, was der sterbende Indianer ihm gebeichtet hat, und ihr werdet dann entscheiden, wieviel Schuld diesen Mann unter dem Galgen trifft. Nur eine Frage will ich zuvor noch an Sie richten, Gregory St. Vincent! Warum haben Sie nicht früher gesprochen? Sie hatten das Wort, sooft Sie es wünschten. Wir haben Ihren Fall geprüft, wie kein Gerichtshof in den Staaten ihn besser hätte prüfen können. Wir haben gewußt, daß unser Spruch vor den höchsten Behörden des Landes bestehen muß, und es hätte Herrn Welses Warnung nicht bedurft, um uns zu sagen, welche Verantwortung wir trugen!

Denn Sie hatten unrecht, Herr Welse! Es gibt ein Notgesetz für Alaska, unter dessen Schutz unser Gerichtshof tagt. Fünfhundert Meilen im Kreis von der nächsten Behörde ist ein Gericht wie das unsere befugt, Urteile zu fällen und zu vollstrecken, wenn die Gefahr besteht, daß ein Verbrecher sich der gerechten Strafe entzieht. Wie groß in unserem Fall die Gefahr war, das haben gerade Sie, Herr Welse, und der französische Baron uns bewiesen.

Was Sie getan haben, das war ein Eingriff in die Maschinerie der Justiz. Aber darum handelt es sich jetzt nicht. Wir wissen, daß auch Sie glaubten, der Gerechtigkeit zu dienen, und ich jedenfalls werde keine Anklage gegen Sie erheben. Ich komme auf meine Frage zurück:

Warum haben Sie, Gregory St. Vincent, der Wahrheit nicht früher die Ehre gegeben? Die Ohren Ihrer Richter standen offen für Ihre Verteidigung! Sie waren nicht allein, nicht verlassen, denn neben Ihnen wachte in Fräulein Welse ein Anwalt, wie Sie ihn besser sich nicht wünschen konnten!«

»Deshalb gerade! ... Weil Fräulein Welse mich verteidigte, nur deshalb habe ich die Wahrheit nicht gesprochen.«

In diesem Augenblick war Gregory St. Vincent keine schlotternde Memme und kein weinendes Kind mehr, zum erstenmal bekannte er wie ein tapferer Mann:

»Weil ich in ihren Augen kein Feigling sein wollte...«

La Flitche sagte aus, der sehnige, zungengewandte Halbindianer, der der Natur so nahe war wie ein Tier des Landes, und dessen Verstand scharf war wie der eines weißen Mannes.

»Der Mann heißt Gau«, verkündete er. »Er spricht die Wahrheit. Er kommt vom Weißen Fluß. Er versteht nichts – er wundert sich sehr über all die weißen Männer. Er hat nie geglaubt, daß es so viele weiße Männer auf der Welt gebe. Er stirbt bald, und sein Name ist Gau.

Vor langer Zeit – es ist ganze drei Jahre her – kommt John Borg in das Land dieses Mannes. Er jagt, er bringt viel Fleisch ins Lager, und deshalb haben die Sticks am Weißen Fluß ihn gern.

Gau hat eine Frau, Pisk-ku. Nach einiger Zeit trifft John Borg Anstalten zur Abreise. Es geht zu Gau, und er sagt: ›Gib mir deine Frau! Wir wollen einen Handel machen. Ich will dir viele Dinge für sie geben.‹ Aber Gau sagt nein. Pisk-ku sei eine gute Frau, und keine Frau könne Mokassins nähen wie sie. Sie sei auch tüchtig im Gerben von Elchhäuten und mache das weicheste Leder. Er habe Pisk-ku gern. Da sagt John Borg, das sei ihm einerlei, er wolle Pisk-ku haben. Dann prügeln sie sich, eine richtige Prügelei, und Pisk-ku geht weg mit John Borg. Pisk-ku wollte nicht gehen, tut es aber doch. Borg nennt sie Bella und gibt ihr viele gute Sachen, aber sie hat nur Gau lieb.« La Flitche zeigte auf die Narbe, die quer über Stirn und Augen des Indianers lief. »Das hat John Borg getan. Lange ist Gau sehr nahe am Sterben gewesen. Dann wird er gesund, aber sein Kopf ist krank. Er erkennt niemand, ist ganz wie ein kleines Kind, genau so. Da, eines Tages, eins zwei drei, springt etwas in seinem Kopfe, und er wird gesund. Er erkennt seinen Vater und seine Mutter; er erinnert sich an Pisk-ku. Er erinnert sich an alles. Sein Vater sagt, daß John Borg den Fluß hinabgefahren ist. Da fährt Gau auch den Fluß hinab. Es ist Frühling, und das Eis ist sehr schlecht. Er fürchtet sich sehr vor all den weißen Männern, und als er hierher kommt, reist er nachts. Niemand sieht ihn, aber er sieht alle Menschen. Er ist wie eine Katze und kann im Dunkeln sehen. Dann kommt er geradewegs nach Borgs Hütte. Er weiß nicht, wie er es gemacht hat. Er weiß nur, daß er ein Werk zu verrichten hat, ein gutes Werk.«

St. Vincent drückte Frona die Hand, aber sie riß sich los.

»Er sieht, wie Pisk-ku die Hunde füttert, und er spricht mit ihr. In der Nacht kommt er, und sie öffnet ihm die Tür. Was nachher geschieht, wißt ihr selbst. Borg tötete Bella; Gau tötete Borg. Borg tötete Gau, denn Gau stirbt bald. Borg hat einen starken Arm. Gau ist innen krank – ganz kaputtgeschlagen. Gau ist alles einerlei. Pisk-ku ist tot. Dann geht er über das Eis ans Ufer. Ich sage, daß ihr anderen alle sagt, es ist unmöglich, daß jemand zu dieser Zeit hinausgehen kann. Er lacht und sagt, daß es so ist, und was so ist, daß muß sein. Er ist krank inwendig, und schließlich kann er nicht mehr gehen, er kriecht. Es dauert lange, bis er an den Stuart kommt. Er kann nicht mehr gehen, und so legt er sich nieder, um zu sterben. Zwei weiße Männer finden ihn und bringen ihn hierher. Ihm ist es einerlei; er muß auf alle Fälle sterben.«

La Flitche schwieg, aber keiner sagte etwas. Da fügte er hinzu: »Ich finde, daß Gau ein verdammt guter Mann ist!«

Frona trat zu Jacob Welse. »Bring mich fort, Vater!« sagte sie. »Ich bin so müde.«

Am nächsten Morgen hackte Jacob Welse, Millionär und Goldkönig, vor seinem Zelt das Holz, das im Laufe des Tages gebraucht wurde. Dann steckte er sich eine Zigarre an und ging Baron Courbertin besuchen. Frona wusch das Frühstücksgeschirr auf, hängte die Schlafsäcke in die Sonne und fütterte die Hunde. Danach nahm sie ein Buch und setzte sich auf zwei umgestürzte Kiefernstämme, die eine Art Bank bildeten. Aber sie öffnete das Buch nicht. Ihr Blick schweifte über den Yukon hin, suchte den Stromwirbel und den Felsen, den zu erreichen sie drei Tage früher mit Corliss und dem Schotten so verzweifelt gekämpft hatte.

Wieviel seitdem geschehen war! Wie fern dieser Tag heute schon lag! War sie es wirklich selbst gewesen, die den Tod schon auf der Schulter gefühlt, den schäumenden Tod im eisigen Wasser? Um ein Nichts war es doch gegangen, um das Leben eines fremden Indianers… Hier hatten Mord und Wut getobt, hier hatte man die Schlinge schon um den Hals eines Unschuldigen gelegt, während sie und zwei Männer, drei junge, starke, nützliche Menschen, ihr Leben einsetzten für das eines Unbekannten.

Der Vater hatte ihr mitgeteilt, welche Nachricht der von ihr gerettete Indianer gebracht hatte. Es waren wichtige Entscheidungen in Dawson zu treffen, Fragen, die sich brieflich nicht erledigen ließen. Noch dieser eine Tag, dann sollte sie mit ihm aufbrechen, dann würde all dieses Inselleben hinter ihr liegen, ihr Kampf mit dem Eis, ihr Kampf gegen den Richter Lynch. Es würde alles in der Erinnerung verschmelzen und bald nicht mehr wahr sein.

Wie stand sie zu St. Vincent? Instinktiv wehrte sie sich dagegen, an ihn zu denken. Etwas Dunkles, Furchtbares verband sie noch immer mit diesem Manne. Einmal mußte sie sich mit ihm auseinandersetzen, aber sie wollte die Stunde hinausschieben. Steif und wund waren ihre Glieder, ihre Seele war müd und krank. Sie hatte Angst vor neuen Qualen, sie hatte Angst vor dem Wort, das ihr eigenes Herz sprechen würde.

Das Geräusch von leichten Schritten auf dem trocknen Waldboden näherte sich. Sie sah auf, und St. Vincent stand vor ihr. Er hatte sich völlig erholt, als wären die schrecklichen Stürme, denen ein Mensch begegnen kann, an ihm abgeglitten. Sein Gesicht war fast heiter und so schön, wie es ihr immer erschienen war. Keine Spur hatte sich in diese frischen knabenhaften Züge gegraben.

»Du bist eine Heldin, Frona!« begann er, und es schien, als wollte er sich vor ihr in die Knie werfen. »Du hast um mich gekämpft, und es gibt kein Wort, mit dem ich dir danken könnte. Vielleicht kann ein ganzes Leben voll Dankbarkeit... Aber ich weiß nicht, ob ich es dir anbieten darf... Nur das weiß ich: Ohne deine Tapferkeit, ohne deine Treue, ohne deine Liebe wäre ich nicht mehr. Der schimpflichste Tod war mir gewiß ... ohne dich, Frona!«

»Was soll ich sagen?« dachte Frona. »Ich hasse ihn, ich verabscheue ihn!«

Sie hatte die Hände ineinandergepreßt, ihre zitternden Hände, und über ihre Wangen liefen Tränen.

Dann auf einmal brach sie in ein grelles schluchzendes Lachen aus.

»Du hast furchtbar gelitten, Frona!« flüsterte er mit einer Zärtlichkeit, so weich und gut, wie sie nur ihm gegeben war.

»Jetzt erst weiß ich, wie furchtbar du gelitten hast.«

Sie lachte noch heftiger, sie lachte wie eine Kranke.

»Es ist ja alles vorbei, Frona. Ich lebe, du fühlst mich, ich liebe...«

Dabei legte er den Arm um sie. Ganz nahe waren ihr seine Lippen, von denen es kein Entrinnen gab, wenn sie noch einmal die ihren fanden. In einer Todesangst, die sie in den reißenden Strudeln und zwischen den kalbenden Eisbergen nicht empfunden hatte, stieß sie ihn mit beiden Fäusten von sich.

»Du hast mich schmutzig gemacht! Meine Lippen sind schmutzig von deinen Küssen! Nie wieder! Nie wieder!«

Er starrte sie an, er verstand nichts.

»So sprichst du mit mir?«

»Ein Feigling...«, hauchte sie und rieb ihren Mund, rieb ihre Hände. Jeder Fleck ihrer Haut ekelte sie, den er einmal berührt hatte.

»Du nennst mich Feigling? Und das ist alles, was du mir zum Vorwurf machst? Aber diese andern, die mit Messern und Revolvern aufeinander losgehen, all diese Burschen, in denen ein Henkersknecht steckt und danach brüllt, sich einmal austoben zu dürfen ... all diese andern sind Helden?« Er ließ sich zu ihren Füßen nieder, und jetzt weinte auch er.

»Ich habe ihre Nerven nicht, Frona. Ich kann nicht töten. Ich kann keine Wunden schlagen. Meine Kraft gilt anderen Zielen. Aber ich glaube, daß ich besser lieben kann als diese Helden. Ist das nichts, Frona?«

»Wenn du doch gestorben wärst, Vincent! Wenn du in der Nacht in Borgs Hütte gestorben wärst, meinetwegen vor Angst gestorben wärst, wenn auch nicht im Kampf. Ja selbst, wenn du am Galgen gestorben wärst, ich hätte dich grenzenlos geliebt Ich hätte dich für mein ganzes Leben geliebt. Jetzt geh von mir!«

»Und wenn ich jetzt vor deinen Augen sterbe? Dazu bin ich nicht zu feig, Frona! Wirst du mich dann wieder lieben können?«

»Es ist zu spät, Vincent. Einen schwachen, armen, kleinen Menschen hätte ich lieben können. Ich will kein Heldenweib sein. Ich will nie wieder versuchen, etwas anderes zu sein als eine Frau, wie alle Frauen sind. Aber du hast etwas zerstört, und das kann nicht wieder werden.«

»Was hab' ich zerstört?«

»In dir habe ich den tapfersten aller Männer gesehen. Alle

Träume, die ein Mädchen träumt, waren in dir Körper geworden. Und das ist vorbei. Das kommt nie wieder. Aber du würdest mich immer daran erinnern... Geh fort!« schrie sie mit so furchtbarer Energie, mit so haßerfüllten Augen, daß er plötzlich nicht mehr zweifeln konnte: hier war sein Spiel ausgespielt.

»Gut, ich gehe. Du wirst nie wieder von mir hören. Vielleicht wirst du einmal lesen und lernen, daß du einen Menschen von dir gestoßen hast, der mehr wert ist als all deine Eisenfresser. Auch mehr als der, der mich verdrängt hat. Denn das laß dir sagen, mein letztes Wort: Ich weiß, daß alles gelogen war! Du hättest mich weitergeliebt, du wärst durch Jammer und Elend mit mir gegangen ohne den, der von da drüben kommt.«

Dabei zeigte er auf ein Kanu, in dem Del Bishop und Corliss herangepaddelt kamen.

»Ich weiß, daß deine Verachtung und dein Heldenglaube nichts ist als Pose! Aber der Mann, mit dem du eine gewisse Nacht, eine ganze Nacht, von der wir nicht sprechen wollen, in Happy Camp verbracht hast, in seinem Zelt, in seinen Decken, der...«

»Vance!« schrie Frona hinaus auf den Fluß: »Komm her und schütze mich!«

Bei diesem Schrei, dessen Echo die Flut widerhallte, verschwand Gregory St. Vincent wie ein Schatten.

Das Buch

Die zwanzigjährige Frona Welse hat ihre Ausbildung in den Staaten beendet und kehrt zurück nach Alaska, in das Land, in dem sie geboren ist und in dem ihr Vater lebt. Mit mehr Mut und Ausdauer als mancher der zahlreichen Goldgräber bewältigt sie den Weg nach Dawson; hier hat der angesehene Großkaufmann und Minenkönig Jacob Welse sein Reich aufgebaut, von hier organisiert er die Wirtschaft des Landes. In Dawson begegnet Frona Dr. Gregory St. Vincent, der so interessant aus seiner abenteuerlichen Vergangenheit zu berichten weiß, der für jedes gesellschaftliche Ereignis unentbehrlich wird und der für Frona die Verkörperung der Tapferkeit darstellt; in Dawson sieht Frona aber auch den englischen Mineningenieur Vance Corliss wieder, den sie unterwegs kennengelernt hat – einen Mann, der von seiner Unerschrockenheit und Tüchtigkeit kein Aufhebens macht. Neben diesen drei Figuren läßt Jack London eine Fülle interessanter Gestalten lebendig werden, etwa den aufrechten, verantwortungsbewußten Jacob Welse; den etwas rauhbeinigen Del Bishop, der sich als treuer Freund zeigt; oder Matt McCarthy, der schon auf Frona aufgepaßt hat, als sie noch ein Kind war. Den Hintergrund des Geschehens bildet das harte, abenteuerliche Leben der Trapper und Goldgräber in Alaska.

Der Autor

Jack London (eig. John Griffith, später J. G. London nach seinem Stiefvater) wurde am 12. 1. 1876 in San Francisco geboren und wuchs in ärmlichen Verhältnissen auf. Er schlägt sich als Fabrikarbeiter, Austernpirat, Landstreicher und Seemann durch, holt das Abitur nach, beginnt zu studieren, geht dann als Goldsucher nach Alaska, lebt monatelang im Elendsviertel von London, gerät als Korrespondent im russisch-japanischen Krieg in Gefangenschaft und bereist die ganze Welt. Am 22. 11. 1916 setzt der berühmte Schriftsteller auf seiner Farm in Kalifornien seinem zuletzt von Alkohol, Erfolg und Extravaganz geprägten Leben ein Ende. – London hat hervorragende Tiergeschichten verfaßt, Kurzgeschichten, naturalistisch-romantische Abenteuerromane und sozialkritische Romane, denen zumeist eigene Erlebnisse zugrunde liegen.

Das Buch

Jack London beschwört in diesen elf Geschichten die harte Wirklichkeit des weiten, öden Nordlandes. Er weiß, wovon er redet, denn das gegen Ende des 19. Jahrhunderts in Nordamerika ausbrechende Goldfieber hat auch ihn gepackt und in den äußersten Nordwesten des Landes getrieben. Dawson, der Hauptort des sagenhaften Goldlandes Klondike, Forty Mile, Nome, Dyea, der Stuart und der Yukon – das sind Stationen jener Abenteurer, die dem Ruf des Goldes gefolgt sind. Männer und Frauen, Weiße und Eingeborene warten hier den arktischen Winter ab und träumen vom großen Glück. So mancher bekommt bei seiner Ankunft hinreichend zu fühlen, für welch hartes und ungastliches Land er seine Heimat verlassen hat. Hier herrscht das Gesetz des Stärkeren, und viele bezahlen ihr Abenteuer mit dem Leben: sei es durch Gewalttat im Spielsalon, in einer einsamen Hütte wegen eines Sackes Goldstaub oder durch Naturkatastrophen. Nicht selten herrscht Mangel am Lebensnotwendigsten, und während es für die Tochter eines Indianerhäuptlings etwas ganz Natürliches ist, daß große Not nur durch große Opfer – und sei es durch ihren eigenen Tod – behoben werden kann, ist für den weißen Mann eine solche Haltung unverständlich. Und er widersetzt sich dem Willen der Götter...

Der Autor

Jack London wurde am 12. 1. 1876 in San Franzisko geboren und wuchs in ärmlichen Verhältnissen auf. Er schlägt sich als Fabrikarbeiter, Austernpirat, Landstreicher und Seemann durch, holt das Abitur nach, beginnt zu studieren, geht dann als Goldsucher nach Alaska, lebt monatelang im Elendsviertel von London, gerät als Korrespondent im russisch-japanischen Krieg in Gefangenschaft und bereist die ganze Welt. Am 22. 11. 1916 setzt der berühmte Schriftsteller auf seiner Farm in Kalifornien seinem zuletzt von Alkohol, Erfolg und Extravaganz geprägten Leben ein Ende.

[illegible] London [illegible]

[illegible]

[illegible] Goldlandes Klondike [illegible]

[illegible]

[illegible]

Jack London:
Der Gott seiner Väter
Erzählungen

Deutsch von Erwin Magnus

Deutscher
Taschenbuch
Verlag

Von Jack London
sind im Deutschen Taschenbuch Verlag erschienen:
Lockruf des Goldes (871)
Der Sohn des Wolfs (897)
König Alkohol (899)
Die Insel Berande (907)
An der weißen Grenze (918)
Südseegeschichten (923)
Abenteurer des Schienenstranges (948)
Alaska-Kid (956)
Die glücklichen Inseln (971)
In den Wäldern des Nordens (978)
Die Fahrt der Snark (985)
Jerry, der Insulaner (1006)
Michael, der Bruder Jerrys (1012)
Der Seewolf (1027)
Martin Eden (1074)
Kid & Co. (1143)
Fischpiraten (1176)
In den Slums (1211)
Das Feuer im Schnee (1241)

Mai 1977
Deutscher Taschenbuch Verlag GmbH & Co. KG, München
Lizenzausgabe mit freundlicher Genehmigung des
Universitas Verlags, Berlin
Titel der Originalausgabe: ›The God of His Fathers‹
Die deutsche Übersetzung des Bandes erschien bisher
unter dem Titel ›Siwash‹
Umschlaggestaltung: Celestino Piatti
Gesamtherstellung: Kösel, Kempten
Printed in Germany · ISBN 3-423-01270-6

Inhalt

Den Töchtern des Wolfs,
die eine Rasse von Männern geboren
und gesäugt haben.

Die große Frage

Frau Saythers Auftreten in Dawson war, milde gesagt, ein wenig meteorhaft. Sie kam im Frühling, mit Hundeschlitten und französisch-kanadischen Voyageurs, blieb einen kurzen Monat, wie eine Sonne strahlend, und zog dann den Fluß hinab, sobald er eisfrei war. Das frauenarme Dawson verstand diese übereilte Abreise nie so recht, und die vierhundert Menschen, die die Bevölkerung der Stadt ausmachten, fühlten sich tief gekränkt und einsam, bis in Nome Gold gefunden wurde und die neue Sensation die Erinnerung an die alte verdrängte. Denn Dawson war von Frau Sayther begeistert gewesen und hatte sie mit offenen Armen empfangen. Sie war reizend, bezaubernd und obendrein Witwe. Und daher war sie denn auch gleich von allen Eldorado-Königen, von Geschäftsleuten und abenteuerlustigen jüngeren Söhnen, die sich nach dem Rascheln eines Damenkleides sehnten, umschwärmt worden.

Die Mineningenieure ehrten das Andenken ihres Mannes, des verstorbenen Oberst Sayther, während die Geschäftsleute mit Andacht von seinen verschiedenen Transaktionen sprachen; denn in den Staaten war er als großer Minenbesitzer bekannt, und in London war sein Ansehen noch größer gewesen. Warum seine Witwe gerade hierher gereist war, das war die große Frage. Sie waren eine praktische Rasse, diese Männer des Nordlandes, und sie hegten eine gesunde Verachtung für Theorien, wogegen sie einen ausgeprägten Sinn für Tatsachen hatten. Und für einen Teil von ihnen bedeutete Karen Sayther eine sehr wesentliche Tatsache. Daß sie selbst die Sache nicht in diesem Lichte betrachtete, ging aus der Gewandtheit und Schnelligkeit hervor, mit der sich die Anträge und Körbe bei ihrem vierwöchigen Aufenthalt folgten. Und mit ihr verschwand die Tatsache, und nur die Frage blieb.

Der Zufall führte indessen eine teilweise Lösung des Problems herbei. Karen Saythers letztes Opfer, Jack Coughran, der ihr ergebnislos sein Herz und einen fünfhundert Fuß langen Claim am Bonanza zu Füßen gelegt hatte, feierte sein Pech mit einem riesigen Gelage, das die ganze Nacht dauerte.

Um Mitternacht stieß er zufällig auf Pierre Fontaine, keinen anderen als den Anführer von Karen Saythers Voyageurs. Diese

Begegnung gab den Anlaß zu weiteren Getränken, bis sie beide ganz von Alkohol benebelt waren.

»He?« gurgelte Pierre Fontaine etwas später. »Warum Madame Sayther machen Besuch in dieses Land? Besser du reden mit ihr. Ich wissen nichts – gar nichts, nur sie ganze Zeit fragen nach ein Mann. ›Pierre‹, sie sagen zu mir. ›Pierre, du finden den Mann, und ich geben dir viel Gold. Tausend Dollar, du finden den Mann.‹ Diesen Mann? Ah, oui. Name von diesen Mann – er heißen – David Payne. Oui, M'sieur, David Payne. Ganze Zeit sie sagen dies Name. Und ganze Zeit ich sehen mich gut um, arbeiten wie Teufel, aber kann nicht finden dies verfluchte Mann und nicht kriegen tausend Dollar. Verdammt!

He? Einmal die Männer kommen von Circle City, die Männer kennen dies Mann. Am River Creek sie sagen. Und Madame? Sie sagen ›Bon!‹ und sehen glücklich aus. Und sie reden mit mir. ›Pierre‹, sie sagen, ›spann die Hunde vor den Schlitten. Wir gehen schnell. Wir finden dies Mann. Ich geben dir noch tausend Dollar mehr.‹ Und ich sagen: ›Oui, schnell! Allons, Madame!‹

Ich denken, ich haben sicher die tausend Dollar! Ich Teufelskerl! Dann mehrere Männer kommen von Circle City. Und sie sagen, nein, nicht Mann. David Payne, ihn kommen Dawson bald zurück. Nicht reisen.

Oui, M'sieur. Heute Madame reden. ›Pierre‹, sie sagen und geben mich fünfhundert Dollar. ›Geh kaufen Stakboot. Morgen wir fahren Fluß hinauf.‹ Ah oui, morgen Fluß hinauf, und der verfluchte Sitka Charley mich lassen bezahlen für Stakboot fünfhundert Dollar, verdammt!«

So kam es, daß, als Jack Coughran am nächsten Tag erzählte, was er gehört hatte, ganz Dawson sich darüber aufregte, wer dieser David Payne denn sein und welche Verbindung zwischen ihm und Karen Sayther bestehen mochte. Aber am selben Tage wurden Frau Sayther und ihre barbarische Schar von Voyageurs, wie Pierre Fontaine es gesagt hatte, am östlichen Flußufer nach Klondike City hinaufbugsiert, setzten dort, um nicht auf die Klippen zu stoßen, nach dem westlichen Ufer über und verschwanden in dem Insellabyrinth gen Süden.

»Oui, Madame, dies ist die Stelle, ein, zwei, drei Inseln den Stuart River abwärts. Dies ist die dritte Insel.«

Beim Sprechen hieb Pierre Fontaine seine Stake in das Ufer und schwang das Achterende des Bootes in die Strömung. Dann drehte er den Bug gegen das Ufer, bis ein gewandter Mischling

mit einer Leine an Land klettern und das Boot festmachen konnte.

»Eine kleine Weile, Madame, ich gehen sehen.«

Die Hunde stimmten ein lautes Geheul an, als er auf der anderen Seite des hohen Ufers verschwand, aber nach einer Minute kam er wieder.

»Oui, Madame, hier sein die Hütte. Ich machen Untersuchungen. Kann den Mann nicht finden zu Hause. Aber er nicht gehen recht weit oder bleiben lange fort, und Hunde nicht dableiben. Er kommen sehr bald, das sicher.«

»Helfen Sie mir heraus, Pierre. Mir tun alle Glieder weh vom Sitzen im Boot. Sie hätten es auch ein wenig weicher machen können.«

Aus einem warmen Nest von Fellen in der Mitte des Bootes erhob sich Karen Sayther in ihrer ganzen schlanken Schönheit. Sah sie aber wie eine zarte Lilie inmitten der primitiven Umgebung aus, so widersprach diesem Eindruck ihr fester Griff um Pierres Hand, das Schwellen ihrer Armmuskeln, als ihr Gewicht auf dem Arm ruhte, und die ganze Sicherheit, mit der sie ihre prachtvolle Gestalt bewegte, als sie den steilen Uferhang hinaufkletterte. Trotz ihrem feinen Knochenbau und den weichen, runden Linien ihrer Gestalt, war sie doch in physischer Beziehung ein starkes Weib. Aber bei aller Unbesorgtheit und Leichtigkeit, mit der sie an Land gesprungen war, lag doch ein wärmerer Schimmer als gewöhnlich über ihrem Antlitz, und ihr Herz klopfte schneller als sonst.

Sie näherte sich der Hütte mit einer gewissen angstvollen Spannung, während die Röte in ihren Wangen immer sichtbarer wurde.

»Sieh, sieh!« Pierre wies auf die Späne, die beim Brennholzstapel verstreut lagen. »Die frisch – zwei, drei Tage, nicht mehr.«

Frau Sayther nickte. Sie versuchte durch das kleine Fenster zu blicken, aber es war aus eingefettetem Pergament verfertigt, das zwar Licht in den Raum ließ, zugleich aber verhinderte, daß man hineinsah. Nach diesem mißglückten Versuch trat sie zur Tür, drückte die primitive Klinke nieder, um sie zu öffnen, besann sich aber und ließ sie wieder los. Plötzlich ließ sie sich auf ein Knie nieder und küßte die rohgezimmerte Türschwelle. Falls Pierre Fontaine es sah, so ließ er es sich jedenfalls nicht im geringsten anmerken und hat es nie einem Menschen erzählt.

Aber im nächsten Augenblick wurde einer der Bootsleute, der

sich friedlich seine Pfeife ansteckte, durch einen Befehl des Anführers aufgeschreckt, dessen Stimme einen ungewöhnlich scharfen Klang hatte.

»He, du da! Le Gloire! Du machen ihn weich – viel mehr«, kommandierte Pierre. »Viel Bärenfelle, viel Decken! Verdammt!«

Aber das warme Nest wurde bald auseinandergerissen und der größte Teil der Felle und Decken auf das hohe Flußufer hinaufgeworfen, wo Frau Sayther es sich bequem machte, während sie wartete. Sie lag auf der Seite und blickte über die breite Fläche des Yukon hinüber. Über den Bergen, die ganz in der Ferne, jenseits des Flusses lagen, war der Himmel dunkel vom Rauch unsichtbarer Waldbrände, und die Nachmittagssonne durchbrach schwach diese Rauchdecke und warf einen unklaren Schimmer und unwirkliche Schatten auf die Erde. Ganz bis zum Horizont erstreckte sich die jungfräuliche Einöde nach allen Himmelsrichtungen – mit Kiefern bestandene Inseln, dunkle Gewässer und vereiste Hügelzüge. Keine Spur von Menschen unterbrach die Einsamkeit, kein Geräusch die Stille. Das Land schien von der Unwirklichkeit des Unbekannten in Bann getan, in das brütende Mysterium der großen Einöde eingehüllt.

Vielleicht war es das, was Frau Sayther nervös machte, denn sie änderte beständig ihre Lage, bald, um den Fluß hinabzuspähen, bald, um ihn hinaufzublicken, und dann wieder, um den Blick forschend die dunkle Küste und die halbversteckten Mündungen kleinerer Buchten entlangschweifen zu lassen. Als eine Stunde vergangen war, wurde die Bootsmannschaft an Land geschickt, um Zelte aufzuschlagen, während Pierre bei Frau Sayther blieb, um mit ihr Ausschau zu halten.

»Ach, ihn kommen jetzt«, flüsterte er nach langem Schweigen, währenddessen er den Fluß hinauf nach dem oberen Ende der Insel geblickt hatte.

Ein Kanu, an dessen Seiten je eine Paddel blinkte, kam den Strom herab. Im Stern saß ein Mann und im Bug eine Frau, und beide ruderten mit gleichmäßigen, rhythmischen Schlägen. Frau Sayther hatte kein Auge für die Frau, bis das Kanu näher kam und ihre bizarre Schönheit sich dem Blick aufdrängte. Ein enganschließendes Leibchen aus Elchleder mit phantastischen Perlstickereien betonte die schönen, weichen Körperlinien, während ein buntes, sehr malerisch drapiertes Seidentuch das reiche, blauschwarze Haar halb verdeckte. Aber es war das Gesicht, dieses wie aus Bronze gegossene Gesicht, das den Blick Frau Saythers

fing und festhielt. Die Augen, durchdringende schwarze, große Augen mit der traditionellen Andeutung von Schiefheit, sahen unter den scharfgezeichneten, feingebogenen Brauen hervor, und obwohl die Backenknochen ziemlich hoch und vorstehend waren, rundeten sich die Wangen doch schön zu einem Munde mit schmalen Lippen, der milde und stark zugleich war. Es war ein Gesicht, das eine schwache Andeutung alter mongolischer Rasse, nach jahrhundertelangem Wandern einen Rückfall in den ursprünglichen Typ zeigte. Diese Wirkung wurde noch von der feingebogenen Adlernase mit den schmalen, zitternden Flügeln und dem ganzen Eindruck von Adlerwildheit unterstrichen, der nicht nur das Gesicht, sondern die ganze Gestalt zu prägen schien. Sie war tatsächlich der ideale Tatarentyp in Reinzucht, und der Indianerstamm mußte glücklich gepriesen werden, der einmal im Laufe von einem Dutzend Generationen eine so einzige Gestalt hervorbringen konnte.

Mit langen, kräftigen Ruderschlägen, die sich nach denen des Mannes richteten, schwang das junge Weib das winzige Fahrzeug plötzlich gegen die Strömung und hielt dann vorsichtig auf das Ufer zu. Im nächsten Augenblick stand sie auf dem Hang und zog mit einer Leine ein Stück von einem kürzlich geschossenen Elch zu sich herauf. Dann folgte ihr der Mann, und gemeinsam zogen sie schnell das Kanu aufs Ufer. Die Hunde umdrängten sie heulend, und als das junge Mädchen sich über sie beugte, um sie zu streicheln, fiel der Blick des Mannes auf Karen Sayther, die sich erhoben hatte.

Er sah sie an, strich sich unbewußt über die Augen, als wollte er ihnen nicht trauen, und sah sie wieder an.

»Karen«, sagte er einfach, indem er mit ausgestreckter Hand auf sie zutrat. »Ich glaubte einen Augenblick zu träumen. Ich war letztes Frühjahr eine Zeitlang schneeblind, und seit der Zeit kann ich mich nicht mehr so recht auf meine Augen verlassen.«

Frau Sayther, deren Wangen noch röter geworden waren und deren Herz klopfte, daß es fast schmerzte, war auf alles andere eher gefaßt gewesen als auf diese ruhig ausgestreckte Hand, aber sie hatte Takt genug, sich zu beherrschen, und drückte sie mit großer Herzlichkeit.

»Du weißt, David, daß ich dir oft mit meinem Kommen gedroht habe, und ich wäre schon längst gekommen, wenn nur – wenn nur –«

»Wenn ich dich nur gerufen hätte!« David Payne lachte und sah der Indianerin nach, die gerade in der Hütte verschwand.

»Oh, ich verstehe dich gut, David, und an deiner Stelle würde ich wahrscheinlich dasselbe getan haben. Aber jetzt – jetzt bin ich nun einmal hier.«

»Und da mußt du lieber den Schritt ganz tun und in die Hütte kommen und etwas essen«, sagte er heiter, indem er die zarte Andeutung einer Bitte in ihrer Stimme entweder nicht gehört hatte oder nicht hören wollte.

»Und du mußt doch auch müde sein. Wohin gehst du? Flußauf? Dann hast du also in Dawson überwintert oder bist gerade vor dem Eisbruch gekommen? Sind das deine Indianer?« Er sah den Schlittenführer und das Lagerfeuer und öffnete ihr die Tür.

»Ich kam letzten Winter von Circle City über das Eis hierher«, fuhr er fort, »und hab' mich hier für eine Weile niedergelassen. Ich untersuche jetzt das Gelände am Henderson Creek, und wenn das erfolglos ist, habe ich daran gedacht, im Herbst mein Glück oben am Stuart zu versuchen.«

»Du hast dich nicht sehr verändert, nicht wahr?« fragte sie plötzlich mit einem Versuch, das Gespräch auf ein persönlicheres Gebiet zu lenken.

»Vielleicht etwas weniger Fett und etwas mehr Muskeln. Oder was meinst du?«

Aber sie zuckte die Achseln und betrachtete durch das Halbdunkel die Indianerin, die ein Feuer angezündet hatte und jetzt im Begriff war, einige große Stücke Elchfleisch mit dünnen Speckstreifen zu braten.

»Warst du lange in Dawson?« Der Mann hatte sich daran gemacht, einen primitiven Axtschaft zu schnitzen, und er stellte seine Frage, ohne den Kopf zu heben.

»Ach, nur ein paar Tage«, antwortete sie, aber sie hatte seine Worte kaum gehört, so eifrig beobachtete sie das junge Mädchen.

»Was sagtest du? In Dawson? Einen Monat war ich dort. Ja, und ich war froh, als ich wieder wegkam. Die Männer im Norden sind ein wenig primitiv, weißt du ja, und recht gewaltsam in ihren Gefühlen.«

»Das muß man werden, wenn man der Erde so nahe kommt. Alles, was Konvention heißt, läßt man mit den Sprungfedermatratzen zu Hause. Aber du hast einen sehr vernünftigen Zeitpunkt für deine Heimreise gewählt. Da wirst du außer Landes sein, ehe die Moskitos kommen, und das ist ein Segen, den du bei deinem Mangel an Erfahrung kaum genügend schätzen wirst.«

»Nein, das tue ich vielleicht nicht. Aber erzähl mir etwas

von dir – von deinem Leben. Was für Nachbarn hast du? Denn du hast doch wohl Nachbarn?« Während sie fragte, behielt sie beständig das junge Mädchen am Feuer im Auge, das jetzt die Kaffeebohnen im Zipfel eines Mehlsackes auf einem Stein zerkleinerte. Mit einer Sicherheit und Gewandtheit, die bezeugten, daß ihr Nervensystem ebenso primitiv wie ihre Arbeitsmethode war, zerstieß sie die Bohnen mit einem schweren Quarzstück. David Payne folgte dem Blick seines Gastes, ein leichtes Lächeln kräuselte seine Lippen.

»Ich hatte ein paar«, antwortete er. »Leute aus Missouri und Cornwall, aber sie sind nach Eldorado gezogen, um sich Proviant zu erarbeiten.«

Karen Sayther sah jetzt das Mädchen nachdenklich an. »Aber natürlich gibt es eine Menge Indianer hier herum?«

»Jede lebende Seele ist längst nach Dawson gereist. Es gibt nicht einen Eingeborenen mehr im ganzen Lande außer Winapie hier. Und sie stammt vom Koyokuk – ja, sie ist tausend Meilen flußabwärts zu Hause.«

Karen Sayther fühlte sich plötzlich so matt, und obwohl ihr aufmerksames Lächeln nicht einen Augenblick verschwand, war ihr doch, als sähe sie das Antlitz des Mannes weit fort wie durch ein Opernglas, und die Reihe von Baumstämmen, die die Wände der Hütte bildeten, vollführten einen trunkenen Tanz um sie her. Dann aber forderte er sie auf, sich zu Tisch zu setzen, und während der Mahlzeit kam ihr das Bewußtsein von Zeit und Raum wieder. Sie sprach nicht viel und meistens von Land und Leuten und vom Wetter, während der Mann begann, ihr eine lange Erklärung vom Sommergraben an der Oberfläche in den unteren Distrikten und vom Wintergraben in tieferen Erdschichten in den oberen Distrikten zu geben.

»Du fragst nicht, weshalb ich gekommen bin«, sagte sie. »Du weißt es sicher.«

Sie hatte ihren Stuhl fortgerückt, und David Payne hatte sich wieder an seinem Axtstiel zu schaffen gemacht.

»Hast du meinen letzten Brief erhalten?«

»Den letzten? Nein, ich glaube nicht. Der treibt sich wohl irgendwo im Birch-Creek-Lande herum oder ist in der Blockhütte irgendeines Handelsvertreters am unteren Flußlauf gelandet. Wie die Post hier besorgt wird, ist der reine Skandal. Keine Ordnung, kein System, keine –«

»Laß nun die Dummheiten, David, hilf mir!« Ihre Stimme hatte einen Klang von Schärfe und Autorität angenommen.

»Warum fragst du nicht nach mir? Nach unsern alten Bekannten? Interessierst du dich denn nicht mehr für die Welt? Weißt du, daß mein Mann gestorben ist?«

»Ach, wirklich! Das tut mir leid. Dann –«

»David«, sie wollte vor Ärger weinen, aber der Vorwurf, den sie in ihre Stimme legte, brachte ihr einige Linderung.

»Hast du meine Briefe erhalten? Einige müssen doch angekommen sein, wenn du auch nie geantwortet hast.«

»Nun ja, den letzten, in dem du mir offenbar den Tod deines Mannes mitteiltest, habe ich nicht erhalten, und mehrere andere sind wohl auch verlorengegangen, aber ein paar habe ich bekommen. Ich – ich habe sie Winapie als eine Art Warnung vorgelesen – verstehst du, um ihr zu zeigen, wie schlecht ihre weißen Schwestern sind. Und ich – ich glaube, es hat ihr gut getan. Meinst du nicht?«

Sie tat, als verstände sie den Stachel nicht, und fuhr fort: »In dem letzten Brief, den du nicht bekommen hast, teilte ich dir, wie du schon erraten hast, mit, daß Oberst Sayther gestorben ist. Das ist jetzt ein Jahr her. Ich schrieb auch, wenn du nicht zu mir kämst, würde ich zu dir kommen. Und jetzt komme ich, wie ich dir so oft versprochen habe.«

»Ich weiß von keinem Versprechen.«

»Nicht aus meinen früheren Briefen?«

»Doch, du versprachst es, da ich aber nie fragte oder antwortete, wurde das Versprechen nicht bestätigt, und deshalb weiß ich nichts von einem solchen Versprechen. Aber ich erinnere mich an etwas anderes, das du wohl auch nicht vergessen hast. Es ist sehr lange her.« Er ließ den Axtschaft auf den Boden fallen und hob den Kopf. »Es ist lange, lange her, und doch entsinne ich mich so deutlich – des Tages, der Stunde, jeder Einzelheit. Wir standen in einem Rosengarten – du und ich –, im Rosengarten deiner Mutter. Alles sproß und blühte, und der Saft des Frühlings war in unserm Blut. Und ich zog dich an mich – es war das erstemal. Und küßte dich auf den Mund. Weißt du das nicht mehr?«

»Erinnere mich nicht mehr daran, David. Ich entsinne mich jeder Einzelheit, und ich schäme mich. Wie oft habe ich doch darüber geweint. Wenn du wüßtest, was ich gelitten habe!«

»Du gabst mir damals ein Versprechen – ja, und tausendmal in den wunderbaren Tagen, die auf den Tag folgten. Jeder Blick deiner Augen, jede Berührung deiner Hand, jede Silbe von dei-

nen Lippen war ein Versprechen. Und dann – wie soll ich es erklären? – dann kam ein Mann. Er war alt – alt genug, daß er dein Vater hätte sein können – und nicht schön, aber er war, was man einen braven Mann nennt. Er hatte nichts Unrechtes getan. Er war dem Buchstaben des Gesetzes gefolgt, und er war ein höchst achtbarer Mann. Dazu, und das war die Hauptsache, besaß er viel Grund und Boden und mehrere elende Minen – vielleicht ein Dutzend, es kommt nicht so genau darauf an, und er war Geschäftsmann großen Stils und schnitt Coupons. Er –«

»Aber da war anderes«, fiel sie ihm ins Wort. »Ich erzählte es dir ja: Zwang – Geldsachen – Mangel – meine Familie – Ärger. Du kanntest doch meine Lage in all ihrem Elend. Ich konnte nichts dafür. Es war nicht mein Wille. Ich wurde geopfert oder opferte mich – du kannst es nennen, wie du willst. Aber – mein Gott, David, ich konnte nun einmal nicht anders! Du bist nie gerecht gegen mich gewesen. Denk daran, was ich durchgemacht habe.«

»Es war nicht dein Wille? Zwang? In der ganzen Welt gibt es nichts, das dich diesem oder jenem Mann in die Arme zwingen könnte.«

»Aber ich liebte dich doch – die ganze Zeit«, sagte sie flehentlich.

»Ich begreife deinen Maßstab für Liebe nicht. Ich begreife ihn immer noch nicht.«

»Aber jetzt! Jetzt!«

»Wir sprachen von dem Mann, den zu heiraten du für gut fandest. Was für ein Mann war er? Womit bezauberte er deine Seele? Welche großen Tugenden hatte er? Es ist wahr: alles, was er anrührte, verwandelte sich in Gold. Er kannte das Spiel. Er verstand sich auf Geschäfte – und das gründlich. Er besaß eine gewisse engstirnige Klugheit und eine ausgezeichnete Urteilskraft in bezug auf niedrige Instinkte, und auf diese Weise brachte er bald das Geld des einen, bald das des andern in seine eigene Tasche. Und das Gesetz lächelte dazu – ja, und weil unsere christliche Ethik es nicht verdammt, zollte auch sie ihm Beifall. Nach dem Maßstab der Gesellschaft war er kein schlechter Mensch. Aber nach deinem Maßstab, Karen – nach meinem, nach unserm Maßstab im Rosengarten, was war er da?«

»Vergiß nicht, daß er tot ist.«

»Das ändert nichts daran. Was war er? Ein großes, plumpes, materialistisches Geschöpf, taub für Gesang, blind für Schönheit,

gefühllos für Geist. Gute Tage hatten ihn fett gemacht, seine Backen hingen, und sein dicker Bauch bezeugte, daß er die Freuden der Tafel bis zum Übermaß genossen hatte.«

»Aber er ist tot. Und wir leben, jetzt – jetzt! Jetzt! Hörst du! Es ist, wie du sagtest, ich bin treulos gewesen. Ich habe gesündigt. Gut! Aber hast du denn nicht auch gesündigt? Wenn ich meine Versprechungen gebrochen habe, hast du es nicht auch getan? Deine Liebe im Rosengarten war ewig, das sagtest du jedenfalls, und wo ist sie jetzt?«

»Hier! Jetzt!« rief er und schlug sich mit der geballten Faust leidenschaftlich auf die Brust. »Hier ist sie stets gewesen.«

»Und deine Liebe war groß, die größte in der Welt«, fuhr sie fort. »Das sagtest du jedenfalls im Rosengarten. Aber sie ist doch nicht edel, nicht groß genug, um mir zu verzeihen, wenn ich dir zu Füßen liege und weine?«

Der Mann zauderte. Seine Lippen bewegten sich, aber kein Laut kam über sie. Sie hatte ihn gezwungen, sein Herz zu entblößen und Wahrheiten zu sprechen, die er vor sich selber verborgen hatte. Und sie war so schön anzuschauen, wie sie, strahlend vor Liebe, dastand und alte Erinnerungen wachrief, die das Leben heißer in ihm brennen ließen. Er wandte den Kopf ab, um sie nicht anzusehen, aber sie folgte der Bewegung und sah ihm wieder in die Augen.

»Sieh mich an, David! Sieh mich an! Schließlich bin ich doch dieselbe. Und du bist auch derselbe, wenn du es nur sehen wolltest. Wir haben uns nicht verändert.«

Sie legte ihm die Hand auf die Schulter; er streckte den Arm aus und wollte sie in einer heftigen Umarmung an sich reißen, als das knisternde Geräusch eines Streichholzes ertönte. Winapie, die keinen Teil hatte an dem, was in ihrer Nähe vorging, war im Begriff, den langsam zündenden Docht der Tranlampe anzustecken. Es war, als tauchte sie auf vor einem Hintergrund aus tiefstem Schwarz, und die Flamme, die plötzlich hochschlug, ließ ihre bronzene Schönheit wie reines Gold glühen.

»Du siehst selbst, daß es unmöglich ist«, stammelte er, indem er die blonde Frau zurückschob. »Es ist unmöglich«, wiederholte er. »Es ist unmöglich.«

»Ich bin kein junges Mädchen mit den Illusionen eines jungen Mädchens«, sagte sie sanft, wagte diesmal aber nicht, sich ihm zu nähern. »Weil ich eine reife Frau bin, verstehe ich es. Männer sind Männer. Ein allgemeiner Brauch hier im Lande. Es stört mich nicht. Ich erriet es gleich. Aber es ist nur eine von den Ehen,

wie sie hier im Lande geschlossen werden, keine richtige Ehe – nicht wahr?«

»Danach fragen wir hier in Alaska nicht«, entgegnete er unsicher.

»Ich weiß, aber –«

»Nun ja, es ist nur eine der Ehen, wie sie hier im Lande geschlossen werden – nichts anderes.«

»Und es ist kein Kind da?«

»Nein.«

»Und auch keine –«

»Nein, nein – nichts, aber es ist unmöglich.«

»Aber nein, das ist es nicht!« Sie stand wieder neben ihm, und ihre Finger berührten leicht und kosend seinen sonnenverbrannten Handrücken.

»Ich kenne nur allzu gut die Bräuche des Landes. Das ist etwas, was jeden Tag vorkommen kann. Männer können es nicht ertragen, ihr ganzes Leben von der Welt abgeschlossen hierzubleiben, und da geben sie einfach der Company Auftrag, Proviant für ein Jahr und eine Summe Geldes zu zahlen – und das Mädchen ist es zufrieden. Und es dauert nicht lange, und ein Mann –« – sie zuckte die Achseln. »Und so steht es auch mit dem Mädchen hier. Wir werden der Company Auftrag geben, sie mit Proviant zu versehen, nicht für ein Jahr – sondern auf Lebenszeit. Was war sie, als du sie fandest? Ein primitives, fleischfressendes Weib, Fische im Sommer, Elche im Winter – Überfluß, wenn es Nahrung genug gab – Hungersnot, wenn Mangel herrschte. Wärst du nicht gewesen, sie hätte weiter so gelebt. Gehst du, so ist sie glücklicher gewesen, weil du ihren Weg gekreuzt hast, und ihr bleibt die Gewißheit, daß sie in verhältnismäßiger Herrlichkeit leben und glücklicher sein kann, als wenn du nie gewesen wärst.«

»Nein, nein«, wandte er ein, »es ist Unrecht.«

»Sieh, David, du mußt verstehen. Sie ist nicht deinesgleichen. Es gibt keine Rassegemeinschaft zwischen dir und ihr. Sie ist ein wildes Geschöpf, aus dem Boden des Landes gewachsen, und sie ist immer noch bodennahe, und es ist ihr unmöglich, sich von ihm zu lösen. Sie ist unter Wilden geboren, und eine Wilde wird sie bleiben bis zu ihrem Tode. Wir aber – du und ich – die herrschende, weitentwickelte Rasse –, wir sind das Salz der Erde, und wir sind die Herren der Erde! Wir sind füreinander geschaffen. Der höchste Ruf ist der der Rasse, und wir sind von einer Rasse. Vernunft und Gefühl sagen uns das. Selbst deine

Instinkte fordern es. Das kannst du nicht leugnen. Du kannst nicht von den Generationen hinter dir fortkommen. Du stammst von einem Geschlecht ab, das tausend Jahrhunderte gelebt hat und das nicht mit dir aufhören darf. Das kann es nicht – die Generationen hinter dir erlauben es nicht. Der Instinkt ist stärker als der Wille. Die Rasse ist mächtiger als du. Komm, David, laß uns gehen. Wir sind noch jung, und das Leben ist schön. Komm!«

Sein Blick fiel auf Winapie, die in diesem Augenblick aus der Hütte trat, um die Hunde zu füttern, und er schüttelte den Kopf und wiederholte schwach seine früheren Worte. Aber die Frau schlang ihm den Arm um den Hals und preßte ihre Wange gegen die seine. Sein trauriges Leben stand mit qualvoller Klarheit vor ihm – der aussichtslose Kampf mit den unbarmherzigen Kräften, die traurigen Jahre mit Frost und Hungersnot, das primitive Leben mit seinen schneidenden Disharmonien, die nagende Leere, die selbst das tierische Dasein nicht ausfüllen konnte. Und hier neben ihm – die Versuchung, die Stimme, die von lichteren, wärmeren Ländern, von Musik, Licht und Freude flüsterte und die Erinnerung an jene alten Tage wieder wachrief. Ganz unbewußt sah er das alles im Geiste. Gesichter umdrängten ihn, flüchtige Erinnerungen an vergessene Geschehnisse, an frohe Stunden, an Sang und klingendes Lachen.

»Komm, David, komm! Ich habe genug für uns beide. Der Weg liegt hell und licht vor uns.« Sie sah sich in der kahlen, karg ausgestatteten Hütte um. »Ich habe genug für uns beide, die Welt liegt uns zu Füßen, und alle Freuden des Lebens sind unser. Komm! Komm!«

Sie lag zitternd in seinen Armen, und er preßte sie an sich. Er stand auf ... aber das Knurren der gefräßigen Hunde und die schrillen Rufe Winapies, die Frieden zwischen den Kämpfenden zu stiften suchte, ertönten gedämpft durch die dicken Balken herein. Und plötzlich sah er eine andere Szene vor sich. Einen Kampf im Walde – ein Grizzly-Bär mit gebrochenen Beinen, fürchterlich; das Knurren der Hunde und die schrillen Rufe Winapies, die sie zum Angriff zwang; und er sah sich selbst mitten in dem wilden Lärm, atemlos, stöhnend, wie er den roten Tod abzuwehren suchte. Hunde mit gebrochenem Rückgrat und herausgerissenen Eingeweiden, heulend in machtloser Qual und die unberührte Weiße des Schnees entheiligend, die sich rot vom Blut der Menschen und Tiere färbte; der Bär, rasend, unwider-

stehlich, der sich über ihn beugte und mit Klauen und Zähnen zum Kern des Lebens in ihm zu gelangen suchte; und Winapie, die sich jetzt auch in dieses entsetzliche Chaos stürzte, mit flatternden Locken, mit blitzenden Augen, wie die verkörperte Raserei, und immer wieder das lange Jagdmesser schwang – der Schweiß brach ihm in großen Tropfen aus der Stirn. Mit einem Ruck befreite er sich von der Frau, die sich an ihn klammerte, und taumelte gegen die Wand. Und sie, die wußte, daß der Augenblick gekommen, die aber nicht imstande war, zu erraten, was sich in ihm regte, sie fühlte, wie alles, was sie gewonnen hatte, im Begriff war, ihren Händen zu entgleiten.

»David! David!« rief sie. »Ich lasse dich nicht. Ich lasse dich nicht. Wenn du nicht mit mir gehen willst, so bleiben wir hier. Ich will bei dir bleiben. Die Welt bedeutet für mich weniger als du. Ich will deine Frau sein – wie es die Frauen hier im Nordland sind. Ich will dir dein Essen bereiten, deine Hunde füttern, die Schlittenspur für dich treten, mit dir rudern, ich kann es – glaube mir, ich bin stark.«

Und wie er dastand und sie, mit ausgestreckten Armen von sich abhaltend, anblickte, zweifelte er nicht daran, aber sein Antlitz war streng und bleich geworden, und die warme Glut in seinen Augen war verschwunden.

»Ich will Pierre und die andern Bootsleute bezahlen und fortschicken. Ich will hier bei dir bleiben – mit oder ohne Segen der Kirche – und dir überallhin folgen! David! David! Hör mich an! Du sagtest, ich tat dir unrecht, und das tat ich auch – laß mich dafür büßen, laß mich büßen! Habe ich früher nicht verstanden, was Liebe ist, so laß mich dir zeigen, daß ich es jetzt weiß.« Sie warf sich zu Boden und umschlang schluchzend mit ihren Armen seine Knie. »Und du liebst mich ja! Du liebst mich ja! Besinne dich! All die langen Jahre, die ich gewartet und gelitten habe! Das wirst du nie fassen können!«

Er beugte sich zu ihr und hob sie auf.

»Hör!« sagte er gebieterisch, indem er die Tür öffnete und sie hinaustrug. »Es ist unmöglich. Wir dürfen nicht nur an uns denken. Du mußt gehen. Ich wünsche dir eine gute Reise. Sie wird recht beschwerlich werden, wenn du in die Nähe von Sixty Mile kommst, aber du hast die besten Bootsleute der Welt und brauchst dich nicht zu fürchten. Willst du mir Lebewohl sagen?«

Obwohl sie schnell ihre Selbstbeherrschung wiedergewonnen hatte, sah sie doch in tiefer Verzweiflung zu ihm auf.

»Wenn – wenn – wenn Winapie –«, begann sie mit zitternder Stimme und hielt dann inne.

Aber er erfaßte den unausgesprochenen Gedanken und antwortete: »Ja.« Dann ging ihm das Entsetzliche auf: »Du darfst nicht daran denken. Es ist unmöglich. Wir dürfen nicht daran denken.«

»Küsse mich!« flüsterte sie, und ihr Gesicht klärte sich auf. Dann wandte sie sich um und ging.

»Brechen Sie das Zelt ab, Pierre«, sagte sie zu dem Bootsführer, der wach gelegen und auf ihre Rückkehr gewartet hatte. »Wir müssen weiter!«

Beim Schein des Feuers sah er mit seinem scharfen Blick, wie zerquält ihr Gesicht war, aber er nahm den ungewöhnlichen Befehl entgegen, als sei es das natürlichste von der Welt.

»Oui, Madame«, sagte er zuvorkommend. »Welchen Weg, Madame – Dawson?«

»Nein«, antwortete sie vollkommen ruhig und gleichmütig. »Aufwärts, nach Dyea –«

Worauf er sich auf die schlafende Bootsmannschaft stürzte und sie mit Fußtritten aus ihren Decken herausbrachte. Murrend machten sie sich an ihre Arbeit, während seine Stimme, vor Eifer zitternd, über das ganze Lager scholl. Im Handumdrehen war das winzige Zelt Frau Saythers abgerissen, Töpfe und Pfannen zusammengepackt, Decken aufgerollt, und die Männer schwankten unter ihrer schweren Last zum Boot.

Hier am Ufer wartete Frau Sayther, bis alles Gepäck an Ort und Stelle verstaut und ihr Nest instand gesetzt war.

»Wir steuern nach oberes Ende von Insel«, erklärte Pierre, während er die lange Schleppleine klar machte. »Dann wir folgen den Kanal, wo das Wasser nicht so schnell, und ich denken, wir haben gute Fahrt.«

In diesem Augenblick fing sein scharfes Ohr das Geräusch von Schritten in dem trocknen vorjährigen Gras auf, und er wandte den Kopf. Die junge Indianerin kam, umgeben von einer ganzen Schar knurrender Wolfshunde. Frau Sayther bemerkte, daß das Gesicht des jungen Weibes, das während des ganzen Auftritts in der Hütte völlig schlaff und ausdruckslos gewesen war, jetzt vor Zorn flammte.

»Was du tun mein Mann?« fragte sie plötzlich, sich zu Frau Sayther wendend. »Ihn legen Bett, und ihn sehen krank aus – ganze Zeit. Ich sagen: ›Was ist, Dave? Du krank?‹ Aber ihn

nicht sagen wollen. Dann ihn sagen: ›Gutes Mädchen, Winapie, geh weg. Ich bald wieder gut.‹ Was du tun mein Mann, wie? Ich glauben, du schlechte Frau.«

Frau Sayther sah neugierig das Barbarenweib an, das Teil am Dasein dieses Mannes hatte, während sie selbst allein in der Finsternis der Nacht fortziehen sollte.

»Ich glauben, du schlechte Frau«, wiederholte Winapie langsam und mechanisch, wie jemand, der nach ungewohnten Worten in einer fremden Sprache sucht. »Ich glauben, es besser, du gehen weg, nicht kommen wieder, wie? Was du glauben? Ich haben einen Mann. Ich Indianerfrau. Du Amerikanerfrau. Du schön anzusehen. Du finden viele Männer. Deine Augen blau wie Himmel. Deine Haut so weiß – so weich –«

Mit ihrem braunen Zeigefinger strich sie über die weiche Wange der andern. Und zu Karen Saythers Ehre sei gesagt, daß sie nicht zurückschauderte. Pierre, der daneben stand, machte eine Bewegung, als wollte er auf sie zutreten. Aber sie bedeutete ihm, daß er gehen sollte.

Er trat ehrerbietig zurück, bis er außer Hörweite war, und dort stand er, brummte etwas vor sich hin und überlegte, wie weit die Entfernung in Sprüngen sein mochte.

»Ihn weiß, ihn weich wie kleines Kind«, Winapie strich über die Wange der andern und zog dann die Hand zurück.

»Bald Moskitos kommen. Haut tun weh in Flecken: ihn schwellen, ach so sehr, ihn tun weh, ach so viel! Menge Moskitos, Menge Flecken. Ich glauben, du lieber reisen, ehe Moskitos kommen den Weg«, sie zeigte den Fluß hinab. »Du gehen St. Michael; den Weg.« Sie zeigte den Fluß hinauf. »Besser du gehen Dyea. Leb wohl.«

Aber da tat Karen Sayther etwas, was Pierres tiefste Verwunderung erregte: Sie schlang die Arme um die Indianerin, küßte sie und brach in Tränen aus. »Sei gut zu ihm. Sei gut zu ihm!« rief sie.

Dann ließ sie sich den steilen Uferhang hinabgleiten, rief noch einmal »Lebe wohl!« und sprang ins Boot. Pierre folgte ihr und warf los. Er hakte das Steuerruder ein und gab das Zeichen. Le Gloire stimmte ein altes französisches Chanson an, die Bootsleute, die im Sternenlicht wie eine Reihe Gespenster aussahen, warfen sich mit gebogenem Rücken in die Schleppleine. Das Steuerruder durchschnitt die schwarze Strömung, und das Boot schoß in die Nacht hinein.

Fortune la Pearle bahnte sich seinen Weg durch den Schnee, stöhnend, kämpfend, sein Unglück, Alaska, Nome, die Karten und den Mann, den sein Messer gefällt hatte, verfluchend. Das warme Blut gefror auf seinen Händen, und der ganze Auftritt stand immer noch mit grellen Farben vor seinen Augen – der Mann, der sich an der Tischkante hielt und langsam zu Boden sank, und die Karten, die nach allen Seiten flogen, der Schauder, der sich schnell durch den ganzen Raum fortpflanzte, und die tiefe Stille; die Croupiers, die nicht mehr riefen, und das Rasseln der Jetons, das plötzlich verstummte; die entsetzten Gesichter, der endlose Augenblick der Stille und dann endlich das mächtige Gebrüll von Mord und die Rachewoge, die über ihm zusammenschlug und die ganze Stadt rasend hinter ihm hertrieb.

»Die Hölle ist losgelassen«, spottete er, während er sich in der Dunkelheit seitwärts wandte und ans Ufer stürzte.

In den offenen Türen schimmerte Licht, und aus Zelten, Hütten und Tanzlokalen kamen die Leute herausgeschossen, um sich an der wilden Jagd zu beteiligen. Die Rufe der Männer und das Heulen der Hunde erklang in seinen Ohren und trieb ihn noch mehr an. Er lief. Die Geräusche wurden undeutlicher, und die Verfolger verstreuten sich in unnützer Wut und zwecklosem Suchen. Aber ein Schatten heftete sich an seine Fersen. Er warf einen Blick über die Schulter zurück und sah ihn – bald, wie sich seine unsicheren Umrisse von einem großen, freien Schneefeld abzeichneten, bald, wie er mit dem tieferen Schatten einer Hütte oder mit dem eines an Land gezogenen Bootes verschwamm.

Vor Schwäche fluchte Fortune la Pearle wie ein Weib, fast mit Tränen in der Stimme, eine Folge der Erschöpfung, und stürzte sich noch tiefer in die Wirrnis von Eisschollen, Zelten und Durchgängen. Er stolperte über ausgespannte Leinen und Gepäckhaufen, fiel über völlig sinnlos angebrachte Zeltpardunen und -pflöcke und stürzte immer wieder auf gefrorenen Abladeplätzen und über Treibholzstapel. Manchmal, wenn er meinte, entkommen zu sein, verlangsamte er seine Schritte, während ihm schwarz vor Augen wurde, so qualvoll hämmerte das Herz in seiner Brust, und sein Atem war kurz und schwer, als sollte er ersticken; aber immer wieder tauchte der Schatten aus

dem Dunkel auf und zwang ihn, den Lauf mit derselben Schnelligkeit fortzusetzen.

Da erhob sich blitzschnell ein neuer Gedanke in seinem Hirn, und ihm folgte der Aberglauben, der ihn mit seiner eiskalten Hand packte. Die Beharrlichkeit des Schattens wurde ihm, dem Spieler, zum Symbol. Schweigsam, unerbittlich, unentrinnbar, wurde er ihm wie das Schicksal, das bei der letzten Wegbiegung wartet, wo Gewinn und Verlust abgerechnet werden. Fortune la Pearle glaubte an die seltenen Augenblicke, in denen auf viele Dinge Licht geworfen wird und der Verstand Zeit und Raum abschleudert, um sich nackt in die Ewigkeit zu erheben und in dem offenen Buch des Geschicks die Tatsachen zu lesen. Daß jetzt ein solcher Augenblick gekommen war, bezweifelte er nicht, und als er landeinwärts und über die schneebedeckte Tundra eilte, erschrak er nicht, als er sah, wie der Schatten festere Formen annahm und ihm näher auf den Leib rückte. Von einem seltsamen Gefühl der Ohnmacht beschwert, blieb er mitten in der weißen Einöde stehen und machte hastig kehrt. Seine rechte Hand fuhr aus dem Fäustling, und ein schußbereiter Revolver funkelte im Sternenlicht.

»Schieß nicht! Ich hab' kein Gewehr!«

Der Schatten hatte jetzt feste Formen angenommen, und beim Klang der menschlichen Stimme begannen Fortune la Pearle die Knie zu zittern, und die plötzliche Erleichterung wirkte so stark, daß ihm beinahe übel wurde.

Vielleicht kam es anders, weil Uri Bram an diesem Abend kein Gewehr bei sich hatte, als er auf dem harten Ufer des Eldorado saß und einen Mord geschehen sah. Das ist wohl auch die Ursache, daß er bald darauf auf die »Lange Reise« zog, mit einem Begleiter, mit dem er nur sehr wenig Berührungspunkte hatte. Wie dem aber nun auch sein mochte, so brummte er jedenfalls noch einmal: »Schieß nicht! Kannst du nicht sehen, daß ich kein Schießeisen habe?«

»Warum bist du dann aber hinter mir her, zum Kuckuck noch mal?« fragte der Spieler und senkte seinen Revolver.

Uri Bram zuckte die Achseln. »Das kann ja einerlei sein. Ich will, daß du mit mir kommst!«

»Wohin?«

»Nach meiner Hütte, am Rande des Lagers.«

Aber Fortune la Pearle stieß seinen Mokassinabsatz in den Schnee und rief seine verschiedenen Götter zu Zeugen von Uri Brams Verrücktheit an.

»Wer bist du?« sagte er. »Und wer bin ich, daß ich meinen Kopf auf deinen Befehl in die Schlinge stecken soll?«

»Ich bin Uri Bram«, sagte der andere schlicht, »und meine Hütte liegt drüben am Rande des Lagers. Ich weiß nicht, wer du bist, aber du hast einem lebendigen Mann die Seele zum Körper hinausgejagt, ja – dein Ärmel ist rot von Blut – und du bist wie ein neuer Kain, gegen den die Hand der Menschen erhoben ist und der keine Stätte findet, wo er sein Haupt niederlegen kann. Schau, ich hab' eine Hütte –«

»Bei der Liebe deiner Mutter, Mann, so halt doch das Maul«, fiel Fortune la Pearle ihm ins Wort. »Sonst endet es damit, daß ich dich zu einem neuen Abel mache, und zwar aus reiner Freude an der Sache. Ja, Gott helfe mir – wenn ich es nicht tue! Tausend Mann sind hinter mir her, suchen mich, was soll ich da mit deiner Hütte? Ich will weg von hier, weg! Weg! Verfluchtes Schwein! Ich hätte Lust umzukehren, wie ein Toller auf sie loszugehen, ein paar Stück von ihnen mit mir zu nehmen, diese Schweine! Ein einziger, herrlicher Kampf und dann fertig mit der ganzen verfluchten Geschichte! Es ist ein dreckiges Spiel, das Leben, ich hab' es satt!«

Er hielt inne, entsetzt, gelähmt von seiner grenzenlosen Verlassenheit, und Uri Bram nahm den Augenblick wahr. Er war sonst kein Mann vieler Worte, und die Rede, die er jetzt hielt, war die längste, die er je in seinem Leben gehalten hatte, außer der, die er viel später und an einer ganz andern Stelle noch halten sollte.

»Deshalb erzähle ich dir ja von meiner Hütte. Ich kann dich dort so verstecken, daß sie dich nie finden. Ich habe eine Unmenge Proviant. Sonst entkommst du nie. Es gibt keine Hunde nichts, und das Meer ist zugefroren. St. Michael ist die nächste Poststation, und dort posaunen sie die Neuigkeit aus, ehe du da bist, und ebenso steht es mit dem Hafen von Anvik – nein, du hast nicht die geringste Möglichkeit! Es ist besser, du bleibst bei mir, bis der Rauch sich verzogen hat. Ehe ein Monat vergangen ist, haben sie dich schon über dem Wettrennen nach York oder Gott weiß was sonst vergessen, und du kannst direkt vor ihrer Nase losziehen, ohne daß sie sich im geringsten darum kümmern. Ich habe meine eigenen Ideen in bezug auf Gerechtigkeit. Als ich dir vom Eldorado am Flußufer entlang nachlief, geschah es nicht, um dich zu fangen und dich der Obrigkeit zu übergeben. Ich habe, wie gesagt, meine Ideen, aber ganz andere.«

Der Mörder zog schweigend ein Gebetbuch aus der Tasche.

Und während das Nordlicht gelb im Nordosten schimmerte, entblößten die beiden Männer im Frost ihre Häupter und faßten mit bloßen Händen das heilige Buch; Fortune la Pearle ließ Uri Bram das, was er gesagt, beschwören, ein Eid, den Uri Bram nie zu brechen gedachte und auch nie brach.

In der Tür zur Hütte zauderte der Spieler einen Augenblick verwundert, was für ein merkwürdiger Mann ihm zu Hilfe gekommen war, und sein Gemüt wurde von Zweifel erfüllt. Als aber Licht angezündet wurde, sah er, daß es eine sehr gemütliche Hütte war, ohne andere Bewohner, und er drehte sich hastig eine Zigarette, während der andere Kaffee bereitete. Seine Muskeln erschlafften in der Wärme, er lehnte sich mit angenommener Gleichgültigkeit zurück und studierte durch die Rauchringe aufmerksam das Gesicht Uri Brams. Es war ein starkes Gesicht, aber die Stärke in ihm war von der besonderen Art, die sich selbst genügt und keine Verbindung mit etwas anderm hat. Die Furchen darin waren tief, fast wie Narben, und nicht die geringste Spur von Sympathie oder Humor milderte die harten Züge. Die Augen schimmerten kalt und grau unter den dichten, buschigen Brauen. Unter den hohen Backenknochen lagen tiefe Höhlen, die dem Gesicht etwas Abstoßendes verliehen. Kinn und Untergesicht deuteten auf ein Zielbewußtsein, das, wie die schmale Stirn bezeugte, sehr einseitig und, wenn nötig, schonungslos war. Alles war hart und barsch – die Nase, die Lippen, die Stimme, der Zug um den Mund. Dieses Gesicht zeugte davon, daß hier ein Mann war, der viel allein lebte und nicht gewohnt war, die Welt um Rat zu fragen; ein Mann, der des Nachts oft mit den Engeln kämpfte und dem neuen Tag mit zusammengebissenen Zähnen entgegenging, damit niemand von seinem Kampfe etwas ahnte. Sein Wesen war eng, aber tief, und Fortune, dessen eigenes Verhältnis zur Menschheit weit und flach war, konnte ihn nicht verstehen. Hätte Uri gesungen, wenn er froh, hätte er geseufzt, wenn er betrübt war, so würde er es verstanden haben; jetzt aber konnte er die rätselhaften Gesichtszüge nicht deuten und die Seele, die dahinter lag, nicht ermessen.

»Hilf mir, Mann«, gebot Uri, als sie ihre Tassen geleert hatten. »Wir müssen uns auf Besuch vorbereiten.«

Fortune half dem andern, und er tat es sehr vernünftig. Die Bettstelle nahm eine Ecke an der Rückwand der Hütte ein. Sie war sehr primitiv, ihr Boden bestand aus Brettern aus Treibholz, die mit Moos bedeckt waren. Am Fußende standen die Enden dieser Bretter in ungleicher Länge hervor. Uri riß das Moos auf

der der Wand zunächst befindlichen Seite fort und entfernte drei von den Brettern. Die ungleichen Enden wurden abgesägt und wieder so angebracht, daß die vorspringenden Reihen nicht unterbrochen wurden.

Fortune holte aus der Vorratskammer einige Mehlsäcke und legte sie unter der Öffnung auf den Fußboden. Obendrauf legte Uri ein paar lange Seesäcke, und hierüber breitete er dann mehrere Lagen Moos und Decken. Und hier konnte Fortune liegen, während der Schlafsack über die ganze Bettstelle von einer Seite zur andern gebreitet wurde, so daß jeder, der sie sah, sie für leer halten mußte.

In den folgenden Wochen erschienen mehrere Besucher in der Hütte. Keine Hütte und kein Zelt entging dieser Untersuchung. Aber Fortune lag ungestört in seinem engen Versteck, und im übrigen interessierte sich auch niemand besonders für Uri Brams Hütte, denn sie war wohl die letzte Stelle auf Erden, wo man erwarten konnte, John Randolphs Mörder zu finden. Abgesehen von diesen Unterbrechungen, faulenzte Fortune in der Hütte, legte eine Patience nach der andern und rauchte zahllose Zigaretten. Obwohl er bei seinem flüchtigen Naturell Heiterkeit, Scherz und Lachen liebte, gewöhnte er sich doch schnell an Uris Schweigsamkeit. Sie sprachen nie miteinander, außer, um darüber zu diskutieren, was seine Verfolger unternahmen oder vorhatten, wie die Wege waren und wie die Hunde im Preise standen, und das taten sie auch nur in langen Abständen und mit so wenig Worten wie möglich.

Aber Fortune begann ein System auszuarbeiten und tat Stunde auf Stunde, Tag auf Tag nichts, als Karten zu mischen und zu geben, Karten zu mischen und zu geben, und er schrieb die Karten in langen Reihen auf und mischte und gab wieder. Schließlich aber begann selbst diese Beschäftigung ihr Interesse für ihn zu verlieren, und den Kopf über den Tisch gebeugt, saß er da und malte sich die lustigen Lokale aus, die die ganze Nacht geöffnet waren, wo Croupiers und Inspektoren scharenweise arbeiteten und wo das Klappern der Roulettekugel nie verstummte. In solchen Augenblicken fühlte er sich von seiner Einsamkeit und dem Gefühl, daß alles für ihn fehlgeschlagen war, gelähmt, und er konnte stundenlang in derselben Stellung dasitzen, ohne auch nur mit den Augen zu blinzeln oder sich zu regen. Dann wieder machte sich eine lang zurückgedämmte Bitterkeit in leidenschaftlichen Ausbrüchen Luft, denn er war alles eher als zufrieden mit seinem jetzigen Leben.

»Das Leben ist ein dreckiges Spiel«, lautete seine beständige Klage, und dies Thema variierte er ins Unendliche.

»Ich habe nie eine ehrliche Chance gehabt«, klagte er. »Von Geburt an bin ich genarrt worden, und selbst die Milch in der Brust meiner Mutter war verfälscht. Ihr hat man falsche Würfel gegeben, als sie mitspielen sollte, und meine Geburt war der Beweis dafür, daß sie verloren hatte.

Aber das war noch kein Grund, daß sie mich hassen sollte, und doch tat sie es – ja, sie tat es! Warum gab sie mir keine Chance? Warum gab die Welt mir keine? Warum kam ich in Seattle auf den Hund? Warum reiste ich im Zwischendeck nach Nome und lebte wie ein Schwein? Warum ging ich ins Eldorado? Ich wollte zum Großen Peter und ging nur hinein, um mir ein Streichholz geben zu lassen. Warum hatte ich Lust zu rauchen? Da siehst du! Alles arbeitete zusammen und paßte zueinander – das kleinste bißchen. Ja, und schon ehe ich geboren wurde! Ich möchte alles Gold, auf das ich mir je Hoffnung gemacht habe, wetten, daß es schon so war, ehe ich geboren wurde. Woher kam es, daß John Randolph Streit mit mir anfangen und erdolcht werden mußte? Verdammt noch mal! Er hatte es verdient! Warum konnte er nicht sein Maul halten und mir eine Chance geben? Er wußte, daß ich beinahe fertig war. Warum hielt er nicht die Finger davon? Ja, warum? Warum? Warum?« Und Fortune la Pearle wälzte sich auf dem Fußboden, während er seine zwecklosen Fragen an die ganze Weltordnung stellte.

Bei solchen Ausbrüchen sagte Uri nicht ein Wort und gab kein Lebenszeichen – es war nur, als ob seine grauen Augen, wie aus Mangel an Interesse, schlaff und trübe würden.

Diese beiden Männer hatten nichts miteinander gemein; darüber war Fortune sich hinreichend klar, und er fragte sich öfters, warum Uri ihm eigentlich geholfen haben mochte.

Aber schließlich war das Warten zu Ende. Selbst der Blutdurst einer ganzen Gesellschaft hält nicht ihrem Golddurst stand. Die Ermordung John Randolphs war bereits in die Annalen des Lagers eingetragen, und dabei blieb es. Wäre der Mörder erschienen, so würden die Leute in Nome sicher um die Wette gerannt sein, um der Gerechtigkeit ihren Lauf zu lassen. Aber die Frage, wo Fortune la Pearle geblieben war, interessierte sie nicht mehr. In den Flußbetten und an den roten Ufern gab es Gold, und wenn das Meer wieder eisfrei wurde, wollten die Männer, deren Beutel jetzt wohlgefüllt waren, dorthin fahren, wo die

Annehmlichkeiten des Lebens für einen lächerlich niedrigen Preis zu kaufen waren.

So half Fortune denn eines Nachts Uri Bram die Hunde vor den Schlitten zu schirren und alles festzuzurren, und dann folgten die beiden der winterlichen Schlittenspur südwärts übers Eis. Aber es ging nicht weit nach Süden, denn bei St. Michael bogen sie nach Osten ab landeinwärts, gingen über die Wasserscheide und erreichten den Yukon bei Anvik, viele hundert Meilen von seiner Mündung. Dann ging es immer weiter, nach Nordosten, bei Koyokuk, Tanana und Minook vorbei, bis sie den großen Bogen beim Fort Yukon hinter sich gelassen, den nördlichen Polarkreis überschritten und ihn noch einmal auf dem Wege nach Süden über Yukon Flats passiert hatten. Es war eine sehr ermüdende Reise, und Fortune würde sich gewundert haben, warum der andere sie machte, hätte Uri ihm nicht erklärt, daß er einige Claims und Arbeiter bei Eagle habe. Eagle lag direkt an der Grenze; ein paar Meilen weiter wehte die britische Flagge über den Baracken des Fort Cudahy. Dann kamen Dawson, Pelly, Five Fingers, Windy Arm, Caribou Crossing, Linderman, Chilcoot und Dyea.

An dem Morgen, als sie Eagle passiert hatten, waren sie früh auf den Beinen. Es war die letzte Nacht, die sie gemeinsam im Zelt verbracht hatten, und jetzt sollte jeder seines Weges gehen. Fortune war es sehr leicht ums Herz. Eine Verheißung von Frühling ruhte über dem Lande, und die Tage begannen länger zu werden. Der Weg führte jetzt auf kanadisches Gebiet hinüber. Die Freiheit war nahe, die Sonne wollte wiederkehren, und mit jedem Tag kam er der großen Welt draußen näher. Außerdem hatte er reichlich Bewegungsfreiheit und konnte sich die Zukunft wieder in strahlenden Purpurfarben malen. Beim Frühstück pfiff er und sang Bruchstücke fröhlicher Lieder, während Uri die Hunde anschirrte und seine Sachen packte. Als aber alles fertig war und Fortune schon der Boden unter den Füßen brannte, zog Uri einen Baumklotz ans Feuer und setzte sich.

»Hast du je vom ›Weg der toten Pferde‹ gehört?«

Er blickte sinnend auf, und Fortune schüttelte den Kopf, während er innerlich wütend über die Verzögerung war.

»Es geschieht zuweilen, daß man Leute unter Verhältnissen trifft, die man nie vergißt«, fuhr Uri fort, und er sprach leise und sehr langsam. »Ja, und unter solchen Verhältnissen traf ich einmal einen Mann auf dem ›Weg der toten Pferde‹. Im Jahre

1897 seine Ausrüstung über den weißen Paß zu schaffen gehörte zu den Dingen, die den Mut manches Mannes knickten; es hatte seinen Grund, daß sie dem Weg den Namen gaben. Die Pferde starben wie die Fliegen beim ersten Frost, und von Skaguay bis Bennett lagen sie haufenweise da und verwesten. Sie starben auf dem Felsen, sie wurden auf dem Gipfel vergiftet; sie fielen aus Nahrungsmangel bei den Seen; sie stürzten neben der Schlittenbahn, wenn es eine gab, oder sie gingen durch; im Fluß ertranken sie mit ihrer Last auf dem Rücken oder zerschmetterten an den Steinen; sie brachen sich die Beine in den Spalten, und den Rücken, wenn sie sich mit ihrer Last überschlugen; sie versanken im Morast oder erstickten im Schlamm, und die Eingeweide wurden ihnen in den Mooren von den Markpfählen, die aufrecht im Schlamm standen, zerrissen; die Leute schossen sie nieder, ließen sie sich zu Tode rakkern, und wenn sie fertig waren, kehrten sie an den Strand zurück, um neue Pferde zu kaufen. Manche gaben sich nicht einmal die Mühe, sie zu erschießen, sondern rissen ihnen nur Sättel und Hufeisen ab und ließen sie liegen, wo sie niedergestürzt waren. Ihre Herzen wurden hart wie Stein – wenn sie nicht ganz den Mut verloren, sie wurden wie Tiere, diese Männer auf dem ›Weg der toten Pferde‹.

Dort war es, wo ich einen Mann mit einem Herzen und einer Geduld wie Christus fand. Und er spielte ehrliches Spiel. Wenn er sich zur Mittagszeit ausruhte, nahm er den Pferden ihre Last ab, so daß auch sie sich ausruhen konnten. Er bezahlte fünfzig Dollar für hundert Pfund Futter und noch mehr. Er nahm sein eigenes Bettzeug, um ihnen den Rücken zu verbinden, wenn sie sich wundgeritten hatten. Andere Männer ließen die Sättel sich Löcher fressen, so groß wie Wassereimer, und manche ließen die Tiere, wenn sie die Hufeisen verloren hatten, traben, bis ihre Hufe bis aufs blutige Fleisch abgenutzt waren. Er verwandte seinen letzten Dollar für Hufeisennägel. Ich weiß es, denn wir schliefen im selben Bett, aßen aus demselben Topf und wurden wie Brüder dort, wo Männer das Dasein nicht mehr ertragen konnten und mit Gotteslästerungen auf den Lippen starben. Nie war er zu müde, um einen Riemen zu lockern oder einen Sattelgurt anzuziehen, und oft hatte er Tränen in den Augen, wenn er das hoffnungslose Elend sah. An einer besonders steilen Stelle, wo die Tiere sich auf die Hinterbeine stellten und die Vorderbeine wie Katzen hoben, um über die Felswand zu gelangen, war der Weg mit Leichen von Pferden übersät, die nicht hatten

hinüberkommen können. Und da stand er nun, mitten in diesem Höllengestank, stets bereit, sie im rechten Augenblick mit einem freundlichen Zuruf zu ermuntern und von hinten nachzuschieben, bis alle hinüber waren. Und als eines von ihnen im Schlamm versank, versperrte er den Weg, bis es wieder herausgezogen war, und keiner wagte es, ihn anzutreiben.

Als wir das Ende des Weges erreichten, kam ein Mann, der fünfzig Pferde zu Tode gepeinigt hatte, und wollte kaufen, aber wir sahen ihn an und unsere Tiere – Berg- und Präriepferde aus dem östlichen Oregon. Er bot uns fünftausend. – Und wir waren vollkommen ausgesogen, aber wir dachten an das giftige Gras auf dem Gipfel und an den Übergang bei dem Felsen. Und der Mann, der mein Bruder war, sprach nicht ein Wort, sondern teilte die Tiere zwischen uns – und er sah mich an, und wir verstanden uns. Und dann trieb er die meinen nach der einen Seite und ich die seinen nach der andern Seite. Und wir nahmen unsere Büchsen und erschossen sie, während der Mann, der fünfzig Pferde getötet hatte, uns verfluchte, bis er ganz trocken im Halse war. Aber der Mann, mit dem ich Brüderschaft geschlossen hatte auf dem ›Weg der toten Pferde‹ –«

»Ja, der Mann war natürlich John Randolph.« Fortune beendete den Satz für ihn, und ein spöttischer Klang war in seiner Stimme.

Uri nickte und sagte: »Es freut mich, daß du mich verstanden hast.«

»Ich bin bereit«, antwortete Fortune, und sein Gesicht nahm den alten, müden, bitteren Ausdruck an. »Los, aber mach schnell.«

Uri Bram erhob sich. »Ich habe mein ganzes Leben lang an Gott geglaubt. Ich glaube, er liebt Gerechtigkeit. Er sieht in diesem Augenblick auf uns herab und wählt zwischen uns. Er wartet darauf, daß sein Wille durch meinen rechten Arm erfüllt werde. Und so stark ist mein Glaube, daß ich uns beiden dieselbe Chance geben und ihn zwischen uns richten lassen will.«

Fortunes Herz klopfte vor Freude bei diesen Worten. Er wußte nicht viel von Uris Gott, aber er glaubte an das Glück, und das Glück war auf seiner Seite gewesen seit dem Abend, als er am Ufer über den Schnee lief. »Aber wir haben nur eine Schußwaffe«, wandte er ein.

»Wir schießen nacheinander«, sagte Uri, indem er den Revolver des andern untersuchte.

»Und die Karten sollen entscheiden.«

Fortunes Blut wurde heiß, und als Uri nickte, zog er die Karten aus der Tasche. Sicher: das Glück würde ihn nicht im Stiche lassen. Er dachte an die Sonne, die jetzt zurückkehrte, nahm die Karten ab und zitterte vor Freude, als er sah, daß er geben sollte. Er mischte und gab, und Uri legte den Pik-Buben auf. Dann legten sie die Karten auf den Tisch. Uri hatte nicht einen einzigen Trumpf, er selber hingegen As und Zwei. Die große Welt schien ihm sehr nahe, als sie die fünfzig Schritte abzumessen begannen.

»Wenn Gott seine Hand zurückhält und du mich triffst, sind Hunde und Ausrüstung dein. Du wirst in meiner Tasche eine ausgefertigte Übertragungsurkunde finden«, erklärte Uri, der aufrecht dastand und seine Brust breit der Kugel bot.

Fortune riß sich mit einer hastigen Bewegung vom Anblick der Sonne los, die auf das Wasser schien, und zielte. Er war sehr vorsichtig. Zweimal senkte er den Revolver, als der Frühlingswind die Kiefern erzittern ließ. Das dritte Mal aber beugte er das Knie, faßte den Revolver mit beiden Händen und drückte ab. Uri drehte sich halb herum, hob beide Arme und sank in den Schnee. Fortune wußte, daß er ihn zu weit seitwärts getroffen hatte – sonst hätte der Mann sich nicht gedreht.

Als Uri die Herrschaft über seine Glieder wiedergewonnen hatte und mühselig auf die Füße kam, hätte Fortune am liebsten noch einmal geschossen. Aber er schob den Gedanken von sich. Das Glück war ihm schon günstig gewesen. Und betrog er jetzt, so würde er es bei einer andern Gelegenheit bezahlen müssen. Nein, ehrliches Spiel. Außerdem war Uri schwer verwundet und konnte unmöglich den schweren Revolver lange genug halten, um richtig zu zielen.

»Und wo ist dein Gott jetzt?« spottete er, indem er dem Verwundeten den Revolver reichte.

Und Uri antwortete: »Gott hat noch nicht gesprochen. Sei bereit, das Urteil zu hören.«

Fortune wandte sich ihm halb zu, drehte aber die Brust seitwärts, um ein kleines Ziel zu bieten. Uri wankte wie ein Betrunkener, wartete aber auch eine kurze Pause zwischen den leichten Windstößen ab. Der Revolver war sehr schwer, und wie Fortune vermutet hatte, war er im Zweifel, ob er ihn halten könnte. Aber er hob ihn mit ausgestrecktem Arm über den Kopf und senkte ihn dann langsam. In dem Augenblick, als Fortunes linke Brust und das Zielkorn eine Linie mit seinem Auge bildeten, drückte er ab. Fortune drehte sich nicht, aber das heitere

San Franzisko verwischte sich und verblaßte, und während der sonnige Schnee immer schwärzer wurde, hauchte er seinen letzten Fluch gegen das Dasein, das er nicht zu benutzen verstanden hatte.

Siwash

»Wenn ich ein Mann wäre –«, sie beendete den Satz nicht, aber die verzehrende Verachtung, die in ihren schwarzen Augen leuchtete, traf die Männer im Zelt auch ohne Worte. Tommy, der englische Seemann, wand sich, aber der ritterliche alte Dick Humphries, Cornwall-Fischer und früherer amerikanischer Lachsgrossist, lächelte sie so wohlwollend an wie nur je. In seiner Ursprünglichkeit hatte sein Herz allzuviel Raum für Frauen, wenn sie einmal loslegten oder wenn ihre Engherzigkeit sie hinderte, eine Sache von allen Seiten zu betrachten. Daher sagten sie nichts, diese beiden Männer, die vor drei Tagen die halberfrorene Frau in ihrem Zelt aufgenommen, sie erwärmt, ihr zu essen gegeben und ihr Eigentum den indianischen Lastträgern entrissen hatten. Letzteres hatte zahlreiche Dollars verschlungen, gar nicht zu reden von einer größeren Kraftanstrengung – Dick Humphries hatte am Lauf seiner Winchesterbüchse entlang geschielt, während Tommy das Geld nach eigenem Gutdünken unter ihnen verteilte. An und für sich war es eine Kleinigkeit gewesen, aber für eine Frau, die allein einen verzweifelten Kampf in dem ebenso verzweifelten Zustrom nach Klondike kämpfte, bedeutete es viel. Die Männer waren von den Dingen in Anspruch genommen, die durchaus getan werden mußten, und es gefiel ihnen auch nicht, daß alleinstehende Frauen hier im arktischen Winter ihr Glück versuchten.

»Wenn ich ein Mann wäre, wüßte ich schon, was ich täte!« wiederholte Molly, Molly mit den blitzenden Augen, und diese Worte waren ein Ausdruck für ihr Draufgängertum, das fünf in Amerika geborene Generationen in ihr aufgespeichert hatten.

In der Stille, die jetzt folgte, schob Tommy eine Pfanne mit Brot in den Yukonofen und legte mehr Holz auf. Sein Blut pochte unter seiner sonnenverbrannten Haut und verlieh ihr einen stark rötlichen Schimmer, und als er sich vorbeugte, war die Haut an seinem Halse ganz rot. Dick stach eine dreikantige Segelmachernadel durch einige zerrissene Tragriemen, und seine Gutmütigkeit ließ sich nicht im geringsten durch das weibliche Unwetter stören, das in dem sturmgepeitschten Zelt loszubrechen drohte.

»Und wenn Sie ein Mann wären?« fragte er, und seine Stimme bebte vor Wohlwollen. Die dreikantige Nadel saß in dem feuch-

ten Leder fest, und einen Augenblick hielt er in seiner Arbeit inne.

»Ich möchte, ich wäre ein Mann! Dann würde ich den Tragriemen auf den Rücken nehmen und fortwandern. Ich würde nicht hier im Lager liegen, wenn der Yukon täglich zufrieren könnte und ich noch nicht die Hälfte von der Ausrüstung über den Paß geschafft hätte. Und ihr – ihr seid Männer, und ihr laßt die Hände im Schoß ruhen und fürchtet euch vor ein bißchen Regen und Wind. Ich sage es euch gerade heraus: Yankees sind aus einem andern Stoff gemacht. Die würden nach Dawson ziehen, und wenn es durch Höllenflammen ginge. Aber ihr, ihr – ach, ich wünschte, ich wäre ein Mann.«

»Dann freue ich mich nur, daß Sie es nicht sind, mein Kind!« Dick Humphries legte eine Schlinge des Segelgarns um die Spitze der Nadel und zog sie mit einem Ruck und ein paar schnellen Drehungen heraus.

Ein mächtiger Windstoß erschütterte das Zelt, und Regen und Schnee schlugen einen wütenden Zapfenstreich auf dem dünnen Segelleinen. Der Rauch, der nicht hinaus konnte, wurde durch die Ofentür zurückgedrängt, und mit ihm verbreitete sich der scharfe Geruch von frischem Pech.

»Lieber Gott! Warum kann ein Frauenzimmer keine Vernunft annehmen?« Tommy hob den Kopf aus dem Dunst, der über dem Fußboden lagerte, und sah sie mit einem Paar Augen an, die von Rauch rotgebeizt waren und tränten.

»Warum kann ein Mann nicht seine Mannhaftigkeit zeigen?«

Tommy sprang mit einem Fluch auf, der eine weniger mutige Frau eingeschüchtert hätte, riß die festen Knoten auf und schlug den Zeltvorhang zurück.

Das Kleeblatt blickte hinaus. Es war kein sehr erheiternder Anblick. Ein paar durchnäßte Zelte bildeten den traurigen Vordergrund, von dem die aufgeweichte Erde vom Regen reißend in eine Schlucht hinabgeschwemmt wurde. Hier und dort stand eine Bergkiefer, die in dem flachen Alluvialsand Wurzel gefaßt hatte und über die Erde kroch, ein Beweis, daß sie sich nahe der Baumgrenze befanden. Jenseits der Schlucht schimmerten die undeutlichen Umrisse eines Gletschers mattweiß durch den strömenden Regen. Und während sie noch in das Dunkel hinausblickten, begann die massige Fläche des Gletschers im Tal abzubröckeln, als wären unterirdische Kräfte am Werk, um an die Oberfläche zu gelangen. Sein heiseres Donnern übertönte das Heulen des Sturmes. Molly schauderte unwillkürlich zurück.

»Sehen Sie hin, mein Kind! Sperren Sie die Augen auf! Drei Meilen gegen den Sturm nach Crater Lake, über zwei Gletscher, an dem glatten Randfelsen entlang, bis zu den Knien in einem brüllenden Strom! Sehen Sie hin – sage ich, Frau Yankee! Sehen Sie hin! Da haben Sie Ihre Herren Yankees!«

Tommy zeigte hitzig auf die sturmgepeitschten Zelte. »Yankees, alle wie einer! Sind sie unterwegs? Hat sich auch nur einer von ihnen sein Gepäck auf den Rücken geschnallt? Und Sie wollen uns Männer lehren, was wir tun sollen? Sehen Sie hin, sage ich!«

Wieder stürzte ein mächtiges Stück des Gletschers krachend und polternd nieder. Der Wind peitschte herein und blies das Zelt auf, bis es wie eine riesige Blase an seinen Pflöcken schwankte.

Der Rauch umwirbelte sie, und Schnee und Regen stachen wie Nadeln. Tommy zog hastig den Zeltvorhang zu und machte sich wieder an seine Tränen verursachende Arbeit am Ofen. Dick Humphries warf die reparierten Tragriemen in eine Ecke und zündete sich seine Pfeife an. Selbst Molly war für den Augenblick überzeugt.

»Meine Kleider!« jammerte sie – im Augenblick hatte der weibliche Instinkt bei ihr die Übermacht bekommen. »Sie liegen oben auf den andern Sachen im Depot und werden vollkommen verdorben! – Ich sage euch, vollkommen verdorben!«

»Nun, nun«, sagte Dick beschwichtigend, als die letzte Klage verstummt war. »Machen Sie sich nichts daraus, Kind. Ich bin alt genug, um Ihr Onkel zu sein; ich habe eine Tochter, die älter ist als Sie, und wenn wir nach Dawson kommen, werde ich Sie mit allen möglichen Narreteien ausstatten – und wenn es mich meinen letzten Dollar kosten sollte!«

»Wenn wir nach Dawson kommen!« Wieder war ein verächtlicher Klang in ihrer Stimme. »Ehe ihr soweit seid, liegt ihr alle verfault am Wege. Ihr ertrinkt noch in einer Pfütze, ihr – ihr – Engländer!«

Sie stieß die letzten Worte mit großer Kraft aus, als wäre es das Schmachvollste, das sie sich denken konnte. Wenn das die beiden Männer nicht aufrüttelte, was war dann dazu imstande? Tommys Hals brannte wieder rot, aber er schwieg. In Dicks Augen trat ein weicher Ausdruck. Er war vor Tommy im Vorteil, denn er hatte einmal eine weiße Frau gehabt.

Das Blut von fünf in Amerika geborenen Generationen ist unter Umständen ein unerfreuliches Erbteil, und zu solchen

Umständen kann man es rechnen, wenn man mit ähnlichen Verwandten unter einem Dach leben soll. Diese Männer waren Briten. Zu Wasser und zu Lande waren die Vorfahren dieser Frau und ihre Nachkommenschaft ihnen im Wege gewesen. Zu Wasser und zu Lande würden sie es weiter sein. Die Tradition der Rasse dieser Frau forderte laut, sich geltend machen zu dürfen. Sie gehörte zwar der Gegenwart an, aber in ihr wallte die ganze mächtige Vergangenheit. Es war nicht nur Molly Travis in Gummistiefeln, Regenmantel und mit Tragriemen – die Geister von zehntausend Vorfahren strafften ihr die Riemen, ließen sie die Lippen zusammenpressen und verliehen ihren Augen einen Ausdruck fester Entschlossenheit. Sie, Molly Travis, wollte diese Engländer beschämen; zahllose Schatten standen für die Überlegenheit ihrer gemeinsamen Rasse ein.

Die Männer legten ihr kein Hindernis in den Weg. Einmal schlug Dick ihr vor, seinen Ölmantel zu nehmen, da ihr Regenmantel in einem solchen Sturm wie Papier war. Aber sie schnaufte nur verächtlich und betonte ihre Selbständigkeit mit einer solchen Stärke, daß er sich an seine Pfeife hielt, bis sie den Zelteingang von außen zugebunden hatte und sich auf der überschwemmten Schlittenspur vorwärts zu arbeiten begann.

»Glaubst du, daß sie es fertigbringt?« Dick sprach in einem gleichmütigen Ton, der seinem Gesichtsausdruck entschieden widersprach.

»Fertigbringt? Wenn sie den mächtigen Druck aushält, bis sie das Depot erreicht, wird ihr so kalt und elend zumute sein, daß sie ganz verrückt wird. Ob sie es fertigbringt? Ihr Verstand wird gelähmt sein. Du kennst es doch selbst – du hast dich doch bei Kap Hoorn gegen den Wind angearbeitet. Du weißt, was es heißt, beim schlimmsten Wetter oben auf einer Topsegelnock zu liegen, Regen und Schnee zu trotzen und mit dem gefrorenen Segel zu hantieren, bis man am liebsten loslassen und heulen möchte wie ein kleines Kind. Kleider? Sie wird ein Bündel Röcke nicht mehr von einer Probepfanne oder einem Teekessel unterscheiden können.«

»Findest du es denn falsch, daß wir sie gehen ließen?«

»Nicht die Bohne! So wahr mir Gott helfe, Dick – sie würde uns dieses Zelt ja für den Rest der Reise zur Hölle machen, hätten wir es nicht getan. Sie will eben ein bißchen zu hoch hinaus. Das wird sie jetzt ein bißchen ducken.«

»Ja«, räumte Dick ein. »Molly ist zu ehrgeizig. Aber ein tüchtiges Mädel ist sie doch. Es ist blödsinnig von ihr, eine solche

Reise zu machen, aber deshalb ist sie doch zehnmal mehr wert als diese ›Heb-mich-auf-und-trag-mich-Weiber‹. Sie ist von der Rasse, die dich und mich hervorgebracht hat, Tommy, und wir dürfen nicht zu hart über sie urteilen. Es gehören richtige Weiber dazu, um Männer in die Welt zu setzen. Man kann nicht Männlichkeit an den Brüsten eines Wesens einsaugen, dessen einziges Anrecht auf den Namen Weib in seinen Röcken besteht. Es gehört eine Katze, nicht eine Kuh dazu, einen Tiger großzuziehen.«

»Und wenn sie unvernünftig sind, müssen wir uns also darein finden, was?«

»Eben. Man kann sich leicht mit einem scharfen Messer den Finger abschneiden. Aber das ist doch kein Grund, die Schneide mit einer Handspake zu zerhacken.«

»Na ja, da du es sagst, muß es ja wohl stimmen. Aber in bezug auf Weiber möchte ich doch um etwas weniger scharfe Kanten bitten.«

»Was weißt du davon?« fragte Dick.

»Ach, nicht gar so wenig!« Tommy streckte die Hand nach einem Paar von Mollys nassen Strümpfen aus und breitete sie über seinen Knien aus, damit sie trockneten.

Dick musterte ihn mit einem ärgerlichen Blick, steckte dann die Hand in ihr Ränzel und setzte sich mit verschiedenen nassen Kleidungsstücken vor das Feuer, wo er sie gleichfalls in der Wärme ausbreitete.

»Mir war übrigens, als sagtest du, du seiest nicht verheiratet gewesen?« bemerkte er.

»So, sagte ich das? Nun, das war ich auch nicht – das heißt – doch, das war ich, weiß Gott! Und dazu noch mit einer so guten Frau, wie sie je einem Mann das Essen gekocht hat.«

»Schob sie ab?« Dick machte eine Bewegung ins Weite, wie um die Unendlichkeit zu symbolisieren.

»Ja. – Wochenbett«, fügte er nach einer kurzen Pause hinzu.

Die Bohnen prasselten unter dem Deckel, und er schob den Topf an eine weniger heiße Stelle auf dem Herd. Dann untersuchte er das Brot, prüfte es mit einem Holzscheit und wickelte es in ein feuchtes Tuch. Dick bezwang seine Neugier, wie es unter Männern seines Schlages üblich war, und wartete schweigend.

»Eine ganz andere Frau als Molly. Siwash.«

Dick nickte verständnisvoll.

»Nicht so stolz und eigensinnig, aber von der Art, die durch

dick und dünn geht. Sie konnte ihre Paddel wie die besten schwingen und hungern, ohne zu klagen – wie Bob. Sie konnte nach vorn gehen, wenn der Steeven mehr unter als über Wasser war, und Segel bergen wie ein Mann. Wir waren einmal in der Gegend von Teslin, um Gold zu suchen, und kamen am Surprise Lake und Little Yellow-Head vorbei. Der Proviant ging zu Ende, und wir aßen die Hunde. Die Hunde gingen zu Ende, und wir aßen das Geschirr, die Mokassins und die Pelze. Nie eine Klage – nie ein ›Heb-mich-auf-und-trag-mich‹. Ehe wir loszogen, hatte sie gesagt: ›Achte auf den Proviant!‹ Als es aber zu spät war, bekam ich nie ein ›Ich sagte ja‹ zu hören. ›Mach dir nichts draus, Tommy‹, sagte sie Tag für Tag, und dabei war sie so schwach, daß sie kaum einen Schneeschuh heben konnte, und ihre Füße waren das reine blutige Fleisch. ›Mach dir nichts draus. Ich will lieber Hunger leiden und deine Frau sein, als täglich einen Potlach halten und Häuptling Georges Klooch sein.‹ George war Häuptling der Chilcoots, und er war ganz wild nach ihr.

Es war eine herrliche Zeit. Ich war selber ein tüchtiger Kerl, als ich ins Land kam. War von einem Walfänger, dem ›Polarstern‹, in Unalaska durchgebrannt und arbeitete mich auf einem Otternjäger nach Sitka hinunter. Und da traf ich Jack, den Glücklichen – kennst du ihn?«

»Er bewahrte meine Habseligkeiten am Columbia für mich auf«, antwortete Dick. »Ein bißchen wild war er wohl, aber er hatte irgendwo in seinem Herzen eine Schwäche für Whisky und Weiber.«

»Sehr richtig. Ich reiste mit ihm einige Jahre als Händler – in Decken und ähnlichem Zeugs. Dann kriegte ich selbst ein Boot, und um ihm keine Konkurrenz zu machen, ging ich nach Juneau. Dort traf ich Killisnoo – der Einfachheit halber nannte ich sie Tilly. Ich lernte sie auf einem Ball am Strande kennen. Häuptling George hatte gerade seine Geschäfte mit den Sticks jenseits der Pässe abgeschlossen und kam mit der Hälfte des Stammes von Dyea herunter. Es waren eine Menge Siwashs auf dem Ball, und ich war der einzige Weiße. Keiner kannte mich, außer ein paar jungen Leuten, die ich bei Sitka getroffen hatte, aber Jack erzählte mir von den meisten von ihnen.

Sie sprachen alle Chinook, und keiner von ihnen ahnte, daß ich das besser radebrechen konnte als die meisten. Vor allem waren da zwei Mädels, die aus Haines Mission am Lynn-Kanal weggelaufen waren. Ein paar recht hübsche Dinger, und ich

dachte erst daran, mit ihnen anzubändeln; aber sie waren frisch wie eben gefangene Dorsche. Sie hatten zuviel Kanten, weißt du. Da ich fremd war, machten sie sich über mich lustig, denn sie wußten ja nicht, daß ich jedes Wort, das sie sagten, verstand.

Ich ließ mir nichts anmerken, sondern tanzte mit Tilly, und je mehr wir tanzten, desto besser gefielen wir einander. ›Ist nach einer Frau aus‹, sagt eines von den jungen Mädchen, und das andere rümpft die Nase und antwortet: ›Da hat er nicht viel Aussichten; Mädchen wollen ausgewachsene Männer haben.‹ Und die Indianermänner und -weiber, die umherstanden, grinsten und kicherten und ließen die Worte weitergehen. ›Ein recht netter Junge‹, sagt die erste. Ich leugne nicht, daß mein Gesicht noch ziemlich glatt und jung war, aber ich hatte schon lange auf gleichem Fuße mit andern Männern verkehrt, und ich ärgerte mich. ›Er tanzt mit Häuptling Georges Mädel‹, zwitschert die andere. ›Gleich wird George ihm eines mit seiner Paddel versetzen und ihn nach Hause schicken.‹ Bis jetzt hatte Häuptling George ziemlich finster dreingeschaut, jetzt aber lachte er und schlug sich auf die Knie. Er war ein großer, kräftiger Bursche und hätte sich nicht gescheut, die Paddel zu gebrauchen.

›Wer sind die beiden Mädels?‹ fragte ich Tilly, während wir in einem schnellen Reel mitten über den Tanzplatz wirbelten. Und sobald sie mir ihre Namen genannt hatte, erinnerte ich mich alles dessen, was ich von Jack, dem Glücklichen, über sie gehört hatte. Ich kannte ihren ganzen Stammbaum – ja, und noch einiges, was er mir erzählt hatte, und was nicht einmal ihr eigener Stamm wußte. Aber ich hielt den Mund und machte Tilly den Hof, während sie alle zusammen ungehörige Bemerkungen machten und johlten. ›Wart nur, Tommy‹, sagte ich bei mir. ›Wart nur!‹

Und so wartete ich denn, bis der Ball beinahe zu Ende war. Als wir aufhörten, dachten alle, daß es jetzt Spektakel gäbe, aber ich marschierte so ungeniert wie nur was mitten durch sie hindurch. Die jungen Mädchen von der Mission hatten ein mächtig loses Mundwerk, und obwohl ich wütend war, mußte ich doch die Zähne zusammenbeißen, um nicht zu grinsen. Dann wandte ich mich plötzlich zu ihnen.

›Seid ihr nun fertig?‹ fragte ich.

Du hättest sie sehen sollen, als sie mich Chinook reden hörten. – Und dann brach ich los. Ich erzählte ihnen alles, was ich von ihnen und ihren Vorfahren wußte; von ihren Vätern und Müttern, ihren Schwestern und Brüdern, von all und jedem!

Jeden Streich, den sie begangen, jede Klemme, in die sie geraten, jede Schande, die sie betroffen. Und ich drosch auf sie los, ohne Furcht und Barmherzigkeit. Alle scharten sich um uns. Noch nie hatten sie einen weißen Mann in ihrem Kauderwelsch schwatzen hören, wie ich es tat. Alle grinsten außer den beiden Mädels von der Mission. Selbst Häuptling George vergaß seine Paddel, oder ich imponierte ihm zu sehr, als daß er sie gebraucht hätte.

Die Mädels aber riefen: ›Ach, nein, Tommy‹, und die Tränen liefen ihnen über die Backen. ›Ach, hör jetzt auf. Wir wollen auch brav sein – bestimmt, Tommy, bestimmt!‹ Aber ich kannte sie, wie gesagt, gut, und ich traf all ihre Schwächen. Ja, und ich hörte nicht auf, ehe sie auf den Knien vor mir lagen und mich baten und bettelten, daß ich schweigen möchte. Da sah ich zu Häuptling George hinüber, aber er wußte nicht, ob er mich verprügeln sollte oder nicht, und so ging er denn mit einem hohlen Lachen darüber hinweg.

So war die Geschichte. Als ich mich abends von Tilly trennte, sagte ich ihr, in ein oder zwei Wochen würde ich kommen und mich freuen, wenn ich sie wiedersehen könnte. Diese Art ist nicht dickfellig, wenn es gilt, Sympathie und Antipathie zu zeigen, und als die ehrliche Haut, die sie war, fürchtete sie sich nicht, ihre Freude sehen zu lassen. Und ich wunderte mich nicht, daß Häuptling George ganz wild nach ihr war.

Für mich eine Kleinigkeit. Vom ersten Augenblick an nahm ich ihm den Wind aus den Segeln. Ich hätte sie am liebsten gleich in mein Boot und mit nach Wrangel genommen, bis alles vorüber gewesen – dann hätte er sich die Finger wischen können. Aber so leicht sollte ich sie doch nicht bekommen. Sie wohnte bei einem Onkel oder so was – Vormund muß man ihn wohl nennen –, und er war offenbar dabei, an galoppierender Schwindsucht oder einer andern Lungensache zu krepieren. Es ging ihm bald besser und bald schlechter, und sie wollte ihn nicht verlassen, ehe es vorbei war. Bevor ich weg mußte, ging ich in sein Zelt, um mir ein Urteil zu bilden, wie lange es noch dauern würde, aber der alte Schuft hatte sie Häuptling George versprochen, und sobald er mich erblickte, kriegte er vor Wut einen Blutsturz.

›Komm und hol mich, Tommy‹, sagte sie, als wir uns am Ufer Lebewohl sagten. ›Ja‹, antwortete ich, ›sobald du mir Bescheid schickst.‹ Und ich küßte sie wie ein Mann und Verliebter, und sie zitterte wie Espenlaub, ja, und ich war so außer mir, daß ich dem Onkel am liebsten hinübergeholfen hätte. Und so reiste

ich denn nach Wrangel, bei St. Mary vorbei, ganz bis nach Queen Charlotte, handelte mit Whisky und benutzte das Schiff zu allen möglichen Dingen. Der Winter war gekommen, klar und kalt, und als die Botschaft eintraf, war ich wieder in Juneau. ›Komm!‹ sagt der Kerl, der sie mir bringt. Killisnoo sagt: ›Komm sofort!‹ – ›Was ist passiert?‹ frage ich. ›Häuptling George‹, sagt er. ›Potlach. Killisnoo wird Klooch.‹

Ja, es war schneidend kalt. Ein Nordsturm heulte; das Salzwasser gefror, sobald es auf Deck tropfte, während der alte Kahn und ich uns die hundert Meilen bis Dyea gegen den Sturm anarbeiteten. Bei der Abfahrt hatte ich einen Mann von der Douglas-Insel als Besatzung. Auf halbem Wege aber wurde er vom Bug des Bootes über Bord gespült. Ich ging über Stag und kreuzte den Kurs zurück, konnte aber keine Spur mehr von ihm entdecken.«

»Er hatte wahrscheinlich vor Kälte Krämpfe gekriegt«, unterbrach Dick die Erzählung, während er einen von Mollys Röcken zum Trocknen aufhing, »und da ging er wie Blei unter.«

»Das dachte ich mir auch. So mußte ich denn die Reise allein machen, und ich war halb tot, als ich im Dunkel der Nacht Dyea erreichte. Mit Hilfe der Strömung setzte ich das Boot in Lee des Flusses aufs Trockene. Ich konnte nicht einen Zoll breit weiterkommen, denn das Süßwasser war bis auf den Grund gefroren. Falle und Taljen waren in Eis eingekapselt, so daß ich weder Großsegel noch Klüver zu bergen wagte. Zu allererst zog ich mir eine Whiskyflasche von der Ladung zu Gemüte – und dann stürzte ich, alles klar zur Abfahrt stehen- und liegenlassend, in eine Decke gewickelt nach dem Lager. Dort war ein mächtiges Fest im Gange – das war nicht zu verkennen. Die Chilcats waren mit Kind und Kegel, Hunden und Kanus gekommen, gar nicht zu reden von den Leuten aus Dog Ear, Little Salmons und den Missionen. Gut fünfhundert Menschen waren versammelt, um Tillys Hochzeit zu feiern, und auf Meilen gab es nicht einen weißen Mann.

Niemand nahm Notiz von mir, wie ich, Kopf und Gesicht unter der Decke verborgen, durch Scharen von Hunden und Kindern watete, bis ich in der vordersten Reihe stand. Die ganze Vorstellung fand auf einem weiten, freien Platz unter den Bäumen statt, wo große Feuer brannten. Die Erde war von den Mokassins fest wie Portland-Zement getrampelt. Dicht vor mir stand Tilly mit vielen Perlen und roten Tüchern geschmückt

und neben ihr Häuptling George mit seinen ersten Würdenträgern. Dem Schamanen halfen die großen Medizinmänner der andern Stämme, und es lief mir kalt den Rücken hinunter, als ich die Teufelskünste sah, die sie machten. Ich ertappte mich über dem Wunsch, daß die Leute aus Liverpool mich sehen möchten, und ich dachte an die gelbhaarige Gussie, deren Bruder ich nach meiner ersten Seereise versohlt hatte – nur weil er nicht wollte, daß ein Seemann seiner Schwester den Hof machte. Und mit Gussies Bild vor meinem inneren Blick sah ich Tilly an. Eine komische Welt, dachte ich, wo ein Mann Wege wandert, von der seine Mutter sich nichts träumen ließ, als er an ihrer Brust lag.

Also schön. Als der Lärm seinen Höhepunkt erreicht hatte, die Walroßtrommeln dröhnten und die Priester sangen, sagte ich: ›Bist du bereit?‹ Wahrhaftig! Nicht ein Zucken, nicht ein Blick auf mich, nicht eine Muskelregung. ›Ich wußte es‹, antwortete sie so langsam und sicher wie ein rinnender Bach im Frühling. ›Wo?‹ – ›Auf dem hohen Hang am Rande des Eises‹, flüsterte ich zurück, ›lauf, wenn ich es sage.‹

Hab' ich dir erzählt, daß eine unglaubliche Menge Eskimohunde da waren? Na ja, sie waren da – unglaublich viele! Hier und dort und überall waren sie – in Wirklichkeit nichts als gezähmte Wölfe. Wenn die Rasse sich zu verwässern beginnt, läßt man sie sich im Wald mit den wilden Wölfen paaren, und sie kämpfen wie die Teufel. Gerade an der Zehenspitze meines Mokassins lag einer und bei der Ferse ein anderer. Ich packte den Schwanz des einen mit einem schnellen Griff und brach ihn zwischen meinen Händen. Und als er die Zähne zusammenschlug – wie er glaubte über meiner Hand –, packte ich den andern im Nacken und schmiß ihn ihm in den Rachen. ›Jetzt!‹ rief ich Tilly zu.

Du weißt, wie kampflustig sie sind. Im Nu befanden sich Hunderte von ihnen in einem wilden Gemenge, sie lagen über- und untereinander, Frauen und Kinder flüchteten nach allen Seiten, und das Lager war wie von Sinnen. Tilly war fortgeschlüpft, und ich folgte ihr. Als ich aber einen Blick auf den Schwarm zurückwarf, flüsterte der Teufel mir was ins Ohr. Ich warf die Decke ab und ging zurück.

Die Hunde waren jetzt auseinandergejagt, und es begann wieder Ruhe zu herrschen. Niemand war, wo er sein sollte, so daß keiner Tillys Verschwinden bemerkt hatte. ›Hallo!‹ sagte ich und ergriff Häuptling Georges Hand. ›Möge der Rauch dei-

nes Potlachs zum Himmel steigen, und mögen dir die Sticks zum Frühling viele Felle bringen.‹

Gott strafe mich, Dick, aber er war ganz begeistert, als er mich sah – jetzt, da er den Sieg errungen hatte und Hochzeit mit Tilly hielt. Hier hatte er eine Möglichkeit, sich mir gegenüber zu brüsten. Das Gerücht, daß ich ganz wild nach ihr war, hatte sich schon im Lager verbreitet, und meine Anwesenheit machte ihn sehr stolz. Alle erkannten mich, als sie mich ohne Decke sahen, und begannen zu kichern und zu grinsen. Es war großartig, und ich machte es noch schöner, indem ich den Dummen spielte.

›Was gibt es hier für ein Hallo?‹ fragte ich. ›Wer hält hier Hochzeit?‹

›Häuptling George‹, sagte der Schamane und verbeugte sich tief vor ihm.

›Ich glaubte, er hätte zwei Kloochs.‹

›Ihn nehmen mehr – drei‹, mit einer neuen Verbeugung.

›Oh!‹ Und ich wandte mich ab, als ob es mich nicht interessierte.

Aber das war nicht die Absicht, und alle begannen zu rufen: ›Killisnoo! Killisnoo!‹

›Killisnoo? Was heißt das?‹ fragte ich.

›Killisnoo, Häuptling Georges Klooch‹, schnatterten sie. ›Killisnoo, Klooch.‹

Ich sprang auf und sah den Häuptling George an. Er nickte und brüstete sich.

›Sie wird nie deine Klooch!‹ sagte ich feierlich. ›Nie deine Klooch‹, wiederholte ich, und sein Gesicht wurde ganz düster, und er griff nach seinem Jagdmesser.

›Sieh‹, sagte ich und stellte mich in Positur. ›Große Medizin, habt ihr meinen Rauch gesehen?‹ Ich zog die Fausthandschuhe ab, krempelte mir die Ärmel auf und fuchtelte mit den Armen in der Luft herum.

›Killisnoo!‹ rief ich. ›Killisnoo! Killisnoo!‹

Ich machte Medizin, und sie begannen bange zu werden. Alle Blicke ruhten auf mir, und keiner hatte Zeit, daran zu denken, daß Tilly nicht da war. Dann rief ich wieder Killisnoo – dreimal – und wartete, und dann noch dreimal. Und das alles, um sie irrezuführen und unruhig zu machen. Häuptling George konnte nicht erraten, was ich vorhatte, und wollte dem Unsinn ein Ende machen, aber die Schamanen sagten, er solle warten, dann würden sie schon mit mir abrechnen – oder so was Ähn-

liches. Übrigens war er ein abergläubisches Biest, und ich rede mir ein, daß er sich vor dem Zauber des weißen Mannes ein bißchen fürchtete.

Dann rief ich ›Killisnoo‹ – ein langgezogenes, leises Geheul, wie Wolfsgeheul, bis die Frauen am ganzen Körper zitterten und die Männer recht bedenklich aussahen.

›Seht!‹ ich sprang vor und zeigte auf eine Schar von Indianerinnen – du weißt, Frauen sind leichter zu narren als Männer. ›Seht!‹ und ich hob den Finger, als folgte ich dem Fluge eines Vogels. Immer höher hob ich ihn gerade über meinem Kopfe und tat, als folgte ich ihm mit den Augen, bis er am Himmel verschwand.

›Killisnoo!‹ rief ich und sah Häuptling George an, während ich wieder in die Luft zeigte. ›Killisnoo!‹ Bei Gott, Dick, sie fielen drauf herein. Mindestens die Hälfte von ihnen sah Tilly in der Luft verschwinden. Sie hatten meinen Whisky bei Juneau getrunken und noch merkwürdigere Visionen gehabt, wie ich mir denken kann. Warum sollte ich das nicht tun, ich, der ich böse Geister in Flaschen verkorkt verkaufte? Einige von den Weibern schrien, und alle standen in Gruppen zusammen und tuschelten. Ich kreuzte die Arme über der Brust und warf den Kopf zurück, und sie zogen sich vor mir zurück. Jetzt war der Zeitpunkt zum Gehen gekommen.

›Ergreift ihn!‹ rief Häuptling George.

So drei, vier Stück gingen auf mich los, aber ich drehte mich herum, machte ein paar Armbewegungen, als wollte ich sie Tilly nachschicken, und zeigte in den Himmel. Mich anrühren? Nicht für alle Schätze der Welt. Häuptling George hielt ihnen eine lange Rede, aber sie trauten sich nicht von der Stelle. Da machte er selbst Miene, mich zu greifen, aber ich wiederholte meine Kunststücke, und sein Mut schwand zusehends.

›Laßt eure Schamanen Wunder tun, wie ich sie heute getan habe‹, sagte ich. ›Laßt sie Killisnoo vom Himmel herunterrufen, wo ich sie hingeschickt habe.‹ Aber die Priester kannten ihre Grenzen.

›Mögen eure Kloochs euch Söhne gebären, so zahlreich wie die Brut des Lachses‹, sagte ich, indem ich mich zum Gehen anschickte. ›Und mögen eure Totems lange im Lande bleiben, und möge der Rauch von euren Feuern beständig gen Himmel steigen.‹

Wenn die Kerle mich aber gesehen hätten, wie ich wie ein Wild nach dem Boot schoß, sobald ich ihnen aus den Augen

war, so würden sie geglaubt haben, daß ich ein Opfer meiner eigenen Zauberkünste geworden wäre. Tilly hatte sich warm gehalten, indem sie das Eis aufhieb, und alles war bereit, abzustoßen. Du lieber Gott, wie wir dahinschossen, dem heulenden Wind auf den Fersen, während die halbgefrorenen Spritzer immer wieder über uns hinwegschlugen. Alle Luken waren verschalt, ich selbst stand am Ruder, und Tilly hieb das Eis auf, und so fuhren wir die halbe Nacht, bis ich das Boot bei Porcupine auf den Strand auflaufen ließ und wir zitternd in unsern nassen Decken am Strand lagen; Tilly aber trocknete die Streichhölzer an ihrer Brust.

Ja, ich glaube schon, daß ich von Weibern mitreden kann. Sieben Jahre, Dick, lebten wir als Mann und Frau und teilten gute und böse Tage miteinander. Und dann starb sie mitten im Winter, starb im Wochenbett auf der Chilcat Station. Bis zuletzt hielt sie meine Hand in der ihren, und die Tür war innen vereist, und dickes Eis bedeckte die Fensterblase. Draußen das einsame Wolfsgeheul und die Stille, drinnen der Tod und die Stille. Du hast nie die Stille gehört, Dick, und bete zu Gott, daß du sie nie hören mögest, wenn du Seite an Seite mit dem Tode sitzest. Sie hören? Ja, bis dein Atem wie eine Sirene klingt und das Herz hämmert, wie die Brandung gegen die Küste hämmert.

Siwash, Dick, aber ein Weib. Weiß, Dick, weiß durch und durch. Kurz vor ihrem Ende sagte sie: ›Bewahr mein Federbett auf, Tommy, hörst du – bewahr es auf!‹ Dann schlug sie die schmerzerfüllten Augen auf. ›Ich bin dir eine gute Frau gewesen, Tommy – und deshalb sollst du mir versprechen – versprechen –‹, es war, als könnte sie die Worte nicht herausbringen, ›daß du, wenn du heiratest, nur eine weiße Frau nimmst. Keine Siwash wieder, Tommy. Es gibt viele weiße Frauen nach Juneau zu. Die Deinen nennen dich den Squaw-Mann, Frauen deiner eigenen Rasse wenden sich auf der Straße von dir ab, und du gehst nicht wie die andern Männer in ihre Hütten. Warum? Deine Frau ist Siwash. Ist es nicht so? Und das ist nicht gut. Das ist es, weshalb ich sterbe. Versprich es mir. Küß mich zum Zeichen, daß du es mir versprichst.‹

Ich küßte sie, und sie flüsterte, schon halb bewußtlos: ›Es ist gut.‹ Und zuletzt, als der Tod so nahe war, daß ich das Ohr an ihre Lippen legen mußte, sagte sie mit einer letzten Anstrengung: ›Denk an mein Federbett, Tommy.‹ Dann starb sie, im Wochenbett, auf der Chilcat Station.«

Das Zelt legte sich auf die Seite und wurde vom Sturm fast

zusammengepreßt. Dick stopfte sich wieder die Pfeife, während Tommy den Tee machte und ihn dann beiseite stellte, damit er bereit wäre, wenn Molly zurückkam.

Und Molly mit den blitzenden Augen und dem Yankee-Blut? Geblendet, stolpernd, auf Händen und Knien kriechend, außerstande, in dem heftigen Sturm zu atmen, arbeitete sie sich heim zum Zelt. Auf dem Rücken trug sie ein großes Bündel, an dem der Wind mit aller Macht rüttelte und zerrte. Sie zupfte kraftlos an dem zusammengebundenen Zelteingang, aber Tommy und Dick waren es, die die Knoten für sie lösten. Dann nahm sie sich zu einer letzten Kraftanstrengung zusammen, taumelte herein und sank ermattet zu Boden.

Tommy schnallte die Riemen auf und befreite sie von ihrem Gepäck. Als er es aufhob, erklang ein Klirren von Töpfen und Pfannen. Dick, der gerade dabei war, etwas Whisky aus einem Krug einzuschenken, ließ sich einen Augenblick Zeit, um Tommy zuzublinzeln. Tommy blinzelte wieder. Seine Lippen spitzten sich zu dem einen Wort »Kleider«, aber Dick schüttelte vorwurfsvoll den Kopf.

»Hören Sie, Kind«, sagte er, als sie den Whisky getrunken hatte und ein wenig zu sich gekommen war. »Hier ist etwas trockenes Zeug. Ziehen Sie es an. Wir müssen hinaus, um das Zelt mit einigen Extrapflöcken festzumachen. Wenn Sie fertig sind, rufen Sie uns, dann kommen wir zum Mittagessen. Sie brauchen nur zu rufen.«

»Gott strafe mich, wenn ihr das nicht für diesmal die scharfen Kanten abgeschliffen hat«, flüsterte Tommy, als sie beide hinter das Zelt krochen.

»Aber die scharfen Kanten sind ja gerade das Gute an ihr«, antwortete Dick, indem er sich duckte, um einer mächtigen Regensalve zu entgehen, die mit Wucht eine Ecke des Zeltes peitschte. »Die scharfen Kanten, die du und ich haben, Tommy, und die scharfen Kanten, die unsere Mütter vor uns hatten.«

Der Mann mit der Schmarre

Jacob Kent hatte all seine Tage an Geiz gekrankt. Der hatte wieder ein chronisches Mißtrauen zur Folge, und dadurch war sein Charakter so boshaft geworden, daß es sehr unangenehm war, mit ihm zu tun zu haben. Er hatte auch eine Neigung zum Schlafwandeln und war sehr eigensinnig, wenn er sich etwas in den Kopf gesetzt hatte. Von Haus aus war er Weber gewesen, bis das Klondike-Fieber ihn gepackt und vom Webstuhl gerissen hatte. Seine Hütte stand mittwegs zwischen der Handelsstation Sixty Mile und dem Stuart, und die Männer, die die Schlittenspur nach Dawson zu ziehen pflegten, verglichen ihn einem Raubritter, der in seiner festen Burg droben saß und Zoll von den Karawanen forderte, die seine schlechtgehaltenen Wege benutzten. Da es einige historische Voraussetzungen erforderte, sich diese Gestalt vorzustellen, waren die weniger gebildeten Wanderer vom Stuart geneigt, ihn auf eine noch primitivere Art und Weise zu beschreiben, bei der besonders viele kräftige Beiworte verwendet wurden.

Diese Hütte war, nebenbei bemerkt, nicht seine eigene, sondern vor einigen Jahren von ein paar Leuten erbaut worden, die sich ihren Lebensunterhalt mit Goldgraben verdient hatten. Es waren außerordentlich gastfreie junge Leute gewesen, und als sie die Hütte verlassen hatten, pflegten immer noch Reisende, die den Weg kannten, bei Einbruch der Dunkelheit dorthin zu kommen. Sie lag sehr bequem, denn sie ersparte ihnen Zeit und Mühe des Zeltaufschlagens; und es war ein ungeschriebenes Gesetz, daß der letzte Mann jeweils einen hübschen kleinen Stapel Brennholz für den nächsten hinterließ. Kaum eine Nacht verging, ohne daß bis zu zwei Dutzend Männer Schutz in der Hütte suchten. Jacob Kent, der dies beobachtet hatte, nutzte die Macht des Besitzes aus und blieb in ihr wohnen. Von jetzt an mußten die müden Reisenden eine Abgabe von einem Dollar für den Mann bezahlen, um auf dem Fußboden schlafen zu dürfen, und Jacob Kent wog nie den Goldstaub ab, ohne im Gewicht zu betrügen. Außerdem sorgte er stets dafür, daß seine Gäste, die kamen und gingen, für ihn Brennholz hackten und Wasser trugen. Es war der reine Raub, aber seine Opfer waren großzügig, und wenn sie ihn auch haßten, so erlaubten sie ihm doch, in seinen Sünden zu gedeihen.

An einem Aprilnachmittag saß er vor seiner Tür – genau wie eine raublustige Spinne – und wunderte sich, daß die zurückgekehrte Sonne so warm brannte, während er gleichzeitig die Schlittenbahn hinabblickte, um nach etwaigen Fremden Ausschau zu halten. Der Yukon lag zu seinen Füßen, ein Meer von Eis, das bei den beiden großen Biegungen im Norden und Süden verschwand und reichlich zwei Meilen von Ufer zu Ufer maß. Über diese rauhe Fläche führte die schmale, eingesunkene Schlittenbahn, achtzehn Zoll breit und zweitausend Meilen lang, von denen jeder Fuß mehr Flüche gehört hatte als jeder andere Weg innerhalb und außerhalb der Christenheit.

Jacob Kent war heute besonders guter Laune. Er hatte in der letzten Nacht einen Rekord aufgestellt und seine Gastfreiheit an ganze achtundzwanzig Gäste verkauft. Allerdings war es recht unangenehm gewesen, und vier hatten die ganze Nacht unter seiner Koje geschnarcht, anderseits aber hatte es dem Sack, in dem er seinen Goldstaub aufbewahrte, recht gut getan. Dieser Sack mit seiner glitzernden gelben Herrlichkeit war die größte Freude seines Daseins und die größte Plage zugleich. In seiner Enge wohnten Himmelreich und Hölle. Da es nach der Natur der Sache kein Privatleben in seiner Hütte mit ihrem einzigen Zimmer gab, quälte ihn eine ständige Furcht vor Dieben. Für diese bärtigen Fremden, die aussahen, als wären sie zu allem fähig, wäre es ungeheuer leicht gewesen, damit durchzubrennen. Das war auch sein gewöhnlicher Traum, und diese bösen Träume pflegten ihn zu wecken. Eine auserwählte Versammlung solcher Räuber suchte ihn im Traum heim, und er war allmählich ganz vertraut mit ihnen geworden, namentlich mit dem sonderbaren Anführer mit der furchtbaren Schmarre auf der rechten Backe. Der Bursche war der Beharrlichste von der ganzen Bande, und aus Furcht vor ihm hatte Jacob Kent bei Tage schon mehrere Dutzend Verstecke in der Hütte und um sie herum gesucht. Wenn er ein solches Versteck gefunden hatte, atmete er ein paar Nächte leichter, um dann wieder den Mann mit der Schmarre auf frischer Tat zu ergreifen, wie er den Sack hervorzog. Erwachte er dann mitten in dem üblichen Kampf, so stand er auf und schaffte den Sack in ein neues, noch sinnreicheres Versteck.

Nicht, daß er ein Opfer von Traumgesichten gewesen wäre; aber er glaubte an Anzeichen und Gedankenübertragung und meinte, daß diese Räuber, die in seinen Träumen auftraten, eine Astralprojektion von wirklichen Menschen wären, die in solchen

Augenblicken – wo ihr Körper sich auch zufällig befinden mochte – im Geiste berieten, wie sie sich seines Schatzes bemächtigen könnten. Und die Folge war, daß er die Unglücklichen, die über seine Schwelle traten, weiter brandschatzte und gleichzeitig seine eigene Sorge mit jedem Goldkörnchen, das in den Sack kam, vermehrte.

Wie Jacob Kent so dasaß und sich sonnte, hatte er plötzlich einen Einfall, der ihn aufspringen ließ. Alle Lebensfreude hatte für ihn in einem beständigen Wiegen und Wiegen von Goldstaub gegipfelt; aber auf diese angenehme Beschäftigung war ein Schatten gefallen, den zu vertreiben er bisher nicht imstande gewesen war. Seine Goldwaage war ganz klein, er konnte in der Tat höchstens anderthalb Pfund – achtzehn Unzen – darauf abwiegen, während der gesammelte Schatz etwa dreieindrittelmal so viel betrug. Es war ihm nie möglich gewesen, alles auf einmal zu wiegen, und deshalb meinte er von einer neuen und höchst erbaulichen Betrachtung abgeschnitten zu sein. Diese Tatsache hatte ihm die halbe Besitzerfreude verdorben, ja, er fühlte, daß dieses elende Hindernis tatsächlich den Besitz sowohl entwirklichte wie verringerte. Die Lösung dieses Problems war es, die ihm durch den Kopf geschossen war und ihn aufspringen ließ. Er sah sich sorgfältig forschend nach beiden Richtungen um. Es war nichts zu sehen, und er ging hinein.

In wenigen Minuten hatte er den Tisch abgeräumt und die Waage darauf gesetzt. Auf die eine Waagschale legte er die gestempelten Gewichte, die fünfzehn Unzen ausmachten, und balancierte die Waage dann mit Goldstaub auf der andern Waagschale aus. Dann vertauschte er die Gewichte mit Goldstaub und hatte jetzt genau dreißig Unzen auf der Waage. Diese dreißig Unzen tat er dann in die eine Waagschale und balancierte sie wieder mit mehr Goldstaub aus. Jetzt war sein Vorrat an Goldstaub erschöpft, und er schwitzte stark. Er zitterte vor Entzücken und war überglücklich. Dennoch schüttelte er den Sack gründlich, um auch das letzte Stäubchen herauszubekommen, bis das Gleichgewicht gestört war und die eine Seite der Waage niedersank. Aber mit Hilfe von einigen wenigen Körnern, die er in die andere Schale legte, wurde das Gleichgewicht wieder hergestellt. Mit zurückgebogenem Kopf, starr vor Entzücken, stand er da. Der Sack war leer, aber die Möglichkeiten, die die Waage bot, waren jetzt unbegrenzt. Er konnte jeden Betrag auf ihr wiegen, vom kleinsten Gran bis zu vielen Pfunden. Mammon packte sein Herz mit brennenden Fingern. Die

Sonne setzte ihren Weg nach Westen fort, bis sie durch die offene Tür hereinschimmerte und ihre Strahlen gerade auf die Waage mit ihrer goldenen Last fielen. Wie die goldenen Brüste einer bronzenen Kleopatra warfen die köstlichen Hügel das Licht mit sanfter Wärme zurück. Zeit und Raum existierten nicht mehr für ihn.

»Donnerwetter – da hast du ja ein nettes Häufchen Gold, he?«

Jacob Kent drehte sich um, während er gleichzeitig die Hand nach seiner doppelläufigen Büchse ausstreckte, die neben ihm stand. Als sein Blick aber auf das Gesicht des ungebetenen Gastes fiel, taumelte er schwindlig zurück.

Das war ja der Mann mit der Schmarre!

Der Mann betrachtete ihn neugierig.

»Nur ruhig!« sagte er mit einer abwehrenden Handbewegung. »Du brauchst nicht zu fürchten, daß ich deinem verdammten Goldstaub etwas tue.

Du bist ein komischer Kauz, weißt du«, fügte er nachdenklich hinzu, als er Jacob Kents zitternde Knie und den Schweiß sah, der ihm über das Gesicht troff.

»Warum nimmst du dich nicht zusammen und sagst was?« fuhr er fort, während der andere mühsam nach Luft rang. »Hast du ein Schloß vors Maul gekriegt? Ist was in dir kaputt gegangen?«

»W–w–wo hast du die gekriegt?« brachte Jacob Kent schließlich heraus, indem er mit seinem zitternden Zeigefinger auf die unheimliche Schmarre auf der Wange des andern wies.

»Die hat mir ein Schiffskamerad mit einem Marlspiker versetzt. Und da du ja jetzt wieder zu dir gekommen zu sein scheinst, so möchte ich doch fragen, was das dich angeht. Das hätte ich gern gewußt – was geht das dich an? Zum Teufel – tut sie dir was? Ist sie nicht fein genug für einen Herrn wie dich? Das hätte ich gern gewußt!«

»Nein, nein«, antwortete Jacob Kent, indem er mit einem krampfhaften Lächeln auf den Stuhl sank. »Ich dachte nur –«

»Hast du je etwas Ähnliches gesehen?« fuhr der andere streitlustig fort.

»Nein!«

»Macht sie sich nicht hübsch?«

»Ja.« Jacob Kent nickte beifällig, entschlossen, sich seinem merkwürdigen Gast zu fügen, aber vollkommen unvorbereitet auf den Ausbruch, der das Ergebnis seines Versuchs, sich angenehm zu machen, sein sollte.

»Du verfluchter, grützefressender Sohn eines Seeigels! Wie kommst du dazu, zu sagen, die abscheulichste Verunstaltung, mit der Gott je einen Mann hat herumlaufen lassen, sei hübsch? Wie meinst du das, du –«

Und dann stürzte sich dieser hitzige Mann des Meeres in einen Strom orientalischer Gotteslästerungen und brachte Gott und Teufel, Stammbäume und Menschen, Bilder und Umgeheuer auf so echt primitive Männerart durcheinander, daß Jacob Kent ganz gelähmt war. Die Arme wie zur Abwehr eines Schlages erhoben, fuhr er zurück. So vollkommen hilflos stand er da, daß der andere mitten in einem großartigen Satz innehielt und in ein Hohngelächter ausbrach.

»Die Sonne hat der Schlittenspur den Boden weggeschmolzen«, sagte der Mann mit der Schmarre, als er vor Lachen wieder sprechen konnte. »Und ich hoffe, du wirst es zu schätzen wissen, daß du dadurch Gelegenheit bekommst, mit einem Mann mit einer solchen Fratze zu verkehren. Jetzt mach ein bißchen Dampf in deinem Feuerkasten dort. Ich muß die Hunde abschirren, und dann sollen sie zu fressen haben. Spar nicht mit Holz, Verehrtester, wo das herkommt, wächst mehr, und du hast massenhaft Zeit, deine Axt zu traktieren. Und wenn du schon mal dabei bist, dann ist es am besten, wenn du auch gleich einen Eimer Wasser holst. So, ein bißchen fix jetzt – sonst mach ich dir Beine – zum Teufel!«

Es war wirklich etwas ganz Unerhörtes: Jacob Kent machte Feuer, hackte Holz und holte Wasser – kurz, er verrichtete alle grobe Arbeit für einen Gast! Ehe Jim Cardegee Dawson verlassen hatte, waren ihm die Ohren vollgeblasen worden von dem Sündenregister dieses Shylocks der Landstraße, und unterwegs hatten die zahlreichen Opfer ihm immer mehr von seinen Verbrechen erzählt. Aber Jim Cardegee, der wie alle Seeleute einen Spaß zu schätzen wußte, war, als er in die Hütte trat, fest entschlossen gewesen, dem Mann, der sie bewohnte, zu zeigen, was eine Harke war. Daß ihm dies über alles Erwarten geglückt war, sah er natürlich sofort, wenn er auch keine Ahnung hatte, welche Rolle die Schmarre auf seiner Backe dabei spielte. Obwohl er es nicht verstand, sah er aber doch den Schrecken, den sie erregte, und beschloß, das ebenso schonungslos auszunutzen, wie ein moderner Kaufmann eine besonders ausgesuchte Ware auszunutzen gedenkt.

»Das muß ich sagen – du kannst schon was schaffen, wenn es sein muß«, sagte er bewundernd, während er zusah, wie sein

Wirt arbeitete. »Du hättest wirklich nie zum Goldgraben ausziehen sollen – nein, wirklich nicht! Dich hat Gott ja zum Gastwirt geschaffen. Ich hab' so oft die andern oben und unten am Fluß von dir schwatzen hören, aber ich glaubte nie, daß du so ein fixer Kerl wärst, nee, wahrhaftig nicht!«

Jacob Kent spürte einen wütenden Drang, seine Schrotbüchse an dem andern zu probieren, aber der Zauber, den die Schmarre auf ihn ausübte, war zu stark. Dies war der wirkliche Mann mit der Schmarre, der Mann, der ihn so oft in seinen phantastischen Träumen beraubt hatte. Dies war die Verkörperung des Geschöpfes, dessen Astralleib ihm in seinen Träumen erschienen war, dies war der Mann, der so oft Arges gegen seinen Schatz im Schilde geführt hatte, und deshalb – er konnte keinen andern Schluß ziehen –, deshalb war dieser Mann mit der furchtbaren Schmarre jetzt in eigener Person gekommen, um ihm sein Eigentum zu rauben. Und diese Schmarre! Er konnte den Blick ebensowenig von ihr lassen, wie er sein Herz zum Stillstand bringen konnte. So sehr er sich auch bemühte, suchten seine Augen doch immer wieder den einen Punkt – so unvermeidlich wie die Kompaßnadel den Pol.

»Stört sie dich?« fragte Jim Cardegee plötzlich mit Donnerstimme, als er von den Decken aufsah, die er gerade auf dem Fußboden ausbreitete, und dem starren Blick des andern begegnete. »Ich glaube, du tust am besten, jetzt die Klappe zuzumachen, die Laterne abzublenden und dich in die Koje zu legen, wenn sie dir so verflucht schlecht bekommt. Na, los jetzt, alter Schuft, oder soll ich dir erst Beine machen – in drei Teufels Namen!«

Jacob Kent war so nervös, daß er dreimal blasen mußte, um die Tranlampe auszulöschen. Dann verkroch er sich in seine Decken, ohne auch nur die Mokassins auszuziehen.

Der Seemann schnarchte bald heiter auf seinem harten Lager auf dem Fußboden, während Kent, die eine Hand an der Büchse, in die Finsternis starrte, fest entschlossen, die ganze Nacht kein Auge zuzutun. Er hatte keine Gelegenheit gehabt, seinen Goldsack beiseite zu schaffen, der jetzt im Munitionskasten am Kopfende seiner Koje lag. So sehr er sich aber auch bemühte, wach zu bleiben, schlief er doch schließlich ein, die Seele schwer mit dem Gewicht des Goldstaubes belastet. Wäre er nicht unversehens in dieser Verfassung eingeschlafen, so würde der Dämon des Schlafwandelns nicht geweckt worden und Jim Cardegee nicht am nächsten Tage mit einem Waschzuber auf die Goldsuche gegangen sein.

Das Feuer kämpfte einen hoffnungslosen Kampf, erstarb aber ganz, während der Frost durch die mit Moos verstopften Ritzen zwischen den Baumstämmen hereindrang und die Luft im Raume eisig kalt machte. Die Hunde draußen hörten auf zu heulen, sie lagen zusammengekrochen im Schnee und träumten von einem Himmel, der voller Lachse war und in dem es keine Schlittenführer und andere gestrenge Herren gab. Im Hause lag der Seemann regungslos, während sein Wirt sich ruhelos hin und her wälzte, eine Beute seltsam phantastischer Träume. Als die Mitternacht sich näherte, warf er plötzlich die Decke ab und stand auf. Es war höchst merkwürdig, daß er das tun konnte, ohne auch nur Licht zu machen. Vielleicht war es die Dunkelheit, die ihn mit geschlossenen Augen herumgehen ließ, vielleicht auch die Furcht vor der furchtbaren Schmarre auf der Wange des Gastes; wie dem aber auch sein mochte, Tatsache war jedenfalls, daß er mit geschlossenen Augen den Munitionskasten öffnete, eine schwere Menge Goldstaub in die beiden Läufe seiner Büchse stopfte, ohne auch nur das geringste zu verstreuen, ihn mit dem Wischer feststampfte, dann die Waffe fortstellte und wieder in seine Koje kroch.

Kaum berührte das Tageslicht mit seinen stahlgrauen Fingern das Pergamentfenster, als Jacob Kent erwachte. Er drehte sich auf die Seite, stützte sich auf den Ellbogen, hob den Deckel des Munitionskastens und guckte hinein. Was er hier sah oder nicht sah, übte eine merkwürdige Wirkung auf ihn aus, namentlich in Anbetracht seines nervösen Temperaments. Er betrachtete den Schlafenden auf dem Fußboden, schloß vorsichtig den Kasten und wälzte sich auf den Rücken. Eine ungewöhnliche Ruhe legte sich über seine Züge. Nicht ein Muskel zitterte, und nicht das geringste Zeichen von Aufregung oder Nervosität war zu bemerken. Er lag lange da und bedachte die Sache, und als er schließlich aufstand und in der Hütte umherzugehen begann, tat er es ruhig und beherrscht, ohne Lärm oder Eile.

Zufällig war ein schwerer Holzpflock gerade über Jim Cardegees Kopf an der Balkendecke eingeschlagen. Mit großer Vorsicht schlang Jacob Kent ein Stück halbzölligen Manilaseiles um den Pflock, so daß beide Enden auf den Boden herabhingen. Das eine Ende band er sich selbst um den Leib, und aus dem andern machte er eine Schlinge. Dann spannte er den Hahn seiner Büchse und legte sie in Reichweite neben einen Haufen Elchlederriemen. Mit Aufbietung seiner ganzen Willenskraft zwang er sich, die Schmarre anzusehen, legte dem Schlafenden

die Schlinge um den Hals und zog sie zusammen, indem er sich mit seinem ganzen Gewicht zurückwarf, während er gleichzeitig die Büchse ergriff und auf den Seemann richtete.

Jim Cardegee erwachte halb erstickt und starrte verwirrt in die beiden Stahlrohre.

»Wo ist es?« fragte Kent, das Seil lockernd.

»Du verdammter – uh –«

Jacob Kent warf sich wieder zurück, so daß der andere fast erstickte.

»Du verfluchtes Schwein – uh –«

»Wo ist es?« wiederholte Kent.

»Was?« fragte Cardegee, sobald er Luft bekommen konnte.

»Der Goldstaub.«

»Was für Goldstaub?« fragte der verdutzte Seemann.

»Das weißt du sehr gut – mein Goldstaub.«

»Ich hab' nichts davon gesehen. Wofür hältst du mich denn? Vielleicht für einen Geldschrank? Und was habe ich übrigens damit zu schaffen?«

»Vielleicht weißt du es, und vielleicht auch nicht; aber jedenfalls schnür' ich dir den Hals zu, bis du es weißt. Und wenn du die Hand hebst, schieß' ich dir eine Kugel vor den Kopf.«

»Laß nach!« brüllte Cardegee, als der andere das Seil straffte.

Kent lockerte das Seil, und der Seemann wand und drehte seinen Hals, um ihn freizubekommen, bis es ihm glückte, die Schlinge unter das Kinn zu schieben.

»Na?« fragte Kent, auf die Enthüllung wartend.

Aber Cardegee grinste.

»Häng mich nur, du verfluchter alter Pottkieker!«

Und wie der Seemann es vorausgesehen hatte, wurde jetzt das Trauerspiel zum Schwank. Cardegee war der Schwerere von beiden, und Kent konnte ihn nicht vom Boden heben, obgleich er sich mit seinem ganzen Körper hintenüberwarf. Er spannte seine Kräfte bis zum äußersten an, aber die Füße des Seemanns blieben auf dem Boden, so daß sie einen Teil seines Gewichtes trugen, das im übrigen von der Schlinge unter seinem Kopf gehalten wurde.

Da Kent ihn nicht vom Boden heben konnte, klammerte er sich an ihn, fest entschlossen, ihn langsam zu erwürgen und ihn zu zwingen, zu sagen, was er mit dem Schatz gemacht hatte. Aber der Mann mit der Schmarre wollte sich nicht erwürgen lassen. Es vergingen zehn, zwölf, fünfzehn Minuten, dann ließ Jacob Kent verzweifelt seinen Gefangenen los.

»Na schön«, sagte er und wischte sich den Schweiß von der Stirn. »Wenn ich dich nicht hängen kann, kann ich dich doch erschießen. Es gibt ja Leute, die nicht zum Hängen geboren sind.«

»Und du richtest deinen Fußboden hier schön zu.«

Cardegee versuchte Zeit zu gewinnen. »Hör mal – ich will dir was sagen –, jetzt werden wir uns mal hübsch die Köpfe zerbrechen, um rauszukriegen, was wir tun sollen. Du hast etwas Goldstaub verloren. Du sagst, daß ich weiß, wo er ist, und ich sage, daß ich es nicht weiß. Jetzt wollen wir mal die Höhe bestimmen und dann den Kurs danach setzen –«

»Quatsch!« fiel ihm der andere ins Wort, »jeden Kurs, der gefahren wird, bestimme ich. Und wenn du dich von der Stelle rührst, kriegst du eine Kugel in den Leib, und das so sicher wie nur was.«

»Beim Heil meiner Mutter –«

»Der Gott gnädig sein möge, wenn sie dich liebt. Also! Ach du möchtest –?« Der Seemann hatte sich angeschickt, sich zur Wehr zu setzen, aber Jacob Kent kam ihm zuvor und drückte ihm die kalte Mündung gegen die Stirn. »Lieg jetzt still! Wenn du dich nur um ein Haarbreit rührst, ist es aus mit dir.«

Es war eine ziemlich mühselige Arbeit, da er die ganze Zeit darauf achten mußte, sich nie mehr von dem Gewehr zu entfernen, als daß er den Drücker erreichen konnte, aber er war nicht umsonst Weber, und in wenigen Minuten hatte er den Seemann an Händen und Füßen gebunden. Dann schleppte er ihn vor die Tür und legte ihn neben die Hütte, wo er die Aussicht über den Fluß hatte und sehen konnte, wie die Sonne sich zum Meridian emporarbeitete.

»Ich gebe dir Frist bis Mittag und dann –«

»Was dann?«

»Dann schicke ich dich stantepeh in die Hölle. Wenn du aber gestehst, will ich dich hier behalten, bis die nächste Abteilung von der reitenden Polizei vorbeikommt.«

»Gott strafe mich, wenn das nicht eine schöne Erklärung ist! Da bin ich – unschuldig wie ein Lamm, und da bist du, mit einem Loch im Kopf und ganz versessen darauf, es mit mir anzulegen und mich in die Hölle zu expedieren, du verdammter alter Räuber! Du –«

Jim Cardegee schüttete einen Sack von Flüchen aus, daß er sich selber übertraf. Jacob Kent holte sich einen Schemel heraus, um sie in Ruhe genießen zu können. Als der Seemann alle

erdenkbaren Kombinationen seines Wortschatzes erschöpft hatte, begann er im stillen gründlich über die Sache nachzudenken und verfolgte dabei ständig mit den Augen die Sonne, die sich mit unziemlicher Eile über den östlichen Himmelsbogen emporarbeitete. Seine Hunde, die erstaunt waren, daß sie noch immer nicht vor den Schlitten gespannt wurden, umdrängten ihn. Seine Hilflosigkeit machte einen starken Eindruck auf die Tiere. Sie fühlten, daß etwas nicht in Ordnung war, wenn sie auch nicht wußten, was. Und sie scharten sich um ihn und gaben heulend ihr Mitgefühl zu erkennen.

»Hopp! Los, ihr Siwashs!« rief er, trat, sich wie ein Wurm windend, nach ihnen und merkte, daß er direkt am Rande eines Erdlochs lag. Sobald die Tiere auseinander gejagt waren, begann er darüber nachzudenken, welchen Wert das Erdloch für ihn haben mochte, das er zwar nicht sah, dessen Vorhandensein er aber fühlte. Und es dauerte auch nicht lange, bis er zu dem Ergebnis gelangte. Er sagte sich, daß die Menschen ihrer Natur nach faul sind. Sie tun nicht mehr, als sie notgedrungen tun müssen. Wenn sie eine Hütte bauen, müssen sie Erde aufs Dach legen. Von dieser Voraussetzung aus gelangte er zu dem logischen Schluß, daß man die Erde nicht weiter trug, als unbedingt notwendig war, deshalb lag er am Rande des Loches, dem die Erde entnommen war, die das Dach von Jacob Kents Hütte bildete. Bei richtiger Ausnutzung dieses Wissens, sagte er sich, könnte er dadurch einen Aufschub erlangen, und jetzt wandte er seine Aufmerksamkeit den Elchlederriemen zu, mit denen er gebunden war. Seine Hände waren auf dem Rücken gefesselt, und sie waren naß von der Berührung mit dem Schnee. Er wußte, daß ungegerbtes Leder, wenn es feucht wurde, dehnbar war, und versuchte, es ohne sichtbare Anstrengung immer mehr zu strecken.

Mit gierigen Augen folgte er der Schlittenspur, und als er in Richtung von Sixty Mile einen Augenblick einen dunklen Fleck vor dem weißen Hintergrund einer Eisstauung auftauchen sah, warf er einen besorgten Blick auf die Sonne. Sie hatte jetzt fast den Zenit erreicht. Immer wieder sah er den schwarzen Fleck sich über die Eisbänke arbeiten und in Senkungen zwischen ihnen verschwinden, aber er wagte nur einen flüchtigen Blick hinüberzuwerfen, aus Furcht, den Verdacht seines Feindes zu erregen. Als Jacob Kent sich einmal erhob und aufmerksam die Schlittenspur entlangblickte, wurde Cardegee sehr ängstlich, aber der Hundeschlitten befand sich gerade auf einer Strecke,

die parallel mit einer Eisstauung lief, und er blieb daher außer Sicht, bis die Gefahr überstanden war.

»Ich will dich dafür hängen sehen«, drohte Cardegee, um die Aufmerksamkeit des andern auf sich zu lenken. »Und du wirst dafür in der Hölle schmoren – ja, das kannst du mir glauben.«

»Sag mal«, rief er nach einer Pause, »glaubst du an Gespenster?« Jacob Kent fuhr zusammen, und Cardegee, der sah, daß er auf der richtigen Fährte war, fuhr fort: »Weißt du, ein Gespenst darf einem Mann erscheinen, der sein Wort nicht hält, und du kannst mich nicht vor acht Glasen – ich meine vor zwölf Uhr – krepieren lassen, verstanden? Denn wenn du es tust, so kann es sein, daß ich dir erscheinen werde. Hörst du, eine Minute, eine Sekunde vor der Zeit – und ich erscheine dir – so wahr mir Gott helfe!«

Jacob Kent sah unschlüssig aus, wagte aber nichts zu sagen.

»Wie steht es mit deinem Chronometer? Wie ist deine Länge?
Wie kannst du wissen, daß deine Zwiebel richtig geht?« fuhr Cardegee fort, in der eitlen Hoffnung, seinen Henker um ein paar Minuten zu betrügen. »Richtest du dich nach der Zeit der Polizei oder nach der der Company? Denn wenn du's auch nur eine Sekunde vor zwölf tust, so kriegst du nie Frieden vor mir, das sage ich dir im voraus. Ich komme wieder, und wenn du nicht genau weißt, wie spät es ist, wie kannst du dann sicher sein? Ich frage dich, wie kannst du sicher sein?«

»Ich werde schon aufpassen«, antwortete Jacob Kent. »Ich habe eine Sonnenuhr hier.«

»Quatsch! Der Kompaß hat zweiunddreißig Grad Deklination.«

»Die sind genau vermerkt.«

»Wie hast du das gemacht? Nach dem Kompaß?«

»Nee, nach dem Nordstern.«

»Ist das genau?«

»Vollkommen.«

Cardegee stöhnte und warf einen verstohlenen Blick auf die Schlittenspur. Der Schlitten hatte jetzt einen Hang erreicht, er war kaum noch zwei Kilometer entfernt, und die Hunde liefen in vollem Trabe, leicht und ohne Anstrengung.

»Wie weit sind die Schatten noch von der Linie entfernt?«

Kent trat an die primitive Uhr und studierte sie. »Drei Zoll«, erklärte er nach sorgfältiger Untersuchung.

»Sag mal, du wirst doch wohl acht Glasen rufen, ehe du schießt, nicht wahr?«

Kent bejahte es und versank wieder in Schweigen; die Riemen um Cardegees Handgelenke dehnten sich langsam, und er bekam schon allmählich die Hände frei.

»Sag, wie weit sind die Schatten jetzt?«

»Einen Zoll.«

Der Seemann machte eine leichte Drehung, um sicher zu sein, daß er im rechten Augenblick in das Loch fallen konnte, und schob sich gleichzeitig die erste Schlinge über die Hände.

»Einen halben Zoll.« In diesem Augenblick hörte Kent das knirschende Geräusch von Schlittenkufen und wandte sich der Schlittenspur zu. Der Mann, der dort angefahren kam, lag bäuchlings auf dem Schlitten, und die Hunde flogen die gerade Strecke zur Hütte heran. Kent drehte sich hastig um und hob sein Gewehr an die Schulter.

»Es ist noch nicht acht Glasen!« wandte Cardegee ein. »Und ich werde dir erscheinen – verlaß dich drauf.«

Jacob Kent bedachte sich. Er stand neben der Sonnenuhr vielleicht zehn Schritt von seinem Opfer. Der Mann auf dem Schlitten mußte gesehen haben, daß etwas Ungewöhnliches im Gange war, denn er erhob sich auf die Knie und peitschte wie toll auf seine Hunde los.

Die Schatten erreichten die Linie, und Kent blickte den Lauf entlang.

»Bist du bereit?« sagte er feierlich. »Acht Gl –«

Aber den Bruchteil einer Sekunde zu früh war Cardegee rücklings in das Loch gerollt. Kent nahm den Finger vom Drücker und lief hin.

Päng! Die Büchse explodierte dem Seemann, der sich erhob, mitten ins Gesicht. Aber es kam kein Rauch aus der Mündung, dagegen eine mächtige Flamme in der Nähe des Kolbens, und Jacob Kent fiel. Die Hunde stürzten den Hang herauf, schleppten den Schlitten über ihn hinweg, und der Fahrer sprang im selben Augenblick ab, als Cardegee seine Hände frei bekam und aus dem Loch kletterte.

»Jim!« Der andere kannte ihn. »Was ist hier los?«

»Was los ist? Ach, nichts, das sind nur Kleinigkeiten, die ich für meine Gesundheit tue. Was los ist, du verfluchter Idiot? Was los ist, fragst du? Mach mir die Hände frei, oder ich zeig' dir, was eine Schwarte ist! Ein bißchen schnell – wenn du nicht willst, daß ich ein Deck mit dir scheuere!«

»Huh!« fügte er hinzu, während der andere ihn mit seinem Klappmesser befreite. »Was los ist, das möchte ich selber gern wissen. Kannst du es mir vielleicht sagen, du Esel?«

Als sie Jacob Kent auf die Seite drehten, war er mausetot. Die Büchse, ein altertümlicher, schwerer Vorderlader, lag neben ihm. Stahl und Holz waren auseinandergesprengt. Das Ende des rechten Laufes zeigte einen klaffenden Riß, der mehrere Zoll lang war. Der Seemann hob ihn neugierig auf. Ein glitzernder Strom von Goldstaub lief durch den Sprung heraus, und im selben Augenblick verstand Jim Cardegee den Zusammenhang.

»Weiß der Teufel«, brüllte er, »das ist doch die Höhe! Hier ist sein verfluchter Goldstaub. Gott strafe mich und dich dazu, Charley, wenn du nicht gleich läufst und einen Waschzuber holst!«

Jan, der Unverbesserliche

> »Denn weder Gottes noch Menschen Gesetz reicht über den Dreiundfünfzigsten nordwärts.«

Kratzend und um sich tretend wälzte Jan sich auf dem Boden. Er kämpfte jetzt mit Händen und Füßen, und er kämpfte grimmig und schweigend. Zwei von den drei Männern, die sich an ihn hingen, riefen sich zu, was sie tun sollten, und bemühten sich, den untersetzten haarigen Teufel zu bändigen, der sich nicht bändigen lassen wollte. Der dritte Mann heulte. Sein Finger stak zwischen Jans Zähnen.

»Laß jetzt den Unsinn, Jan, und sei vernünftig«, stöhnte der Rote Bill, indem er Jan die Arme um den Hals schlang, daß er fast erstickte. »Warum kannst du dich nicht ruhig und friedlich hängen lassen, zum Donnerwetter?«

Aber Jan ließ den Finger des dritten Mannes nicht los und wand sich auf dem Zeltboden zwischen Töpfen und Pfannen.

»Du bist kein Gentleman«, schalt Taylor, dessen Körper dem Finger folgte und sich jedem Ruck von Jans Kopf anzupassen versuchte. »Du hast Herrn Gordon umgebracht, einen so tapferen und rechtschaffenen Kavalier, wie je einer auf einer Schlittenbahn hinter den Hunden gefahren ist. Du bist ein Mörder und hast keine Ehre im Leibe.«

»Und du bist kein guter Kamerad«, fiel der Rote Bill ihm ins Wort, »sonst würdest du dich ohne Lärm und Spektakel hängen lassen. So, Jan, benimm dich jetzt! Mach uns nicht so viel Mühe. Nur ruhig – wir wollen dich hübsch ordentlich hängen, damit die Sache ein Ende hat.«

»Stütz alle Mann!« brüllte Lawson der Seemann.

»Stopft seinen Kopf in den Bohnentopf und setzt den Deckel drauf.«

»Aber mein Finger«, protestierte Taylor.

»Dann laß den Finger zum Teufel gehen! Der ist ja doch nur im Wege.«

»Aber ich kann nicht, Herr Lawson. Das Biest hat ihn schon ganz im Hals, und er ist schon fast aufgefressen.«

»Klar zum Wenden!«

Als Lawson diese Warnung rief, kam Jan hoch, und die vier Kämpfenden taumelten gegen die andere Seite des Zeltes in ein

Gewirr von Fellen und Decken. Sie wichen eben noch dem Körper eines Mannes aus, der unbeweglich dalag und aus einem Schuß am Halse blutete.

Alles dies kam von der Tollheit, die Jan gepackt hatte, von der Tollheit, die einen Mann packt, der die harte Rinde der Erde zerschürft, lange unter harten und primitiven Verhältnissen gelebt hat und wie ein primitiver Urmensch herumgekrochen ist, während sich vor seinem Blick die fetten Täler der Heimat zeigen und seine Nase den Duft von Heu und Gras, Blumen und frischgepflügter Erde wittert. Fünf eisige Jahre hatte Jan gearbeitet – am Stuart River, in Forty Mile, Circle City, Koyokuk, Kotzebue, überall hatte er unter traurigen, harten Verhältnissen seine Saat ausgestreut, und jetzt erntete er die Frucht in Nome – nicht dem Nome mit den goldenen Ufern und den roten Sandstrecken, sondern dem Nome von 1897, als Anvil City noch nicht erbaut und der Eldorado-Distrikt noch nicht entdeckt war. John Gordon war Yankee und hätte klüger sein sollen. Aber er knurrte Jan in einem Augenblick an, als seine blutunterlaufenen Augen flammten und er vor Pein mit den Zähnen knirschte. Und deshalb roch es im Zelt nach Salpeter, und deshalb lag der eine ganz still da, und deshalb kämpfte der andere wie eine in die Ecke gedrängte Ratte und wollte sich nicht auf die anständige und friedliche Art hängen lassen, die seine Kameraden ihm vorschlugen.

»Wenn Sie gestatten, Herr Lawson, so möchte ich, ehe wir mit dem Radau hier fortfahren, doch bemerken, daß es eine gute Idee wäre, diesem netten Bürschlein die Zähne auseinander zu bringen. Er will weder zubeißen noch loslassen. Er ist so klug wie eine Schlange, so klug wie eine Schlange.«

»Laßt mich mit dem Beil versuchen!« rief der Seemann. »Laßt mich mit dem Beil versuchen!« Er schob ihm die Schneide dicht neben Taylors Finger in den Mund, wobei er die Zähne des Mannes als Unterlage benutzte. Jan hielt fest und atmete schnaufend wie ein Butzkopf durch die Nase. »Stütz alle Mann! Jetzt geht es.«

»Puh! Danke – das hat geholfen!« Und Taylor versuchte, dem Opfer seinen Arm um das wild um sich tretende Bein zu schlingen.

Aber Jan kam in seiner Berserkerwut hoch; blutend, schäumend, fluchend; fünf Jahre Frost schmolzen plötzlich im Höllenfeuer. Sie schwankten hin und zurück, stöhnend und schwitzend wie ein zyklopisches, vielbeiniges Ungeheuer, das sich aus

der Tiefe hob. Die Lampe stürzte um, die Flamme erstickte in ihrem eigenen Fett, und das schwache Mittagslicht vermochte kaum durch das schmutzige Zeltleinen hereinzudringen.

»Um Gottes willen, Jan, komm doch zu dir«, bat der Rote Bill. »Wir wollen dir ja nichts tun. Wir wollen dich ja nur hängen, und du machst eine solche Unordnung und einen solchen Spektakel, daß es ganz schrecklich ist. Daß man all die Zeit mit einem Mann zusammen gereist ist und dann so von ihm behandelt wird! Das hätte ich nicht von dir geglaubt, Jan!«

»Er hat zuviel Fahrt. Versuch, seine Beine zu packen, Taylor, und hiev ihn herüber.«

»Ja, Herr Lawson. Und sobald ich es sage, legst du dich mit deinem ganzen Gewicht auf ihn.« Der Kentuckier tastete in der Dunkelheit herum. »So, schieb los!«

Wie eine Sturzsee wankte und taumelte eine Vierteltonne Menschenfleisch gegen die Zeltwand. Pflöcke und Zeltleinen wurden ausgerissen, und das Zelt stürzte zusammen und hüllte die Kämpfenden in seine schmutzigen Falten ein.

»Du machst dir nur unnütze Mühe«, fuhr der Rote Bill fort, indem er gleichzeitig beide Daumen auf eine behaarte Kehle preßte, deren Besitzer er unter sich festhielt. »Du hast uns schon genug Mühe gemacht, und wenn wir dich aufgehängt haben, dauert es mindestens einen halben Tag, um alles wieder in Ordnung zu bringen.«

»Ich wäre dir sehr verbunden, wenn du mich losließest«, fauchte Taylor.

Der Rote Bill grunzte und löste seinen Griff, und die beiden krochen ins Freie hinaus. Gleichzeitig versetzte Jan dem Seemann einen Tritt, so daß er beiseite kullerte, und schoß über den Schnee davon.

»He, ihr Faulpelze! Buk! Bright! Ihm nach! Werft ihn nieder!« rief Lawson, indem er dem Fliehenden durch den Schnee nachtaumelte. Buk und Bright liefen, von den andern Hunden gefolgt, an ihm vorbei und holten den Mörder schnell ein.

Es gab keinen vernünftigen Grund für die beiden Männer, dies zu tun, keinen vernünftigen Grund für Jan, fortzulaufen, keinen vernünftigen Grund für sie, ihn daran zu hindern. Nach der einen Seite dehnten sich die öden Schneefelder aus; nach der andern erstreckte sich das zugefrorene Meer. Ohne Nahrung und Unterschlupf konnte er nicht weit kommen. Sie brauchten nur zu warten, bis er zum Zelt zurückkam, was er notgedrungen

tun mußte, wenn Kälte und Hunger ihn übermannten. Aber diese Männer ließen sich nicht die Zeit, nachzudenken. Sie waren alle ein bißchen übergeschnappt. Außerdem war Blut vergossen, und der Blutdurst hatte sie heftig und brennend erfaßt. »Die Rache ist mein«, sagt der Herr, aber er sagt es unter einem milderen Himmel, wo die warme Sonne den Menschen die Energie stiehlt. Im Nordlande haben sie die Entdeckung gemacht, daß das Gebet nur hilft, wenn man Muskeln hat, um es zu unterstützen, und man ist gewohnt, sich selbst zu helfen. Gott ist allgegenwärtig, heißt es, aber ein halbes Jahr lang wirft er einen Schatten über das Land, so daß man ihn nicht finden kann, und deshalb tasten die Menschen im Finstern herum, und man darf sich nicht wundern, wenn sie oft zweifeln und meinen, daß etwas an den zehn Geboten nicht stimmt.

Jan lief blindlings drauflos, ohne zu sehen, wo er seine Füße hinsetzte, denn er war nur von dem Zeitwort »leben« besessen. Leben! Weiterleben! Buk flog wie ein graues Flimmern durch die Luft, bekam ihn aber nicht zu fassen. Der Mann trat wie rasend nach ihm und stolperte. Da schlossen sich Brights weiße Zähne über seiner Mackinaw-Jacke, und er stürzte kopfüber in den Schnee. Leben! Weiterleben! Er kämpfte toller als je in einem wogenden Wirrwarr von Männern und Hunden. Mit seiner Linken packte er einen Wolfshund im Nacken, während er den Arm Lawson um den Hals schlang. Jedesmal, wenn der Hund eine schnelle Bewegung machte, um freizukommen, wurde der unglückliche Seemann fast erwürgt. Jans Rechte war in dem dicken, wolligen Haarbusch des Roten Bill vergraben, und bei alledem lag Taylor, hilflos festgenagelt, auf dem Boden. Es war nicht möglich, mit Jan fertig zu werden, denn der Wahnsinn verlieh ihm Riesenkräfte, aber plötzlich, ohne sichtbare Ursache, ließ Jan seine verschiedenen Gegner los und wälzte sich ruhig auf den Rücken. Zweifelnd und verdutzt zogen sie sich ein wenig zurück. Jan grinste boshaft.

»Meine Freunde«, sagte er, immer noch grinsend, »ihr habt mich gebeten, höflich zu sein, und jetzt bin ich höflich. Was wollt ihr von mir?«

»Das stimmt, Jan – nur ruhig!« sagte der Rote Bill beschwichtigend. »Ich wußte ja, daß du Vernunft annehmen würdest. Bleib jetzt nur ruhig, dann werden wir schon das kleine Kunststück hübsch sauber besorgen.«

»Was für ein Kunststück?«

»Das Hängen. Und du sollst wirklich deinem Gott danken,

weil du es mit einem Mann zu tun hast, der seine Sache versteht. Ich habe es mehr als einmal in den Staaten gemacht, und ich weiß Bescheid damit.«

»Mich hängen? Mich?«

»Ja!«

»Ha! Ha! Hört den Mann – was für einen Unsinn er redet! Reich mir deine Hand, Bill, und ich will aufstehen und mich hängen lassen.«

Mit einiger Mühe kam er auf die Beine und sah sich um. »Herr Gott, hört nur den Mann! Er will mich hängen! Ho! Ho! Ho! Ich denke ja nicht daran! Nein, ich denke ja nicht daran!«

»Aber ich, du Lümmel!« sagte Dawson spöttisch, indem er eine Schlittenleine durchschnitt und sie sorgfältig aufrollte. »Heute hat Richter Lynch das Wort.«

»Einen Augenblick!« Jan trat einen Schritt vor der ihm entgegengehaltenen Schlinge zurück. »Ich habe euch etwas zu fragen und euch einen Vorschlag zu machen. Kentucky, du kennst Richter Lynch?«

»Ja, als eine Einrichtung von freien Ehrenmännern, und zwar eine alte und verdiente Einrichtung. Die Obrigkeit ist manchmal käuflich, aber Richter Lynch – auf den kann man sich verlassen, der erweist Gerechtigkeit ohne Bezahlung. Gesetze können gekauft und verkauft werden, aber in diesem aufgeklärten Lande ist die Gerechtigkeit ebenso gratis wie die Luft, die wir einatmen, ebenso stark wie der Alkohol, den wir trinken, ebenso schnell wie –«

»Halt's Maul! Laß uns hören, was der Bengel will«, unterbrach Lawson den Strom seiner Beredsamkeit.

»Nun ja, Kentucky, so sag mir denn – wenn ein Mann einen andern totschlägt, hängt Richter Lynch dann den Mann?«

»Wenn die Beweise genügen – ja, Verehrtester.«

»Und in diesem Fall genügen die Beweise, um ein Dutzend Männer zu hängen, Jan«, fiel der Rote Bill ihm ins Wort.

»Halt's Maul, Bill. Mit dir spreche ich hinterher. Jetzt frage ich Kentucky etwas. Und wenn Richter Lynch den Mann nicht hängt, was dann?«

»Wenn Richter Lynch den Mann nicht hängt, dann kann der Mann frei hingehen, wo er will, und seine Hände sind rein, es klebt kein Blut an ihnen. Und noch etwas sagt unsere große, herrliche Verfassung. Nämlich: Kein Mann kann zweimal wegen ein und desselben Verbrechens mit dem Tode bedroht werden – ja, oder so was Ähnliches.«

»Und sie schießen ihn nicht, schlagen ihn mit einer Keule auf den Kopf oder tun sonst was mit ihm?«

»Nein, Verehrtester.«

»Schön! Ihr alle habt gehört, was Kentucky gesagt hat, ihr Idioten? Jetzt spreche ich mit Bill. Du sagst, du verstehst deine Sache, und du hängst mich hübsch sauber, wie? Nicht wahr?«

»Darauf kannst du Gift nehmen, und, Jan, wenn du jetzt Vernunft annimmst, dann soll es so gemacht werden, daß du mächtig stolz darauf bist. Ich bin Kenner.«

»Du bist ein guter Kopf, Bill, und verstehst dich auf vieles – und du weißt, daß zwei und eins drei sind – nicht wahr?«

Bill seufzte.

»Und wenn du zwei Dinge hast, dann hast du nicht drei, nicht wahr? So, jetzt kommst du mit, und ich will dir zeigen, daß drei Dinge dazu gehören, einen Mann zu hängen. Erstens der Mann! Schön! Ich bin der Mann! Zweitens der Strick! Lawson hat den Strick! Schön! Und drittens – müßt ihr etwas haben, um den Strick dran festzubinden. Guckt euch ein bißchen um und findet das dritte Ding, an dem ihr den Strick festmachen wollt! Bitte!«

Ganz mechanisch ließen sie den Blick über das Eis nach der Sonne schweifen. Es war eine einförmige Landschaft, ohne Kontraste und scharfe Konturen, traurig und öde – das Meer mit seinem Packeis, das sanft abfallende Ufer, die niedrigen Hügel, die den Hintergrund bildeten, und über allem der unendliche Mantel des Schnees.

»Kein Baum, kein Felsen, keine Hütte, kein Telegraphenpfahl – nichts!« jammerte der Rote Bill. »Nichts, das kräftig und groß genug ist, um einen fünf Fuß großen Mann vom Boden zu heben. Ich gebe es auf.«

Er warf einen gierigen Blick auf den Körperteil, der Kopf und Schultern Jans miteinander verband.

»Ich gebe es auf«, wiederholte er traurig, zu Lawson gewandt. »Schmeiß den Strick weg. Es ist nie Gottes Wille gewesen, daß lebende Geschöpfe hier wohnen sollten – das ist die reine Wahrheit.«

Jan grinste triumphierend. »Ich glaube, ich gehe ins Zelt und rauche eine Pfeife.«

»Wenn man es so ansieht, hast du natürlich recht, Billy«, sagte Lawson. »Aber du bist ein Esel, und das kann man auch die reine Wahrheit nennen. Euch Landkrabben muß wohl erst ein

Seemann zeigen, wie's gemacht wird. Habt ihr je von einer großen Schere gehört? Dann sperrt gefälligst die Augen auf!«

Der Seemann machte sich mit größter Hast an die Arbeit. Aus dem Gerümpel, das an der Stelle lag, wo sie im Herbst das Boot an Land gezogen hatten, suchte er ein paar lange Riemen hervor. Die band er fast im rechten Winkel dicht unter den Ruderblättern zusammen. Die Griffe steckte er in Löcher, die er durch den Schnee bis in den Sand getreten hatte. Am Schnittpunkt brachte er zwei Halteleinen an und befestigte das Ende der einen an einer Eisscholle am Ufer. Die andere Leine reichte er dem Roten Bill. »Hier, mein Sohn, nimm und laß sie auslaufen!«

Und zu seinem Schrecken sah Jan, wie sein Galgen sich erhob. »Nein! Nein!« rief er schaudernd und hob die geballten Fäuste. »Das darf nicht sein! Ich lasse mich nicht hängen! Kommt, ihr Idioten! Ich verprügele euch alle wie einen. Ich mach einen Höllenspektakel! Ich weiß nicht, was ich tue! Ich will sterben, ehe ich mich hängen lasse!«

Der Seemann ließ die beiden andern mit dem tollen Menschen ringen. Sie wälzten sich wie rasend auf dem Boden und rissen Schnee und Tundra auf; der wilde Kampf ritzte einen tragischen Bericht über menschliche Leidenschaften in die weiße Decke, die die Natur über die Erde gebreitet hatte. Von Zeit zu Zeit tauchten Jans Hände und Füße aus dem Chaos auf, bis Lawson sie zu fassen bekam und mit Kabelgarn band. Um sich tretend, rasend, furchtbare Flüche ausstoßend, wurde er Zoll für Zoll besiegt und gefesselt und dann zu der Stelle geschleppt, wo die unerbittliche Schere wie ein riesiger Zirkel auf dem Schnee lag. Der Rote Bill legte ihm die Schlinge um den Hals, daß der Knoten gerade unter dem linken Ohr saß. Taylor und Lawson stellten sich an die Halteseile, bereit, den Galgen auf das Kommando hochzuziehen. Bill zögerte einen Augenblick und betrachtete sein Werk mit echter Künstlerfreude.

»Herr Gott! Seht dort!«

Das Entsetzen in Jans Stimme ließ die andern innehalten.

Das zusammengestürzte Zelt hatte sich erhoben, und in der zunehmenden Dämmerung focht es mit gespensterhaften Armen und taumelte auf sie zu wie ein Trunkener. Aber im nächsten Augenblick fand John Gordon die Öffnung und kroch hervor.

»Teufel, was –!« Er unterbrach sich, denn mit einem einzigen Blick erfaßte er die Situation.

»Wartet ein bißchen! Ich bin nicht tot!« rief er dann, indem er sich zornig der Gruppe näherte.

»Gestatten Sie mir, Herr Gordon, Ihnen zu gratulieren, daß Sie so gut davongekommen sind«, sagte Taylor unsicher, »aber es wäre beinahe schiefgegangen. Es war verdammt nahe dabei!«

»Ich hätte ja gestorben und verfault sein können, ohne daß ihr euch darum gekümmert hättet – ihr verfluchten –«, worauf John Gordon seinen Gefühlen in einem kräftigen Strom konzentrierter wütender Schimpfworte, untermischt mit einer Serie von Flüchen, Luft machte.

»Hat mich nur betäubt«, fuhr er fort, als er ausgetobt hatte. »Hast du nie einen Ochsen betäubt gesehen, Taylor?«

»Ja, manches liebe Mal im Lande Gottes.«

»Na also. Und so ging es mir auch. Die Kugel streifte mich zwischen Hirnschale und Halswirbel. Das lähmte mich eine Weile, aber es ist kein Schaden geschehen.« Dann wandte er sich zu dem Gefesselten. »Steh auf, Jan! Und wenn du dich nicht bei mir entschuldigst, verbleue ich dich, daß du dich nicht mehr rühren kannst. Ihr andern macht ein bißchen Platz.«

»Ich denke nicht daran. Laßt mich los, und ihr werdet sehen«, antwortete Jan, der Unverbesserliche, denn der Teufel in ihm war immer noch unbesiegt. »Und dann verbleue ich dich und gebe es ihnen, den blöden Hunden, einem nach dem andern!«

Frauenmut

Ein wolfartiger Kopf mit melancholischen Augen und von Reif bedeckt schob die Zeltzipfel beiseite.

»He! Weg mit dir! Siwash! Weg mit dir, du verdammter Köter«, brüllten die Bewohner des Zeltes im Chor. Bettles schlug nach dem Hunde mit einem Blechteller, und das Tier zog sich schleunigst zurück. Louis Savoy band die Zeltzipfel wieder zu, stieß eine Bratpfanne vom Feuer und wärmte sich die Hände. Es war sehr kalt draußen. Vor achtundvierzig Stunden war das Spiritusthermometer bei achtundsechzig Grad Fahrenheit unter Null zersprungen, und seither hatte die Kälte gleichmäßig zugenommen. Man konnte nie wissen, wann die Kälteperiode vorbei war, und in solchen Stunden ist es unklug, falls es nicht der Wille der Götter ist, sich zu weit vom Ofen wegzuwagen oder mehr kalte Luft einzuatmen, als man muß. Zuweilen tun Menschen es, und zuweilen erfrieren sie sich dann auch ihre Lungen. Die Folge ist ein trockener, rasselnder Husten, und der Reiz ist besonders scharf, wenn Speck gebraten wird. Und dann – im Laufe des Frühlings oder Sommers – wird ein Loch in den gefrorenen Boden geschmolzen. Ein Leichnam wird hineingeworfen, mit Moos bedeckt und in der Gewißheit liegengelassen, daß er, wenn die Trompete des Jüngsten Tages ertönt, ganz unberührt und eiserstarrt auferstehen wird. Den Ungläubigen, die sich skeptisch in bezug auf die Auferstehung des Fleisches an diesem verhängnisvollen Tage verhalten, kann man kein geeigneteres Land als Klondike zum Sterben empfehlen. Man darf daraus jedoch nicht schließen, daß es ein gutes Land zum Leben sei.

Es war sehr kalt draußen und auch nicht besonders warm drinnen. Das einzige, was man unter dem Begriff »Meublement« verstehen konnte, war der Ofen, und die Männer zeigten ihre Vorliebe für ihn sehr oft. Der halbe Fußboden war mit Kiefernzweigen bestreut; darüber hatten sie die Schlafdecke gebreitet, und darunter lag der Schnee des Winters. Im übrigen bestand der Fußboden aus mit Mokassins festgetretenem Schnee, der mit Töpfen und Pfannen und all dem andern Gerümpel, das zu einem arktischen Lager gehört, übersät war. Der Ofen glühte rot, und das Feuer prasselte darin, aber kaum drei Fuß entfernt lag ein Eisblock mit scharfen Kanten und so trocken, als

sei er eben erst vom Bach gebrochen. Der Druck der Kälte draußen zwang die Wärme im Zelt emporzusteigen. Gerade über dem Ofen, wo das Rohr durch das Zeltdach hinausführte, befand sich ein winziger Kranz trockenen Segeltuchs, darum ein Kranz dampfenden Segeltuchs, und darum wieder ein nasser Ring, der Feuchtigkeit ausschwitzte, aber davon abgesehen waren sowohl Seiten wie Dach des Zeltes mit einer halbzölligen Kruste trockenen, weißen, kristallisierten Reifs bedeckt.

»Oh! Oh! Oh!« Ein junger Bursche, der, bärtig, abgezehrt und müde in seinem Schlafsack schlief, stöhnte laut vor Schmerz und erhöhte nur, ohne zu erwachen, seine eigene Qual und seine Leiden. Er erhob sich halb aus den Decken, und ein krampfhaftes Zittern durchfuhr ihn, als schauderte er vor der Berührung mit Nesseln zurück.

»Dreht ihn um«, sagte Bettles. »Er hat Krämpfe.« Ein Dutzend williger Kameraden warfen sich über ihn, rollten ihn herum und stießen und traten ihn mit unbarmherzigem Wohlwollen.

»Der Teufel soll die Schlittenreisen holen!« murmelte er leise, während er den Schlafsack beiseite warf und sich aufrichtete. »Ich habe Amerika kreuz und quer durchreist, war Torwart in New York und habe mich auf alle möglichen Arten abgehärtet, und jetzt, da ich eine Pilgerfahrt in dieses von Göttern und Menschen verlassene Land mache, benehme ich mich wie ein weibischer Grieche, der nicht die einfachsten Voraussetzungen hat, ein ordentlicher Mann zu werden!« Er kauerte sich vor dem Feuer zusammen und drehte sich eine Zigarette. »Oh, ich heule nicht. Ich kann meine Medizin schlucken, wenn sie auch scheußlich schmeckt, jawohl, jawohl, aber ich schäme mich ehrlich und redlich, das ist alles. Hier liege ich nun nach dreißig dreckigen Meilen so mitgenommen, steif und wund an allen Gliedern, wie ein Tee saufendes, schlappschwänziges Mutterkind nach einer Landpartie. – Oha! Man kann krank und elend davon werden! Hast du ein Streichholz?«

»Reiß das Maul nicht so auf, Junge!« Bettles reichte ihm das verlangte Streichholz und wurde ganz väterlich. »Vergiß nicht, daß man sich erst daran gewöhnen muß. Du lieber Gott – ich vergesse nie das erste Mal, als ich auf der Schlittenfahrt war! Steif? Ich habe erlebt, daß es ganze zehn Minuten dauerte, bis ich den Mund von einem Wasserloch hochkriegte und wieder auf die Beine kam, und jedes Glied knirschte und knackte und stellte sich an, daß ich ganz verrückt wurde. Krämpfe? Ich bestand nur noch aus lauter Knoten, und es dauerte einen halben

Tag, bis die andern mich wieder gerade kriegten. Du bist ganz brav – für solch einen jungen Burschen, und du hast das Herz auf dem rechten Fleck. Ehe das Jahr um ist, kannst du uns alte Kerle in Grund und Boden laufen. Und was das Beste ist, du hast nicht die Fettschicht, die schon so manchen tüchtigen Mann in Abrahams Schoß geschickt hat.«

»Fettschicht?«

»Ja, das ist etwas, das große und starke Leute haben. Starke Leute sind nämlich nicht die besten, wenn es Schlittenreisen gilt.«

»Das habe ich noch nie gehört.«

»Nie gehört – wie bitte? Na ja, das liegt nun so auf der Hand, daß man gar nicht davon zu reden braucht. Ein großer Körper kann ausgezeichnet für eine gewaltige Kraftanspannung sein, wenn er aber nicht aushält, dann ist er keinen sauren Hering wert, und Ausdauer und Körpergröße gehen nie zusammen im Geschirr. Es gehören kleine, abgehärtete Leute dazu, sie sich hinein verbeißen, wie ein hungriger Hund in einen Knochen. Teufel auch – die großen Männer können überhaupt nicht mitkommen!«

»Weiß Gott!« fiel Louis Savoy ihm ins Wort, »das nicht – was ihr sagen – Quatsch! Ich kennen ein Mann, ach, so groß wie ein Büffelochse. Beim Wettlaufen nach Sulphur Creek – ihn zusammen mit ein kleiner Mann, Lon McFane. Ihr kennen Lon McFane, kleiner Irländer, rotes Haar und grinst. Und sie gehen und gehen und gehen – ganzen Tag und ganze Nacht. Und der große Mann, ihn werden sehr müde und legen sich in Schnee. Und der kleine Mann stoßen und stoßen und stoßen, und dann schließlich nach langer Weg stoßen großer Mann in meine Hütte. Drei Tage vorher ihn kriechen aus meiner Decke. Nie ich sehen großer Mann wie ihn. Nein, nie. Ihn haben, was ihr nennt Fettschicht. Weiß Gott.«

»Na und Axel Gundersen?« sagte Prince. Der große Skandinavier und die traurigen Umstände, unter denen er gestorben war, hatten einen tiefen Eindruck auf den Mineningenieur gemacht. »Er liegt irgendwo dort oben.« Er machte eine Handbewegung in der Richtung des geheimnisvollen Ostens.

»Das war der größte Mann, der je dem Salzwasser den Rükken gekehrt und einem Elch das Leben zum Leibe hinausgerannt hatte – nur durch seine Ausdauer, aber er ist auch die Ausnahme, die die Regel bestätigt. Denkt an seine Frau, Unga – sie wog ihre hundertundzehn Pfund nackt, nur Muskeln und nicht ein

bißchen überflüssiges Fett. Sie konnte es in jeder Beziehung mit ihm aufnehmen. Es gab nichts auf, über oder unter der Erde, was sie nicht fertiggebracht hätte.«

»Aber sie liebte ihn«, wandte der Ingenieur ein.

»Das ist es nicht. Es –«

»Hört nun, Brüder«, unterbrach sie Sitka Charley, der sich auf den Proviantkasten gesetzt hatte. »Ihr habt von der Fettschicht von großen Männern und von der Ausdauer und Liebe von Frauen gesprochen – und ihr habt weise Worte gesagt, aber ich entsinne mich an manches, das geschah, als das Land neu war und die Feuer der Männer so weit auseinanderlagen wie die Sterne des Himmels. Damals war es, daß ich mit einem großen Mann mit einer Fettschicht und einem Weibe zu tun bekam. Das Weib war klein, aber ihr Herz war größer als das Büffelherz des Mannes, und sie war mutig und ausdauernd. Und sie reisten einen langen, schlimmen Weg bis zum Salzwasser, und die Kälte war schneidend, der Schnee tief und der Hunger groß. Und die Liebe des Weibes war groß – mehr kann man nicht sagen.«

Er schwieg und hieb mit dem Beil kleine Stücke Eis von dem mächtigen Klumpen, der neben ihm lag. Die warf er in die Goldwäscherpfanne auf dem Ofen, wo das Trinkwasser auftaute. Die Männer rückten näher an ihn heran, und der Mann mit dem Krampf suchte vergebens Linderung für seinen steifen Körper.

»Brüder, mein Blut ist rot – Siwashblut –, aber mein Herz ist weiß wie das eure! Das Blut verdanke ich den Fehlern meiner Väter und das Herz den Tugenden meiner Freunde. Eine große Wahrheit setzte sich in mir fest, als ich ein Knabe war. Ich verstand, daß die Erde euch und den Euern gehörte und daß die Siwash euch nicht standhalten und wie Renntier und Bär in der Kälte umkommen mußten. Und deshalb kam ich in die Wärme und saß mit euch an eurem Lagerfeuer, und seht, ich wurde einer der Euern.

Ich habe viel gesehen. Ich habe seltsame Dinge erlebt, auf langen Reisen mit vielerlei Männern. Und auf Grund all dieser Dinge messe ich eure Handlungen nach euerm Wesen, und ich beurteile Männer und denke meine Gedanken. Und deshalb – wenn ich harte Worte über einen eures Schlages rede, so weiß ich, daß ihr nicht gekränkt darüber sein werdet, und wenn ich gute Worte über eine vom Volk meines Vaters rede, so werdet ihr nicht sagen: ›Sitka Charley ist ein Siwash, und deshalb ist

ein unehrliches Licht in seinen Augen, und er weiß nicht die Wahrheit zu reden.‹ Ist es nicht so?«

Der ganze Kreis murmelte seine Zustimmung.

»Das Weib hieß Passuk! Ich erwarb sie im ehrlichen Handel von ihren eigenen Leuten, die an der Küste zu Hause waren und deren Chilcat Totem am Ende eines salzigen Meerarmes lag. Ich fühlte nichts für das Weib, und ich kümmerte mich auch nicht darum, wie sie aussah, denn sie hob kaum die Augen vom Boden, und sie war furchtsam und bange, wie Frauen zu sein pflegen, wenn sie einem Fremden, den sie nie zuvor gesehen, in die Arme geworfen werden. Wie ich euch sage, es war keine Stelle in meinem Herzen, wo sie unterschlüpfen konnte, denn ich stand vor einer weiten Reise und brauchte jemand, um meine Hunde zu füttern und in den langen Tagen auf dem Flusse die Paddel mit mir zu schwingen. Eine Decke genügte für zwei – und deshalb wählte ich Passuk.

Habe ich euch nicht erzählt, daß ich im Dienst der Regierung stand? Wenn nicht, so ist es gut, daß ihr es wißt. Und deshalb wurde ich mit Schlitten und Hunden und gedörrtem Fleisch an Bord eines Kriegsschiffes genommen, und mit mir kam Passuk. Und wir zogen gen Norden, nach dem vereisten Rand der Beringsee, wo wir an Land gesetzt wurden – ich selbst, Passuk und die Hunde. Ich bekam auch Geld von der Regierung, denn ich war ihr Diener, und Karten über Land, das menschliche Augen nie gesehen hatten, und geschriebene Botschaften. Diese Botschaften waren versiegelt und sehr klug gegen das Wetter gesichert, und ich sollte sie den Walfängerschiffen des Nordlandes überbringen, die am großen Mackenzie-Fluß vom Eis eingeschlossen waren. Nie hat es einen so großen Fluß gegeben – mit Ausnahme unseres Yukon, des Vaters aller Flüsse.

Aber alles dies hat nichts mit der Sache zu tun, denn meine Geschichte betrifft weder die Walfänger noch den Winter, den ich eingeschlossen im Eis am Mackenzie verbrachte. Später, im Frühling, als die Tage länger wurden und der Schnee eine Kruste erhielt, zogen wir nach Süden, Passuk und ich, nach dem Lande Yukon. Es war eine schwere Reise, aber die Sonne zeigte uns, wo wir unsere Füße hinsetzen sollten. Es war damals, wie ich schon sagte, ein nacktes Land, und wir arbeiteten uns mit Stange und Paddel Ströme hinauf, bis wir Forty Mile erreichten. Herrlich war es, wieder einmal weiße Gesichter zu sehen, und deshalb fuhren wir ans Ufer. Aber der Winter war ein strenger Winter. Dunkelheit und Kälte senkten sich über uns, und mit

Aber wir vergeudeten nichts, denn die Hunde, die aus dem Geschirr genommen wurden, mußten denen, die übrigblieben, zur Nahrung dienen.

Nicht ein Lebenszeichen, nicht eine Rauchsäule, ehe wir Pelly erreichten. Hier hatte ich auf Proviant gerechnet, und hier hatte ich gedacht, den langen Jeff zurückzulassen, denn er jammerte und war von der Schlittenreise sehr mitgenommen. Aber die Lungen des Faktors waren angegriffen, seine Augen schimmerten, und sein Depot war beinahe leer; ja, und er zeigte uns das leere Depot des Missionars und sein Grab, das von einem hohen Steinhaufen bedeckt war, um die Hunde fernzuhalten. Es war eine Schar Indianer am Orte, aber keine Kinder und alten Männer. Es war klar, daß nur wenige von ihnen den Frühling sehen sollten. Und so zogen wir denn weiter, mit leeren Magen und schweren Herzen und fünfhundert Meilen Schnee und Schweigen zwischen uns und Haines Mission am Meer.

Es war die Zeit der größten Dunkelheit, und zur Mittagszeit stieg die Sonne nicht über den südlichen Horizont. Aber die Eisschraubungen wurden geringer, der Weg besser, und so trieb ich die Hunde an und reiste früh und spät. Wie gesagt, bei Forty Mile mußten wir für jeden Zoll des Weges Schneeschuhe benutzen. Und die Schuhe nagten große Löcher in unsere Füße, und die Risse und Wunden wollten nicht heilen. Und mit jedem Tag wurden diese Wunden quälender, bis der lange Jeff morgens, wenn wir die Schuhe anzogen, wie ein Kind weinte. Ich ließ ihn vor dem leichten Schlitten gehen, damit er eine Schlittenbahn trete, aber er nahm die Schneeschuhe ab, weil es bequemer war. Daher wurde die Schlittenbahn nicht getreten, seine Mokassins machten große Löcher, und in ihnen wateten die Hunde. Die Hunde waren so mager, daß ihre Knochen fast durch die Haut stießen, und es war nicht gut für sie. Deshalb sprach ich harte Worte zu dem Mann, und er machte mir Versprechungen, brach aber immer wieder sein Wort. Da schlug ich ihn mit der Hundepeitsche, und von da ab wateten die Hunde nicht mehr im Schnee. Er war ein Kind – teils wegen der Schmerzen und teils wegen der Fettschicht.

Aber Passuk. Während der Mann am Feuer lag und weinte, bereitete sie das Essen, und morgens half sie die Schlitten beladen und abends sie abladen. Und sie rettete die Hunde. Immer war sie auf ihren Schneeschuhen an der Spitze und machte den Weg gangbar. Passuk – wie soll ich es euch erklären? – ich hielt es für selbstverständlich, daß sie diese Dinge tat, und dachte

ihnen kam die Hungersnot. Der Verwalter der Company gab jedem Mann vierzig Pfund Mehl und zwanzig Pfund Speck. Bohnen gab es nicht. Und die Hunde heulten beständig, und es gab schlaffe Magen und gefurchte Gesichter, und starke Männer wurden schwach, und schwache Männer starben. Es herrschte auch viel Skorbut.

Da versammelten wir uns eines Abends im Magazin, und die leeren Regale machten, daß wir unsere eigene Leere desto mehr fühlten. Wir sprachen leise beim Schein des Feuers, denn die Lichter wurden aufgehoben für die, welche noch nach Luft schnappen konnten, wenn der Frühling kam. Wir erörterten die Lage, und irgend jemand sagte, daß einer von uns nach dem Salzwasser ziehen und der Welt von unserem Elend erzählen müßte. Alle Blicke richteten sich auf mich, denn sie hatten gemerkt, daß ich ein großer Schlittenfahrer war. ›Es sind siebenhundert Meilen bis nach Haines Mission am Meere‹, sagte ich, ›und jeder Zoll des Weges muß auf Schneeschuhen zurückgelegt werden. Gebt mir eure besten Hunde und euern besten Proviant – dann will ich hingehen. Und Passuk soll mich begleiten.‹

Alle waren mit mir einig. Aber einer von ihnen stand auf, der lange Jeff, ein Yankee mit schweren Knochen und schweren Muskeln. Dazu war er ein Mann, der gern das große Wort führte. Er sei auch ein mächtiger Schlittenfahrer, sagte er, von klein auf an Schneeschuhe gewöhnt und mit Büffelmilch aufgezogen. Er wollte mit mir gehen, damit er, wenn ich umfiele, der Mission den Bescheid bringen könnte. Ich war jung und kannte die Yankees nicht. Wie konnte ich wissen, daß große Worte gleichbedeutend mit der Fettschicht waren oder daß die Yankees, die die großen Dinge verrichteten, ihren Mund hielten? Und so nahmen wir denn die besten Hunde und den besten Proviant und machten uns auf den Weg, wir drei – Passuk, der lange Jeff und ich.

Nun ja, ihr habt selbst Schnee gestampft und euch an der Schlittenstange abgemüht, und die hochgepreßten Eismassen der Flüsse sind euch nicht unbekannt, und deshalb will ich nicht von der Mühe reden, sondern nur sagen, daß wir einige Tage zehn Meilen machten, andere dreißig, meistens aber nur zehn. Und der beste Proviant war nicht gut, und wir mußten von Anfang an sparen. Ebenso waren die besten Hunde schlecht, und wir hatten genug damit zu tun, sie auf den Füßen zu halten. Am White River wurden unsere drei Schlitten zu zwei Schlitten, und wir waren nur zweihundert Meilen vorwärts gekommen.

Aber wir vergeudeten nichts, denn die Hunde, die aus dem Geschirr genommen wurden, mußten denen, die übrigblieben, zur Nahrung dienen.

Nicht ein Lebenszeichen, nicht eine Rauchsäule, ehe wir Pelly erreichten. Hier hatte ich auf Proviant gerechnet, und hier hatte ich gedacht, den langen Jeff zurückzulassen, denn er jammerte und war von der Schlittenreise sehr mitgenommen. Aber die Lungen des Faktors waren angegriffen, seine Augen schimmerten, und sein Depot war beinahe leer; ja, und er zeigte uns das leere Depot des Missionars und sein Grab, das von einem hohen Steinhaufen bedeckt war, um die Hunde fernzuhalten. Es war eine Schar Indianer am Orte, aber keine Kinder und alten Männer. Es war klar, daß nur wenige von ihnen den Frühling sehen sollten. Und so zogen wir denn weiter, mit leeren Magen und schweren Herzen und fünfhundert Meilen Schnee und Schweigen zwischen uns und Haines Mission am Meer.

Es war die Zeit der größten Dunkelheit, und zur Mittagszeit stieg die Sonne nicht über den südlichen Horizont. Aber die Eisschraubungen wurden geringer, der Weg besser, und so trieb ich die Hunde an und reiste früh und spät. Wie gesagt, bei Forty Mile mußten wir für jeden Zoll des Weges Schneeschuhe benutzen. Und die Schuhe nagten große Löcher in unsere Füße, und die Risse und Wunden wollten nicht heilen. Und mit jedem Tag wurden diese Wunden quälender, bis der lange Jeff morgens, wenn wir die Schuhe anzogen, wie ein Kind weinte. Ich ließ ihn vor dem leichten Schlitten gehen, damit er eine Schlittenbahn trete, aber er nahm die Schneeschuhe ab, weil es bequemer war. Daher wurde die Schlittenbahn nicht getreten, seine Mokassins machten große Löcher, und in ihnen wateten die Hunde. Die Hunde waren so mager, daß ihre Knochen fast durch die Haut stießen, und es war nicht gut für sie. Deshalb sprach ich harte Worte zu dem Mann, und er machte mir Versprechungen, brach aber immer wieder sein Wort. Da schlug ich ihn mit der Hundepeitsche, und von da ab wateten die Hunde nicht mehr im Schnee. Er war ein Kind – teils wegen der Schmerzen und teils wegen der Fettschicht.

Aber Passuk. Während der Mann am Feuer lag und weinte, bereitete sie das Essen, und morgens half sie die Schlitten beladen und abends sie abladen. Und sie rettete die Hunde. Immer war sie auf ihren Schneeschuhen an der Spitze und machte den Weg gangbar. Passuk – wie soll ich es euch erklären? – ich hielt es für selbstverständlich, daß sie diese Dinge tat, und dachte

ihnen kam die Hungersnot. Der Verwalter der Company gab jedem Mann vierzig Pfund Mehl und zwanzig Pfund Speck. Bohnen gab es nicht. Und die Hunde heulten beständig, und es gab schlaffe Magen und gefurchte Gesichter, und starke Männer wurden schwach, und schwache Männer starben. Es herrschte auch viel Skorbut.

Da versammelten wir uns eines Abends im Magazin, und die leeren Regale machten, daß wir unsere eigene Leere desto mehr fühlten. Wir sprachen leise beim Schein des Feuers, denn die Lichter wurden aufgehoben für die, welche noch nach Luft schnappen konnten, wenn der Frühling kam. Wir erörterten die Lage, und irgend jemand sagte, daß einer von uns nach dem Salzwasser ziehen und der Welt von unserem Elend erzählen müßte. Alle Blicke richteten sich auf mich, denn sie hatten gemerkt, daß ich ein großer Schlittenfahrer war. ›Es sind siebenhundert Meilen bis nach Haines Mission am Meere‹, sagte ich, ›und jeder Zoll des Weges muß auf Schneeschuhen zurückgelegt werden. Gebt mir eure besten Hunde und euern besten Proviant – dann will ich hingehen. Und Passuk soll mich begleiten.‹

Alle waren mit mir einig. Aber einer von ihnen stand auf, der lange Jeff, ein Yankee mit schweren Knochen und schweren Muskeln. Dazu war er ein Mann, der gern das große Wort führte. Er sei auch ein mächtiger Schlittenfahrer, sagte er, von klein auf an Schneeschuhe gewöhnt und mit Büffelmilch aufgezogen. Er wollte mit mir gehen, damit er, wenn ich umfiele, der Mission den Bescheid bringen könnte. Ich war jung und kannte die Yankees nicht. Wie konnte ich wissen, daß große Worte gleichbedeutend mit der Fettschicht waren oder daß die Yankees, die die großen Dinge verrichteten, ihren Mund hielten? Und so nahmen wir denn die besten Hunde und den besten Proviant und machten uns auf den Weg, wir drei – Passuk, der lange Jeff und ich.

Nun ja, ihr habt selbst Schnee gestampft und euch an der Schlittenstange abgemüht, und die hochgepreßten Eismassen der Flüsse sind euch nicht unbekannt, und deshalb will ich nicht von der Mühe reden, sondern nur sagen, daß wir einige Tage zehn Meilen machten, andere dreißig, meistens aber nur zehn. Und der beste Proviant war nicht gut, und wir mußten von Anfang an sparen. Ebenso waren die besten Hunde schlecht, und wir hatten genug damit zu tun, sie auf den Füßen zu halten. Am White River wurden unsere drei Schlitten zu zwei Schlitten, und wir waren nur zweihundert Meilen vorwärts gekommen.

ihnen kam die Hungersnot. Der Verwalter der Company gab jedem Mann vierzig Pfund Mehl und zwanzig Pfund Speck. Bohnen gab es nicht. Und die Hunde heulten beständig, und es gab schlaffe Magen und gefurchte Gesichter, und starke Männer wurden schwach, und schwache Männer starben. Es herrschte auch viel Skorbut.

Da versammelten wir uns eines Abends im Magazin, und die leeren Regale machten, daß wir unsere eigene Leere desto mehr fühlten. Wir sprachen leise beim Schein des Feuers, denn die Lichter wurden aufgehoben für die, welche noch nach Luft schnappen konnten, wenn der Frühling kam. Wir erörterten die Lage, und irgend jemand sagte, daß einer von uns nach dem Salzwasser ziehen und der Welt von unserem Elend erzählen müßte. Alle Blicke richteten sich auf mich, denn sie hatten gemerkt, daß ich ein großer Schlittenfahrer war. ›Es sind siebenhundert Meilen bis nach Haines Mission am Meere‹, sagte ich, ›und jeder Zoll des Weges muß auf Schneeschuhen zurückgelegt werden. Gebt mir eure besten Hunde und euern besten Proviant – dann will ich hingehen. Und Passuk soll mich begleiten.‹

Alle waren mit mir einig. Aber einer von ihnen stand auf, der lange Jeff, ein Yankee mit schweren Knochen und schweren Muskeln. Dazu war er ein Mann, der gern das große Wort führte. Er sei auch ein mächtiger Schlittenfahrer, sagte er, von klein auf an Schneeschuhe gewöhnt und mit Büffelmilch aufgezogen. Er wollte mit mir gehen, damit er, wenn ich umfiele, der Mission den Bescheid bringen könnte. Ich war jung und kannte die Yankees nicht. Wie konnte ich wissen, daß große Worte gleichbedeutend mit der Fettschicht waren oder daß die Yankees, die die großen Dinge verrichteten, ihren Mund hielten? Und so nahmen wir denn die besten Hunde und den besten Proviant und machten uns auf den Weg, wir drei – Passuk, der lange Jeff und ich.

Nun ja, ihr habt selbst Schnee gestampft und euch an der Schlittenstange abgemüht, und die hochgepreßten Eismassen der Flüsse sind euch nicht unbekannt, und deshalb will ich nicht von der Mühe reden, sondern nur sagen, daß wir einige Tage zehn Meilen machten, andere dreißig, meistens aber nur zehn. Und der beste Proviant war nicht gut, und wir mußten von Anfang an sparen. Ebenso waren die besten Hunde schlecht, und wir hatten genug damit zu tun, sie auf den Füßen zu halten. Am White River wurden unsere drei Schlitten zu zwei Schlitten, und wir waren nur zweihundert Meilen vorwärts gekommen.

Aber wir vergeudeten nichts, denn die Hunde, die aus dem Geschirr genommen wurden, mußten denen, die übrigblieben, zur Nahrung dienen.

Nicht ein Lebenszeichen, nicht eine Rauchsäule, ehe wir Pelly erreichten. Hier hatte ich auf Proviant gerechnet, und hier hatte ich gedacht, den langen Jeff zurückzulassen, denn er jammerte und war von der Schlittenreise sehr mitgenommen. Aber die Lungen des Faktors waren angegriffen, seine Augen schimmerten, und sein Depot war beinahe leer; ja, und er zeigte uns das leere Depot des Missionars und sein Grab, das von einem hohen Steinhaufen bedeckt war, um die Hunde fernzuhalten. Es war eine Schar Indianer am Orte, aber keine Kinder und alten Männer. Es war klar, daß nur wenige von ihnen den Frühling sehen sollten. Und so zogen wir denn weiter, mit leeren Magen und schweren Herzen und fünfhundert Meilen Schnee und Schweigen zwischen uns und Haines Mission am Meer.

Es war die Zeit der größten Dunkelheit, und zur Mittagszeit stieg die Sonne nicht über den südlichen Horizont. Aber die Eisschraubungen wurden geringer, der Weg besser, und so trieb ich die Hunde an und reiste früh und spät. Wie gesagt, bei Forty Mile mußten wir für jeden Zoll des Weges Schneeschuhe benutzen. Und die Schuhe nagten große Löcher in unsere Füße, und die Risse und Wunden wollten nicht heilen. Und mit jedem Tag wurden diese Wunden quälender, bis der lange Jeff morgens, wenn wir die Schuhe anzogen, wie ein Kind weinte. Ich ließ ihn vor dem leichten Schlitten gehen, damit er eine Schlittenbahn trete, aber er nahm die Schneeschuhe ab, weil es bequemer war. Daher wurde die Schlittenbahn nicht getreten, seine Mokassins machten große Löcher, und in ihnen wateten die Hunde. Die Hunde waren so mager, daß ihre Knochen fast durch die Haut stießen, und es war nicht gut für sie. Deshalb sprach ich harte Worte zu dem Mann, und er machte mir Versprechungen, brach aber immer wieder sein Wort. Da schlug ich ihn mit der Hundepeitsche, und von da ab wateten die Hunde nicht mehr im Schnee. Er war ein Kind – teils wegen der Schmerzen und teils wegen der Fettschicht.

Aber Passuk. Während der Mann am Feuer lag und weinte, bereitete sie das Essen, und morgens half sie die Schlitten beladen und abends sie abladen. Und sie rettete die Hunde. Immer war sie auf ihren Schneeschuhen an der Spitze und machte den Weg gangbar. Passuk – wie soll ich es euch erklären? – ich hielt es für selbstverständlich, daß sie diese Dinge tat, und dachte

nicht mehr daran, denn meine Gedanken waren mit andern Dingen beschäftigt, und außerdem war ich jung an Jahren und kannte die Frauen nicht sehr. Erst später lernte ich es verstehen.

Und mit dem Mann wurde es immer schlimmer. Die Hunde hatten nicht mehr viel Kraft, aber er setzte sich heimlich auf den Schlitten, wenn die andern vorausfuhren. Passuk sagte, sie wollte den einen Schlitten nehmen, so daß der Mann nichts zu tun hätte. Am Morgen gab ich ihm die Ration, die ihm zukam, und schickte ihn allein fort. Die Frau und ich taten alle Arbeit im Lager, wir beluden die Schlitten und schirrten die Hunde an. Mittags, wenn die Sonne die Schneekruste schmolz, pflegten wir den Mann zu überholen, der dasaß, während die Tränen ihm auf den Backen gefroren. Abends setzten wir alles instand, stellten seine Ration beiseite und breiteten seinen Schlafsack aus. Wir machten auch ein großes Feuer, damit er uns finden konnte. Und mehrere Stunden später kam er dann angehinkt und verzehrte unter Klagen und Stöhnen sein Essen. Und dann schlief er. Er war nicht krank, dieser Mann. Er war nur müde und erschöpft von der Schlittenreise und schwach vor Hunger. Aber Passuk und ich waren auch müde und erschöpft von der Schlittenreise und schwach vor Hunger, und wir taten alle Arbeit, und er tat nichts. Aber er hatte die Fettschicht, von der Bruder Bettles gesprochen hat. Und wir gaben dem Mann stets seine reichlich bemessene Ration.

Da trafen wir eines Tages zwei Gespenster, die durch die Stille gereist kamen. Es waren ein Mann und ein Junge, und sie waren weiß. Das Eis auf dem Le-Barge-See war gerissen, und durch den Spalt war der größte Teil ihrer Ausrüstung verschwunden. Sie trugen jeder eine Decke über der Schulter. Abends machten wir ein Feuer, an dem sie bis zum Morgen zusammengekauert saßen. Sie hatten ein klein wenig Mehl. Das verrührten sie in warmem Wasser und tranken es. Der Mann zeigte uns acht Tassen Mehl, es war alles, was sie besaßen, und Pelly, wo die Hungersnot ausgebrochen war, lag zweihundert Meilen fort. Sie sagten, nach ihnen käme ein Indianer, mit dem sie ehrlich geteilt hätten, aber er könnte nicht Schritt mit ihnen halten. Ich glaubte nicht, daß sie ehrlich geteilt hatten, denn dann würde der Indianer Schritt mit ihnen gehalten haben. Aber ich konnte ihnen keinen Proviant geben. Sie versuchten, einen Hund zu stehlen – den fettesten, der aber auch sehr mager war –, aber ich hielt ihnen meine Pistole vors Gesicht und sagte, sie sollten ihres Weges gehen. Und sie gingen

ihres Weges, wie berauschte Männer, durch die Stille in der Richtung von Pelly.

Ich hatte jetzt noch drei Hunde und einen Schlitten, und die Hunde waren nichts als Haut und Knochen. Wenn man nicht viel Brennholz hat, so brennt das Feuer niedrig, und die Hütte bleibt kalt. So ging es uns. Wenn man zu wenig zu essen hat, beißt die Kälte stark, und unsere Gesichter waren so schwarz und erfroren, daß unsere eigenen Mütter uns nicht erkannt hätten. Und unsere Füße waren sehr wund. Wenn ich morgens zu gehen begann, brachte mich die Anstrengung, nicht laut zu schreien, in Schweiß – so schmerzten die Schneeschuhe. Passuk gab nie einen Laut von sich, sie ging voraus, um uns den Weg zu bahnen. Der Mann heulte.

Der Thirty Mile floß schnell, und die Strömung fraß Eis von unten weg, so daß es viele Löcher und Risse im Eis und viel offenes Wasser gab. Eines Tages fanden wir den Mann, wie er dasaß und sich ausruhte, denn er war, wie er zu tun pflegte, des Morgens vorausgegangen. Aber zwischen uns war offenes Wasser. Er war hinübergekommen, indem er dem Randeis folgte, wo es zu schmal für einen Schlitten war. Dann fanden wir eine Eisbrücke. Passuk wog nicht viel, und sie ging mit einer langen Stange in der Hand voraus für den Fall, daß ich einbrechen sollte. Aber sie war leicht, und ihre Schneeschuhe waren groß, und sie kam hinüber. Dann rief sie die Hunde. Aber die hatten weder Stangen noch Schuhe, und sie brachen ein und wurden unter Wasser fortgerissen. Ich klammerte mich hinten an den Schlitten, bis das Geschirr riß und die Hunde unter dem Eis verschwanden. Es war nicht mehr viel Fleisch an ihnen, aber ich hatte damit gerechnet, daß sie uns für eine Woche Proviant geben sollten, und jetzt waren sie fort.

Am nächsten Morgen teilte ich allen Proviant – es war sehr wenig – in drei Teile. Und ich sagte zum langen Jeff, jetzt könne er Schritt mit uns halten oder nicht, wie er es für gut befände, denn jetzt würden wir leicht und schnell reisen. Aber er erhob seine Stimme und jammerte über seine wunden Füße und andere Beschwerden, und er sagte viele harte Dinge von Kameradschaft. Passuks Füße waren wund, und meine Füße waren wund – ja wunder als die seinen, denn wir hatten mit den Hunden und dem Schlitten gearbeitet und geschleppt. Der lange Jeff schwor, daß er eher sterben wolle, ehe er sich wieder auf die Wanderung begäbe, und da nahm Passuk einen Schlafsack, und ich nahm eine Kasserolle und eine Axt, und wir schickten uns zum Auf-

bruch an. Aber sie sah den Anteil des Mannes und sagte: ›Es ist falsch, den guten Proviant an einen Säugling zu vergeuden. Es wäre besser, wenn er stürbe.‹ Ich schüttelte den Kopf und sagte: ›Nein – einmal Kamerad, immer Kamerad.‹ Aber sie sprach von den Männern in Forty Mile – sagte, es seien viele und gute Männer, die warteten, daß ich ihnen Proviant zum Frühling verschaffte. Als ich aber immer noch nein sagte, nahm sie schnell meine Pistole, und der lange Jeff ging, wie Bruder Bettles sagt, vor seiner Zeit in Abrahams Schoß. Ich schalt Passuk aus, aber sie war nicht traurig, und sie war auch nicht besorgt. In meinem Herzen wußte ich, daß sie recht hatte.«

Sitka Charley schwieg und warf einige Stücke Eis in die Goldwäscherpfanne auf dem Ofen. Die Männer saßen schweigend da, und es lief ihnen kalt über den Rücken, als sie das Heulen der Hunde hörten, die ihrem Elend in der Kälte vor dem Zelt Luft machten.

»Und Tag für Tag passierten wir – Passuk und ich – im Schnee die Schlafplätze der zwei Gespenster, und wir wußten, daß wir, bis wir das Salzwasser erreichten, froh sein würden, wenn es uns ginge, wie es ihnen ging. Dann trafen wir den Indianer, der auch wie ein Gespenst war und sich auf dem Wege nach Pelly befand. Der Mann und der Junge hätten nicht gleich geteilt, sagte er, und er hätte seit drei Tagen kein Mehl gehabt. Jede Nacht kochte er Stücke von seinen Mokassins in einer Tasse und äße sie. Er hatte nicht mehr viel Mokassinfell übrig. Und er war ein Indianer von der Küste und erzählte uns viele Dinge durch Passuk, die seine Sprache verstand. Er war fremd am Yukon und kannte den Weg nicht, aber er wollte nach Pelly. Wie weit es wäre? Zwei Schlafzeiten? Zehn? Hundert? – er wüßte nichts, aber er wollte nach Pelly. Er sei zu weit gegangen, um umzukehren, und es bliebe ihm nur übrig, weiterzugehen.

Er bat nicht um Proviant, denn er konnte sehen, daß wir selbst sehr knapp waren. Passuk sah den Mann und mich an, als sei sie unschlüssig wie ein Schneehuhn, dessen Küken in Not sind. Da wandte ich mich zu ihr und sagte: ›Diesem Manne ist unrecht geschehen. Wollen wir ihm einen Teil unseres Proviants geben?‹ Ich sah ihre Augen wie vor Freude leuchten, aber sie blickte den Mann und mich lange an, und sie preßte die Lippen hart zusammen und sagte: ›Nein. Das Salzwasser ist weit fort, und der Tod lauert auf uns. Er mag lieber diesen fremden Mann nehmen und meinen Mann Charley lassen.‹ Da ging der Mann in die Stille hinein in der Richtung von Pelly. In der Nacht

weinte sie. Noch nie hatte ich sie weinen sehen. Es war auch nicht der Rauch vom Feuer, denn das Holz war trocken. Und ich wunderte mich über ihren Kummer und dachte, ihr Frauenmut wäre von der Schlittenreise mit ihrer Dunkelheit und Qual geknickt.

Das Leben ist ein seltsames Ding. Viel habe ich darüber nachgedacht, und lange habe ich gegrübelt, aber mit jedem Tage wird es nicht weniger seltsam, sondern eher mehr. Woher diese Sehnsucht nach dem Leben? Es ist ein Spiel, das keiner gewinnt. Leben heißt schwer arbeiten und Schlimmes erleiden, bis das Alter über uns kommt und wir unsere Hände in die kalte Asche toter Feuer betten. Es ist schwer, zu leben. Unter Qualen tut das Kind seinen ersten Atemzug, unter Qualen gibt der alte Mann seinen Geist auf, und all seine Tage sind voll von Sorgen und Mühen; und doch geht er immer vorwärts in die offenen Arme des Todes, stolpernd, fallend und bis zum letzten kämpfend. Nur das Leben und was zum Leben gehört, schmerzt. Und doch lieben wir das Leben und hassen den Tod. Es ist sehr merkwürdig.

Wir sprachen nur wenig, Passuk und ich, in den langen Tagen, die jetzt folgten. Nachts lagen wir wie Tote im Schnee, und morgens gingen wir wie Tote. Und alle Dinge waren tot. Es gab kein Schneehuhn, kein Eichhörnchen, keinen Schneehasen – nichts. Der Fluß gab nicht einen Laut von sich unter seinen weißen Kleidern. Der Pflanzensaft war in den Bäumen der Wälder gefroren. Und es wurde kalt wie jetzt, und nachts kamen die Sterne näher, sie waren groß und hüpften und tanzten, und am Tage neckten uns die Nebensonnen, bis wir viele Sonnen sahen, und die ganze Luft knisterte und funkelte, und der Schnee war wie Diamantenstaub. Und es war keine Wärme, kein Laut – nur die scharfe Kälte und die Stille. Wie gesagt, wir gingen wie tote Leute, wie in einem Traum, und wir berechneten nicht die Zeit. Nur, daß unsere Gesichter immer dem Salzwasser zugekehrt waren, unsere Seelen sich nach dem Salzwasser sehnten und unsere Füße uns nach dem Salzwasser hin trugen. Eines Nachts lagerten wir am Takheena und wußten es nicht. Unsere Augen ruhten auf dem Weißen Pferd, aber wir sahen es nicht. Unsere Füße betraten den Weg am Canyon, aber sie fühlten es nicht. Wir fühlten nichts. Und wir fielen oft am Weg nieder, aber immer fielen wir, das Gesicht gegen das Salzwasser gerichtet.

Unser letzter Proviant ging dahin, und wir hatten gleich ge-

teilt, Passuk und ich, aber sie fiel öfter nieder, und bei Caribou waren ihre Kräfte erschöpft. Und am Morgen lagen wir in demselben Schlafsack und erhoben uns nicht, um weiterzugehen. Es war mein Gedanke, hier liegenzubleiben und uns im Tod zu begegnen, Hand in Hand, Passuk und ich, denn ich war alt geworden und hatte die Liebe einer Frau kennengelernt. Und es waren noch achtzig Meilen bis nach Haines Mission, und der große Chilcoot, der hoch über die Baumgrenze emporsteigt, erhob sein sturmumpeitschtes Haupt vor uns. Aber Passuk sprach zu mir, ganz leise, die Lippen an mein Ohr gepreßt, daß ich hören konnte. Und jetzt, da sie meinen Zorn nicht zu fürchten brauchte, sprach sie offen zu mir von ihrer Liebe und von vielen Dingen, die ich nicht verstand.

Und sie sagte: ›Du bist mein Mann, Charley, und ich bin dir eine gute Frau gewesen. Und in all den Tagen, da ich dein Feuer angezündet und dein Essen bereitet und deine Hunde gefüttert und die Paddel geschwungen oder die Fährte für dich getreten, habe ich nicht geklagt. Ich habe auch nie gesagt, daß mehr Wärme in der Wohnung meines Vaters und mehr zu essen am Chilcat war. Wenn du sprachst, lauschte ich. Wenn du befahlst, gehorchte ich. Ist es nicht so, Charley?‹

Und ich sagte: ›Ja, es ist so!‹

Und sie sagte: ›In der ersten Zeit, als du nach Chilcat kamst und mich nicht ansahst, aber mich kauftest, wie man einen Hund kauft, und mich fortführtest, da verhärtete sich mein Herz gegen dich, und es war voller Bitterkeit und Furcht. Aber das ist lange her. Denn du bist freundlich zu mir gewesen, wie ein guter Mann freundlich zu seinem Hund ist. Dein Herz war kalt, und es war kein Platz darin für mich, aber du hast recht gegen mich gehandelt, und du warst ein gerechter Mann. Und ich war bei dir, wenn du tapfere Taten verrichtetest und in mutigen Unternehmungen anführtest, und ich maß dich mit den Männern anderer Rassen, und ich sah, daß sie dich ehrten, und deine Worte waren weise und deine Zunge wahr. Und ich wurde stolz auf dich, bis du mein Herz erfülltest und alle meine Gedanken dir galten. Du warst die Mitternachtssonne, die in einem goldenen Kreis läuft und nie den Himmel verläßt. Und wo ich hinsah, sah ich stets die Sonne. Aber dein Herz war immer kalt, Charley, und es war kein Platz darin.‹

Und ich sagte: ›Es ist so. Es war kalt, und es war kein Platz darin. Aber das ist vorbei. Jetzt ist mein Herz wie der Schnee, der zur Frühlingszeit fällt, wenn die Sonne zurückgekehrt ist.

Alles taut und beugt sich in mir, es ist ein Geräusch von rinnendem Wasser, und grüne Schößlinge sprießen und keimen. Und die Schneehühner schwirren, die Rotkehlchen singen, und alles ist Singen und Klingen – denn die Macht des Winters ist gebrochen, Passuk, und ich habe die Liebe einer Frau kennengelernt.‹

Sie lächelte und machte eine Bewegung, um mir zu bedeuten, daß ich sie enger an mich ziehen sollte. Und sie sagte: ›Ich bin froh.‹ Dann lag sie lange still da und atmete tief, den Kopf an meine Brust geschmiegt. Dann flüsterte sie: ›Hier endet die Reise für mich, und ich bin müde. Aber vorher will ich von andern Dingen reden. Vor langer Zeit, als ich ein kleines Mädchen am Chilcat war, spielte ich einmal allein zwischen den Fellbündeln in der Wohnung meines Vaters, denn die Männer waren auf der Jagd, und Frauen und Knaben schleppten das Fleisch herbei. Es war Frühling, und ich war allein. Ein großer brauner Bär, der eben aus seinem Winterschlaf erwacht war, ausgehungert, und mit vor Magerkeit schlotterndem Fell, steckte den Kopf in das Zelt und sagte Uff! Mein Bruder kam mit dem ersten Fleischschlitten angezogen. Und er schlug nach dem Bären mit einem brennenden Scheit aus dem Feuer, und die Hunde, die vor dem Schlitten angeschirrt waren, stürzten sich auf den Bären. Es gab einen großen Kampf und viel Lärm. Sie taumelten in die Gluten vom Feuer. Die Fellpacken wurden umgestürzt, und das Zelt fiel zusammen. Zuletzt lag der Bär da – tot, die Finger meines Bruders in seinem Maul, und das Gesicht meines Bruders trug Zeichen von seinen Krallen. Hast du den Indianer auf dem Weg nach Pelly dir angesehen – seinen Fäustling, der keinen Daumen hatte, und seine Hand, die er an unserem Lagerfeuer wärmte? Es war mein Bruder, und ich sagte, er solle keinen Proviant haben. Und er ging fort in die Stille ohne Proviant.‹

So, meine Brüder, war die Liebe Passuks, die im Schnee am Caribou starb. Es war eine große Liebe, denn sie verleugnete ihren Bruder um des Mannes willen, der sie auf eine lange Reise und in einen qualvollen Tod geführt hatte. Und so groß war die Liebe dieser Frau, daß sie sich selbst verleugnete. Ehe ihre Augen sich zum letztenmal schlossen, nahm sie meine Hand und steckte sie unter ihre Parka aus Eichhörnchenfell. Und an ihrem Gürtel hing ein wohlgefüllter Beutel, und ich verstand, was der geheime Grund ihrer Schwäche war. Die zweite Hälfte des Proviants war in den wohlgefüllten Beutel gewandert.

Und sie sagte: ›Hier endet die Schlittenreise nur für Passuk,

aber dein Weg, Charley, führt weiter über den großen Chilcoot und nach Haines Mission und dem Meer. Und er führt weiter und immer weiter im Schein vieler Sonnen, durch unbekannte Länder und fremde Gewässer, und du wirst satt von Jahren und Ehre und Ehrenbezeigungen. Er führt dich in die Wohnungen vieler Frauen und guter Frauen, aber nie wird er dich zu größerer Liebe führen, als die Liebe Passuks war.‹

Und ich wußte, daß die Frau die Wahrheit sprach. Aber ich wurde von Wahnsinn ergriffen, und ich warf den vollen Beutel von mir und schwor, daß auch für mich die Reise zu Ende sei, bis ihre müden Augen sich von Tränen verschleierten und sie sagte: ›Unter Männern ist Sitka Charleys Namen immer mit Ehren genannt worden, und immer hat er die Wahrheit gesprochen. Soll er jetzt die Ehre vergessen und leere Worte am Caribou sprechen? Denkt er nicht mehr an die Männer von Forty Mile, die uns ihren besten Proviant und ihre besten Hunde gaben? Immer ist Passuk stolz auf ihren Mann gewesen. Laß ihn sich erheben, seine Schneeschuhe anschnallen und seinen Weg gehen, daß er sich seinen Stolz bewahren kann!‹

Und als sie in meinen Armen erkaltete, stand ich auf, nahm den vollen Beutel und wankte davon auf der Schlittenfährte, denn meine Knie waren schwach, mein Kopf schwindelte, und es rauschte mir vor den Ohren und knisterte von Feuerflammen vor meinen Augen. Die Erinnerung an die vergessenen Reisen meiner Knabenzeit stand wieder vor mir. Ich saß an den vollen Töpfen des Potlachs, ich erhob meine Stimme zum Gesang und tanzte zu den Liedern der Männer und der jungen Mädchen und zum Lärmen der Walroßtrommel. Und Passuk hielt meine Hand und ging neben mir. Wenn ich mich schlafen legte, weckte sie mich. Wenn ich stolperte und fiel, hob sie mich auf. Wenn ich mich in dem tiefen Schnee verirrte, führte sie mich auf die Schlittenspur zurück. Und so, wie ein Mann, der seines Verstandes beraubt ist, der seltsame Gesichte hat und dessen Gedanken von Wein benebelt sind, so erreichte ich Haines Mission am Meer.«

Sitka Charley schlug die Zeltzipfel zurück. Es war Mittag. Im Süden – gerade über dem düsteren Henderson-Paß – erhob sich die kalte Sonne. Zu beiden Seiten flammten die Nebensonnen. Glitzernder Reif flimmerte in der Luft wie Altweibersommer. Im Vordergrund, neben der Schlittenspur, saß ein Wolfshund. Die Haare sträubten sich ihm vor Kälte, und er hob seine lange Schnauze gen Himmel und heulte laut.

Wo die Wege sich trennen

»Muß i denn, muß i denn zum Städtle 'naus,
Und du, mein Schatz, bleibst hier?«

Schwäbisches Volkslied

Der Singende, ein Mann mit scharfgeschnittenen Zügen und heiteren Augen, beugte sich vor und goß Wasser in einen Topf mit kochenden Bohnen. Dann stand er auf und verjagte mit einem Stock die Hunde von Proviantkiste und Kochgeschirr. Seine Augen waren blau, sein langes Haar schimmerte wie Gold, er war so frisch und behäbig, daß es eine Freude war, ihn anzusehen.

Der Neumond stand als undeutlicher Halbkreis über der weißen Reihe dichter, schneebedeckter Kiefern, die das Lager einrahmten und von der Umwelt trennten. Über ihnen in der kalten, klaren Luft tanzten die Sterne wie unter hastigen, zitternden Pulsschlägen. Im Südosten verkündete ein schwacher grünlicher Schimmer, daß die prunkenden Feste des Nordlichts ihren Anfang nehmen wollten. Im Vordergrund lagen zwei Männer auf dem Bärenfell, das ihr Bett bildete. Zwischen dem Bärenfell und dem Schnee befand sich eine sechs Zoll dicke Schicht von Kiefernzweigen. Die Decken waren zurückgeschlagen. Hinter ihnen hing ein Schutzsegel, das sie gegen den Wind schirmte – ein Stück Sackleinen, das zwischen zwei Bäumen ausgespannt war und einen Winkel von fünfundvierzig Grad bildete. Es fing auch die ausgestrahlte Wärme vom Feuer auf und warf sie auf das Fell. Ein anderer Mann saß auf einem Schlitten, der dicht an das Feuer gezogen war, und besserte Mokassins aus. Rechts lag ein Haufen gefrorene Erde, und daneben stand eine primitive Winde, die die Stelle angab, wo sie Tag für Tag ihren trübseligen Kampf kämpften, um die goldführende Schicht zu erreichen. Links standen hochkant vier Paar Schneeschuhe, die zeigten, wie die Leute sich außerhalb des festgetretenen Schnees im Lager bewegten.

Das schwäbische Volkslied klang so merkwürdig rührend unter den kalten Sternen des nördlichen Himmels, und es erfreute nicht die Männer, die nach der Mühe des Tages um das Feuer saßen. Im Gegenteil, es erfüllte ihre Herzen mit einem dumpfen Schmerz und einem Gefühl von Sehnsucht, das an physischen Hunger erinnerte und ihre Seelen nach dem fernen Süden über die Wasserscheiden nach den Sonnenländern schickte.

»Um Gottes willen, Sigmund, hör doch auf!« rief einer der Männer. Seine Hände waren wie im Schmerz geballt, aber er hielt sie unter den Falten des Bärenfelles, auf dem er lag, verborgen.

»Aber warum denn, David Wertz?« fragte Sigmund. »Warum darf ich nicht singen, wenn mein Herz voller Freude ist?«

»Weil du gar keinen Grund zur Freude hast! Sieh dich um, Mann, denk an den Proviant, mit dem wir unsere Leiber im letzten Jahre beschmutzt; und daran, daß wir wie Tiere gelebt und geschuftet haben!«

Sigmund, der Goldhaarige, an den diese Worte gerichtet waren, sah alles an, auch die Wolfsfelle, die vom Reif und dem dampfenden Atem der Männer bedeckt waren, »Und warum darf das Herz nicht von Freude erfüllt sein?« fragte er lachend. »Es ist gut, alles ist gut. Und was das Essen betrifft –« Er beugte seinen Arm und streichelte die schwellenden Muskeln. »Und wenn wir wie die Tiere gelebt und geschuftet haben, sind wir nicht wie Könige bezahlt worden? Zwanzig Dollar die Pfanne holen wir aus der Erde, und wir wissen, daß die goldführende Schicht ihre acht Fuß dick ist. Dies ist ein neues Klondike – und wir wissen es – Jim Hawes, der neben mir sitzt, weiß es, und er klagt nicht. Und Hitchcock! Er näht seine Mokassins wie eine alte Frau und wartet, bis die Zeit kommt. Nur du kannst nicht warten und arbeiten, bis der Frühling kommt und wir mit dem Goldwaschen anfangen können. Dann werden wir alle reich sein, so reich wie Könige. Nur du kannst nicht warten. Du willst nach den Staaten zurück. Das will ich auch, ich bin dort geboren, aber ich kann warten, bis das Gold jeden Tag in der Pfanne liegt wie Butter im Butterfaß. Aber du willst deine guten Tage haben – und wie ein kleines Kind weinst du, weil du sie gleich haben willst. Warum darf ich nicht singen:

»Übers Jahr, übers Jahr, wenn mer Träubele schneid't,
Stell' i hier mi wiedrum ein;
Bin i dann, bin i dann dein Schätzele noch,
So soll die Hochzeit sein.

Übers Jahr, übers Jahr, do ist mei Zeit vorbei,
Do g'hör' i mein und dein;
Bin i dann, bin i dann dein Schätzele noch,
So soll die Hochzeit sein.«

Die Hunde drängten sich dichter um das Feuer zusammen, sie knurrten, und die Haare sträubten sich ihnen. Ein eintöniges Knirschen erklang, erzeugt durch die Berührung von Schneeschuhen mit dem gefrorenen Schnee, und zwischen jedem Knirschen konnte man hören, wie der Absatz des Schuhes mit einem Geräusch wie Zucker, der durch einen Streulöffel träufelt, hochgezogen wurde. Sigmund unterbrach sein Lied, um zu fluchen und Brennscheite nach den Tieren zu werfen. Dann trat eine pelzbekleidete Gestalt ins Licht, und ein junges Indianermädchen warf die Schneeschuhe ab und ließ die Kapuze ihrer Parka aus Eichhörnchenfell zurückgleiten. Sigmund und die Männer auf dem Bärenfell begrüßten sie als Sipsu mit dem gewöhnlichen »Hallo!«, und Hitchcock machte neben sich auf dem Schlitten Platz.

»Nun, wie geht es, Sipsu?« fragte er. Er fragte sie in einer Mischung von gebrochenem Englisch und Chinook. »Ist der Hunger immer noch groß im Lager? Und hat der Hexendoktor jetzt herausgefunden, was schuld daran ist, daß es so wenig Wild und gar keine Rentiere im Land gibt?«

»Ja, gewiß! Es gibt nur wenig Wild, und wir werden bald die Hunde essen. Und der Hexendoktor hat auch herausgefunden, was der Grund all dieses Unglücks ist, und morgen will er ein Opfer bringen und das Lager reinigen.«

»Und was wird das Opfer sein? – ein neugeborenes Kind oder ein altes, armes und schwaches Indianerweib, das dem Stamm zur Last fällt und für das es das beste wäre, zu sterben?«

»Nein, so ging es nicht, denn die Not ist groß und erfordert große Opfer – er wählte keine geringere als die Tochter des Häuptlings, keine geringere als mich, Sipsu.«

»Donnerwetter!« Das Wort kam ganz langsam über Hitchcocks Lippen, aber mit einer Fülle und Tiefe, die zeigte, wie erstaunt und bekümmert er war.

»Und deshalb stehen wir jetzt, wo die Wege sich trennen, du und ich«, fuhr sie mit großer Ruhe fort, »und ich bin gekommen, daß wir uns noch einmal sehen können – zum letztenmal!«

Sie war der Schößling eines primitiven Stammes. Ihre Traditionen und das Leben, das sie gelebt hatte, waren so primitiv, daß sie das ganze Dasein mit Stoizismus und Menschenopfer als etwas ganz Natürliches betrachtete. Die Mächte, die hinter Licht und Dunkelheit, hinter Regen und Frost, hinter dem Aufbrechen der Knospen und dem Welken der Blätter standen, waren beleidigt und mußten versöhnt werden. Und das Sühnopfer for-

derten sie auf vielerlei Weise – durch Tod in siedendem Wasser, durch die verräterische Eiskruste, durch die schweren Tatzen des Grizzlybären oder durch eine zehrende Krankheit, die einen Mann in seinem eigenen Zelt packte, bis er hustete und das Leben in seinen Lungen trocken durch Mund und Nase schwand. Und die Mächte nahmen die Sühnopfer an – das war alles ganz in der Ordnung. Und der Hexendoktor war mit den Gedanken der Mächte vertraut und traf seine Wahl mit unbeirrbarer Sicherheit. Es war ganz natürlich. Der Tod kam auf vielen Wegen, und doch war schließlich alles eins – eine Offenbarung des Allmächtigen und Unergründlichen.

Hitchcock aber gehörte einem andern Geschlecht an, bezeichnete eine andere Stufe in der Entwicklung der Welt. Seine Traditionen waren weniger konkret und ohne Ehrfurcht, und er sagte: »Nein, das darf nicht geschehen, Sipsu. Du bist jung, und das Leben hat dir noch so viel Freude zu bieten. Der Hexendoktor ist ein Tor, und seine Wahl ist schlecht. Das darf nicht geschehen.«

Sie lächelte: »Das Leben ist uns nicht gnädig aus vielen Gründen. Erstens hat es uns zwei, den einen weiß und den andern rot erschaffen, und das ist schlimm. Dann ließ es unsere Wege sich kreuzen, und jetzt trennt es sie wieder, und wir können nichts tun. Früher einmal, als die Götter zornig waren, kamen deine Brüder ins Lager. Es waren ihrer drei, große weiße Männer, und sie sagten – es darf nicht geschehen. Aber kurz darauf waren sie tot, und es geschah doch.«

Hitchcock gab durch ein Nicken zu erkennen, daß er hörte, und er wandte sich halb um und erhob die Stimme. »Hört nun her, Leute! Sie wollen drüben im Lager Dummheiten machen und Sipsu ermorden. Was sagt ihr dazu?«

Wertz sah Hawes an, und Hawes beantwortete den Blick, aber keiner von ihnen sagte etwas. Sigmund beugte den Kopf und streichelte den Schäferhund, der zwischen seinen Knien stand. Er hatte Shep mitgebracht, als er kam, und legte großen Wert auf das Tier. In Wirklichkeit war es ein junges Weib, an das er immer dachte, und dessen Bild er in dem kleinen Medaillon auf der Brust trug. Sie hatte ihm den Hund und ihren Segen mitgegeben, als sie sich zum Abschied küßten, ehe er auf seine Nordlandsfahrt zog.

»Was sagt ihr dazu?« wiederholte Hitchcock.

»Vielleicht ist es nicht so ernst«, antwortete Hawes besonnen.

»Es ist vermutlich nur eine Geschichte, die das Mädel uns erzählt.«

»Darum handelt es sich nicht!« Hitchcock fühlte, wie eine heiße Zorneswoge in ihm aufstieg, als er ihren offenbaren Unwillen sah. »Die Frage ist, ob wir es uns, wenn es stimmt, gefallen lassen wollen? Was wollen wir tun?«

»Ich kann keinen Anlaß für uns sehen, einzugreifen«, sagte Wertz. »Wenn es so ist, so ist es eben so, und damit ist die Geschichte aus. Das ist nun mal die Art dieser Menschen, es ist ihre Religion, und nicht unsere Sache. – Unsere Sache ist es, Goldstaub zu finden und dann aus diesem gottverlassenen Land herauszukommen. Hier können nur Tiere leben. Was sind die schwarzen Teufel anderes als Tiere? Und außerdem ist es eine verflucht schlechte Politik, sich in etwas zu mischen, das uns nichts angeht.«

»Das ist es ja gerade, was ich sage«, fiel Hawes ihm ins Wort. »Wir sitzen hier vier Mann hoch, dreihundert Meilen vom Yukon oder von einem einzigen weißen Gesicht entfernt. Was können wir gegen fünfzig Indianer ausrichten? Wenn wir Streit mit ihnen anfangen, müssen wir uns verziehen, wenn wir uns schlagen, werden wir aus der Zahl der Lebenden ausgelöscht. Und schließlich haben wir Gold gefunden, und meiner Treu – ich jedenfalls gehe nicht weg.«

»Richtig«, bemerkte Wertz.

Hitchcock wandte sich ungeduldig zu Sigmund, der vor sich hinträllerte:

»Übers Jahr, übers Jahr, wenn mer Träubele schneid't,
Stell' i hier mi wiedrum ein.«

»Nun ja, wie es nun mal steht, Hitchcock«, sagte er schließlich, »bin ich ganz einig mit den andern. Wenn vier Dutzend Indianer beschlossen haben, das Mädel totzuschlagen, ja, dann können wir es nicht hindern. Ein Augenblick, und wir sind aus der Zahl der Lebenden ausgelöscht. Und was könnte es helfen? Das Mädel behielten sie doch. Es hat keinen Zweck, sich gegen die Gebräuche eines Volkes aufzulehnen, wenn man nicht stark genug ist.«

»Aber wir sind doch stark!« fiel Hitchcock ihm ins Wort. »Vier Weiße können wohl noch mit hundertmal so viel Roten fertig werden! Und denk an das Mädel.«

Sigmund streichelte sinnend den Hund. »Aber ich denke ja

eben an das Mädel. Und ihre Augen sind blau wie ein Sommerhimmel und lachen wie ein Sommermeer, und ihr Haar ist golden wie meines und hängt in Zöpfen so schwer wie starke Mannesarme herab. Sie wartet drunten in einem bessern Lande auf mich. Und sie hat lange gewartet, und jetzt, da ich im Begriff stehe, ihr ein Vermögen zu schaffen, will ich es nicht fortwerfen.«

»Und ich würde mich schämen, wenn ich in die blauen Augen des Mädchens sähe und mich der schwarzen des Mädchens erinnerte, dessen Blut über mein Haupt gekommen ist«, höhnte Hitchcock, denn er war geboren, andere zu ehren und für sie zu kämpfen und die Sache um der Sache selbst willen zu tun, ohne das Für und Wider zu erwägen.

Sigmund schüttelte den Kopf. »Du kannst mich nicht toll machen, Hitchcock, oder dazu bringen, etwas Verrücktes zu tun, weil du selber toll bist. Es ist eine einfache Geschäftsfrage, und es sind Tatsachen, mit denen wir zu tun haben. Ich bin nicht meiner Gesundheit wegen hergekommen, und es ist uns zudem unmöglich, eine Hand zu rühren. Wenn es so steht, ist es verflucht traurig für das Mädel – ja, das ist alles. So sind nun mal die Gebräuche ihres Volkes, und dieses eine Mal geht es uns ein bißchen näher als sonst. Sie haben dasselbe Tausende und aber Tausende von Jahren getan, und sie tun es jetzt und werden es in alle Ewigkeit weiter tun. Und im übrigen sind sie ja nicht von unserer Rasse, das Mädel auch nicht. Nein, ich halte mit Wertz und Hawes, und –«

Die Hunde knurrten und drängten sich um sie zusammen, und er schwieg und lauschte auf das knirschende Geräusch vieler Schneeschuhe. Indianer auf Indianer erschien im Schein des Feuers, hochgewachsen und barsch, pelzbekleidet und schweigend, während ihre Schatten sich in einem grotesken Tanz auf dem Schnee abzeichneten. Einer von ihnen, der Hexendoktor, sagte mit vielen Kehllauten etwas zu Sipsu. Sein Gesicht war ganz bemalt und sah wild aus, und um die Schultern hatte er ein Wolfsfell geworfen, dessen weiße Zähne und boshafte Schnauze über seinen Kopf ragten. Sonst wurde nicht ein Wort gesprochen. Die Goldgräber verhielten sich ganz ruhig. Sipsu stand auf und steckte die Füße in die Schneeschuhe.

»Leb wohl, oh, mein Mann«, sagte sie zu Hitchcock.

Aber der Mann, der neben ihr auf dem Schlitten gesessen hatte, gab kein Lebenszeichen von sich, und er hob auch nicht den Kopf, als sie in einer langen Reihe nach dem weißen Wald aufbrachen.

Im Gegensatz zu vielen andern Männern hatte seine Anpassungsfähigkeit, obwohl sie sehr groß war, ihm nie das Zweckmäßige einer Verbindung mit Frauen des Nordlandes vorgegaukelt. Seine breite kosmopolitische Lebensanschauung hatte ihn nie angetrieben, einen Ehepakt mit den Töchtern des Landes zu schließen. Hätte sie es getan, so würde seine Lebensphilosophie nicht im Wege gestanden haben. Aber sie hatte es ganz einfach nicht getan. Sipsu? Es hatte ihn ergötzt, am Lagerfeuer mit ihr zu plaudern, nicht als ein Mann, der wußte, daß er selbst ein Mann und sie ein Weib war, sondern wie ein Mann mit einem Kind tun mag; und wie ein Mann seines Typs gewiß aus keinem andern Grunde tat, als um ein wenig Abwechslung in ein trauriges Dasein zu bringen. Das war alles. Aber trotz seinen Yankeevorfahren und trotz dem Umstand, daß er in Neuengland aufgewachsen war, besaß er ein ganz Teil romantische Ritterlichkeit und Warmblütigkeit, und sein Temperament war von der Art, daß die geschäftsmäßige Seite des Lebens ihm oft sinnlos erschien und im Widerspruch mit seinem tiefen Fühlen stand. Und deshalb saß er schweigend mit gebeugtem Haupte da, und eine organische Kraft, größer als sein Ich und ebenso groß wie seine Rasse, kämpfte in ihm. Wertz und Hawes warfen von Zeit zu Zeit Blicke auf ihn, mit einer schwachen, aber ganz unverkennbaren Furchtsamkeit in ihrer Haltung ihm gegenüber. Hitchcock war stark, er hatte ihnen in ihrem gefährlichen Dasein oft bewiesen, wie stark er war. Und deshalb erwarteten sie mit entschiedener Furcht und Neugier, was er tun würde, wenn er sich berufen fühlte, einzuschreiten. Aber das Schweigen wurde lang, und das Feuer wollte ausgehen, als Wertz sich reckte, gähnte und sagte, daß er zu Bett zu gehen gedenke. Da erhob sich Hitchcock in seiner vollen Größe.

»Möge Gott eure Seelen in die tiefste Hölle verdammen, ihr kleinherzigen Feiglinge! Ich bin fertig mit euch!« Er sagte es sehr ruhig, aber seine Stärke sprach aus jeder Silbe, und jede Betonung verkündete sein Zielbewußtsein. »Kommt her«, fuhr er fort, »laßt uns teilen – wie es euch am besten paßt. Mir gehört ein Viertel der Claims; das zeigen unsere Kontrakte. Es sind fünfundzwanzig oder dreißig Unzen aus den Probepfannen im Sack. Holt die Waage. Das wollen wir gleich teilen. Und du, Sigmund, wieg mein Viertel vom Proviant ab und leg es beiseite. Vier von den Hunden gehören mir, und ich will noch vier dazu haben. Für die Hunde überlasse ich euch meinen Teil der Ausrüstung und der Goldgräberwerkzeuge. Und obendrein will

ich euch meine sechs oder sieben Unzen und meinen Reserverevolver mit aller Munition lassen, was sagt ihr dazu?«

Die drei Männer traten beiseite und besprachen sich. Als sie wiederkamen, trat Sigmund als ihr Wortführer auf. »Wir wollen redlich mit dir teilen, Hitchcock. Du sollst dein Viertel von allem haben, weder mehr noch weniger, und du kannst es nehmen oder lassen. Aber wir brauchen die Hunde ebensogut wie du, und du kannst vier haben und keinen mehr. Wenn du deinen Teil von den Werkzeugen nicht mitnehmen willst, so ist es deine eigene Sache. Wenn du sie haben willst, kannst du sie nehmen, wenn nicht, so laß es bleiben.«

»Nach dem Buchstaben des Gesetzes«, spottete Hitchcock. »Aber nur los. Mir ist es recht. Und beeilt euch. Ich kann nicht schnell genug von diesem Lager und dem Gewürm, das darin lebt, wegkommen.«

Die Teilung wurde ohne weitere Bemerkungen vorgenommen. Er band seinen spärlichen Besitz auf einen der Schlitten, nahm seine vier Hunde und schirrte sie an. Von dem Werkzeug rührte er nichts an, dagegen warf er ein Dutzend Hundegeschirre auf den Schlitten, wobei er seine Kameraden herausfordernd ansah, wie um zu sagen, daß sie ja Einwände erheben könnten, wenn sie es wagten. Aber sie zuckten die Achseln, und bald sahen sie ihn im Wald verschwinden.

Ein Mann kroch bäuchlings durch den Schnee. Zu allen Seiten erhoben sich die Elchhautzelte im Lager. Hin und wieder heulte ein elender Hund oder knurrte boshaft seinen Nachbarn an. Einmal näherte sich einer von ihnen dem kriechenden Mann, aber der Mann blieb unbeweglich liegen. Der Hund kam näher und schnüffelte, er kam noch näher und schnüffelte wieder und dann noch etwas näher, bis seine Schnauze den seltsamen Gegenstand berührte, der nicht dagewesen war, als es dunkel wurde. Da erhob sich Hitchcock – denn es war Hitchcock – plötzlich und griff mit seiner unbehandschuhten Hand nach der zottigen Kehle des Hundes. Und dieser Griff war der Tod für den Hund, und als der Mann weiterging, lag er mit gebrochenem Genick unter den Sternen.

Auf diese Weise erreichte Hitchcock das Zelt des Häuptlings. Er lag lange draußen im Schnee, auf die Stimmen der Bewohner lauschend, und versuchte herauszubekommen, wo Sipsu war. Es befanden sich offenbar viele Menschen im Zelt, und nach ihren Stimmen zu urteilen, waren sie sehr erregt.

Schließlich hörte er die Stimme des jungen Mädchens, und er kroch dem Geräusch nach, bis nur noch die Elchhaut sich zwischen ihnen befand. Da grub er sich in den Schnee hinein und arbeitete sich langsam mit Kopf und Schultern ins Zelt. Als ihm die warme Luft drinnen entgegenschlug, wartete er, und so blieb er liegen, die Beine und den größten Teil des Körpers außerhalb des Zeltes. Auf seiner einen Seite lag ein Packen Felle. Er konnte es riechen, befühlte sie aber sorgfältig, um seiner Sache sicher zu sein. Auf seiner anderen Seite berührte sein Gesicht ein Pelzkleid, das, wie er wußte, einen menschlichen Körper umschloß.

Das mußte Sipsu sein. Er hätte sie gern sprechen hören, entschloß sich aber doch, einen Versuch zu wagen. Er konnte den Häuptling und den Hexendoktor laut miteinander reden hören, und in einem Winkel des Zeltes weinte ein hungriges Kind sich in Schlaf. Er drehte sich auf die Seite und hob vorsichtig den Kopf, aber so, daß er immer noch gerade das Pelzkleid berührte. Er lauschte auf den Atem. Es war der Atem eines Weibes, er wollte es wagen.

Er drückte sich sanft, aber fest an sie und fühlte, wie sie bei der Berührung zusammenfuhr. Dann wartete er wieder, bis eine untersuchende Hand auf seinen Kopf glitt und auf seinen Lokken ruhte. Im nächsten Augenblick wandte die Hand sein Gesicht sanft empor, und er sah in Sipsus Augen.

Sie war vollkommen ruhig. Sie wechselte wie zufällig die Stellung und legte den Ellenbogen auf den Fellpacken, stützte sich darauf und breitete ihre Parka aus. So war er vollkommen versteckt. Und dann, immer noch, als wäre es der reine Zufall, beugte sie sich zu ihm hinüber, daß er zwischen ihrem Arm und ihrer Brust atmen konnte, und wenn sie jetzt den Kopf beugte, lag ihr Ohr gerade an seinen Lippen.

»Wenn du kannst – so geh«, flüsterte er. »Geh weg vom Zelt und über den Schnee zu der Birkengruppe, die dort steht, wo der Bach eine Biegung macht. Dort wirst du meine Hunde und meinen Schlitten finden. Heute nacht werden wir zum Yukon ziehen, und da wir schnell reisen müssen, sollst du alle Hunde, die dir in die Nähe kommen, am Nacken packen und zum Schlitten schleppen, dorthin, wo der Bach eine Biegung macht.«

Sipsu schüttelte abwehrend den Kopf, aber ihre Augen leuchteten vor Freude, sie war stolz, daß dieser Mann ihr so große Gunst erwies. Wie alle Frauen ihrer Rasse war sie dazu erzogen, dem Willen des Mannes zu gehorchen, und als Hitchcock sein

»Geh!« wiederholte, tat er es gebieterisch, und, obwohl sie nicht antwortete, wußte er, daß sein Wille ihr Gesetz war.

»Und kümmere dich nicht um Geschirr für die Hunde«, fügte er hinzu, indem er sich zum Gehen anschickte. »Ich warte, aber verliere keine Zeit. Der Tag verjagt stets die Nacht, und er zögert nicht nach dem Gutdünken der Menschen.«

Eine halbe Stunde später, als er sich neben dem Schlitten die Füße vertrat und die Arme schwang, sah er sie kommen, einen widerstrebenden Hund an jeder Hand. Als sie sich näherte, wurden seine eigenen Hunde unruhig, aber er traktierte sie mit dem Peitschenstiel, bis sie ruhig wurden. Er hatte sich dem Lager gegen den Wind genähert und fürchtete am meisten, daß das Geräusch seine Anwesenheit verraten würde.

»Seile sie an«, befahl er, als sie dem zweiten Hund das Geschirr angelegt hatte. »Ich will, daß meine Leithunde vorangehen.«

Als sie es aber getan hatte, warfen sich die verdrängten Tiere über die fremden. Obwohl Hitchcock sich mit seinem Büchsenkolben dazwischenstürzte, gab es doch einen furchtbaren Spektakel, der über das schlafende Lager hallte.

»Jetzt kriegen wir Hunde – und zwar reichlich«, sagte er barsch, indem er eine Axt vom Schlitten nahm. »Schirr an, was ich dir hinwerfe und schütze das Gespann.

Er trat einen Schritt vor und wartete zwischen zwei Kiefern. Die Hunde im Lager zerstörten die Ruhe der Nacht mit Heulen und Lärmen, und er war auf ihren Empfang vorbereitet, wenn sie kamen. Ein dunkler Fleck, der schnell größer wurde, nahm feste Form an auf der weißen Schneedecke mit ihren undeutlichen Konturen. Es war der Vorläufer des Koppels, der mit langen Sprüngen angesetzt kam, während er nach Wolfsart seinen Brüdern Befehle erteilte. Hitchcock stand im Schatten. Als der Hund vorbeisprang, streckte er die Arme aus, packte ihn mitten im Sprung an den Vorderbeinen und wirbelte ihn zu Boden. Dann versetzte er ihm einen wohlgezielten Schlag hinter das Ohr und warf ihn Sipsu zu. Und während sie dem Hunde schnell das Geschirr anlegte, bewachte er mit der Axt die Passage zwischen den Bäumen, bis ein zottiger Strom von weißen Zähnen und funkelnden Augen in Reichweite vorbeischoß. Sipsu arbeitete schnell. Als sie fertig war, sprang er vor, griff und betäubte noch einen und warf ihn ihr hinüber. Das wiederholte er noch dreimal, und als der Schlitten endlich mit einem Gespann von zehn knurrenden Hunden dastand, rief er: »Genug!«

Aber in diesem Augenblick durchwatete ein junger Indianer, ein schnellfüßiger Vorläufer des Stammes, die Hundeschar und versuchte, sich mit Schlägen nach rechts und links durchzudrängen. Hitchcocks Büchsenkolben zwang ihn ins Knie, und er taumelte seitwärts zu Boden. Der Hexendoktor, der sehr schnell lief, sah den Schlag fallen.

Hitchcock rief Sipsu zu, daß sie losfahren sollte. Bei ihrem schrillen »Tschuk!« schossen die rasenden Tiere vorwärts, und sie blieb mit Mühe und Not auf dem Schlitten sitzen, der schrecklich rumpelte. Die höheren Mächte waren offenbar zornig auf den Hexendoktor, denn gerade in diesem Augenblick schickten sie ihm den Schlitten in den Weg. Der Leithund kollidierte mit seinem Schneeschuh, er fiel, und die neun Hunde, die hinterherkamen, traten ihn unter die Füße, worauf der Schlitten über ihn hinwegrumpelte. Aber er kam schnell wieder auf die Beine, und die Nacht wäre vielleicht ganz anders verlaufen, hätte Sipsu sich nicht umgedreht und ihn mit der langen Hundepeitsche quer über die Augen geschlagen, daß er ganz geblendet war. Hitchcock, der sie einzuholen eilte, stieß mit ihm zusammen, wie er schwankend und schmerzverzerrt mitten auf der Schlittenbahn stand. So ging es zu, daß der primitive Theologe, als er das Zelt des Häuptlings wieder erreichte, viel klüger geworden war in bezug auf die Fäuste des weißen Mannes und die Kraft, die in ihnen wohnte. Und die Folge war, daß er, als er in der Ratsversammlung eine Rede hielt, über alle weißen Männer sehr aufgebracht war.

»Auf mit euch, ihr Tagediebe! Auf mit euch! Das Essen ist fertig, ehe ihr in eure Schuhe kommt.« David Wertz warf das Bärenfell beiseite, setzte sich auf und gähnte.

Hawes reckte sich, merkte, daß er sich eine Sehne im Arm gezerrt hatte, und rieb sie schläfrig: »Gott weiß, wo Hitchcock heute nacht geschlafen hat?« meinte er, indem er die Hand nach seinen Mokassins ausstreckte. Sie waren steif, und er ging vorsichtig auf Socken ans Feuer, um sie aufzutauen. »Es ist ein Segen, daß wir ihn los sind«, fügte er hinzu, »und das, obwohl er ein mächtiger Arbeiter war.«

»Ja, er war zu herrschsüchtig, das war es eben. Es war auch eine verfluchte Geschichte mit Sipsu. Glaubt ihr, daß er sich etwas aus ihr machte?«

»Das glaube ich nicht. Nur Prinzip – das war alles. Er fand es nicht richtig – und das war es selbstverständlich auch nicht –,

aber deshalb gab es doch keinen Grund, daß wir uns dazwischenlegen und vorzeitig über die Wasserscheide expediert werden sollten.«

»Prinzip ist Prinzip, alles was recht ist, aber wenn man nach Alaska reist, läßt man es am besten zu Hause. Nicht wahr?« Wertz war zu seinem Kameraden getreten, und beide mühten sich ab, ihre gefrorenen Mokassins geschmeidig zu machen. »Findet ihr, daß wir hätten eingreifen sollen?«

Sigmund schüttelte den Kopf. Er war eifrig beschäftigt. In der Kaffeekanne zeigte sich schokoladenfarbener Schaum, und der Speck mußte gewendet werden. Er dachte auch an das junge Mädchen mit den lachenden Augen so blau wie das Sommermeer, und er trällerte leise.

Seine Kameraden lachten sich an und schwiegen. Obwohl es nach sieben Uhr war, dämmerte es erst in drei Stunden. Das Nordlicht war vom Himmel verschwunden, und das Lager war eine Oase von Licht mitten in der tiefen Dunkelheit. Und in diesem Licht zeichneten sich die Gestalten der drei Männer scharf und deutlich ab. Um das Schweigen zu brechen, hob Sigmund seine Stimme und begann den letzten Vers des alten Liedes:

»Übers Jahr, übers Jahr, wenn mer Träubele schneid't...«

Da wurde die Stille der Nacht durch eine scharfe Büchsensalve durchbrochen. Hawes stieß einen Seufzer aus, machte eine gewaltsame Anstrengung, sich zu erheben, und sank zusammen. Wertz fiel auf den Ellenbogen, mit gebeugtem Haupt. Es gurgelte in seiner Kehle, und ein dunkler Strom bahnte sich den Weg über seine Lippen. Und Sigmund, der Goldhaarige, hob die Arme und fiel vorwärts in das Lagerfeuer, während das Lied noch in seiner Kehle zitterte.

Der Hexendoktor hatte sich ein blaues Auge zugezogen, und seine Laune war nicht die beste, denn er war mit dem Häuptling in Streit um Wertz' Büchse geraten. Er hatte mehr als seinen Anteil von dem gemeinsamen Sack Bohnen genommen, dazu annektierte er das Bärenfell, und der Stamm murrte. Schließlich versuchte er Sigmunds Hund totzuschlagen, den Hund, den das junge Mädchen ihm geschenkt hatte, aber der Hund lief fort, während der Hexendoktor in die Grube stürzte und sich die Schulter durch einen Schlag auf den Spaten ausrenkte. Als das

Lager gründlich geplündert war, kehrten sie zu ihrem eigenen Zelt zurück, und es herrschte große Freude unter den Frauen. Dazu kam, daß sich ein Rudel Elche über die südliche Wasserscheide verirrte und von den Jägern erlegt wurde, so daß der Hexendoktor noch größere Ehre gewann und das Volk unter sich flüsterte, daß er sich mit den Göttern beriete.

Als aber alle fort waren, schlich sich der Schäferhund in das verlassene Lager zurück, und die ganze Nacht und noch einen Tag hindurch beweinte er seinen toten Herrn. Darauf verschwand er, aber es dauerte nur wenige Jahre, da bemerkten die indianischen Jäger eine Veränderung in der Wolfsrasse. Sie hatte eine besonders kräftige Farbe und eine ausgesprochene Zeichnung, wie man sie noch nie an einem Wolf gesehen hatte.

»Sie – was Sie genannt werden – Faulpelz, Sie Faulpelz, wollen mich zur Frau. Das nicht richtig. Nie, nein nie, wird Faulpelz mein Mann werden.«

So sagte Joy Molineau Jack Harrington ihre Meinung, genauso, wie sie sich am Abend zuvor mit wenigeren Worten in ihrer eignen Sprache Louis Savoy gegenüber ausgesprochen hatte.

»Aber hören Sie doch mal, Joy...«

»Nein, nein, wie soll ich hören auf Faulpelz? Das wär' verkehrt. Sie treiben sich rum, machen Besuch in meiner Hütte und tun nichts, Sie. Wie Sie schaffen Nahrung in Zukunft? Warum Sie nicht haben Gold? Andre Männer haben viel Goldstaub!«

»Aber ich arbeite doch schwer, Joy. Es vergeht nicht ein Tag, ohne daß ich auf der Schlittenfahrt oder oben am Flusse bin. In diesem Augenblick bin ich heimgekehrt. Meine Hunde sind noch müde. Andre Männer haben Glück und finden massenhaft Gold, aber ich – ich habe kein Glück.«

»Oh! Aber als dieser Mann mit der Frau, die Indianerfrau ist, dieser Mann, McCormack, als er entdecken Klondike, da Sie nicht gehen. Andre Männer gehen. Andre Männer jetzt reiche Männer.«

»Sie wissen doch selbst, daß ich damals ein paar Minen an der Quelle des Tanana untersuchte«, wandte Harrington ein, »und von Eldorado oder Bonanza erfuhr ich erst, als es zu spät war.«

»Das ist etwas anderes. Aber Sie sind nun mal – was ihr nennt – nicht mit dabei.«

»Was?«

»Nicht mit dabei – ja, nicht mit bei allem. Es ist nie zu spät. Eine sehr reiche Mine ist da, wo es heißt Eldorado. Der Mann schlagen einen Pfahl ein und gehen seiner Wege. Kein andrer Mann weiß, was aus ihm geworden. Dieser Mann, der den Pfahl eingeschlagen hat, er ist nicht mehr. Zwei Monate registriert kein Mann den Claim. Andre Männer – viele andre Männer – nehmen den Claim, fahren davon – wie der Wind – lassen den Claim einregistrieren. Ihn sehr reich. Ihn können Familie ernähren.«

Harrington ließ sich keineswegs merken, wie gespannt er war.

»Wann ist die Frist abgelaufen?« fragte er. »Was für ein Claim ist das?«

»So ich sagen zu Louis Savoy gestern abend«, fuhr sie fort, ohne seine Worte zu beachten. »Er ich glaube gewinnen.«

»Der Teufel soll Louis Savoy holen!«

»So Louis Savoy sprechen in meiner Hütte gestern abend. Ihn sagen: ›Joy, ich bin ein starker Mann. Ich haben gute Hunde, ich haben gute Lungen. Ich will gewinnen. Willst du mich dann zum Mann?‹ Und ich sagen zu ihm, ich sagen –«

»Was sagten Sie?«

»Ich sagen, ›wenn Louis Savoy gewinnt, dann wird er mich haben zur Frau‹.«

»Und wenn er nicht gewinnt?«

»Dann wird Savoy nicht werden – wie ihr sagen – Vater von meine Kinder.«

»Und wenn ich gewinne?«

»Sie gewinnen? Ha! Ha! Nie.«

Eine so verzweifelnde Wirkung das Lachen Joy Molineaus auch ausüben konnte, war es doch immer eine Freude fürs Ohr. Es störte Harrington nicht. Er war zu lange daran gewöhnt. Außerdem war er keine Ausnahme. Sie hatte alle Männer, die in sie verliebt waren, dieselbe Qual erdulden lassen. Und sehr verlockend war sie in diesem Augenblick, wie sie dastand, die Lippen zu einem Lächeln gekräuselt, die Wangen durch den Kuß der Kälte tiefer gefärbt und mit Augen, in denen die ganze zitternde Verlockung lag, die die größte aller Verlockungen ist und die man nirgends sehen kann als in den Augen einer Frau.

Ihre zottigen Schlittenhunde drängten sich um sie zusammen, und der Leithund, Wolfszahn, legte behutsam seine Schnauze in ihren Schoß.

»Wenn ich gewinne?« drang Harrington in sie.

Sie sah von dem Hund auf den Mann und wieder zurück.

»Was sagen du, Wolfszahn? Wenn ihn starker Mann und einregistrierten Papier, sollen wir dann seine Frau werden? Was sagen du?«

Wolfszahn spitzte die Ohren und knurrte Harrington an.

»Es ist sehr kalt«, fügte sie plötzlich mit echt weiblichem Mangel an Logik hinzu, sprang auf und ordnete ihr Gespann.

Ihr Bewerber sah sie mit ungestörter Ruhe an. Seit sie sich das erstemal getroffen, hatte sie ihn alles erraten lassen, und er hatte sich Geduld angewöhnt.

»He! Wolfszahn!« rief sie, indem sie auf den Schlitten sprang, als er sich in Bewegung setzte. »Ai! Ya! Mush!«

Harrington warf ihr einen verstohlenen Blick nach, wie sie schnell auf der Schlittenbahn nach Forty Mile fuhr. An der Stelle, wo der Weg nach Fort Cudahy auf der andern Seite des Flusses abbog, hielt sie die Hunde an und wandte sich um.

»Oh! Herr Faulpelz!« rief sie zurück. »Wolfszahn, ihn sagen ja – wenn Sie Sieger werden!«

Aber wie es stets in solchen Fällen geht, sickerte es durch, und ganz Forty Mile, das bisher davon in Anspruch genommen gewesen, welchen von ihren beiden letzten Bewerbern Joy Molineau nehmen würde, begann jetzt zu wetten und zu raten, wer von ihnen in dem bevorstehenden Wettlauf den Sieg davontragen würde. Das Lager teilte sich in zwei Parteien, deren jede die größten Anstrengungen machte, um ihrem Helden den Sieg zu sichern. Man riß sich um die besten Hunde, die es im Lande gab, denn Hunde, und zwar gute Hunde, bedingten mehr als alles andere den Sieg. Und der Sieg bedeutete ungeheuer viel für den Sieger. Außer daß er ihm eine Frau verschaffte, derengleichen es auf Erden nicht gab, war er gleichbedeutend mit einer Goldmine im Werte von mindestens einer Million.

In dem Herbst, als die Nachricht von McCormacks Entdekkung von Bonanza kam, waren alle Bewohner der unteren Landesteile, darunter auch von Circle City und Forty Mile, nach dem Yukon aufgebrochen, jedenfalls alle mit Ausnahme derer, die wie Jack Harrington und Louis Savoy auf der Goldsuche nach Westen zogen. Markierungspfähle wurden haufenweise eingerammt, sowohl auf Elchweiden wie an Bächen und zufällig auch an dem Bach, der von allen die geringste Möglichkeit zu bieten schien, dem Eldorado. Olaf Nelson belegte fünfhundert Fuß an ihm, machte, wie es sich gehört, einen Anschlag und verschwand hierauf pflichtschuldigst. Zu diesem Zeitpunkt befand sich das nächste Einregistrierungsbureau in der Polizeikaserne von Fort Cudahy, gerade gegenüber Forty Mile am Flusse. Als aber das Gerücht durchsickerte, daß der Eldorado-Creek eine Schatzkammer sei, machte man schnell die Entdekkung, daß Olaf Nelson es unterlassen hatte, den Yukon hinabzureisen, um seinen Besitz einregistrieren zu lassen. Die Leute sahen mit gierigen Augen auf den herrenlosen Claim, wo, wie sie wußten, Tausende von Dollars auf Schaufeln und Pfannen warteten. Und doch wagten sie nichts zu unternehmen, denn

das Gesetz sagte, daß sechzig Tage zwischen dem Einrammen der Pfähle und dem Einregistrieren vergehen dürften, und unterdessen war ein Claim völlig unantastbar. Das ganze Land wußte von Olaf Nelsons Verschwinden, und Dutzende von Männern trafen ihre Vorbereitungen, um sich in den Besitz des Claims zu setzen und an dem darauffolgenden Wettlauf nach Fort Cudahy teilzunehmen.

In Forty Mile aber gab es nicht viel Konkurrenz. Da die ganze Stadt alle Kräfte dafür einsetzte, entweder Jack Harrington oder Louis Savoy auszurüsten, war keiner töricht genug, sich allein und auf eigne Faust an dem Wettlauf zu beteiligen. Es war eine Strecke von hundert Meilen bis zum Einregistrierungsbureau, und die Bestimmung lautete, daß die beiden Favoriten je vier Gespanne unterwegs vorfinden sollten. Das letzte Stück war natürlich das entscheidende, und so strengten sich denn die Leute an, ihren Schützlingen für diese letzten fünfundzwanzig Meilen die stärksten Tiere zu verschaffen. So heftig entbrannte der Streit zwischen den Parteien, und so hoch boten sie, daß Hunde mit höheren Preisen bezahlt wurden als je zuvor in der Geschichte des Landes. Und dieser Kampf um die Hunde sollte mehr als alles andere die Aufmerksamkeit der Öffentlichkeit auf Joy Molineau lenken. Denn nicht allein, daß sie schuld an allem war, sie besaß auch das beste Schlittengespann von Chilcoot bis zur Beringsee. Es gab keinen Leithund, der mit Wolfszahn verglichen werden konnte. Der Mann, der ihn auf dem letzten Stück Weges in seinem Gespann hatte, mußte notgedrungen den Sieg davontragen. Darüber konnte kein Zweifel herrschen. Aber die kleine Gesellschaft hatte ein angeborenes Gefühl für Schicklichkeit, und es wurde kein einziger Versuch gemacht, Joy zu veranlassen, ihn zur Verfügung zu stellen. Im übrigen trösteten sich die beiden Parteien damit, daß auf diese Weise eben keiner einen Vorteil davon hätte.

Da Männer, einzeln, wie in der Gesamtheit, nun aber einmal so eingerichtet sind, daß sie in glücklicher Unwissenheit über das feinere Ränkespiel des Weibes durchs Leben gehen, so hatten die Männer in Forty Mile auch keine Ahnung von den Teufelskünsten, die Joy Molineau vorhatte. Hinterher räumten sie ein, daß sie die dunkeläugige Tochter des Nordlichts nicht gut genug gekannt hatten, deren Vater mit Pelzwerk im Lande gehandelt hatte, ehe sie sich je hatten träumen lassen, hier einzudringen, und die selbst unter dem funkelnden Nordlicht zur Welt gekommen war. Nein, der Zufall, der für ihre Geburtsstätte be-

stimmend gewesen war, hatte ihrer Weiblichkeit und auch ihrem weiblichen Instinkt in der Behandlung von Männern keinen Abbruch getan. Sie wußten, daß sie mit ihnen spielte, aber sie wußten nicht, wie klug ihr Spiel war und mit welcher Schlauheit und Gewandtheit sie es spielte. Sie konnten nur die Karten sehen, die auf dem Tisch lagen, so daß alle in Forty Mile sich bis zuletzt in einem Zustand angenehmer Geistesverdunklung befanden, und erst als sie mit ihrem letzten Trumpf herausrückte, gewannen sie Klarheit.

An einem der ersten Tage der Woche wurde alles für den Aufbruch Jack Harringtons und Louis Savoys bereit gemacht. Die Zeit war sehr klug gewählt, denn sie hatten die Absicht, ein paar Tage bevor die Frist abgelaufen war, bei Olaf Nelsons Claim zu sein, so daß sie sich und ihre Hunde ausruhen konnten, um auf dem ersten Teil des Weges frisch zu sein. Auf der Hinreise machten sie die Entdeckung, daß die Leute in Dawson schon am Weg Hundegespanne bereit hielten, und es war klar, daß keine Ausgabe gespart wurde in Erwartung der Millionen, die der Einsatz in diesem Spiel waren.

Ein paar Tage nach der Abreise der beiden Favoriten begann Forty Mile Gespanne zum Wechseln zu schicken, zuerst nach der Station, die fünfundsiebzig Meilen von der Stadt entfernt lag, dann nach der, die fünfzig Meilen, und zuletzt nach der, die fünfundzwanzig Meilen entfernt lag. Die Gespanne für das letzte Stück waren prachtvoll, und sie waren einander so ebenbürtig, daß sich die Leute bei fünfzig Grad Fahrenheit unter Null eine ganze Stunde stritten, welches von ihnen das beste sei, ehe sie fortziehen durften. Im letzten Augenblick kam Joy Molineau auf ihrem Schlitten angesaust. Sie zog Lon McFane, der Harringtons Hundegespann versorgte, beiseite, und kaum hatte sie ihre Erklärung begonnen, als man auch schon beobachtete, daß ihm das Kinn auf die Brust sank, mit einer Hast und einem Nachdruck, die zeigten, daß es sich um eine Sache von großer Wichtigkeit handelte. Er spannte Wolfszahn von ihrem Schlitten, schirrte ihn an die Spitze von Harringtons Gespann und trieb dann die Hunde in einer langen Reihe auf den Schlittenweg am Yukon.

»Armer Louis Savoy!« sagten die Leute, aber Joy Molineau sandte ihnen einen herausfordernden Blick aus ihren schwarzen Augen und fuhr nach der Hütte ihres Vaters zurück.

Es war auf dem Claim von Olaf Nelson. Mitternacht näherte sich. Ein paar hundert in Pelze gekleideter Männer hatten sechzig Grad Fahrenheit unter Null der Versuchung vorgezogen, die die warmen Hütten und Betten boten. Dutzende von ihnen hielten ihre Anschläge zum Einrammen und ihre Hunde zum Davonjagen bereit. Eine Abteilung von Kapitän Constantines reitender Polizei war abkommandiert worden, um aufzupassen, daß alles ehrlich zuging. Es war ein Tagesbefehl erlassen worden, daß keiner einen Pfahl einrammen durfte, ehe die letzte Sekunde des Tages zur Vergangenheit geworden war. In den Nordländern sind derartige Befehle ebenso gebieterisch wie die Gesetze Jehovas, und die Dumdumkugel ist ebenso schnell und wirkungsvoll wie der Donnerkeil. Es war klares, kaltes Wetter. Das Nordlicht färbte den Himmel mit zitternder üppiger Farbenpracht. Rosige Wogen kalten Strahlenglanzes schossen zum Zenit empor; die Sterne wurden ausgelöscht von großen, glänzenden grauweißen Strahlenbündeln, und mächtige Bogen erhoben sich, wie von Titanenhänden erbaut, über dem Pol. Und diese ganze verschwenderische Farbenpracht heulten die Wolfshunde an, wie ihre Vorfahren es in längst entschwundenen Tagen getan.

Ein Polizist im Bärenfell trat, die Uhr in der Hand, in die erste Reihe. Männer stürzten zwischen die Hunde und scheuchten sie auf, ordneten das Geschirr und machten die Schlitten fahrtbereit. Wer den Wettlauf mitmachen wollte, trat auf den Claim und griff nach Pfahl und Anschlag. Sie hatten so oft die Grenzen des Claims untersucht, daß sie ihnen jetzt blind folgen konnten. Der Polizist hob die Hand. Sie warfen die überflüssigen Pelze und Decken fort, schnallten sich zum letztenmal die Gurte fester und standen bereit.

»Fertig!«

Von sechzig Paar Händen flogen die Fäustlinge, und ebenso viele Mokassins traten hart in den Schnee.

»Los!«

Sie schossen nach allen vier Seiten über das breite Grundstück und rammten die Pfähle an allen Ecken und Enden ein. Dann stürzten sie zu den Schlitten in dem gefrorenen Bachbett. Es herrschte eine vollkommene Anarchie von Lärm und Bewegung. Schlitten stießen zusammen, und die Gespannhunde gingen mit gesträubten Mähnen und aus voller Kehle bellend aufeinander los. Das schmale Bachbett war ganz von der kämpfenden Masse verstopft. Schnüre und Schäfte von Hundepeitschen fielen auf

Menschen und Tiere nieder. Und um das Durcheinander noch größer zu machen, hatte jeder Teilnehmer am Wettlauf eine Schar Kameraden, die sich mit aller Macht bemühten, ihn aus dem furchtbaren Chaos herauszuholen. Aber einer nach dem andern, unter Aufbietung großer physischer Kraft, schlüpften die Schlitten heraus und verschwanden schnell in der Dunkelheit des vorspringenden Landes.

Jack Harrington, der dieses furchtbare Gedränge vorausgesehen hatte, wartete an seinem Schlitten, bis etwas Ordnung herrschte. Louis Savoy, der wußte, daß sein Nebenbuhler vom Hundefahren mehr verstand als er, folgte getreulich seinem Beispiel und wartete ebenfalls. Der lärmende Aufzug befand sich schon außer Hörweite, als sie auf der Schlittenfährte abfuhren, und erst als sie an zehn Meilen nach Bonanza zu gefahren waren, holten sie ihn ein – eine lange Reihe, einer dicht hinter dem andern. Der Lärm war nicht groß und die Möglichkeit, zu diesem Zeitpunkt vorbeizukommen, sehr gering. Die Schlitten maßen sechzehn Zoll von Kufe zu Kufe, und die Schlittenfährte achtzehn Zoll. Sie war aber durch den starken Verkehr einen guten Fuß tief eingepreßt und wie ein Rinnstein. Zu beiden Seiten lagen wie ein Teppich die weichen Schneekristalle. Geriet man bei dem Versuch, die andern zu überholen, hier hinein, so mußten die Hunde bis zum Bauch einsinken und konnten nur wie die Schnecken weiterkommen. Folglich lagen die Männer flach auf den hüpfenden Schlitten und warteten auf eine Gelegenheit. Während der fünfzehn Meilen am Bonanza und Klondike entlang bis Dawson, wo sie auf den Yukon hinaus mußten, und die ersten Wechselgespanne warteten, erfolgte keine Veränderung. Und hier hatten Harrington und Savoy, die entschlossen waren, ihr erstes Gespann, wenn nötig, zu Tode zu jagen, ihr frisches Gespann ein paar Meilen weiterhin warten lassen als die andern. In der Verwirrung, die entstand, als die Schlitten gewechselt werden sollten, überholten sie gut die Hälfte der andern. Es waren vielleicht noch dreißig Mann, die auf die breite Kruste des Yukons kamen. Und jetzt ging es ums Leben.

Als der Fluß im Herbst zugefroren war, war etwa eine Meile offenes Wasser zwischen zwei mächtigen Schraubungen stehengeblieben. Die Strömung war stark, so daß sich erst vor kurzem eine Eiskruste darauf gebildet hatte, die jetzt so eben, hart und glatt wie ein Tanzboden war. Im selben Augenblick, als sie auf das blanke Eis kamen, erhob Harrington sich auf die Knie, klammerte sich mit der einen Hand an seinen unruhigen Sitz,

peitschte wie ein Rasender auf die Hunde los und ließ die kräftigsten Flüche auf sie herabregnen. Die beiden Gespanne schossen über die blanke Fläche dahin und strengten sich beide aufs äußerste an. Aber es gab nur wenige Männer im Nordland, die soviel aus ihren Hunden herausholen konnten wie Jack Harrington. Er bekam gleich einen kleinen Vorsprung, und Louis Savoy machte verzweifelte Anstrengungen, um nicht zurückzubleiben. So blieb sein Leithund immer dicht am Hinterende vom Schlitten seines Nebenbuhlers.

Mitten auf dem glatten Stück kamen ihre Wechselgespanne in voller Fahrt vom Ufer heran. Aber Harrington verminderte seine Schnelligkeit nicht. Er paßte genau auf, und als der neue Schlitten sich neben ihn schwang, sprang er mit einem lauten Ruf hinüber und trieb seine frischen Hunde an. Der andere Fahrer ließ sich vom Schlitten fallen, wie es traf. Savoy tat mit seinem Wechselgespann dasselbe, und die verlassenen Gespanne, die nach rechts und links abschwenkten, stießen mit den andern zusammen und richteten eine wilde Verwirrung unter ihnen an. Harrington bestimmte das Tempo, und Savoy hielt sich dicht hinter ihm. Auf dem letzten Stück blanken Eises holten sie den führenden Schlitten ein. Als sie auf die schmale Schlittenbahn zwischen den weichen Schneehängen sausten, führten sie das Rennen, und Dawson, das sie im Schein des Nordlichts beobachtete, schwur, daß sie es verflucht gut gemacht hätten.

Bei sechzig Grad Kälte kann der Mensch nicht lange ohne Feuer oder kräftige Bewegung leben, weshalb Harrington und Savoy denn auch den alten Brauch befolgten und »fuhren und liefen«. Die Leine in der Hand sprangen sie vom Schlitten und liefen hinterher, bis das Blut wieder seinen normalen Kreislauf durch die Adern begann und die Kälte vertrieb, worauf sie wieder auf die Schlitten sprangen, bis die Wärme wieder entwich. Und so legten sie laufend und fahrend die Strecke zwischen dem zweiten und dritten Wechselgespann zurück. Ein paarmal spornte Savoy seine Hunde auf dem glatten Eis zu einem kräftigen Spurt an, ohne daß es ihm jedoch gelang, an Harrington vorbeizukommen. – Hinter ihnen kamen, über eine Strecke von fünf Meilen verteilt, die übrigen Wettläufer, die sie vergebens einzuholen versuchten, denn Louis Savoy war der einzige, der die Ehre genoß, das mörderische Tempo Jack Harringtons aushalten zu können.

Als sie die Station, die fünfundsiebzig Meilen vom Claim entfernt lag, erreichten, fuhr Lon McFane neben sie. Harrington

erblickte Wolfszahn, der das Gespann anführte, und nun wußte er, daß er den Sieg errungen hatte. Kein Gespann im Norden konnte ihn auf den letzten fünfundzwanzig Meilen überholen. Als Savoy Wolfszahn an der Spitze des Gespanns seines Nebenbuhlers sah, wußte er, daß das Spiel verloren war, und er fluchte leise so, wie Männer meistens Frauen verfluchen. Aber er folgte immer noch der rauchenden Spur des andern und hoffte, daß der Zufall ihm irgendwie zu Hilfe kommen würde. Und so jagten sie dahin, während der Tag im Südosten anbrach, und wunderten sich in Freude und Kummer über das, was Joy Molineau getan hatte.

In Forty Mile war man zeitig aus den Schlafdecken gekrochen und hatte sich an der Schlittenbahn gesammelt. Von hier aus konnte man den oberen Lauf des Yukon bis zur Stelle übersehen, wo er seine erste Biegung machte. Von hier aus konnte man auch quer über den Fluß bis zum Ziel, dem Fort Cudahy, sehen, wo der Goldregistrator in großer Aufregung wartete. Joy Molineau stand ein Stückchen von der Schlittenfährte entfernt, und mit Hinblick auf die besonderen Verhältnisse wollte das übrige Forty Mile nicht aufdringlich sein. Deshalb befand sich niemand zwischen ihr und der schmalen Schlittenbahn. Man hatte Feuer angezündet, um die die Leute saßen und um Gold und Hunde wetteten, aber Wolfszahn war Favorit.

»Da kommen sie!« heulte ein Indianerjunge aus dem Wipfel einer Kiefer.

Oben auf dem Yukon zeichnete sich ein schwarzer Punkt vom Schnee ab, und gleich darauf kam ein zweiter Punkt zum Vorschein. Während sie größer wurden, zeigten sich immer mehr Punkte, aber weit hinter den andern. Allmählich lösten sie sich zu Hunden und Schlitten und flach daraufliegenden Männern auf.

»Wolfszahn führt«, flüsterte ein Leutnant der Polizei Joy zu. Sie lächelte interessiert.

»Zehn gegen eins auf Harrington!« rief ein Birch-Creek-König und zog seinen Beutel.

»Die Königin Ihnen nicht bezahlen viel?« fragte Joy.

Der Leutnant schüttelte den Kopf.

»Sie haben etwas Goldstaub, ah, wieviel?« fuhr sie fort.

Er zeigte einen Goldbeutel, den sie hastig abschätzte.

»Vielleicht – sagen wir – zweihundert, nicht wahr? Schön. Jetzt ich gebe Ihnen – was Sie nennen – Tip. Nehmen Sie die Wette an.« Joy lächelte ein unergründliches Lächeln. Der Leut-

nant dachte nach. Er sah auf die Schlittenspur hinaus. Die beiden Männer hatten sich auf die Knie gehoben und peitschten wie rasend auf ihre Hunde los. Harrington führte.

»Zehn gegen eins auf Harrington!« brüllte der Birch-Creek-König und schwang seinen Beutel vor den Augen des Leutnants.

»Nehmen Sie doch die Wette an«, sagte Joy wieder. Er gehorchte achselzuckend, um zu zeigen, daß er sich nicht der Vernunft, sondern ihrer gewinnenden Persönlichkeit beuge. Joy nickte beruhigend. Da verstummte aller Lärm, und die Leute gingen keine Wetten mehr ein.

Heftig schleudernd und mit Sprüngen wie Segeljollen vor dem Wind, kamen die Schlitten mit rasender Schnelligkeit auf sie zu. Obwohl sein Leithund sich ganz dicht hinter Harringtons Schlitten hielt, hatte Louis Savoys Gesicht einen hoffnungslosen Ausdruck angenommen. Harringtons Lippen waren zusammengebissen, und er sah weder nach rechts noch nach links. Seine Hunde sprangen dahin, mit vollkommen rhythmischen Bewegungen, sicher auf den Füßen und tief auf der Schlittenspur; Wolfszahn, der mit gebeugtem Kopf, ohne etwas zu sehen und mit einem leisen Winseln lief, war ein strahlender Anführer des übrigen Gespanns.

Forty Mile stand atemlos da. Nicht ein Laut war zu hören, außer dem Knirschen der Kufen und dem Knallen der Peitschen. Da tönte Joy Molineaus klare Stimme durch die Stille.

»Ai! Ya! Wolfszahn! Wolfszahn!«

Wolfszahn hörte, bog plötzlich von der Schlittenspur ab und eilte auf seine Herrin zu. Das Gespann folgte ihm auf den Fersen, und der Schlitten balancierte einen Augenblick auf einer Kufe. Harrington fiel kopfüber in den Schnee. Savoy schoß wie der Blitz vorbei. Harrington kam wieder auf die Füße und sah ihm nach, wie er nach dem Bureau des Goldregistrators über den Fluß setzte. Er mußte hören, was gesagt wurde.

»Ach, ihn machen es wirklich gut«, erklärte Joy Molineau dem Leutnant. »Ihn – was wir nennen – ihn spurten. Ja, ihn spurten – sehr gut!«

Am Ende des Regenbogens

Es hatte zwei Gründe, daß Montana Kid sich von seinem Sattel und seinen mexikanischen Sporen trennte und den Staub der Idahoranch von seinen Füßen schüttelte. Erstens hatte eine ruhige, ernste und streng moralische Zivilisation die Verhältnisse verdorben, die seit Urzeiten auf den Viehranchen des Westens geherrscht hatten, und eine verfeinerte Gesellschaft sah ihn und seinesgleichen mit offener Mißbilligung an. Zweitens hatte sich die Rasse in einem ihrer zyklopischen Augenblicke erhoben und ihre Grenzen ein paar tausend Meilen weiter gesteckt. So machte die reifgewordene Gesellschaft mit unbewußtem Vorausschauen ihren heranwachsenden Mitgliedern Platz. Es ist richtig, daß das neue Territorium im großen ganzen unfruchtbar war; aber seine Hunderttausende hartgefrorener Quadratmeilen schenkten jedenfalls denen, die sonst aus Luftmangel in der Heimat erstickt wären, Ellbogenfreiheit.

Montana Kid war einer von ihnen. Er war an die Küste geeilt mit einer Hast, deren Erklärung möglicherweise war, daß mehrere Gerichtsvollzieher hinter ihm her waren, und er war mit mehr Mut als Geld ausgestattet. Es glückte ihm, mit einem Schiff einen Hafen am Puget Sound zu verlassen und all das Elend zu überstehen, das eine notwendige Folge von Zwischendeckseekrankheit und Zwischendeckproviant war. Er war ziemlich gelb und mitgenommen, als er an einem Frühlingstag am Ufer von Dyea an Land gesetzt wurde. Die Preise von Hunden, Proviant und Ausrüstung sowie die Zölle, die zwei kollidierende Regierungen verlangten, brachten ihm schnell das Verständnis bei, daß das Nordland alles andere eher als ein Mekka des armen Mannes war. Deshalb begann er sich denn auch nach schneller Ernte umzusehen. Zwischen dem Ufer und den Pässen verstreut, gab es viele Tausende begeisterter Pilger, und an die Pilger machte Montana Kid sich heran.

Zuerst errichtete er in einem Schuppen aus Kiefernbrettern eine Pharaobank, aber die Notwendigkeit zwang ihn, dem Dasein eines Mannes ein Ende zu machen und gleichzeitig die Schlittenbahn weiter hinabzuziehen. Dann machte er einen Corner in Hufnägeln, die bald ebensogut wie bares Geld waren, da sie zu einem Kurs von vier Stück für einen Dollar umgesetzt wurden, aber ganz unerwartet erschienen hundert Tonnen Nä-

gel auf dem Markt und zwangen ihn, seinen Vorrat mit Verlust abzusetzen. Hierauf ließ er sich in Sheep Camp nieder, organisierte die berufsmäßigen Lastträger und schraubte an einem einzigen Tag die Fracht um zehn Cent in die Höhe. Als Ausdruck ihrer Dankbarkeit erschienen die Lastträger getreulich an seinen Pharao- und Roulettetischen, wo er ihnen ihren Verdienst in aller Gemütlichkeit wieder abnahm. Aber sein Geschäftstalent war allzu bösartig, als daß man es sich lange gefallen ließ, und so überfielen sie ihn eines Nachts, brannten seine Bude nieder, teilten die Bank unter sich und schickten ihn mit leeren Taschen wieder die Schlittenbahn hinauf.

Das Unglück verfolgte ihn, wo er ging und stand. Er schloß ein Abkommen mit verantwortlichen Persönlichkeiten über den Transport von Whisky auf gefährlichen und unbekannten Pfaden über die Grenze und verlor seine indianischen Führer, während ihm sein erster Vorrat von der reitenden Polizei konfisziert wurde. Zahlreiche andere Unglücksfälle trugen dazu bei, ihn bitter und rücksichtslos zu machen, und so feierte er seine Ankunft am Bennett-See, indem er ganze zwanzig Stunden lang ein wahres Schreckensregiment über das Lager ausübte. Dann beschäftigte sich eine Goldgräberversammlung mit ihm und befahl ihm zu verduften. Er hegte einen heiligen Schrecken vor derartigen Versammlungen und gehorchte in solcher Eile, daß er, am Gespann eines anderen Mannes hängend, verschwand. Das entsprach Pferdediebstahl unter milderen Himmelsstrichen, und deshalb berührte er auf seiner eiligen Flucht über Bennett und den Tagish hinab nur die höchsten Punkte und schlug erst sein Zelt auf, als er gut hundert Meilen nordwärts gelangt war. Nun traf es sich so, daß der Frühling vor der Tür stand und viele von den vornehmsten Bürgern Dawsons südwärts reisten, ehe das Eis brach. Er traf diese Männer und sprach mit ihnen, merkte sich ihre Namen und Besitzungen und reiste weiter. Er hatte ein gutes Gedächtnis und eine lebhafte Phantasie, und schließlich gehörte Wahrheitsliebe nicht gerade zu seinen Tugenden.

Dawson, das immer auf Neuigkeiten versessen ist, sah den Schlitten Montana Kids den Yukon herunterkommen und begab sich aufs Eis hinaus, um ihn zu empfangen. Nein, er hatte keine Zeitungen, er wußte nicht, ob Durrant gehängt war, und wer das letzte Derby gewonnen hatte, er hatte nichts vom Krieg zwischen den Vereinigten Staaten und Spanien gehört, er wußte

nicht, wer Dreyfus war, aber O'Brien? Hatten sie das nicht gehört? – Ja, O'Brien war beim Weißen Pferd ertrunken, Sitka Charley war der einzige von der Gesellschaft, der entkommen war. Joe Ladue? Beide Beine erfroren, so daß sie bei Fünf Finger amputiert worden waren. Und Jack Dalton? Mit dem »Seelöwen« in die Luft geflogen, ja, und die ganze Besatzung mit ihm. Und Bettles? Mit der »Carthagena« in der Seymourstraße gestrandet – zwanzig Mann von dreihundert gerettet. Und Swiftwater Bill? Durch das morsche Eis auf dem Le-Barge-See mit sechs weiblichen Mitgliedern von der Operntruppe, die er eskortierte, eingebrochen. Gouverneur Walsh? Mit allen Mann und acht Schlitten bei Thirty Mile ertrunken. Devereaux? Wer war Devereaux? Ach, der Kurier! Von den Indianern auf dem Marsh-See erschossen.

Und so ging es – das Gerücht gelangte in die Stadt, und die Leute drängten sich herbei, um nach Freunden und Kameraden zu fragen, und dann wurden sie wieder hinausgedrängt, zu betäubt, um sich auf Fluchen einzulassen. Ehe Montana Kid den Uferhang erreichte, war er von mehreren hundert pelzbekleideten Goldgräbern umringt. Als er an den Baracken vorbeikam, war er der Mittelpunkt einer ganzen Prozession. Beim Opernhaus umgab ihn ein aufgeregter Volkshaufen, und alle kämpften, um an ihn heranzukommen und nach abwesenden Kameraden zu fragen. Von allen Seiten regneten Angebote von Getränken auf ihn herab. Noch nie war ein Unbekannter derart mit offenen Armen empfangen worden. Ganz Dawson war auf den Beinen. Eine solche Reihe von Katastrophen war noch nie in der Geschichte der Stadt vorgekommen. Jeder Mann von Ansehen, der im Laufe des Frühlings nach Süden gezogen war, war ausgelöscht. Aus allen Hütten kamen die Bewohner herbeigeströmt. Männer mit wilden, verstörten Blicken kamen von den Bächen und Flüssen, um diesen Mann zu sehen, der von soviel Unglück erzählte. Bettles russische Mischlingsfrau zog sich, völlig untröstlich, an ihren Herd zurück und streute weiße Asche auf ihr rabenschwarzes Haar. Die Flagge auf der Kaserne hing melancholisch auf Halbmast. – Dawson beweinte seine Toten.

Warum Montana Kid das tat, kann kein Mensch wissen, man kann keine andere Erklärung dafür geben, als daß es für ihn keine Wahrheit gab. Ganze fünf Tage lang stürzte er das Land in Trauer und Klage, und ganze fünf Tage lang war er der berühmteste Mann in ganz Klondike. Das Land gab ihm das Beste,

was es an Wohnung und Essen zu bieten hatte. In den Wirtschaften hatte er gratis Zutritt zu den Bars. Und immer mehr Leute suchten ihn auf. Die hohen Beamten beugten sich vor ihm, um weitere Nachrichten zu erhalten, und Constantin und seine Kollegen gaben ihm Feste in der Kaserne. Eines Tages aber hielt Devereaux, der Regierungskurier, seine müden Hunde vor dem Bureau des Goldregistrators an. Tot? Wer das sage? Sie sollten ihm ein Elchschnitzel geben – dann wollte er ihnen schon zeigen, wie tot er war. So! Gouverneur Walsh läge im Lager bei Little Salmon, und O'Brien käme, sobald das Wasser offen sei. Tot? Sie sollten ihm nur ein Elchschnitzel geben, dann wollte er es ihnen zeigen.

Und gleich darauf war Dawson wieder auf den Beinen – die Kasernenflagge ging hoch, und Bettles' Frau wusch sich und zog sich reine Kleider an. Dann gab die Gemeinde Montana Kid auf eine feine Art zu verstehen, daß er am besten verduftete, was er wie gewöhnlich hinter dem Hundegespann eines anderen Mannes tat. Dawson freute sich, als er den Yukon hinabfuhr, und wünschte ihm glückliche Reise nach dem Ort, der das endgültige Ziel aller verhärteten Sünder ist. Hinterher griff der Besitzer der Hunde ein, klagte bei Constantin und lieh sich von ihm einen Polizisten.

Circle City in Sicht, fuhr Montana Kid drauflos, während das Eis ihm unter den Kufen schmolz. Er zweifelte kaum, daß die Besitzer der erwähnten Hunde ihm auf der Spur waren, und wünschte, amerikanisches Territorium zu erreichen, ehe der Fluß aufbrach. Aber am Nachmittag des dritten Tages wurde er sich klar darüber, daß er im Wettlauf mit dem Frühling den kürzeren zog. Der Yukon knurrte und zerrte an seinen Fesseln. Er mußte weite Umwege machen, denn die Schlittenbahn begann bis auf die reißende Strömung durchzuschmelzen, und in dem in ewiger Unruhe befindlichen Eis entstanden mit dumpfem Krachen große klaffende Risse. Durch diese Risse und zahllosen Luftlöcher begann das Wasser über das Eis zu spülen, und als er bei einer Holzhauerhütte auf der äußersten Spitze einer Insel vorfuhr, konnten die Hunde nicht mehr auf den Füßen stehen und schwammen mehr, als daß sie liefen. Die beiden Bewohner der Hütte empfingen ihn recht unfreundlich, aber er schirrte die Hunde ab und machte sich daran, sein Essen zu bereiten.

Donald und Davy waren typische Repräsentanten der un-

tauglichen Grenzbevölkerung. Sie waren in Kanada geborene Schotten, die, in der Stadt erzogen, in der Dummheit eines Augenblicks ihre Kontorstühle verlassen, ihre Ersparnisse genommen hatten und nach Klondike gereist waren, um Gold zu graben. Sie hatten hinreichend zu fühlen bekommen, welch hartes, ungastliches Land es war. Als sie schließlich ohne Proviant, ohne Lebensmut und mit einer brennenden Sehnsucht nach der Heimat in ihrem Herzen dastanden, waren sie von der P. C. Company zum Holzhauen für ihre Dampfer engagiert worden, wogegen sie Proviant und das Versprechen freier Heimfahrt nach einer gewissen Zeit erhielten. Sie hatten ihre Untauglichkeit schlagend durch die Wahl der Insel bewiesen, auf der sie sich niedergelassen hatten, ohne sich darum zu kümmern, daß das Eis einmal brechen mußte. Obwohl Montana Kid nicht viel davon wußte, wie es zuging, wenn das Eis auf einem großen Fluß brach, sah er sich doch unschlüssig um und warf sehnsüchtige Blicke nach dem andern Ufer hinüber, wo die hohen Felshänge Sicherheit gegen alles Eis des Nordlandes versprachen.

Nachdem er sich und die Hunde versorgt hatte, steckte er sich seine Pfeife an und schlenderte hinaus, um sich über die Situation klarzuwerden. Die Insel war wie all ihre Schwestern im Fluß höher am oberen Ende, und dort hatten Donald und Davy ihre Hütte erbaut und viele Klafter Holz gesammelt. Der Fluß war ein paar Kilometer breit, und zwischen den Inseln und dem nächsten Ufer floß ein Seitenarm, der ungefähr hundert Meter von Ufer zu Ufer maß. Im ersten Augenblick wollte Montana Kid seine Hunde nehmen und einen Versuch machen, nach dem Festland hinüberzugelangen, bei näherer Untersuchung aber entdeckte er eine schnell fließende Strömung über dem Eis. Ein Stück weiter unten bog der Fluß scharf nach Westen ab, und bei dieser Biegung war er von einem völligen Labyrinth winzig kleiner Inseln übersät.

»Dort kommen Schraubungen«, sagte er bei sich.

Ein halbes Dutzend Schlitten, die sich offenbar auf dem Weg flußaufwärts nach Dawson befanden, kamen durch das kalte Wasser nach dem unteren Ende der Insel geplätschert. Die Fahrt auf dem Fluß war jetzt gefährlich und mußte bald unmöglich sein, und sie arbeiteten aus Leibeskräften, bis sie die Insel erreichten und den Pfad der Holzhauer zur Hütte heraufkamen. Einer von ihnen war schneeblind und an einen Schlitten gebunden, er taumelte hilflos hinter ihm her. Es waren kräftige junge Burschen mit grober Kleidung und mitgenommen von der lan-

gen Schlittenreise, aber Montana Kid hatte ihre Art schon früher getroffen und war sich gleich darüber klar, daß sie nicht seinesgleichen waren.

»Hallo! Wie steht es in Dawson?« fragten sie, während sie von Donald auf Davy und von diesem auf Kid sahen.

Eine erste Begegnung in der Wildnis zeichnet sich nicht durch viele Zeremonien aus. Die Unterhaltung wurde schnell allgemein, und sie erzählten der Reihe nach, welche Neuigkeiten es in den oberen beziehungsweise unteren Landesteilen gab. Aber das wenige, das die Neuankömmlinge wußten, war bald erzählt, denn sie hatten in Minook, tausend Meilen weiter abwärts am Fluß, überwintert, wo nichts geschah. Montana Kid hingegen kam direkt aus den Salzwasserländern, und während sie ihr Lager aufschlugen, belegten sie ihn mit Beschlag und bombardierten ihn mit Fragen nach der Außenwelt, von der sie ein ganzes Jahr lang abgeschnitten waren.

Ein schneidendes Kreischen rief plötzlich alle ans Ufer. Das Wasser auf der Eisoberfläche war tiefer geworden, und das Eis, das jetzt von oben wie von unten angegriffen wurde, kämpfte, um sich von dem harten Griff der Küste loszureißen. Spalten öffneten sich mit Lärm und Gepolter vor ihren Augen, und die Luft wurde von einem vielstimmigen kurzen und scharfen Knistern erfüllt.

Ein Stück weiter flußaufwärts kamen zwei Männer in einem Hundegespann auf einem Stück Eis angejagt, das noch nicht unter Wasser stand. Während sie aber noch hinsahen, kamen die beiden auf das Wasser hinaus und begannen sich herüberzuarbeiten. Hinter ihnen, wo ihre schnellen Füße vor einem Augenblick hingetreten hatten, ging das Eis in Stücke und stellte sich hochkant. Durch die Öffnung kam der Fluß geströmt, umspülte sie bis zum Leib und begrub den Schlitten und die Hunde. Aber die Männer arbeiteten sich durch das rauschende Wasser und die scheuernden Eisstücke an das Ufer, wo Montana Kid ihnen als erster zu Hilfe kam.

»Ich will gehängt sein, wenn das nicht Montana Kid ist!« rief einer der Männer, die Kid soeben auf den Hang heraufgezogen hatte. Er trug das rote Hemd der reitenden Polizei und hob die rechte Hand zum Gruß.

»Ich hab' eine Vorladung für dich, Montana Kid«, fuhr er fort, indem er ein weißes Papier aus der Brusttasche zog, »und ich hoffe, du machst keine Schwierigkeiten und kommst mit.«

Montana Kid sah über den chaotischen Fluß hinaus und

zuckte die Achseln, und der Polizist, der seinem Blick folgte, lächelte.

»Wo sind die Hunde?« fragte sein Begleiter.

»Meine Herren«, unterbrach ihn der Polizist, »mein Kamerad hier ist Jack Sutherland, Besitzer von Eldorado Nr. 20 –«

»Doch nicht der Sutherland von 1892?« fiel der Schneeblinde von Minook ihm ins Wort und tastete sich kraftlos zu ihm hin.

»Ja eben.« Sutherland ergriff seine Hand.

»Und Sie?«

»Ach, ich bin ein späterer Jahrgang, aber ich entsinne mich Ihrer gut aus meiner Fuchsenzeit. Kameraden«, er wandte sich halb zu ihnen, »dies ist Sutherland, Jack Sutherland, früherer erster Torwart der Universität. Kommt her, ihr Goldgräber, und werft euch über ihn. Sutherland, hier ist Greenwich – war auch Torwart vor zwei Jahren.«

»Ja, ich hab' davon gelesen«, sagte Sutherland, ihm die Hand drückend. »Und ich erinnere mich Ihres prachtvollen Kampfes.«

Eine tiefe Röte stieg in Greenwichs Wangen unter der sonnenverbrannten Haut, und er machte einem andern Mann verlegen Platz.

»Und hier ist Matthews – aus Berkeley. Und wir haben auch ein paar feine Leute von den Universitäten im Osten. Kommt her, Leute! Hierher! Dies ist Sutherland, Jack Sutherland!«

Und sie stürzten sich über ihn und schleppten ihn in das Lager, wo sie ihm trockene Kleidung und zahllose Becher schwarzen Tees gaben.

Donald und Davy, von denen niemand Notiz nahm, hatten sich zu einem Spiel Karten zurückgezogen, an dem sie sich allabendlich ergötzten. Montana Kid folgte ihnen mit dem Polizisten.

»Seht nun zu, daß ihr etwas Trockenes auf den Leib kriegt«, sagte er, indem er einige von seinen eigenen spärlichen Kleidungsstücken hervorzog. »Und du mußt wohl mit mir zusammen schlafen.«

»Na, das muß ich sagen – du bist wirklich ein anständiger Kerl!« meinte der Polizist, indem er die Socken des andern anzog. »Es tut mir leid, daß ich dich wieder mit nach Dawson nehmen muß, aber ich hoffe, sie werden nicht zu hart mit dir verfahren.«

»Nicht so schnell.« Montana Kid lächelte, aber es war ein seltsames Lächeln. »Wir sind noch nicht fortgekommen. Wenn

ich von hier aufbreche, dann geht es flußabwärts, und aller Voraussicht nach begleitest du mich.«

»Nicht, wenn ich mich recht kenne –«

»Komm mit hinaus – dann will ich es dir zeigen. Die verfluchten Idioten da«, er zeigte mit dem Daumen auf die beiden Schotten, »haben sich ihr eigenes Grab gegraben, als sie sich hier niederließen. Stopf dir deine Pfeife, Kamerad – es ist anständiger Tabak –; und genieße das Leben, solange du kannst. Viele Pfeifen hast du nicht mehr zu rauchen.«

Der Polizist ging verwundert mit ihm, und Donald und Davy hielten in ihrem Spiel inne und gingen mit. Die Männer aus Minook sahen Montana Kid bald flußauf, bald flußab zeigen und traten zu ihnen.

»Was ist los?« fragte Sutherland.

»Nicht viel.« Montana Kid sprach ganz kaltblütig. »Es wird nur einen Höllenspektakel geben. Könnt ihr die Biegung dort sehen. Dort werden Millionen von Tonnen sich aufschrauben. Und auch dort oben wird das Eis sich aufstauen. Wenn die obere Schraubung birst, und die untere Schraubung hält noch – puff!« Er machte eine dramatische Handbewegung über die Insel. »Millionen von Tonnen«, fügte er nachdenklich hinzu.

»Und die Brennholzstapel?« fragte Davy.

Montana Kid machte dieselbe fortfegende Handbewegung über die Insel, und Davy sagte klagend: »Die Arbeit von Monaten, das kann nicht wahr sein! Mensch, nein, das kann nicht wahr sein. Das muß doch Scherz sein! Ach, sag, daß es Scherz ist«, sagte er flehentlich.

Aber Montana Kid lachte hart und schneidend und drehte sich auf dem Absatz um, während Davy sich über die Brennholzstapel warf und wie ein Rasender begann, das Holz vom Hang wegzuwerfen.

»Hilf mir, Donald!« rief er. »Kannst du mir denn nicht helfen? Die Arbeit von Monaten – und die Heimreise!«

Donald packte ihn am Arm und schüttelte ihn, aber er riß sich los. »Hast du denn nicht gehört? Millionen Tonnen, und die Insel wird weggefegt.«

»Jetzt hör aber auf, Mann«, sagte Donald. »Du bist ja ganz verrückt, jawohl!«

Aber Davy warf sich über das Brennholz. Donald watete zur Hütte zurück, schnallte sich seinen und Davys Geldgürtel um und ging nach der Landspitze, wo eine mächtige Kiefer die andern Bäume überragte.

Der Mann vor der Hütte hörte das Geräusch seiner Axt und lächelte. Greenwich kehrte von der andern Seite der Insel zurück mit dem Bescheid, daß sie eingesperrt wären. Es war unmöglich, über den Seitenkanal zu gelangen. Der schneeblinde Minook-Mann begann zu singen, und die übrigen stimmten ein:

»Sagt, ist es denn wahr?
Ist es euch denn klar?
Glaubt ihr nicht, er lügt?
Sagt, ist es denn wahr?«

»Es ist sündhaft«, klagte Davy, indem er den Kopf hob und sie in den schrägen Sonnenstrahlen herumtanzen sah. »Und all mein gutes Holz wird vernichtet!«

»Ach, ist es denn wahr?«

klang es spottend zurück.

Der Lärm vom Fluß hörte plötzlich auf, und eine seltsame Stille senkte sich auf sie herab. Das Eis hatte sich von den Ufern losgerissen und hob sich mit dem Wasserspiegel. Schnell und geräuschlos stieg es, ganze zwanzig Fuß, bis die mächtigen Schollen weiß gegen den Gipfel des Hanges stießen. Das untere Ende der Insel, das niedriger lag, war schon überflutet. Dann begann die weiße Flut ohne Anstrengung stromabwärts zu gleiten. Aber das Geräusch wuchs mit der Schnelligkeit, und bald zitterte und bebte die ganze Insel unter den gewaltigen Angriffen der scheuernden Eismassen. Unter gewaltsamem Druck wurden mächtige Schollen, die Hunderte von Tonnen wogen, wie Erbsen in die Luft geschleudert. Die Anarchie des Eises nahm an Wildheit zu, und die Männer mußten einander in die Ohren schreien, um sich Gehör zu verschaffen. Hin und wieder konnte man den Lärm aus dem Seitenkanal über das Getöse hören. Die Insel erbebte, als eine mächtige Scholle gerade gegen ihre äußerste Spitze stieß. Sie riß ein Dutzend Kiefern mit der Wurzel aus, dann drehte sie sich und kenterte, hob ihren erdigen Fuß vom Grunde des Flusses und steuerte geradewegs auf die Hütte los, wobei sie wie ein riesiges Messer Hang und Bäume abrasierte. Es war, als striche sie kaum an einer Ecke der Hütte entlang, aber die Balken stürzten wie Streichhölzer, und das Gebäude wurde wie ein Spielzeughaus zertrümmert.

»Die Mühe von Monaten! Die Mühe von Monaten und die Heimreise!« jammerte Davy, während Montana Kid und der Polizist ihn von den Brennholzstapeln zurückzogen.

»Warte nur, dir wird es nicht an Gelegenheit zur Heimreise fehlen«, brummte der Polizist, indem er ihm eine tüchtige Ohrfeige gab und ihn kopfüber an eine Stelle fliegen ließ, wo er in Sicherheit war.

Donald, der im Wipfel der Kiefer saß, sah die verheerende Eisscholle das Brennholz beiseite fegen und flußabwärts verschwinden. Und als sei der Eisstrom zufrieden mit dem Unheil, das er schon angerichtet hatte, sank er schnell zu seiner früheren Höhe und begann seine Schnelligkeit zu verringern. Der Lärm ließ nach, und die andern konnten Donald von seinem Aussichtsturm rufen hören, daß sie flußabwärts schauen sollten.

Wie vorausgesagt, war die Schraubung zwischen den Inseln in Schwung gekommen, und das Eis häufte sich zu einer mächtigen Schranke auf, die sich von Küste zu Küste erstreckte. Die Flut hielt jetzt an, und das Wasser, das keinen Ausweg fand, begann zu steigen. Es stieg immer weiter, bis die Insel ganz unter Wasser stand und die Männer bis zu den Knien darin herumwateten, während die Hunde zu den Ruinen der Hütte schwammen. Zu diesem Zeitpunkt machte das Wasser plötzlich Halt ohne spürbares Steigen oder Fallen.

Montana Kid schüttelte den Kopf. »Es ist oben zusammengeschraubt und kommt nicht mehr herunter.«

»Und jetzt gilt es, welche von den Schraubungen zuerst gesprengt wird«, fügte Sutherland hinzu.

»Eben«, bestätigte Montana Kid. »Wenn die oberste zuerst zum Teufel geht, haben wir nicht die geringste Chance. Dem kann nichts standhalten.«

Die Minook-Männer wandten sich ab, ohne noch etwas zu sagen, aber bald klangen ihre heiteren Studentenlieder wieder durch die stille Luft.

Man bildete einen Kreis um Montana Kid und den Polizisten, die schnell den Rhythmus der Kehrreime erfaßten.

»Ach, Donald, willst du mir nicht helfen?« schluchzte Davy am Fuße des Baumes, den sein Kamerad erklettert hatte. »Ach, Donald, Donald, willst du mir nicht helfen?« schluchzte er wieder, und seine Hände bluteten von dem fruchtlosen Bemühen, den Stamm zu erklimmen. Aber Donald starrte unverwandt den Fluß hinauf, und jetzt tönte seine Stimme, zitternd vor

Angst, in den Raum hinaus: »Allmächtiger Gott, da kommt es!«

Und knietief in dem eisigen Wasser stehend, faßten die Minook-Männer, Montana Kid und der Polizist einander an den Händen und stimmten den furchtbaren Schlachtgesang der Republik an. Aber die Worte ertranken in dem mächtigen Getöse, das auf sie losrückte.

Und so war es Donald vergönnt, etwas zu sehen, das kein Mensch sehen kann, ohne zu sterben. Eine mächtige weiße Mauer stürzte sich über die Insel. Bäume, Hunde, Männer, alles wurde vollständig ausgelöscht, als hätte Gott das Antlitz der Natur rein gewaschen. All dieses sah er, während er noch einen Augenblick auf seinem hohen Sitz hin und her schwankte. Dann wurde er weit fort in die Eishölle gewirbelt.

Einmal gerieten Freda und Frau Eppingwell aneinander. Freda war Griechin und Tänzerin, oder vielmehr sie galt als Griechin, viele glaubten aber nicht recht daran, denn der Ausdruck ihres klassisch geformten Gesichtes deutete auf große Kraft, und die flammende Leidenschaft, die bei seltenen Gelegenheiten aus ihren Augen leuchten konnte, machten ihren Ursprung nur noch zweifelhafter. Es gab ganz wenige Männer, denen es vergönnt war, diesen Ausdruck zu sehen, und wenn auch viele Jahre seit der Zeit verstrichen sein können, so haben sie es nie vergessen und werden es auch nie tun. Sie sprach nie von sich, und es bleibt wohl am besten dabei, daß, wenn sie in Ruhe, ihr Gesicht ganz entschieden griechisch war. Ihr Pelzwerk war das prachtvollste, das sich im ganzen Lande von Chilcoot bis nach St. Michael fand, und ihr Name klang gewöhnlich von aller Männer Lippen. Frau Eppingwell aber war Hauptmannsgattin, ein sozialer Stern erster Größe, und ihr Verkehr umfaßte die vornehmste Koterie von Dawson – eine Koterie, die von profanen Seelen herabsetzend »offizielle Clique« genannt wurde. Sitka Charley hatte einmal mit ihr, als Hungersnot war und das Leben eines Mannes kaum eine Tasse Mehl wert war, eine Schlittenfahrt gemacht und stellte sie über alle andern Frauen. Sitka Charley war Indianer, seine Urteilskraft war die des primitiven Menschen, aber sein Wort war ein Machtspruch, und sein Urteil hatte in allen Lagern unter dem Polarkreis Gültigkeit.

Diese beiden Frauen waren, jede auf ihre Art, Männereroberinnen und Männerbezwingerinnen, und ihre Art war verschieden. Frau Eppingwell herrschte in ihrem Haus und in der Kaserne, wo sie ein Segen für jüngere Söhne, und erst recht für die höheren Polizeibeamten, sowohl für die ausübenden wie gerichtlichen, war. Freda herrschte in der Stadt, aber die Männer, über die sie herrschte, waren dieselben, die bei gesellschaftlichen Anlässen in der Kaserne auftraten und mit Tee und Eingemachtem von Frau Eppingwell in ihrer aus roh zugehauenen Stämmen erbauten Hütte oben auf dem Hang bewirtet wurden. Jede kannte die Existenz der andern, aber ihre Lebensbahnen waren so verschieden und lagen so weit auseinander wie die Pole, und wenn sie auch zufällig hin und wieder voneinander hörten und neugierig waren, so hatte doch niemand sie je eine Frage stellen

hören. Und es hätte keine Schwierigkeiten gegeben, wäre nicht eine Dritte in die Stadt gekommen, und zwar ein Modell. Sie kam auf dem ersten Herbsteis mit einem flotten Hundegespann und einer Art kosmopolitischer Berühmtheit. Loraine Lisznayi – alliterativ, dramatisch, von ungarischer Herkunft – gab den Anlaß zum Streit, und es war ihre Schuld, daß Frau Eppingwell von ihrem Haus auf dem Hang herab- und Freda aus der Stadt hinaufkam, um Verwirrung und Verlegenheit auf dem Ball des Gouverneurs zu verbreiten.

Alles dies ist vielleicht eine altbekannte Geschichte in Klondike, aber selbst in Dawson gibt es nur sehr wenige, die wissen, wie es sich in Wirklichkeit verhielt, und auch hier gibt es bis auf ganz wenige Ausnahmen keinen, der der Hauptmannsgattin und der griechischen Tänzerin Gerechtigkeit angedeihen läßt. Und die Ehre dafür, daß jetzt alle Gelegenheit erhalten, zu verstehen und zu urteilen, gebührt Sitka Charley. Er war es, der die meisten Einzelheiten in dem hier folgenden Bericht offenbart hat. Es stimmt nicht, daß Freda ihr Herz einem einfachen Zeitungsschmierer geöffnet oder daß Frau Eppingwell über das Geschehene gesprochen hätte. Es ist möglich, daß sie sich ausgesprochen haben, aber nicht wahrscheinlich.

Floyd Vanderlip war ein starker Mann – scheinbar. Schwere Arbeit und wenig Essen schreckten ihn nicht, wenigstens ging das aus den Berichten über sein Leben in den ersten Jahren, nachdem er ins Land gekommen war, hervor. In der Gefahr war er ein Löwe, und als er einmal fünfhundert ausgehungerte Männer im Schach gehalten hatte, hieß es, daß niemand je mit größerer Kaltblütigkeit das Sonnenlicht auf einem Büchsenlauf hatte spielen sehen. Er hatte nur eine Schwäche, und selbst die war eine Folge seiner Stärke und eigentlich eine negative Schwäche. Er hatte einen starken Charakter, aber er konnte sich nicht einordnen. Er war ausgesprochen erotisch, aber dieser Instinkt hatte in ihm geschlummert und war in den Jahren, als er von Elchfleisch und Lachs lebte und über vereiste Wasserscheiden auf die Jagd nach schimmernden Eldorados ging, nicht zur Entfaltung gelangt. Als er aber endlich einen der reichsten Claims in Klondike entdeckt hatte, begann sich die Erotik in ihm zu regen, und als er seinen Platz als ausgewachsener Bonanza-König in der guten Gesellschaft einnahm, erwachte sie ganz und machte sich zu seinem Herrn. Er erinnerte sich plötzlich eines jungen Mädchens in den Vereinigten Staaten, und ihn überkam

nicht nur das Gefühl, daß sie auf ihn warten mochte, sondern auch, daß eine Frau etwas sehr Angenehmes für einen Mann sei, der mehrere Breitengrade nördlich vom dreiundfünfzigsten lebte. Folglich schrieb er einen entsprechenden Brief, legte ein Akkreditiv ein, das genügte, um alle Ausgaben einschließlich Aussteuer und Anstandsdame zu decken, und adressierte ihn an eine gewisse Flossie. Flossie! Den Rest konnte man sich denken. Hierauf erbaute er sich eine sehr geräumige Hütte auf seinem Claim, kaufte sich eine andere in Dawson und erzählte die Neuigkeiten seinen Freunden.

Aber gerade hier begann sein Mangel an Anpassungsfähigkeit sich geltend zu machen. Die Wartezeit war lang, und das erotische Element in ihm, das er so lange zurückgedrängt hatte, wollte sich keinen weiteren Aufschub gefallen lassen. Flossie war unterwegs, aber Loraine Lisznayi war am Ort. Und nicht nur, daß Loraine Lisznayi am Ort war, ihre kosmopolitische Berühmtheit war ein wenig abgegriffen, und sie war nicht mehr so jung wie zu der Zeit, da sie künstlerisch begabten Königinnen Modell stand und den Besuch von Kardinälen und Fürsten empfing. Dazu befanden sich ihre pekuniären Verhältnisse in einer traurigen Verfassung. Sie, die seinerzeit ein wildes Leben geführt hatte, hatte jetzt nichts dagegen, sich mit einem Bonanza-König einzulassen, dessen Reichtum sich auf mindestens eine sechsstellige Zahl belief. Wie ein kluger Soldat, der sich nach vieljährigem Dienst nach einer Lebensstellung umsieht, war sie nach dem Nordland gekommen, um sich zu verheiraten. Und so kam es, daß ihre Augen eines Tages denen Floyd Vanderlips mit einem strahlenden Lächeln begegneten, als er im Laden der P. C. Company war, um Tischzeug für Flossie zu kaufen, und damit war alles entschieden.

Solange ein Mann frei ist, sieht man ihm viel durch die Finger, sobald er aber dumm genug ist, sich an eine Frau zu binden, wird die Gesellschaft augenblicklich von denselben Dingen Aufhebens machen. Und so ging es auch Floyd Vanderlip. Flossie war unterwegs, und als Loraine Lisznayi die Hauptstraße entlang hinter seinen Wolfshunden gefahren kam, erklang ein leises Murmeln. Sie begleitete die Journalistin vom Kansas City Star, als seine Bonanza-Besitzungen photographiert wurden, und verfolgte mit Interesse das Werden eines sechsspaltigen Artikels. Bei dieser Gelegenheit wurden sie in Flossies Hütte königlich bewirtet, und der Tisch war mit Flossies Tischzeug gedeckt. Ferner gab es andauernd Ausflüge und Festlichkeiten, die, in Par-

enthese bemerkt, alle äußerst ungehörig waren und die Männer zu scharfen Bemerkungen und die Frauen zu Bosheiten veranlaßten. Nur Frau Eppingwell hörte nichts. Das ferne Summen der bösen Zungen erreichte sie nur wie ein schwaches Echo; sie war geneigt, nur Gutes von den Leuten zu glauben und ihre Ohren für alles, was schlecht war, zu verschließen, und deshalb nahm sie keine Notiz davon.

Aber so war es mit Freda nicht. Sie hatte keinen Grund, die Männer zu lieben, und so merkwürdig waren ihre Gefühle, daß ihr die Frauen leid taten – die Frauen, die zu lieben sie noch weniger Grund hatte. Und jetzt tat ihr Flossie leid, die zu dieser Zeit gerade ihre weite Reise angetreten hatte und nach dem ungastlichen Nordland steuerte, um einen Mann aufzusuchen, der möglicherweise gar nicht auf sie wartete. Freda stellte sich Flossie als ein etwas furchtsames junges Mädchen vor von der Art, die schwer auf eigenen Füßen stehen kann, ein junges Mädchen mit einem schwächlichen Mund und einem sehr kleidsamen Schmollen, wirrem sonnenlichten Haar und heiteren Augen, die ohne Tiefe waren und aus Freude über die Kleinigkeiten des Lebens strahlten. Aber sie stellte sich Flossie auch vor, wie sie, die Frostmaske über dem Gesicht und von Reif bedeckt, müde hinter den Hunden daherwankte. Und deshalb lächelte sie denn auch Floyd Vanderlip eines Abends beim Tanz zu. Wenige Männer nur können dem Lächeln Fredas widerstehen, und zu ihnen kann man Floyd Vanderlip nicht rechnen. Die Gunst, in der er bei dem früheren Modell stand, ließ ihn sich mit neuen Augen betrachten, und als nun auch die griechische Tänzerin ihm Augen zu machen begann, fühlte er sich doppelt männlich. Er besaß offenbar unbekannte Eigenschaften und Tiefen, für die nur sie den rechten Blick hatten. Er wußte nicht recht, was für Eigenschaften und Tiefen das waren, hatte aber eine unklare Vorstellung, daß sie sich irgendwo bei ihm befanden, und die Folge war, daß er ungeheuer eingebildet wurde. Ein Mann, für den solche Frauen sich interessierten, mußte wirklich etwas ganz Besonderes sein. Wenn er eines Tages Zeit bekam, wollte er darüber nachdenken, und versuchen herauszubekommen, was es war, das ihn so verlockend machte, jetzt aber, eben jetzt, wollte er alles nehmen, was die Götter ihm geschenkt hatten. Und eine zarte Stimme begann sich in seinem Innern zu erheben, und er dachte darüber nach, was er eigentlich in Flossie gesehen haben mochte, und begann bitter zu bereuen, daß er nach ihr geschickt hatte. Selbstverständlich konnte keine

Rede von Freda sein. Seine Claims waren die reichsten am Bonanza-Creek, und er hatte viele von ihnen. Ja, und er war ein Mann mit großer Verantwortung und einer Stellung, auf die er Rücksicht nehmen mußte. Aber Loraine Lisznayi – die war gerade eine Frau für ihn. Sie hatte in großen Verhältnissen gelebt, und sie würde eine vorzügliche Gattin abgeben und ihm helfen, sein Geld mit Anstand zu verbrauchen.

Aber Freda lächelte und lächelte, bis er einen Teil seiner Zeit in ihrer Gesellschaft zu verbringen begann. Als auch sie hinter seinen Wolfshunden die Straße entlang gefahren kam, begann das frühere Modell über die Dinge nachzudenken, und bei ihrem nächsten Zusammensein blendete sie ihn völlig mit ihren Fürsten und Kardinälen und mit kleinen persönlichen Anekdoten von Höfen und Königen. Sie zeigte ihm sogar kleine elegante Billetts mit der Überschrift »Meiner lieben Loraine« und der Unterschrift eines Pseudonyms, das eine wirklich lebende regierende Königin benutzte. Er wunderte sich im geheimen, daß diese große Frau auch nur eine Minute ihrer Zeit auf ihn verschwendete. Aber sie spielte ihr Spiel mit großer Gewandtheit und stellte schmeichelhafte Kontraste und Vergleiche auf zwischen ihm und den stolzen Gestalten, die zum größten Teil nur in ihrer Phantasie existierten, bis er, schwindelnd vor Stolz und tiefbetrübt über die Welt, die ihm so lange vorenthalten gewesen, seines Weges ging. Freda war ihrer selbst sicherer. Wenn sie schmeichelte, wußte es keiner. Wenn sie sich entwürdigte, bemerkte keiner, daß sie es tat. Wenn ein Mann das Gefühl hatte, daß sie gut von ihm dachte, so wurde ihm dieses Gefühl auf eine so feine Art beigebracht, daß er nicht hätte sagen können, warum und wieso, und wenn es sein Leben gekostet hätte. Und dadurch befestigte sich ihre Macht über Floyd Vanderlip, und sie fuhr täglich hinter seinen Hunden.

Und dann kam es, daß der Irrtum geschah. Das Gerücht, das ihn in Verbindung mit der Tänzerin brachte, wurde immer lauter und bestimmter, und Frau Eppingwell hörte es. Auch sie dachte an Flossie, die mit ihren mokassinbekleideten Füßen Stunde auf Stunde durch die Unendlichkeit wanderte, und Floyd Vanderlip wurde zum Tee auf den Hügel eingeladen, und zwar oft. Das überwältigte ihn völlig, und er wurde ganz trunken vor Stolz. Nie war ein Mann so mißhandelt worden. Seine Seele wurde ein Apfel der Zwietracht zwischen drei Frauen, während eine vierte unterwegs war, um ihre Forderungen an sie geltend zu machen. Und drei solche Frauen!

Doch um von dem Irrtum zu reden, dessen Frau Eppingwell sich schuldig machte: Sie hatte die Angelegenheit oberflächlich vor Sitka Charley erwähnt, der der Griechin einige Hunde verkauft hatte. Im übrigen wurden keine Namen genannt. Das einzige, was Frau Eppingwell sagte, war: »Dieses schreckliche Frauenzimmer«, und Sitka Charley, der den Kopf voll von dem früheren Modell hatte, wiederholte: »Dieses – schreckliche Frauenzimmer.« Und er war völlig mit ihr einig, daß es niederträchtig von einer Frau war, sich zwischen einen Mann und das junge Mädchen, das er heiraten sollte, zu stellen. »Und ich bin sicher, daß sie ein ganz junges Mädchen ist, Charley«, sagte sie. »Und wenn sie herkommt, hat sie keinen einzigen Menschen. Wir müssen etwas tun.« Sitka Charley versprach ihr zu helfen und ging, und er dachte darüber nach, eine wie schlechte Frau Loraine Lisznayi sein mußte und welch edle Frauen Frau Eppingwell und Freda waren –, daß sie sich für das Wohl und Wehe der unbekannten Flossie so interessierten.

Frau Eppingwell war so offenherzig wie der Tag. Sitka Charley, der sie einmal am Berg des Schweigens vorbeigeleitete, kommt die Ehre zu, ein Bild von ihrem klaren, untersuchenden Blick, ihrer klaren, klingenden Stimme und ihrem unendlichen Freimut gezeichnet zu haben. Sie war gewohnt, gerade auf eine Sache loszugehen. Sie hatte Floyd Vanderlip eingeschätzt und wagte es nicht bei ihm, aber sie fürchtete sich nicht, in die Stadt zu gehen und mit Freda zu sprechen. Und in der Stadt ging sie bei vollem Tageslicht in das Haus der Tänzerin. Sie war über dummes Volksgerede erhaben, und dasselbe galt von ihrem Gatten, dem Hauptmann. Sie wünschte diese Frau zu sehen und mit ihr zu reden, und sie konnte nicht einsehen, warum sie das nicht tun sollte. So stand sie denn im Schnee vor der Tür der Griechin, bei dreißig Grad Fahrenheit unter Null, und parlamentierte ganze fünf Minuten mit einem Dienstmädchen. Sie hatte auch das Vergnügen, von der Tür fortgewiesen zu werden und, empört über die ihr angetane Schmach, wieder ihren Hügel zu ersteigen. Wer ist diese Frau, daß sie mich nicht empfangen will, fragte sie sich. Man sollte glauben, es sei umgekehrt, ich sei eine Tänzerin, die von der Tür einer Hauptmannsgattin fortgewiesen worden wäre. Sie wußte, daß sie Freda, wenn sie zu ihr heraufgekommen wäre – einerlei in welcher Angelegenheit –, an ihren Kamin geladen haben würde und daß sie dort als zwei Frauen miteinander gesessen und geredet hätten. Sie hatte etwas getan, das für unpassend galt, und sich herabgewürdigt, aber sie

hatte gedacht, daß es mit den Frauen in der Stadt anders stände. Und sie schämte sich, daß sie sich einem solchen Hohn ausgesetzt hatte, und war sehr unfreundlich gegen Freda gestimmt.

Nicht, daß Freda das verdient hätte. Frau Eppingwell war von ihrer Höhe herabgestiegen, um ihr zu begegnen, die außerhalb der Kasten stand, und das hatte Freda mit ihrer Kenntnis der Traditionen, in denen sie einmal erzogen war, nicht zugeben wollen. Sie konnte eine solche Frau anbeten und hätte sich keine größere Freude denken können, als sie in ihre Hütte zu bitten und mit ihr zusammenzusitzen – nur eine Stunde zusammenzusitzen. Aber ihre Achtung vor Frau Eppingwell und ihre Achtung vor sich selber, die kein anderer achtete, hatte sie verhindert zu tun, was ihr höchster Wunsch war.

Obwohl sie sich noch nicht ganz von dem Besuch erholt hatte, den ihr kürzlich die Frau des Pastors, Frau McFee, abgestattet hatte, die wie ein Wirbelwind von Ermahnungen und Höllenqualen in ihr Dasein eingebrochen war, konnte sie sich doch nicht denken, was der Anlaß zu Frau Eppingwells Besuch war. Sie war sich nicht bewußt, etwas besonders Schlimmes getan zu haben, und diese Frau, die vor ihrer Tür wartete, konnte sich doch unmöglich um das Heil ihrer Seele bekümmern. Was wollte sie? Aber trotz der Neugier, die sie nicht bezwingen konnte, verhärtete sie ihr Herz mit dem Stolz, der der Stolz der Demütigen ist, und sie lag zitternd wie ein junges Mädchen unter dem ersten Kuß des Geliebten in ihrem innersten Zimmer. Wie Frau Eppingwell, als sie den Hügel hinanschritt, so litt auch sie, wie sie im Bette lag, das Gesicht in die Kissen gepreßt, stumm, mit trockenen Augen und trockenen Lippen.

Frau Eppingwell war Menschenkennerin und bemühte sich, alles und alle zu verstehen. Es war ihr leicht geworden, den Schritt von der Zivilisation weg zu tun und die Dinge von einem historischen Standpunkt aus zu sehen. Sie konnte gewisse primitive Eigenschaften an einem hungrigen Wolfshund und an einem Mann in derselben Situation verstehen und gewisse Linien vorausbestimmen, denen beide unter gleichen Bedingungen folgen würden. Für sie war Weib Weib, ob sie nun in Purpur oder in die Lumpen des Rinnsteins gekleidet war, und Freda war ein Weib. Es hätte sie nicht überrascht, wenn sie in die Hütte der Tänzerin geführt und von ihr wie ihresgleichen empfangen worden wäre, es hätte sie auch nicht überrascht, wenn sie mit einem Hochmut empfangen worden wäre, der keinen Stolz enthielt. Aber so behandelt zu werden, das war ihr sowohl unerwartet

wie enttäuschend. Also hatte sie den Standpunkt Fredas nicht verstanden. Ja, es gibt gewisse Standpunkte, die man sich nicht ohne viel Schmerz und persönliche Kreuzigung aneignen kann, und es ist nur gut, daß Frauen von Frau Eppingwells Typ in gewissen Punkten nicht alles und alle verstehen. Man weiß nichts von Besudlung, wenn man nicht Pech angerührt hat, der schwer wieder abzuwaschen ist, und es gibt Menschen genug, die bereit sind, das Experiment zu machen. Alles das hat nur insofern Bedeutung, als es Frau Eppingwell Kummer bereitete und die Ursache wurde, daß die Griechin sie noch mehr liebte.

Und so ging es denn einen ganzen Monat lang. Frau Eppingwell bemühte sich, den Mann von der verführerischen griechischen Tänzerin fernzuhalten, bis Flossie käme; Flossie legte jeden Tag soundso viele Meilen der traurigen Strecke zurück; Freda kämpfte aus aller Macht mit dem früheren Modell, das seinerseits wieder jeden Nerv anspannte, um den Preis zu gewinnen, und der Mann kam sich dabei wie eine Spinne im Netz vor und war sehr stolz, weil er sich für einen zweiten Don Juan hielt.

Kein anderer als der Mann selbst war schuld daran, daß Loraine Lisznayi ihn schließlich fing. Es ist möglich, daß die Wege des Mannes einer Frau gegenüber unerforschlich sind, aber die Wege einer Frau einem Manne gegenüber sind jenseits aller Weisheit, und deshalb wäre wahrlich der ein schlechter Prophet, der vorauszusagen wagte, was Floyd Vanderlip nur vierundzwanzig Stunden später tun würde. Vielleicht bestanden die Verlockungen des früheren Modells darin, daß sie wie ein herrliches Tier anzuschauen war, vielleicht bezauberte sie ihn mit dem Gerede von Fürsten und Palästen der alten Welt; jedenfalls aber verblendete sie ihn, der sein ganzes Leben in unzivilisierten Verhältnissen verbracht hatte, und er ging schließlich auf ihren Vorschlag ein, eine schnelle Reise flußabwärts zu unternehmen und in Forty Mile Hochzeit zu halten. Und damit alle Welt wußte, was er im Sinn hatte, kaufte er sich Hunde von Sitka Charley – es gehört mehr als ein Schlitten dazu, wenn eine Frau wie Loraine Lisznayi sich auf die Reise begibt – und zog dann nach seinen Bonanza-Minen, um für die Dauer seiner Abwesenheit einen Aufseher zu bestellen.

Er hatte eine recht undeutliche Erklärung gegeben, daß er die Tiere brauche, um Holz von der Sägemühle nach den Schleusen zu fahren. Und nun zeigte Sitka Charley, wozu er taugte.

Er versprach, ihm die Hunde zu einem bestimmten Tag zu verschaffen, sobald aber Floyd Vanderlip seine Schritte flußaufwärts gewandt hatte, stellte Charley sich in hoher Erregung bei Loraine Lisznayi ein. Ob sie wisse, wo Herr Vanderlip hingegangen wäre? Er selbst hätte zugesagt, besagtem Herrn eine ganze Menge Hunde zu einer bestimmten Zeit zu liefern, aber dieser schamlose Mensch, der deutsche Kaufmann Meyer, habe die Viecher aufgekauft und schraube jetzt die Preise hoch. Er müsse Herrn Vanderlip auf jeden Fall sprechen, weil der schamlose Mensch erreichte, daß er seinen Verpflichtungen erst eine Woche nach der Verabredungszeit nachkommen könne. Wisse sie, wo er hingegangen sei? Flußaufwärts? Schön, er wolle ihm sofort nachsetzen und ihn von der unangenehmen Verspätung benachrichtigen. Habe er recht verstanden, daß sie sagte, Herr Vanderlip brauche die Hunde zu Freitag abend? Daß er sie zu der Zeit haben müsse? Es sei wirklich höchst unangenehm, aber der schamlose Mensch habe schuld daran, er habe die Preise hochgeschraubt. – Sie seien um fünfzig Dollar pro Kopf gestiegen, und wenn er zu den höheren Preisen kaufen solle, würde er bei dem Handel verlieren. Er möchte gern wissen, ob Herr Vanderlip bereit sei, die Differenz zu bezahlen. Wüßte sie, ob er das tun würde? Da sie mit Herrn Vanderlip so befreundet sei, würde sie vielleicht selbst die Differenz bezahlen? Und er solle nichts davon sagen? Es sei sehr freundlich von ihr, Rücksicht auf seine Interessen zu nehmen. Hätte sie Freitag abend gesagt? Schön! Die Hunde sollten zur Stelle sein. Eine Stunde später wußte Freda, daß die Entführung am Freitag abend stattfinden sollte; ferner wußte sie, daß Floyd Vanderlip flußaufwärts gezogen war und daß ihr die Hände gebunden waren. Am Freitag morgen kam Devereaux, der offizielle Kurier, mit Depeschen des Gouverneurs über das Eis. Außer den Depeschen brachte er auch Nachrichten von Flossie. Er hatte ihr Lager bei Sixty Mile passiert; Menschen und Tiere befanden sich in ausgezeichneter Verfassung und würden ganz sicher im Laufe des folgenden Tages eintreffen. Frau Eppingwell fühlte sich sehr erleichtert, als sie das hörte; Floyd Vanderlip war gut geborgen oben am Flusse, und ehe die Griechin ihn wieder zu fassen bekam, würde seine Braut sich auf dem Schauplatz zeigen. Am Nachmittag aber wurde ihr großer Bernhardiner, als er tapfer die Treppe zu ihrem Haus verteidigte, von einer Räuberbande ausgehungerter Malemuten umgeworfen, die von einer weiten Schlittenreise kamen. Dreißig Sekunden lang lag er unter der

behaarten Masse begraben, dann wurde er mit Hilfe von einigen Beilen durch ein paar tüchtige Männer befreit. Wäre er nur zwei Minuten dort liegengeblieben, so hätte er alle Chance gehabt, zerrissen und in den Magen der Angreifer forttransportiert zu werden, so aber wurde es ein Beispiel properer und schneller Verstümmelung. Es wurde Sitka Charleys Sache, den Schaden zu reparieren – namentlich eine rechte Vorderpfote, die sich unversehens den Bruchteil einer Sekunde zu lange zwischen den Zähnen eines anderen Hundes aufgehalten hatte. Als er sich die Fäustlinge anzog, um zu gehen, kam die Rede auf Flossie und dann, durch eine natürliche Gedankenverbindung, auf das – »schreckliche Frauenzimmer«. Sitka Charley bemerkte wie zufällig, daß es ihre Absicht sei, am Abend mit Floyd Vanderlip den Fluß hinabzufahren, und erklärte weiter, daß zu dieser Jahreszeit die Möglichkeit eines Unfalls sehr groß wäre.

Die Folge war, daß Frau Eppingwell noch unfreundlicher als je von Freda dachte. Sie schrieb einen an den umstrittenen Mann adressierten Brief und übergab ihn einem Boten, der ihn bei der Einfahrt zum Bonanza-Creek abpassen sollte. An demselben strategischen Punkt wartete ein anderer Mann mit einem Brief von Freda. Und so kam es, daß Floyd Vanderlip, als er heiter auf seinem Schlitten in dem schwindenden Tageslicht angefahren kam, die beiden Briefe auf einmal erhielt. Den Fredas zerriß er. Nein, er wollte sie nicht besuchen. Es standen heute größere Dinge bevor. Und im übrigen kam sie gar nicht in Frage. Aber Frau Eppingwell! Er wollte ihrem letzten Wunsch – oder vielmehr dem letzten Wunsch, den sie an ihn richten konnte –, sich mit ihr auf dem Ball des Gouverneurs zu treffen, nachkommen und hören, was sie ihm zu sagen hatte. Nach dem Ton des Briefes zu urteilen, schien es wichtig zu sein – vielleicht –. Er lächelte eingebildet, konnte aber den Gedanken nicht recht in Worten ausdrücken! Teufel auch, welch ein Glück er bei Frauen hatte! Dann verstreute er die Fetzen ihres Briefes in die kalte Luft, trieb die Hunde an, daß sie in schnellem Trab davonjagten, und steuerte nach seiner Hütte. Es sollte Maskenball sein, und er mußte das Kostüm haben, das er vor einigen Monaten im Opernhaus gebraucht hatte. Dann mußte er sich rasieren und etwas essen. Und so kam es, daß er als einziger von allen, die sich für Flossie interessierten, nicht wußte, daß sie so nahe war.

»Also hör! Bring sie an das Wasserloch beim Hospital – Punkt zwölf Uhr Mitternacht. Aber laß mich nicht im Stich«, sagte

er zu Sitka Charley, der mit der Nachricht kam, daß noch einer von den Hunden fehlte, aber im Laufe einer Stunde kommen sollte. »Hier ist der Goldbeutel, dort die Waage. Wieg dir deinen Goldstaub ab und laß mich in Ruhe. Ich muß mich zum Ball fertigmachen.«

Sitka Charley wog sich seine Bezahlung ab und ging mit einem Brief an Loraine Lisznayi. Er dachte sich sehr richtig, daß dieser Brief von einem Stelldichein beim Wasserloch vor dem Hospital um Punkt zwölf Uhr Mitternacht handelte.

Zweimal schickte Freda nach der Kaserne, wo der Tanz in vollem Gange war, und jedesmal kam der Bote ohne Antwort wieder. Da tat sie etwas, was nur Freda tun konnte – zog ihren Pelzmantel an, nahm eine Maske vor und ging selbst in das Haus des Gouverneurs. Nun hatte sich die offizielle Clique längst an einen bestimmten Brauch gewöhnt, wobei sie durchaus nicht allein dastand. Es war ein sehr vernünftiger Brauch, denn er half die Damen der Beamten zu schützen und ihre heiteren Feste exklusiver zu machen. Bei jedem Maskenball wurde ein Komitee ernannt, dessen einzige Aufgabe es war, am Eingang zu stehen und unter jede Maske zu gucken. Die meisten Männer waren alles eher als darauf versessen, diesem Komitee anzugehören, andererseits waren gerade die, welche diese Ehre am wenigsten erstrebten, am gesuchtesten. Der Kapellan kannte Aussehen und Ansehen der Leute nicht genügend, um zu wissen, wem er Zutritt gewähren und wen er abweisen sollte. Und dasselbe galt von den verschiedenen anderen braven Männern, die Wert auf den Posten gelegt hätten. Frau McFee würde ihre Seligkeit aufs Spiel gesetzt haben, um ihn bekleiden zu dürfen – und das tat sie auch eines Abends, als ein gewisses Kleeblatt an ihr vorbeischlüpfte und große Verwirrung anrichtete, ehe man entdeckte, wer es war. Seitdem wählte man nur Leute, die ihre Sache wirklich verstanden, und die nahmen diesen Vertrauensposten nur sehr widerwillig an.

Diesmal war es Prince, der den Türhüter machte. Es wurde ein gewisser Druck auf ihn ausgeübt, und er hatte sich noch nicht von seinem Erstaunen darüber erholt, daß er eine Aufgabe übernommen hatte, die ihn aller Wahrscheinlichkeit nach die Hälfte seiner Freunde kosten würde – nur um der anderen Hälfte zu gefallen. Drei oder vier von den Leuten, die er abgewiesen hatte, waren Männer, die er aus Goldgräberlagern und von Schlittenreisen kannte – gute Kameraden, aber nicht

gerade von der Art, wie sie für eine exklusive Gesellschaft paßte. Er grübelte gerade, wie er den Posten gleich wieder loswerden könnte, als eine Frau mit leichten Schritten in das Licht trat. Freda! Nach dem Pelzwerk zu schließen, hätte er darauf wetten können, daß sie es war – selbst wenn ihm ihre Kopfhaltung nicht so vertraut gewesen wäre. Sie war die letzte, die er zu sehen erwartet hatte. Er hatte sie für zu klug gehalten, als daß sie sich der Schande, abgewiesen zu werden, oder selbst wenn sie durchschlüpfte, der Verachtung der andern Frauen ausgesetzt hätte. Er schüttelte den Kopf, ohne eine nähere Untersuchung anzustellen, denn er kannte sie zu gut, um sich zu irren. Aber sie trat näher auf ihn zu. Sie hob die schwarze Seidenmaske und ließ sie gleich wieder fallen. In einer einzigen Sekunde, die wie eine Ewigkeit war, sah er ihr Gesicht. Nicht umsonst hieß es im Lande, daß Freda mit Männern spielte wie ein Kind mit Seifenblasen. Es wurde nicht ein einziges Wort gesprochen. Prince trat beiseite, und ein paar Minuten später konnte man ihn sehen, wie er rot und stotternd um Entlassung von dem Posten bat, den er verraten hatte.

Eine anmutige Frauengestalt, schlank und mit einer gewissen rhythmischen Kraft in jeder Bewegung ging rastlos und suchend unter den heiteren Gästen umher. Bald blieb sie bei einer Gruppe stehen, bald sah sie forschend eine andere an, und die Männer erkannten ihr Pelzwerk und wunderten sich – Männer, die dem Türhüterkomitee hätten angehören sollen, aber nichts sagen wollten. Anders stand es mit den Frauen. Sie hatten einen schärferen Blick für die Linien der Gestalt und die Eigentümlichkeiten der Haltung, und sie wußten, daß dies eine Gestalt war, die sie nicht kannten, so wenig wie sie das Pelzwerk kannten. Frau McFee, die aus dem Zimmer kam, wo das Souper eingenommen werden sollte – sie hatte dort alles in Ordnung gefunden –, sah die flammenden, suchenden Augen hinter den Öffnungen der seidenen Maske und erschrak. Sie versuchte sich zu erinnern, wo sie solche Augen gesehen hatte, und in ihrer Erinnerung tauchte das deutliche Bild einer stolzen, aufrührerischen Sünderin auf, die sie einmal bei einem fruchtlosen Versuch, im Dienste des Herrn zu arbeiten, getroffen hatte.

So kam es, daß die brave Frau sich in flammendem, gerechtem Zorn auf die Suche begab und schließlich denn auch Frau Eppingwell und Floyd Vanderlip fand. Frau Eppingwell hatte soeben die gesuchte Gelegenheit gefunden, mit dem Mann zu

reden. Sie hatte beschlossen, jetzt, da Flossie so nahe war, direkt auf die Sache loszugehen, und wollte ihm gerade eine scharfe kleine Vorlesung über Ethik halten, als sie aus zweien drei wurden. Sie fühlte sich angenehm berührt von dem leicht ausländischen Klang des Wortes »Verzeihung«, womit die pelzgekleidete Dame sofort Beschlag auf Floyd Vanderlip legte, und mit einem höflichen Neigen des Kopfes gab sie zu verstehen, daß sie ein wenig beiseite treten könnten.

Aber da geschah es, daß Frau McFee in gerechtem Zorn eingriff, und im nächsten Augenblick wurde einer erschrockenen Frau die Maske vom Gesicht gerissen. Ein herrliches Gesicht und ein Paar strahlende Augen offenbarten sich den ruhigen, neugierigen Blicken, die sich aus dem ganzen Saal auf sie richteten. Floyd Vanderlip war recht verdutzt. Die Situation erforderte ein entschlossenes Auftreten von einem Mann, der Herr der Situation war, während er kaum wußte, ob er auf dem Kopf oder auf den Beinen stand. Er sah sich völlig hilflos um. Frau Eppingwell war ganz verwirrt. Sie konnte nichts verstehen. Eine Erklärung war erforderlich, und die gab Frau McFee.

»Frau Eppingwell«, sagte sie mit schriller Stimme, »es ist mir ein großes Vergnügen, Sie mit Freda Moloof bekanntzumachen, Fräulein Freda Moloof, wenn ich recht verstanden habe.«

Freda wandte sich unwillkürlich um. Wie sie mit entblößtem Gesicht dastand, fühlte sie sich wie in einem Traum, nackt, mitten in dem maskierten Kreis, dessen bedeckte Gesichter und funkelnde Augen ihr zugekehrt waren. Es schien ihr fast, als sei sie von einem hungrigen Wolfsrudel umgeben, das sich auf sie stürzen wollte. Sie dachte, daß sie dem einen oder dem andern vielleicht leid täte, und der Gedanke machte sie hart. Sie zog bei weitem ihre Verachtung vor. Mutig war sie, diese Frau, und obwohl sie die Beute gejagt hatte, bis sie mitten im Rudel stand, wollte sie sie nicht lassen – trotz Frau Eppingwell.

Aber da tat Frau Eppingwell etwas Ungewöhnliches. Da ist also endlich Freda, dachte sie – Freda, die Tänzerin, die Männer ruiniert, die Frau, von deren Tür ich weggewiesen wurde. Sie fühlte die Nacktheit dieses stolzen Geschöpfes, als wäre es ihre eigene gewesen. Vielleicht war es ihre angelsächsische Abneigung, einem widerstandslosen Feind zu begegnen, vielleicht – ja, wahrhaftig, vielleicht war es die Hoffnung, daß es ihr größere Kraft im Kampf um den Mann verleihen könnte, und vielleicht war es beides, aber wie dem auch sei, sie tat etwas Merkwürdiges. Als Frau McFee ihre dünne Stimme, von Bosheit

zitternd, erhoben und Freda sich unwillkürlich umgewandt hatte, wandte auch Frau Eppingwell sich um, nahm ihre Maske ab und beugte den Kopf zu einem Gruß.

Wieder betrachteten sich die beiden Frauen in einer Sekunde, die wie eine Ewigkeit war. Die eine mit flammenden Augen, ein Meteor in dieser Umgebung; bereit, Trotz zu bieten und auszubrechen; eine Frau, die im voraus den Hohn und die Kränkung litt, denen sie sich ausgesetzt hatte, ein schöner, flammender, kochender Lavakegel von Fleisch und Geist. Und die andere, gleichmütig, mit ruhigen Augen und kaltem Urteil; stark in ihrer eigenen Unverletzlichkeit und dem Glauben an sich, Herrin der Situation, leidenschaftslos, nicht aus der Ruhe zu bringen; eine Gestalt, wie in kaltem Marmor gehauen. Welche Kluft auch zwischen ihnen sein mochte, so anerkannte sie sie nicht. Für sie gab es keine Brücke zu schlagen oder hinabzusteigen, ihre Haltung war die gegenüber ihresgleichen. Sie stand ruhig auf dem gemeinsamen Boden – dem, daß sie beide Frauen waren. Und das machte Freda rasend. Das würde nicht geschehen sein, wenn sie aus geringerem Stoff gemacht gewesen, aber ihre Seele kannte nicht das Bodenlose, sie konnte der andern in die tiefste Tiefe folgen, sie verstand vollauf, was sich in ihr regte.

»Warum ziehen Sie nicht den Saum Ihres Kleides von mir zurück?« hätte sie am liebsten in dieser kurzen, blendenden Sekunde gerufen. »Speien Sie mich an, verleumden Sie mich, und es wäre barmherziger gegen mich als dieses.« Ihre Nasenflügel zitterten. Aber sie hielt an sich, grüßte wieder und wandte sich zu dem Mann.

»Komm mit, Floyd«, sagte sie. »Ich will mit dir reden.«

»Was zum –« sprudelte er, hielt aber ebenso plötzlich mitten im Ausbruch inne, denn er war doch wenigstens klug genug, nicht weiter zu gehen. Wo, zum Teufel, war übrigens sein Verstand geblieben? Hatte je ein Mann sich in einer blöderen Lage befunden? Er stieß einen gurgelnden Laut aus, wie tief aus der Kehle, hob in seiner Unentschlossenheit die Schultern und sah beide Frauen flehend an.

»Verzeihen Sie einen Augenblick – aber vielleicht darf ich zuerst ein paar Worte mit Herrn Vanderlip sprechen?« Frau Eppingwells Stimme, die gedämpft und glockenrein war, verriet in jedem Tonfall ihre Willenskraft.

Der Mann machte ein dankbares Gesicht. Er fügte sich ihr jedenfalls gern.

»Es tut mir sehr leid«, sagte Freda. »Dazu ist keine Zeit. Er

muß gleich mitkommen.« Sie drückte sich ohne Anstrengung in diesen konventionellen Wendungen aus, belustigte sich aber innerlich über ihre Unzulänglichkeit und Leere. Lieber hätte sie laut geschrien.

»Aber Fräulein Moloof, wer sind Sie, daß Sie derart über Herrn Vanderlip verfügen können?«

Worauf das Gesicht des Mannes sich erleichtert aufklärte und er beifällig lächelte.

Ja, Frau Eppingwell zog ihn schon aus der Patsche. Diesmal hatte Freda ihren Meister gefunden.

»Ich – ich –« Freda zögerte, dann aber rüstete sie sich auf echte Frauenart – »und wer sind Sie, daß Sie mir diese Frage stellen?«

»Ich? Ich bin Frau Eppingwell und –«

»Da sehen Sie!« fiel ihr die andere scharf ins Wort. »Sie sind mit einem Hauptmann verheiratet, der folglich Ihr Mann ist. Ich bin nur eine Tänzerin. Was wollen Sie von diesem Mann?«

»Welch ein Benehmen – unerhört!« Frau McFee blähte sich und schickte sich an, ins Feld zu rücken, aber Frau Eppingwell schloß ihr den Mund mit einem Blick und machte einen neuen Angriff.

»Da Fräulein Moloof Forderungen an Sie zu haben scheint, Herr Vanderlip, und keine Zeit hat, mir ein paar Sekunden zu schenken, bin ich gezwungen, mich direkt an Sie zu wenden. Kann ich Sie sprechen, allein – und zwar gleich.«

Frau McFee schloß hörbar den Mund. Jetzt war die unpassende Situation doch aus der Welt gebracht.

»Ja – gewiß –« stöhnte der Mann. »Selbstverständlich, selbstverständlich«, und die Aussicht auf Befreiung machte ihn gleich mitteilsamer.

Die Männer sind nur gesellige, gezähmte und entwickelte Wirbeltiere, und aller Wahrscheinlichkeit nach wäre die Griechin seinerzeit mit wilderen Männchen des Menschengeschlechts fertig geworden, denn sie wandte sich mit aller Höllenglut in ihren leuchtenden Augen gegen den Mann, ungefähr wie eine Tierbändigerin sich zu einem Löwen wenden kann, der plötzlich von der höchst schädlichen Idee besessen ist, daß er einen freien Willen hat. Das Tier in ihm kroch vor der Peitsche. »Ja, gern, aber morgen. Morgen, Frau Eppingwell, ja, morgen. Das war es eben, was ich meinte.« Er tröstete sich damit, daß ihm, wenn er bliebe, noch weitere Unannehmlichkeiten blühten. Und im übrigen hatte er ja auch bald eine Verabredung, die er halten

mußte – beim Wasserloch vor dem Hospital – ihr Götter – nie hatte er Freda nach Verdienst geschätzt. War sie nicht prachtvoll?

»Darf ich Sie um meine Maske bitten, Frau McFee?«

Und diese Dame überreichte ihr, zum erstenmal in ihrem Leben sprachlos, den genannten Gegenstand. »Gute Nacht, Fräulein Moloof!« Frau Eppingwell war großartig, selbst in ihrer Niederlage.

Freda erwiderte den Gruß, obwohl sie den Drang bekämpfen mußte, sich der andern zu Füßen zu werfen und sie um Verzeihung zu flehen – nein, nicht um Verzeihung, sondern um etwas, sie wußte selbst nicht, was, obwohl sie es aus ganzer Seele verlangte.

Der Mann wollte ihr seinen Arm reichen, aber sie hatte ihre Beute mitten im Rudel gefangen, und derselbe Instinkt, der Könige Kriegsgefangene hinter ihrem Triumphwagen schleppen ließ, hieß sie allein zur Tür gehen, während Floyd Vanderlip ihr auf den Fersen folgte und sich bemühte, sein geistiges Gleichgewicht wiederzugewinnen.

Es war bitter kalt. Als sie den kurzen Weg zur Hütte der Tänzerin zurückgelegt hatten, war Fredas Gesicht mit Frostkristallen bedeckt, während Floyd Vanderlips Schnurrbart sich in einen Eisklumpen verwandelt hatte, so daß ihm jedes Wort Qualen bereitete. Beim grünlichen Schein des Nordlichts konnte sie sehen, daß das Quecksilber in der Kugel des Thermometers, das vor der Tür hing, gefroren war. Tausend Hunde erhoben einen wahren Klagechor, über das Unrecht jammernd, das in der Vorzeit gegen sie begangen worden war, und das Mitleid der gleichgültigen Sterne anrufend. Nicht ein Hauch regte sich. Für sie gab es keinen Schutz gegen die Kälte, keinen warmen Winkel, wo sie sich verkriechen konnten. Die Kälte war überall, und sie lagen unter freiem Himmel, reckten hin und wieder ihre müden Glieder und stießen das langgezogene Wolfsgeheul aus.

Anfangs sprachen sie nicht miteinander, der Mann und die Frau. Während das Mädchen Freda aus ihrem Pelz half, warf Floyd Vanderlip Holz auf das Feuer, und als das Mädchen im Hinterzimmer verschwand, stand er da, den Kopf über den Ofen gebeugt, eifrig beschäftigt, das Eis auf seiner beschwerten Oberlippe aufzutauen. Dann drehte er sich eine Zigarette und betrachtete sie träge durch die duftenden Rauchwirbel. Sie sah verstohlen auf die Uhr. Es war jetzt halb zwölf. Wie sollte sie ihn bis Mitternacht festhalten? War er zornig auf sie? In wel-

cher Stimmung befand er sich? Welchen Ton sollte sie anschlagen, um sich ihm am besten anzupassen? Nicht, daß sie an sich gezweifelt hätte. Nein! Nein! Und wenn sie eine Pistole gebrauchen sollte. Sie wollte ihn schon halten, bis Sitka Charley und Devereaux ihre Schuldigkeit getan hatten.

Es gab viele Möglichkeiten, und weil sie das wußte, stieg ihre Verachtung für den Mann. Während sie, den Kopf in die Hand gestützt, dasaß, tauchte eine flüchtige Erinnerung an ihre eigenen Jungmädchentage in ihr auf, eine Erinnerung an die traurige Liebe und die tragischen Rückschläge, und einen Augenblick fühlte sie sich verlockt, ihm eine Predigt zu halten, indem sie dies als Text benutzte! Du lieber Gott! Du lieber Gott! Jeder Mensch, selbst der tierischste, mußte von einer solchen Geschichte ergriffen werden, wie sie sie erzählen konnte, aber – wozu! Er war es nicht wert, war auch nicht den Schmerz wert, den es ihr bereiten mußte, das zu erzählen. Der Leuchter stand genau am richtigen Platz, und während sie über diese Dinge – ihre geheime Schande – nachdachte, freute er sich über ihr durchsichtiges rosiges Ohr. Sie fing einen Blick, ergriff das Stichwort und wandte den Kopf, bis das reine Profil voll zu seinem Recht kam. Dieses Profil war nicht der geringste ihrer Vorzüge. Sie konnte selbst nichts für die Linien ihrer Gestalt, die sehr schön waren, aber sie hatte ihren Wert längst kennengelernt und war nicht darüber erhaben, sie, wenn nötig, in vollstem Maße auszunutzen. Das Licht begann zu flackern. In allem, was sie tat, offenbarte sich Anmut, aber das hinderte sie nicht, der Natur ein wenig nachzuhelfen, als sie sich vorbeugte und gewandt den roten Docht in der gelben Flamme abschnitt. Hierauf stützte sie wieder den Kopf in die Hand, diesmal mit einem sinnenden Blick, und jeder Mann fühlt sich geschmeichelt, wenn eine schöne Frau ihn auf diese Weise betrachtet.

Sie ließ sich Zeit. Wenn er keine Eile hatte, so war es ihr recht. Ihm war es sehr angenehm, hier zu sitzen, seine Lunge mit Nikotin zu beruhigen und sie anzustarren. Hier war es warm, während es beim Wasserloch eine Schlittenspur gab, der er bald in der kalten Nacht folgen sollte. Er hatte das Gefühl, daß er eigentlich auf Freda böse sein müßte wegen der Szene, die sie gemacht hatte, aber wie dem auch sein mochte, er fühlte keinen Zorn. Es wäre ja vermutlich gar nicht zu einer Szene gekommen ohne das dumme Frauenzimmer – die McFee –, wenn er Gouverneur wäre, so würde er sie und ihresgleichen mit einer Kopfsteuer von hundert Unzen vierteljährlich belegen. Und

eines war sicher: Freda hatte sich ganz als Dame benommen – und sie war auch glänzend mit Frau Eppingwell fertig geworden. Er hätte nie geglaubt, daß ein Mädel soviel Haare auf den Zähnen haben könnte. Sein zögernder Blick glitt an ihrer Gestalt entlang, kehrte aber immer wieder zu den Augen zurück, und er ahnte nicht, daß hinter ihrem tiefen Ernst ein noch tieferer Spott lauerte. Und, Teufel auch – sie war ein stolzes Frauenzimmer! Er hätte gern gewußt, warum sie ihn so anschaute. Wollte sie ihn auch heiraten? Das war ja sehr möglich – aber sie war nicht die einzige. Sie sah prachtvoll aus – das mußte man ihr lassen. Und sie war jung, jünger als Loraine Lisznayi. Sie war vielleicht drei- oder vierundzwanzig Jahre alt, höchstens fünfundzwanzig. Und sie würde nie dick werden. Das konnte man bei Loraine nicht wissen. Sie hatte seit den Tagen, da sie Modell stand, ganz sicher zugenommen. Oha! Sobald er sie auf dem Schlitten hatte, wollte er ihr das Fett schon abtrainieren. Er wollte ihr Schneeschuhe anschnallen und sie mit den Hunden vorausgehen lassen. Das war ein Mittel, das noch nie fehlgeschlagen hatte. Dann aber sprangen seine Gedanken in die Zukunft, zu dem Schloß unter dem trägen Mittelmeerhimmel – und wie es dann mit Loraine gehen würde? Kein Frost, keine Schlittenreise, keine Hungerperiode hin und wieder, um die Eintönigkeit zu unterbrechen, und sie wurde älter und mit jedem Tag stärker. Während das Mädel hier – Freda – er seufzte in unbewußtem Bedauern, daß er nicht unter türkischer Flagge geboren war, und kehrte dann nach Alaska zurück.

»Nun, und wenn schon?« Die Zeiger beider Uhren gaben jetzt genau die Mitternachtsstunde an, und es war höchste Zeit, nach dem Wasserloch zu kommen.

»Ach!« Freda fuhr leicht zusammen. Sie tat es so hübsch und entzückte ihn, wie die Frauen ihn und seine Brüder stets entzücken. Wenn eine Frau, die einen Mann sinnend betrachtet, ihm einreden kann, daß sie über ihn nachdenkt, so muß er furchtbar kaltblütig sein, wenn er sein Boot richtig steuern will.

»Ich möchte nur gern wissen, worüber du mit mir reden wolltest«, erklärte er, indem er seinen Stuhl an ihren Tisch zog.

»Floyd«, sie sah ihm ruhig in die Augen. »Ich habe die ganze Geschichte satt. Ich will weg von hier. Ich halte es hier nicht aus, bis der Fluß aufbricht. Ich würde darüber sterben. Dessen bin ich sicher. – Ich will allem Lebewohl sagen und weg von hier – und ich möchte es gern gleich tun.«

Sie legte ihre Hand in stummer Bitte auf den Rücken der

seinen, die er umwandte, und ihre Hand war gefangen. Noch eine, dachte er, die mich durchaus haben will. Es würde eigentlich Loraine nichts schaden, wenn sie ein bißchen länger am Wasserloch fröre.

»Nun und –?« Diesmal war es Freda, die es sagte, aber sanft und traurig.

»Ich weiß nicht, was ich sagen soll«, beeilte er sich zu antworten und fügte für sich hinzu, daß es schneller gekommen war, als er erwartet hatte. »Ich wüßte nicht, was ich lieber wollte. Das weißt du auch gut.« Er drückte ihr die Hand, Handfläche gegen Handfläche.

Sie nickte. War es zu verwundern, daß sie die Männer verachtete?

»Aber siehst du, ich – ich bin verlobt. Das weißt du natürlich. Und das Mädchen ist unterwegs hierher, um mich zu heiraten. Ich weiß auch nicht, was mit mir los war, als ich um sie freite, aber das ist so lange her, und ich war so verflucht jung.«

»Ich will weg von hier, weg aus dem Land – einerlei wohin«, fuhr sie fort, ohne das Hindernis, das er beschworen und als Entschuldigung angebracht hatte, zu beachten. »Ich habe an alle Männer gedacht, die ich kenne, und ich bin zu dem Ergebnis gekommen, daß – daß –«

»Ich der netteste von der ganzen Gesellschaft bin.«

Sie lächelte ihm dankbar zu, weil er sie von der Demütigung befreit hatte, ein Geständnis abzulegen. Mit ihrer freien Hand zog sie seinen Kopf an ihre Schulter, und der Duft ihres Haares berauschte ihn. Da bemerkte er, daß dieselbe Ader pochte – dort, wo ihre Handflächen sich berührten. Dies Phänomen ist sehr verständlich vom physiologischen Standpunkt aus, aber für den Mann, der es zum erstenmal entdeckt, ist es etwas höchst Wunderbares. Floyd Vanderlip hatte mehr Spatenschäfte als Frauenhände geliebkost, so daß es ihm etwas gänzlich Neues und wundersam Fremdartiges war. Und als Freda den Kopf drehte, der an seiner Schulter lag, während ihr Haar seine Wange berührte, und er ihr so dicht in die Augen, in die strahlend sanften, ja, und zärtlichen Augen blickte – ja, wessen Fehler war es, daß er ganz die Gewalt über sich verlor? Untreu gegen Flossie – warum dann nicht gegen Loraine? Wenn die Frauen ihn auch noch so plagten, so war das doch kein Grund für ihn, seine Entschlüsse zu überstürzen. Er hatte ja Ozeane von Geld, und Freda war eben eine von denen, die es mit Anstand ausgeben könn-

ten. Sie war eine Frau, um die die Männer ihn beneiden würden. Aber langsam – er mußte vorsichtig sein.

»Du machst dir wohl nicht zufällig etwas aus Schlössern, nicht wahr?«

Sie schüttelte den Kopf.

»Nun ja, ich war selbst ganz versessen darauf, bis ich nachdachte, und jetzt bin ich ungefähr zu dem Resultat gekommen, daß das Leben in Schlössern einen fett, weichlich und faul macht.«

»Es kann ja sehr hübsch sein, aber ich glaube, daß man es bald satt bekommt«, sagte sie schnell, um ihn zu beruhigen. »Die Welt ist herrlich, aber das Leben muß so vielseitig wie möglich sein. Man sollte umherstreifen und schwere Zeiten haben, um sich dann irgendwo so recht auszuruhen. In einer Jacht nach der Südsee; dann ein kleiner Abstecher nach Paris, ein Winter in Südamerika, ein Sommer in Norwegen, ein paar Monate in England –«

»Gute Gesellschaft?«

»Selbstverständlich – die allerbeste; und dann, hei, fort zu Hunden und Schlitten und dem Lande an der Hudson-Bucht, Veränderung, verstehst du? Ein starker Mann wie du, voll von Lebenskraft und Energie, könnte es nicht ein Jahr in einem Palast aushalten. Das mag alles gut sein für weibische Männer, aber du bist nicht für ein solches Leben geschaffen. Du bist so männlich – so ausgesprochen männlich.«

»Findest du?«

»Da gibt es nichts zu finden. Ich weiß es. Hast du nie bemerkt, wie sehr du den Frauen gefällst?«

Seine zweifelnde unschuldige Miene war großartig.

»Das ist sehr einfach. Und warum? Weil du so männlich bist. Du schlägst die tiefsten Saiten im Herzen einer Frau an. Du bist ein Mann, an den man sich klammern kann – kräftig, stark und tapfer. Kurz, weil du ein Mann bist.«

Sie sah auf die Uhr. Es war jetzt halb eins. Sie hatte Sitka Charley eine halbe Stunde Zeit gelassen, und jetzt war es gleichgültig, wann Devereaux kam. Sie hatte ihre Aufgabe verrichtet. Sie hob den Kopf und lachte, ein überlegenes Lachen, das aus dem Herzen kam, zog die Hand zurück, erhob sich und rief das Mädchen.

»Alice, wollen Sie Herrn Vanderlip in seine Parka helfen. Seine Fäustlinge liegen auf dem Bord neben dem Ofen.«

Der Mann starrte sie an, ohne zu begreifen.

»Darf ich dir für deine Freundlichkeit danken, Floyd? Deine Zeit war unschätzbar für mich. Und es war wirklich nett von dir. Der erste Weg links, wenn du aus der Hütte kommst, führt am schnellsten zum Wasserloch. Gute Nacht! Jetzt gehe ich zu Bett.«

Floyd Vanderlip wollte einen starken Ausdruck gebrauchen, um seine Verblüffung und Enttäuschung auszudrücken. Alice mochte keine Männer fluchen hören, sie warf seine Parka auf den Fußboden und seine Fäustlinge obendrauf. Als er dann Freda nachlief, verdarb sie sich den Rückzug in die Hinterstube, indem sie über die Parka stolperte. Durch einen brutalen Griff ums Handgelenk zwang er sie stillzustehen. Aber sie lachte nur. Sie fürchtete sich nicht vor Männern. Waren sie nicht so schlecht zu ihr gewesen, wie sie nur sein konnten, und lebte sie nicht immer noch?

»Werde nicht brutal«, sagte sie schließlich. »Wenn ich es recht bedenke«, hier besah sie seine Hand, die sie immer noch festhielt, »so will ich doch nicht gleich zu Bett gehen. Setz dich hin und sei lieber gemütlich, statt lächerlich zu sein. Willst du etwas wissen?«

»Ja, meine Gnädige, wir haben miteinander abzurechnen.« Er ließ sie nicht los. »Was weißt du vom Wasserloch? Was meintest du mit – nein, einerlei – nur eine Frage auf einmal.«

»Ach, nichts weiter. Sitka Charley sollte dort ein Stelldichein mit einer gewissen Person haben, die du möglicherweise kennst, und da er sich nichts daraus macht, einen so bekannten Herzensbrecher wie dich dabeizuhaben, so wandte er sich in seiner Not an mich und bat mich, ihm zu helfen. Das ist alles. Jetzt sind sie über alle Berge, und zwar seit einer halben Stunde.«

»Wo? Flußabwärts ohne mich? Und obendrein ist er Indianer!«

»Über den Geschmack läßt sich nicht streiten, wie du weißt, namentlich nicht, wenn es Frauen gilt.«

»Und wie stehe ich jetzt da? Ich habe Hunde im Wert von viertausend Dollar verloren, ja und ein sehr hübsches Mädel dazu – und was habe ich dafür gekriegt. Nichts außer dir«, fügte er nach kurzem Bedenken hinzu, »und das ist wirklich nicht billig für dich.«

Freda zuckte die Achseln.

»Mach dich übrigens gleich fertig. Ich leihe mir ein Paar Hundegespanne, und in ein paar Stunden sind wir unterwegs.«

»Es tut mir sehr leid, aber jetzt gehe ich zu Bett.«

»Wenn du klug bist, packst du deine Sachen. Ob du jetzt ins Bett gehst oder nicht, auf den Schlitten mußt du, wenn ich mit den Hunden hier halte – so wahr mir Gott helfe! Vielleicht hast du mich angeführt, aber ich bin auch nicht auf den Kopf gefallen, und jetzt nehme ich dich beim Wort.«

Er preßte ihr Handgelenk mit den Fingern, daß es weh tat, aber ein Lächeln umspielte ihren Mund, und es war, als lauschte sie angestrengt auf ein Geräusch draußen. Man hörte Hundeschellen und eine antreibende Männerstimme, und ein Schlitten fuhr bei der Hütte vor.

»Willst du mich jetzt zu Bett gehen lassen?«

Bei diesen Worten riß Freda die Tür auf. Die kalte Luft strömte in die warme Stube, und auf der Schwelle stand eine in einen mitgenommenen Pelz gekleidete Frau, im wogenden Dampf, der ihr bis zu den Knien reichte, und vor einem Hintergrund von flammendem Nordlicht. Sie zögerte, nahm die Frostmaske ab und blinzelte, von dem weißen Licht geblendet. Floyd Vanderlip taumelte auf sie zu. »Floyd!« rief sie erleichtert und froh und warf sich ihm müde in die Arme.

Was konnte er tun, als die pelzbekleidete Person, die er in den Armen hielt, zu küssen? Und es war eine sehr hübsche Person, die sich müde und glücklich an ihn schmiegte.

»Das war hübsch von dir«, sagte die Pelzbekleidete, »mir Herrn Devereaux mit frischen Hunden zu schicken – sonst hätte ich erst morgen hier sein können.«

Der Mann sah Freda verständnislos an, dann ging ihm plötzlich ein Licht auf.

»Und war es nicht nett von Devereaux, dir entgegenzufahren?«

»Du konntest wohl keinen Augenblick länger warten, Lieb, nicht wahr?« Flossie schmiegte sich noch enger an ihn an.

»Nun ja, ich wollte schon ungeduldig werden«, log er mit großer Gewandtheit, indem er sie auf seine Arme hob und zur Tür hinausschritt.

In derselben Nacht geschah etwas, das Seiner Hochwürden James Brown, dem Missionar, der einige Meilen weiter flußabwärts unter den Eingeborenen wohnte und der dafür sorgte, daß die Wege, die sie betraten, direkt in das Paradies des weißen Mannes führten, noch nie vorgekommen war. Er wurde von einem fremden Indianer aus dem Schlaf geweckt, der nicht nur die Seele einer Frau, sondern auch ihren Körper seinen Händen überantwortete und, als das besorgt war, schleunigst wieder

fortfuhr. Die Frau war üppig, schön und zornig, und in ihrem Zorn gebrauchte sie viele häßliche Worte. Der heilige Mann war ganz erschrocken, aber er war jung, und ihre Anwesenheit würde ihm – jedenfalls in den Augen seiner einfältigen Gemeinde – sehr geschadet haben, wenn sie sich nicht in der frühen Morgendämmerung auf den Weg nach Dawson gemacht hätte, und zwar zu Fuß.

Aber viele Tage später bekam Dawson erst richtig etwas zu reden. Das war, als der Sommer zu Ende ging und die Bevölkerung eine gewisse Dame königlicher Herkunft, die auf Windsor-Schloß wohnte, feierte, indem sie sich am Ufer des Yukon aufstellte und Sitka Charley zusah, wie er seine schimmernde Paddel schwang und das erste Kanu durch das Ziel steuerte. An dem Tag, als diese Regatta stattfand, sah Frau Eppingwell, die seither über vieles anders denken gelernt hatte, zum erstenmal seit jenem Ballabend Freda. »Öffentlich, ich bitte Sie«, wie Frau McFee sich ausdrückte, »ohne die geringste Rücksicht auf die Moral der Gemeinde zu nehmen«, trat sie mit ausgestreckter Hand auf die Tänzerin zu. Im ersten Augenblick – Leute, die gesehen haben, wie es zuging, erinnerten sich dessen – zog sich das junge Mädchen erschrocken zurück, dann aber wurden einige Worte zwischen den beiden gewechselt, und Freda, die große Freda, sank ganz zusammen und weinte, den Kopf an die Schulter der Hauptmannsgattin gelehnt. Dawson sollte nicht erfahren, warum Frau Eppingwell eine griechische Tänzerin um Verzeihung gebeten hatte, doch sie tat es öffentlich, und das war unschicklich.

Aber wir dürfen Frau McFee nicht vergessen. Sie nahm ein Billett erster Klasse für den ersten auslaufenden Dampfer. Außerdem nahm sie eine Theorie mit, die sie sich in wachen Stunden in den langen dunklen Nächten zurechtgelegt hatte, nämlich, daß die Menschen im Nordland so unchristlich sind, weil es so kalt ist. In einem Eisschrank kann man nicht die Furcht vor dem Höllenfeuer erwecken. Das klingt vielleicht etwas merkwürdig, aber so ist nun einmal Frau McFees Theorie.

Der Gott seiner Väter

Nach allen Seiten erstreckte sich der Urwald – die Stätte lärmender Lustspiele und stummer Tragödien. Hier wurde der Kampf ums Dasein immer noch mit der ganzen Brutalität einer entschwundenen Zeit geführt. Brite und Russe hatten noch nicht um die Macht zu kämpfen begonnen in dem Land, wo der Regenbogen endete – und das war mitten in seinem Herzen –, und auch das Gold des Yankees hatte noch nicht seine unermeßlichen Gebiete gekauft. Das Wolfsrudel hing sich noch an die Flanken der Rentierherde, wählte sich die Schwachen und Trächtigen aus und riß sie nieder, ebenso schonungslos, wie es vor tausend und abertausend Generationen geschehen sein mochte. Die spärliche eingeborene Bevölkerung anerkannte noch die Herrschaft ihrer Häuptlinge und Medizinmänner, vertrieb böse Geister, verbrannte ihre Hexen, stritt sich mit ihren Nachbarn und fraß ihre Feinde mit einem Wohlbehagen, das von einer ausgezeichneten Verdauung zeugte. Aber die Steinzeit begann sich ihrem Abschluß zu nähern. Auf unbekannten Pfaden und durch unerforschte Wüsten kamen die Vorläufer des Stahls schon gezogen – blauäugige, unbezwingliche Bleichgesichter, die Verkörperung der ewigen Rastlosigkeit ihrer Rasse. Zufällig oder mit Überlegung, einzeln oder zu zweien und dreien kamen sie – niemand wußte woher –, kämpften, starben oder zogen weiter – niemand wußte wohin. Die Priester wüteten gegen sie, die Häuptlinge riefen ihre Mannen zusammen, und Steine klirrten gegen Stahl, aber das alles half nichts. Wie Wasser, das aus einem mächtigen Behälter sickert, kamen sie ganz langsam durch die dunklen Wälder und über die Gebirgspässe, fuhren die großen Straßen des Landes in Rindenkanus hinab oder traten mit ihren mokassinbekleideten Füßen den Weg für die Wolfshunde. Sie gehörten einem mächtigen Geschlecht an, und ihrer Mütter waren viele, aber das sollten die pelzgekleideten Bewohner des Nordlands erst später erfahren. Manch unbesungener Wanderer kämpfte seinen letzten Kampf und erlitt den Tod unter der kalten Flammenglut des Nordlichts, wie seine Brüder in brennendem Sand und in dampfenden Urwäldern den Tod erlitten hatten und wie sie ihn ferner erleiden werden, wenn die Zeit gekommen ist und das Schicksal ihrer Rasse sich erfüllt.

Es war kurz vor Mitternacht. Am nördlichen Horizont zeigte

sich eine rosige Glut, die nach Westen blässer und nach Osten röter wurde – die Mitternachtssonne, die sich hinter den Horizont zurückgezogen hatte. Dämmerung und Morgengrauen gingen ineinander über, so daß es keine Nacht gab – ein Tag vermählte sich einfach dem andern, ein kaum sichtbarer Übergang zwischen zwei Sonnenkreisungen. Ein Schneesperling zwitscherte ein furchtsames Gute Nacht, ein Rotkehlchen begrüßte das Kommen des Morgens mit vollen, klaren Tönen. Von einer Insel im Yukon sandte eine Kolonie von Wildenten ihre Klage über das unendliche Unrecht aus, das sie erlitten, während ein Eistaucher auf der andern Seite des stillen Flusses sein Spottgelächter anstimmte.

Im Vordergrund, am Ufer eines träge rinnenden Wirbels lagen Birkenrindenkanus zu je zweien und dreien. Elfenbeinspeere, Pfeile mit Widerhaken aus Knochen, Bogen mit Sehnen aus Wildleder und einfache geflochtene Fallen zeugten davon, daß der Lachsfang in der trüben Flut des Flusses schon begonnen hatte. Im Hintergrund des ganzen Labyrinths von Zelten und Rahmen zum Dörren der Fische erklangen die Stimmen der Fänger. Junge Männer lärmten mit andern jungen Männern oder schäkerten mit den jungen Mädchen, während die älteren Frauen, die von allem ausgeschlossen waren, weil sie ihre Bestimmung im Leben bereits mit der Fortpflanzung des Geschlechts erfüllt hatten, schwatzend Stricke aus den grünen Wurzeln der Weinranke flochten. Zu ihren Füßen spielte ihre nackte Nachkommenschaft, zankte sich oder wälzte sich mit den gelbbraunen Wolfshunden im Schmutz. Auf der einen Seite des Lagers und deutlich von ihm getrennt, befand sich ein anderes, aus zwei Zelten bestehendes. Aber es war das Lager eines weißen Mannes. Wenn sonst nichts, so war die Wahl der Lage ein schlagender Beweis hierfür. Im Falle eines Angriffs konnte man von hier aus das hundert Schritt entfernte Indianerlager beschießen, zur Verteidigung machten den Platz die Hebung des Bodens und der freie Raum zwischen den beiden Lagern geeignet; und für den Fall einer Niederlage waren es schließlich nur zwanzig Schritt den kurzen Hang hinab bis zu den Kanus am Fluß.

Aus einem der Zelte erklangen das Wimmern eines kranken Kindes und das leise Summen der Mutter. Draußen saßen zwei Männer bei der schwelenden Glut eines Lagerfeuers und sprachen miteinander.

»Was! Ich liebe die Kirche als ein guter Sohn! Bien! So groß

ist meine Liebe, daß ich mein ganzes Leben damit verbracht habe, vor ihr zu fliehen, und daß ich alle meine Nächte von einem Strafgericht träume. Sieh!« Die Stimme des Mischlings hob sich zu einem gereizten Knurren. »Ich bin am Red River geboren. Mein Vater war weiß – ebenso weiß wie du. Aber du bist Yankee, und er war von britischer Herkunft und der Sohn eines vornehmen Mannes, und meine Mutter war die Tochter eines Häuptlings, und ich war ein Mann. Ja, und man brauchte mich nur einmal anzusehen, um zu wissen, was für Blut in meinen Adern rann; denn ich wohnte mit den weißen Männern zusammen und war einer von ihnen, und das Herz meines Vaters pochte in meiner Brust. Es geschah, daß ein junges Mädchen – sie war weiß – mich mit milden Augen ansah. Ihr Vater hatte viel Land und viele Pferde; er war auch ein großer Mann unter den Seinen, und in seinen Adern rann französisches Blut. Er sagte zu dem jungen Mädchen, daß sie ihr eigenes Herz nicht kenne, und er sprach lange, lange mit ihr und war ergrimmt, daß so etwas geschehen konnte.

Aber sie kannte ihr Herz, und wir standen bald vor dem Pfaffen. Aber ihr Vater war uns zuvorgekommen, mit Lügen oder falschen Versprechungen, was weiß ich. Der Pfaffe machte sich hart und wollte uns nicht zu Mann und Frau machen, so daß wir miteinander leben konnten. Wie die Kirche zuerst meine Geburt nicht hatte segnen wollen, so verweigerte die Kirche mir jetzt die Heirat und befleckte meine Hände mit Männerblut. Bien! Also habe ich allen Grund, die Kirche zu lieben. Und so schlug ich denn den Pfaffen auf seinen weibischen Mund, und wir nahmen schnelle Pferde, das Mädchen und ich, und ritten nach Fort Pierre. Dann schlugen wir den Weg nach Osten ein, das Mädchen und ich, nach den Bergen und Wäldern, und wir lebten zusammen und waren nicht verheiratet – und an alledem war die gute Kirche schuld – sie, die ich wie ein Sohn liebe.

Aber beachte es wohl, denn so seltsam ist das Weib, dessen Wege kein Mann verstehen kann. Einer der Sättel, die ich leerte, war der ihres Vaters, und die Hufe derer, die nach ihm kamen, traten ihn in den Boden. Das sahen wir, das Mädchen und ich, doch das würde ich vergessen haben, hätte sie mich nicht daran erinnert. Und in der Stille des Abends, als die Jagd beendet war, trat es zwischen uns, und in der Stille der Nacht, wenn wir unter den Sternen lagen und eins hätten sein sollen. Immer war es da. Sie sprach nie davon, aber es saß an unserm Feuer und war im-

mer zwischen uns. Sie versuchte, es beiseite zu schieben, aber in solchen Stunden konnte es sich zwischen uns erheben, bis ich es in dem Ausdruck ihrer Augen, ja, in ihrem Atem las.

Zuletzt gebar sie mir ein Kind, ein Mädchen, und starb. Da zog ich zum Volk meiner Mutter, um Nahrung und Leben für das Kind an einer warmen Brust zu finden. Aber meine Hände waren mit dem Blut von Männern befleckt, ja, und das alles war die Schuld der Kirche. Und die berittene Polizei des Nordens kam, mich zu fangen, aber der Bruder meiner Mutter, der damals Häuptling über alles Volk war, versteckte mich und gab mir Pferde und Essen. Und dann zogen wir fort, meine Tochter und ich. Bis in das Land an der Hudson-Bucht, wo es wenig weiße Männer gab und wenig Fragen gestellt wurden. Und ich arbeitete als Jäger, als Führer, als Schlittenführer für die Company, bis meine Tochter Weib geworden war, hochgewachsen, schlank und schön anzuschauen.

Du kennst den Winter, den langen, einsamen, der böse Gedanken und böse Taten gebiert. Der erste Faktor war ein harter, kühner Mann. Aber er war keiner von denen, an denen das Auge eines Weibes Wohlgefallen findet. Meine Tochter, die jetzt ein Weib war, fand Gnade vor seinen Augen. Heilige Mutter Gottes! Er schickte mich auf eine lange Reise mit den Hunden, um – du verstehst – er war ein harter, herzloser Mann. Sie war beinahe ganz weiß, und ihre Seele war weiß, und sie war ein gutes Weib, und – nun ja, sie starb.

Es war bitterkalt in der Nacht, als ich zurückkehrte, und ich war viele Monate unterwegs gewesen, so daß die Hunde jämmerlich hinkten, als ich das Fort erreichte. Indianer und Mischlinge sahen mich schweigend an, und ich fühlte eine Angst vor – ich wußte nicht was, aber ich sagte nichts, ehe die Hunde gefüttert waren und ich gegessen hatte, wie ein Mann stets tun soll, wenn eine Arbeit seiner wartet. Dann ergriff ich das Wort und fragte, was geschehen wäre, und sie zitterten vor mir, ängstlich vor meinem Zorn und vor dem, was mir einfallen könnte; aber sie kam heraus, die traurige Geschichte, Wort für Wort und Tat für Tat, und sie wunderten sich über meine Ruhe.

Und als sie fertig waren, ging ich in das Haus des Faktors, ruhiger, als ich jetzt bin, während ich es erzähle. Er hatte Furcht gehabt und die Mischlinge um Hilfe gebeten, aber ihnen gefiel nicht, was er getan hatte, und sie ließen ihn liegen, wie er sich sein Bett bereitet hatte. Und daher floh er in das Haus des Pfaffen. Ich folgte ihm, als ich aber hinkam, stellte sich der Pfaffe

mir in den Weg und sagte, daß ein zorniger Mann weder rechts noch links gehen sollte, sondern geradewegs zu Gott. Ich verlangte, daß er mich vorließe, kraft des Rechtes eines erbitterten Vaters, aber er sagte, nur über seine Leiche, und flehte mich an, zu Gott zu beten. Siehst du, es war die Kirche – immer die Kirche, denn ich ging über seine Leiche und sandte den Faktor meiner Tochter nach, daß er sie vor Gott treffe, der ein schlechter Gott und der Gott der weißen Männer ist.

Es gab großen Lärm, denn es wurde nach der Station flußabwärts geschickt, und ich floh. Durch das Land um den großen Sklavensee, das Mackenzie-Tal hinab bis zu dem Eis, das nie schwindet, über die weißen Berge, an der großen Biegung des Yukon vorbei, ganz bis hierher. Und bis heute bist du der erste vom Volke meines Vaters, den meine Augen gesehen haben. Und ich wünschte, du wärst der letzte! Dieses Volk, mein eigenes Volk, ist einfältig, und ich habe große Ehre unter ihnen genossen. Mein Wort ist ihnen Gesetz, und ihre Priester handeln nach meinem Gebot – anders würde ich es mir nicht gefallen lassen. Wenn ich in ihrem Namen spreche, spreche ich auch in meinem eigenen. Wir bitten, daß ihr uns in Frieden laßt. Wir brauchen die Menschen eurer Rasse nicht. Wenn wir euch erlaubten, an unsern Feuern zu sitzen, so würden eure Kirche, eure Pfaffen und eure Götter euch folgen. Und ihr sollt wissen, daß ich von jedem Manne, der in mein Dorf kommt, verlangen werde, daß er seinen Gott verleugnet. Ihr seid die ersten, und ich gebe euch eine Frist. Dann tut ihr am besten zu gehen, und zwar bald.«

»Ich bin nicht für meine Brüder verantwortlich«, sagte der andere und stopfte sich nachdenklich die Pfeife. Hay Stockard war zeitweise ebenso beherrscht in seiner Rede wie unbeherrscht in seinem Tun, aber auch nur zeitweise.

»Aber ich kenne eure Rasse«, antwortete der Mischling. »Eurer Brüder sind viele, und ihr und die Euren seid es, die die Bahn treten, daß sie euch folgen. Sie werden einmal das ganze Land besitzen, aber nicht zu meiner Zeit. Ich habe schon gehört, daß sie an der Quelle des großen Flusses sind, und viel weiter abwärts befinden sich die Russen.«

Hay Stockard hob hastig den Kopf. Das war ein höchst erstaunlicher geographischer Aufschluß. In der Hudson-Bucht-Station beim Fort Yukon hatte man andere Begriffe vom Lauf des Flusses und glaubte, daß er sich in das nördliche Eismeer ergieße.

»Dann mündet der Yukon also in die Beringsee?« fragte er.

»Ich weiß es nicht, aber am unteren Lauf sind viele Russen. Doch – das hat nichts damit zu tun. Ihr könnt weiterziehen und es mit eigenen Augen sehen. Ihr könnt wieder zu euren Brüdern gehen, aber den Koyokuk dürft ihr nicht befahren, solange Priester und Krieger mir gehorchen. Das ist mein Gebot, und ich bin Baptiste der Rote, dessen Wort Gesetz ist, und ich herrsche über dieses Volk.«

»Und wenn ich nicht zu den Russen oder zurück zu meinen Brüdern ziehe?«

»Dann werdet ihr, ehe viele Stunden vergangen sind, vor eurem Gott stehen, der ein schlechter Gott und der Gott der weißen Männer ist.«

Die Sonne hob sich im Norden über den Horizont, blutrot und triefend. Baptiste der Rote erhob sich, nickte hastig und begab sich in sein Lager, wo in rötlicher Dämmerung das Rotkehlchen sang.

Hay Stockard blieb vor dem Feuer sitzen, und durch den Rauch der Holzkohlen sah er den oberen Lauf des Koyokuks, dieses merkwürdigen Flusses, der hier seinen arktischen Lauf beschloß und sein Wasser mit dem trüben des Yukons mischte. Wenn man den letzten Worten eines schiffbrüchigen Seemanns – der die furchtbare Reise über Land gemacht – glauben konnte und wenn die Flasche mit Goldstaub, die er in seinem Tabaksbeutel gehabt hatte, irgend etwas bewies, so befand sich die Schatzkammer des Nordens irgendwo dort oben in der Heimat des Winters. Aber ihre Tür wurde von Baptiste dem Roten, einem Mischling und Abgefallenen, bewacht, und der versperrte den Weg.

»Ach was!« Er zertrat die Glut und erhob sich in seiner vollen Höhe, reckte die Arme und wandte sich sorglos dem errötenden Himmel im Norden zu.

Hay Stockard fluchte ärgerlich, und sein Weib sah von ihren Töpfen und Pfannen auf, ihr Blick folgte scharf dem seinen, der sich auf den Fluß richtete. Sie stammte aus dem Teslin-Lande und wußte genau Bescheid mit den Flüchen ihres Mannes, wenn er erst richtig anfing. Von einem Schneeschuhriemen, der sich lockerte, bis zu der drohenden Aussicht auf einen plötzlichen Tod konnte sie jede Situation aus dem Klang und der Reichhaltigkeit seiner Gotteslästerungen erkennen, und sie verstand, daß es sich hier um etwas sehr Ernstes handelte. Ein lan-

ges Kanu durchschnitt den Strom mit Paddeln, die in den Strahlen der Abendsonne schimmerten, arbeitete sich durch den Wirbel. Hay Stockard betrachtete es aufmerksam. Die drei Männer hoben die Paddeln in genauem Rhythmus; aber ein rotes Taschentuch, das der eine sich um den Kopf gewickelt hatte, fesselte seinen Blick.

»Bill!« rief er. »Hör mal, Bill!«

Ein schlottriger, gelenkiger Riese kam gähnend und sich den Schlaf aus den Augen reibend aus einem der Zelte herausgetrollt. Dann erblickte er das fremde Kanu und war im selben Augenblick vollkommen wach.

»Verflucht noch mal! Der verdammte Himmelslotse!«

Hay Stockard nickte ärgerlich, machte eine Handbewegung, als wollte er seine Büchse nehmen, und zuckte dann die Achseln.

»Paff auf ihn los«, meinte Bill, »und mach der Geschichte gleich ein Ende. Wenn wir das nicht tun, bringt er uns ganz bestimmt den Untergang.«

Aber der andere lehnte diese drastische Maßregel ab und drehte sich um, während er gleichzeitig die Frau wieder an ihre Arbeit gehen hieß und Bill vom Ufer zurückrief.

Die beiden Indianer vertäuten das Boot am Rande des Wirbels, während der Weiße, der darinnen saß und durch seinen prachtvollen Kopfschmuck besonders in die Augen fiel, den Hang am Flusse heraufkletterte.

»Wie Paulus von Tarsus grüße ich euch. Friede sei mit euch; möget ihr Gnade vor dem Herrn finden.«

Verdrossen und wortlos hörten sie seinen frommen Gruß an.

»Dich, Hay Stockard, Gotteslästerer und Philister, grüße ich. In deinem Herzen wohnt die Gier nach dem Mammon, in deiner Seele hausen listige Teufel, in deinem Zelt ist das Weib, mit dem du Hurerei treibst, und doch, hier mitten in der Wüste, bitte ich, Sturges Owen, der Apostel des Herrn, dich, deine Sünden zu bereuen und abzulassen von deinem schändlichen Wandel.«

»Erspar dir deine leeren Phrasen! Erspar dir deine leeren Phrasen«, fiel Hay Stockard ihm gereizt ins Wort. »Alles das kannst du besser beim Roten Baptiste drüben brauchen.«

Er machte eine Handbewegung nach dem Indianerlager hinüber, wo der Mischling stand, offenbar bemüht, die soeben Eingetroffenen zu erkennen. Sturges Owen, Verbreiter des Lichts und Apostel des Herrn, trat an den Rand des steilen Hanges und gab seinen Leuten Befehle, das Zelt und die übrige Ausrüstung heraufzuschaffen. Hay Stockard folgte ihm.

»Sag mal!« fragte er, indem er den Missionar an der Schulter packte und umdrehte. »Hast du dein Leben lieb?«

»Mein Leben steht in der Hand des Herrn, und ich arbeite nur in seinem Weinberg«, antwortete er feierlich.

»Hör bloß auf damit! Bist du besonders darauf versessen, den Märtyrertod zu erleiden?«

»Wenn es sein Wille ist.«

»Na ja, hier ist etwas in der Branche zu machen, aber vorher will ich dir doch einen guten Rat geben – du kannst dich danach richten oder es sein lassen. Wenn du hier bleibst, so wirst du mitten in deiner Arbeit dahingerafft. Und nicht allein, sondern deine Leute, Bill, meine Frau –«

»Die eine Tochter Belials ist und nicht auf das wahre Evangelium schwört.«

»Und ich selber. Du stürzt dich nicht allein ins Unglück, sondern uns auch. Du erinnerst dich vielleicht, daß wir letzten Winter zusammen eingefroren waren, und ich weiß, daß du ein guter Kerl und ein Tor bist. Wenn du es für deine Pflicht hältst, mit den Heiden zu kämpfen, schön und gut, aber dann tue es so, daß man sehen kann, daß du ein bißchen Grips hast. Dieser Mann, der Rote Baptiste, ist kein Indianer. Er ist vom selben Stamm wie du und ich, und er ist ebenso eigensinnig wie ich je gewesen, ja, und ein ebenso wütender Fanatiker nach der einen Seite wie du nach der andern. Wenn ihr beide aneinander geratet, dann ist die Hölle los, und ich habe keine Lust, mit dabeizusein, verstehst du? Und deshalb folge lieber meinem Rat und zieh weiter. Wenn du den Fluß hinunterziehst, kommst du zu den Russen. Bei ihnen müssen orthodoxe Pfaffen sein, und die werden dafür sorgen, daß du gut nach der Beringsee kommst – da hinein mündet der Yukon –, und von dort wird es dir nicht schwer werden, wieder in die Zivilisation zu gelangen. Glaub mir auf mein Wort und sorg dafür, daß du wegkommst, so schnell, wie Gott dich von hier entwischen läßt.«

»Wer den Herrn in seinem Herzen und das Evangelium in seiner Hand führt, hegt keine Furcht vor den Künsten von Menschen oder Teufeln«, antwortete der Missionar mutig. »Ich will diesen Mann sehen und mit ihm ringen. Ein verirrtes Lamm, das in seinen Pferch zurückgeführt wird, ist ein größerer Sieg als tausend Heiden. Wer stark im Bösen ist, kann auch mächtig im Guten sein – wie Saulus, als er nach Damaskus reiste um christliche Gefangene nach Jerusalem zu bringen. Und die Stimme des Erlösers tönte in seinen Ohren: ›Saulus, Saulus,

warum verfolgst du mich?‹ Und sofort stellte Paulus sich auf die Seite des Herrn, und von dem Tage an hatte er große Macht in der Errettung der Seelen. Und genau wie du, Paulus von Tarsus, genau wie du arbeite ich im Weinberg des Herrn und finde mich in Prüfungen und Entbehrungen, in Verachtung und Hohn, in Schläge und Strafe, um seinet- – des Geliebten willen!«

»Bringt mir den kleinen Beutel mit Tee und einen Kessel Wasser«, rief er im nächsten Augenblick seinen Bootsführern zu. »Und vergeßt nicht den Rentierschinken und die Bratpfanne.«

Und als seine Leute, die er selbst zum christlichen Glauben bekehrt hatte, das Ufer erreicht hatten, fielen alle drei mit ihrer Last in den Händen und auf dem Rücken in die Knie und dankten Gott, weil sie unversehrt durch die Wüste gekommen waren und das Ende ihres Weges erreicht hatten. Hay Stockard sah spöttisch und mißbilligend dem ganzen Auftritt zu, das Romantische und Feierliche machte keinen Eindruck auf seine nüchterne Seele. Baptiste der Rote, der immer noch zu ihnen herüberstarrte, erkannte aus alter Zeit die feierliche Handlung, und er gedachte des jungen Weibes, das sein Lager unter den Sternen im Wald geteilt hatte, und der Tochter, die irgendwo an der öden Küste der Hudson-Bucht lag.

»Zum Teufel, Baptiste, das kann ich mir nicht vorstellen! Nein, nicht einen Augenblick! Ich will gern einräumen, daß der Mann ein Dummkopf und bedeutungslos für die Welt ist, aber deshalb kann ich ihn doch nicht verraten!«

Hay Stockard hielt inne, während er sich bemühte, die richtigen Worte zu finden, um seine primitive Sittenlehre auszudrücken.

»Er hat mich gequält, Baptiste, früher und jetzt. Und er hat mir auf alle mögliche Weise zu schaffen gemacht, aber kannst du nicht sehen, daß er meiner eigenen Rasse angehört – ein weißer Mann –, ja, und ich könnte mein Leben nicht für das seine erkaufen, und wenn er nur ein Nigger wäre.«

»Wie du willst«, antwortete Baptiste der Rote. »Ich habe dir eine Frist gewährt, und ich habe dir die Wahl gelassen. Gleich werde ich mit meinen Priestern und Kriegern kommen, und wenn du deinen Gott nicht verleugnest, werde ich dich töten. Gib mir den Pfaffen in die Hand, und du sollst in Frieden ziehen dürfen. Sonst ist es aus mit dir. Mein ganzes Volk bis hinab

zu den Säuglingen ist gegen dich. Ja, in eben diesem Augenblick haben die Kinder deine Kanus gestohlen.«

Er wies auf den Fluß. Nackte Knaben hatten sich von der Landzunge ins Wasser gleiten lassen, die Kanus losgebunden und sie in den Strom hinausgeschafft. Als sie außer Reichweite der Büchsen getrieben waren, kletterten sie hinein und paddelten die Boote an Land.

»Gib mir den Pfaffen, und du sollst sie wieder haben, hörst du! Sag mir, was du beschlossen hast, aber bedenke dich wohl!«

Hay Stockard schüttelte den Kopf. Sein Blick suchte die Frau aus dem Teslin-Lande, die mit seinem Knaben an der Brust dasaß, und er würde geschwankt haben, wäre sein Blick nicht auf die beiden Männer gefallen, die vor ihm standen.

»Ich fürchte mich nicht«, erklärte Sturges Owen. »Der Herr hält mich in seiner Rechten, und ich bin bereit, allein in das Lager der Ungläubigen zu gehen. Es ist nicht zu spät. Der Glaube kann Berge versetzen. Selbst in der elften Stunde kann ich noch seine Seele für die wahre Gerechtigkeit gewinnen.«

»Stell dem Schuft ein Bein und binde ihn!« flüsterte Bill seinem Anführer heiser ins Ohr, während der Missionar als Herr der Lage auftrat und mit den Heiden rang. »Behalt ihn als Geisel und schieß ihm eine Kugel in den Leib, wenn sie Schwierigkeiten machen.«

»Nein«, antwortete Stockard, »ich gab ihm mein Wort, daß er unangetastet sprechen könnte. Kriegsregeln, Bill; Kriegsregeln. Er hat ehrliches Spiel gespielt und uns gewarnt, und – ja, Donnerwetter, Mann, ich kann mein Wort nicht brechen.«

»Er wird seins auch halten – da brauchst du keine Angst zu haben.«

»Das bezweifle ich nicht, aber ich will mich nicht von einem Mischling übertreffen lassen, wenn es ehrliches Spiel gilt. Warum nicht tun, was er wünscht, und ihm den Missionar geben; dann ist die Geschichte erledigt.«

»N–nein«, meinte Bill zögernd und zweifelnd.

»Der Schuh drückt, was?«

Bill errötete und drang nicht weiter in den andern. Baptiste der Rote wartete immer noch auf die Entscheidung. Stockard trat zu ihm.

»Die Sache ist die, Baptiste: ich kam in dein Dorf, in der Absicht, den Koyokuk hinaufzufahren. Ich wollte keinem Menschen etwas tun, und in meinem Herzen war kein böser Ge-

danke. Es ist auch jetzt noch kein böser Gedanke darin. Da kommt dieser Pfaffe, wie du ihn nennst. Ich habe ihn nicht hergebracht. Er würde gekommen sein, ob ich hiergewesen wäre oder nicht. Aber jetzt ist er einmal da. Er ist von meinem eigenen Volk, und ich muß mit ihm durch dick und dünn gehen. Und das tue ich auch. Ja, und es wird kein Kinderspiel für dich. Ehe wir miteinander fertig sind, wird dein Dorf still und leer, und dein Volk wird wie nach einer Hungersnot hingeschwunden sein. Wir werden zwar fort sein, aber deine besten Kämpfer auch –«

»Aber die, die zurückbleiben, werden Frieden haben, und die Botschaft fremder Götter und die Sprache fremder Priester werden nicht mehr in ihren Ohren tönen.«

Die beiden Männer zuckten die Achseln und drehten sich um, und der Mischling ging in sein eigenes Lager zurück. Der Missionar rief seine beiden Leute zu sich, und sie begannen zu beten. Stockard und Bill machten sich daran, die wenigen Kiefern mit ihren Äxten zu fällen, so daß sie eine bequeme Brustwehr bildeten. Das Kind war eingeschlafen, und die Frau legte es auf einen Haufen Felle und half den Männern bei der Befestigung des Lagers. Auf diese Weise wurde es von drei Seiten beschützt, während der steile Hang in ihrem Rücken einen Angriff von dieser Seite verhinderte. Als das alles getan war, begaben sich die beiden Männer auf das offene Gelände und beseitigten das hier und dort stehende Buschwerk. Aus dem Lager vor ihnen ertönten der Lärm der Kriegstrommel und die Stimmen der Priester, die den Zorn des Volkes entfachten.

»Am schlimmsten wäre es, wenn sie alle auf einmal anstürmten«, klagte Bill, als sie, die Äxte auf den Schultern, zurückgingen.

»Und bis Mitternacht warteten, wenn das Licht zu schwach zum Zielen ist.«

»Wir können ebensogut jetzt anfangen als später.« Bill vertauschte die Axt mit einer Büchse und zielte sorgfältig. Einer der Medizinmänner, der das übrige Volk hoch überragte, war besonders deutlich zu sehen. Auf ihn zielte Bill.

»Alles in Ordnung?« fragte er.

Stockard öffnete den Munitionskasten, brachte die Frau in Deckung, wo sie die Gewehre für die Männer laden konnte, und kommandierte:

»Feuer!« Der Medizinmann fiel. Einen Augenblick war es ganz still. Dann aber ertönte ein wütendes Geheul, und ein

Schwarm von Knochenpfeilen flog auf sie los, ohne sie jedoch zu treffen.

»Ich möchte den Kerl wohl sehen«, meinte Bill und preßte eine neue Patrone in die Kammer. »Ich möchte darauf schwören, daß ich ihn genau zwischen die Augen getroffen habe.«

»Das hilft nichts!« Stockard schüttelte düster den Kopf. Baptiste hatte offenbar den Eifer der Kriegerischsten seines Gefolges gedämpft, und statt einen Angriff in dem hellen Tageslicht zu bewirken, hatte der Schuß eine hastige Auswanderung zur Folge. Die Indianer zogen sich aus der Feuerlinie hinter das Dorf zurück.

In seinem Eifer, Proselyten zu machen, würde Sturges Owen sich, von Gottes Hand geleitet, in das Lager der Ungläubigen gewagt haben, ebenso vorbereitet auf ein Wunder wie auf einen Märtyrertod, aber in der jetzt eintretenden Pause schwand das Fieber der Überzeugung, je mehr der Mensch in ihm sich geltend machte. Physische Angst verdrängte die geistige Hoffnung; die Liebe zum Leben die Liebe zu Gott. Dies war ihm nichts Neues. Er konnte fühlen, wie die Schwäche ihn überkam, und er kannte sie aus alter Zeit. Er hatte sie früher schon oft bekämpft und war von ihr überwältigt worden. Er erinnerte sich, wie die andern einmal wie wütend ihre Paddeln auf der Flucht vor einem rauschenden Eisstrom geschwungen hatten und er selber, wahnsinnig vor Angst vor den Dingen dieser Welt, seine Paddel fortgeworfen und Gott verzweifelt um Gnade angefleht hatte. Es gab noch andere Zeiten, an die er sich nicht gern erinnerte. Es erfüllte ihn mit Scham, daß der Geist so schwach und das Fleisch so stark war. Aber die Liebe zum Leben! Die Liebe zum Leben! Er konnte sich nicht von ihr losmachen. Sie war es, kraft deren seine Vorfahren in dunkler Vergangenheit ihr Geschlecht fortgepflanzt hatten, kraft deren auch er bestimmt war, sein Geschlecht fortzupflanzen. Sein Gott, wenn man es Gott nennen konnte, hatte seine Wurzel im Fanatismus. Stockards und Bills Gott war erzeugt durch die Ideale in der Tiefe ihrer Seele. Nicht, daß die Liebe zum Leben in ihnen geringer gewesen wäre, aber ihre Liebe zu den Traditionen der Rasse war größer, nicht, daß sie sich nicht vor dem Tod gefürchtet hätten, aber sie waren tapfer genug, sich nicht das Leben erkaufen zu wollen, wenn sie nur mit Schande weiterleben konnten.

Der Missionar erhob sich, plötzlich von dem Drange erfüllt, ein Opfer zu bringen. Er begann über die Barrikade zu kriechen,

um sich in das andere Lager zu begeben, sank aber zitternd wieder zurück und klagte: »Wie der Geist führt! Wie der Geist führt! Wer bin ich, daß ich mich über Gottes Urteil hinwegsetzen sollte? Ehe die Grundfesten der Welt gelegt wurden, standen alle Dinge im Buch des Lebens geschrieben. Wurm, der ich bin, soll ich diese Seite des Buches oder einen Teil davon auslöschen? Wie Gott will, wird der Geist mich führen!«

Bill beugte sich über ihn, hob ihn auf und schüttelte ihn wütend, ohne ein Wort zu sagen. Dann ließ er das zitternde Nervenbündel los und wandte seine Aufmerksamkeit den beiden Bekehrten zu. Aber die schienen sich nicht zu fürchten und bereiteten sich zuversichtlich und willig auf den bevorstehenden Kampf vor.

Stockard, der leise mit der Frau aus Teslin gesprochen hatte, wandte sich jetzt zu dem Missionar.

»Bring ihn her«, befahl er Bill.

»Und jetzt«, befahl er, als Sturges Owen vor ihm stand, »jetzt mußt du uns zu Mann und Frau machen, und das ein bißchen schnell.« Dann fügte er, sich entschuldigend, zu Bill gewandt hinzu:

»Man kann nie wissen, wie es ausgeht; da will ich lieber meine Angelegenheiten geordnet haben.«

Die Frau tat, wie ihr weißer Herr gebot. Für sie war die Zeremonie bedeutungslos. Ihrer Auffassung nach war sie seine Gattin seit dem Tage, als sie sich zusammengetan hatten. Die beiden Bekehrten dienten als Zeugen. Bill stand neben dem Missionar und half ihm, wenn er nicht weiter konnte. Stockard sprach der Frau die Antworten vor, und als es soweit war, umfaßte er in Ermangelung von etwas Besserem ihren Ringfinger mit seinem Daumen und Zeigefinger.

»Küß die Braut!« donnerte Bill, und Sturges Owen war zu schwach, sich seinem Willen zu widersetzen.

»Und jetzt tauf das Kind.«

»Aber hübsch und ordentlich«, bemerkte Bill.

»Er muß doch gut für eine neue Reise ausgerüstet sein«, erklärte der Vater, indem er das Kind aus den Armen der Mutter nahm. »Ich war einmal bei den Stromschnellen, gut verproviantiert, hatte alles – nur kein Salz. Das vergesse ich nie. Und wenn die Frau und das Kind heute nacht über die Wasserscheide wandern müssen, dann ist es am besten, sie sind auf alles vorbereitet. Es ist noch weit bis dahin, Bill, unter uns gesagt, aber selbst wenn es nicht dazu kommt, kann es ja nichts schaden.«

Ein Becher Wasser war alles, was nötig war, und das Kind wurde in einen sicheren Winkel der Barrikaden gelegt. Dann zündeten die Männer ein Feuer an, und das Abendessen wurde zubereitet.

Die Sonne eilte nordwärts und näherte sich dem Horizont, während der Himmel dort, wo sie stand, rot wie Blut wurde. Die Schatten wurden länger, das Licht wurde schwächer, und am Rande des dunklen Waldes erstarb langsam das Leben. Selbst die wilden Vögel auf dem Flusse stellten ihr heiseres Schnattern ein und spiegelten die Nacht vor, indem sie sich zur Ruhe begaben. Nur bei den Indianern wurde es immer lauter, die Kriegstrommeln lärmten, und ihre Stimmen erhoben sich zu wilden Gesängen. Als aber die Sonne hinter dem Horizont verschwand, hörte der Lärm auf. Stockard erhob sich auf die Knie und guckte über die Baumstämme hinweg. Einmal wimmerte das Kind und störte ihn. Die Mutter beugte sich über das Kleine, aber es schlief wieder. Die Stille war unendlich und tief. Da plötzlich brachen die Rotkehlchen in jubelnden Gesang aus. Die Nacht war vorüber.

Ein Schwarm dunkler Gestalten wogte über das offene Gelände. Die Pfeile zischten, die Bogensehnen sangen, und die Büchsen antworteten mit ihren schrillen Tönen. Ein mit heftiger Kraft geschwungener Speer durchbohrte die Frau aus Teslin, die sich über das Kind gebeugt hatte. Ein Pfeil, der, schon fast kraftlos, zwischen den Baumstämmen hindurchfuhr, traf den Missionar in den Arm.

Es war unmöglich, die vorstürmenden Feinde aufzuhalten. Der Boden zwischen ihnen war mit Leichen bedeckt, aber die andern kamen immer weiter und brachen wie eine wütende Woge über die Barrikade hinweg. Sturges Owen floh in das Zelt, während die Männer umgeworfen und unter dieser mächtigen Woge von menschlichen Körpern begraben wurden. Hay Stockard war der einzige, der wieder auftauchte, und er schleuderte die Indianer wie heulende Köter beiseite. Es war ihm geglückt, eine Axt zu ergreifen. Eine dunkle Hand ergriff das nackte Bein des Kindes und zog es unter der Mutter fort. Dann hielt er den kleinen, zarten Körper mit ausgestreckten Armen in die Luft und zerschmetterte ihn an den Baumstämmen. Stockard spaltete dem Mann den Kopf bis zum Kinn und begann um sich her Raum zu schaffen. Aber immer enger wurde der Kreis wilder Gesichter um ihn, und Speere und Pfeile mit knöchernen Widerhaken regneten auf ihn herab. Die Sonne ging

auf, und sie wankten in den blutroten Schatten hin und zurück. Zweimal hieb er das Beil so tief hinein, daß er es nicht gleich wieder freibekommen konnte, und sie stürzten sich über ihn; aber beide Male schüttelte er sie ab. Er häufte sie um sich her auf, traf auf Tote und Sterbende, bis die Erde schlüpfrig von Blut wurde, und all das beschien die Sonne immer klarer, und die Rotkehlchen sangen dazu. Dann zogen sie sich vor ihm zurück, und er lehnte sich atemlos auf seine Axt.

»Beim Blut meiner Seele«, rief Baptiste der Rote. »Du bist wahrlich ein Mann. Schwöre deinen Gott ab, und du sollst leben dürfen.«

Stockard lehnte es fluchend ab, kraftlos, aber seiner selbst sicher.

»Seht! Ein Weib!« Sturges Owen war vor den Mischling geführt worden.

Außer einem Riß am rechten Arm hatte er keinen Schaden genommen, aber seine Augen rollten ihm, wahnsinnig vor Angst, im Kopfe. Die heroische Gestalt des Gotteslästerers, der, mit Wunden und Pfeilen bedeckt, trotzig, sorglos, unüberwindlich, groß, auf seine Axt gelehnt dastand, fing seinen flackernden Blick. Und er fühlte einen tiefen Neid auf den Mann, der mit solcher Ruhe nach den dunklen Toren des Todes wandern konnte. Wahrlich, Christus und nicht er, Sturges Owen, war für ein solches Schicksal geschaffen. Und weshalb nicht er? Er hatte ein unklares Gefühl von dem Fluch, den die verschwundenen Geschlechter über ihn gebracht hatten, von der Schwäche des Geistes, die er von den Vorfahren ererbt hatte, und er fühlte Zorn auf die Schöpfermacht, wie er sie sich nun auch vorstellen wollte, diese Schöpfermacht, die ihn, ihren Diener, so schwach gemacht. Selbst für einen Stärkeren hätten dieser Zorn und der Druck der Umstände genügt, um einen Abfall zu bewirken, und für Sturges Owen war er unvermeidlich. In der Furcht vor dem Zorn der Menschen setzte er sich lieber dem Zorn Gottes aus. Er war nur aufgespart worden, um dem Herrn zu dienen und später in den Staub geworfen zu werden. Ihm war Glaube ohne die Kraft des Glaubens, Geist ohne die Macht des Geistes gegeben. Das war ungerecht.

»Wo ist jetzt dein Gott?« fragte der Mischling.

»Ich weiß es nicht.« Er stand gerade und still da wie ein Kind, das seine Aufgabe aufsagen soll.

»Hast du einen Gott?«

»Ich habe einen gehabt.«

»Und jetzt?«

»Nein.«

Hay Stockard wischte sich das Blut aus den Augen und lachte. Der Missionar sah ihn neugierig an, wie in einem Traum. Das Gefühl eines unendlichen Abstandes, einer ungeheuren Ferne überkam ihn. An dem, was geschehen war und geschehen sollte, hatte er keinen Teil. Er war Zuschauer – aus der Ferne, ja, aus der Ferne. Die Worte Baptistes klangen so seltsam fern in seinen Ohren.

»Es ist gut! Sorgt dafür, daß dieser Mann frei von hinnen geht und daß ihm nichts Böses widerfährt. Laßt ihn in Frieden ziehen. Gebt ihm ein Kanu und Proviant. Wendet sein Antlitz den Russen zu, daß er den Pfaffen von Baptiste dem Roten erzählen kann, in dessen Land kein Gott ist.«

Sie führten ihn an den Rand des steilen Hanges, wo sie stehenblieben, um den Abschluß des Trauerspiels zu sehen. Der Mischling wandte sich zu Hay Stockard.

»Es gibt keinen Gott«, sagte er.

Ein Lachen war die Antwort. Einer der jungen Männer hob seinen Speer, um ihn gegen ihn zu schleudern.

»Hast du einen Gott?«

»Ja, den Gott meiner Väter!«

Er faßte die Axt fester. Baptiste der Rote gab ein Zeichen, und der Speer flog gegen seine Brust. Sturges Owen sah, wie die Elfenbeinspitze zum Rücken hinausfuhr, sah den Mann lachend wanken und sah den Speer zerbrechen, als er vornüberfiel. Dann ging er zum Fluß hinunter, um den Russen von Baptiste dem Roten zu erzählen, in dessen Land kein Gott war.